ALINE SANT' ANA

VIAJANDO COM ROCKSTARS – 2

11 NOITES
com você

CB005951

Copyright© 2015 Aline Sant'Ana
Copyright© 2017 Editora Charme

Todos os direitos reservados. Nenhuma parte deste livro pode ser utilizada ou reproduzida sob qualquer meio existente sem autorização por escrito dos editores.

Esta é uma obra de ficção. Nomes, personagens, lugares e acontecimentos descritos são produtos de imaginação do autor. Qualquer semelhança com nomes, datas e acontecimentos reais é mera coincidência.

1ª Impressão 2017

Produção Editorial: Editora Charme
Capa e Produção Gráfica: Verônica Góes
Revisão: Ingrid Lopes
Fotógrafa: Ara Gonzalez
Modelo masculino: Enrico Ravenna
Modelo feminina: Amalia Botero
Foto Londres: Depositphotos

Este livro segue as regras da Nova Ortografia da Língua Portuguesa.

CIP-BRASIL, CATALOGAÇÃO NA PUBLICAÇÃO
SINDICATO NACIONAL DE EDITORES DE LIVROS, RJ

Sant'Ana, Aline
11 noites com você / Aline Sant'Ana
Editora Charme, 2017

ISBN: 978-85-68056-37-0

1. Romance Brasileiro - 2. Ficção brasileira

CDD B869.35
CDU 869.8(81)-30

---

www.editoracharme.com.br

VIAJANDO COM ROCKSTARS – 2

11 NOITES
com você

ALINE SANT' ANA

"Tarde demais o conheci, por fim; cedo demais, sem conhecê-lo, amei-o."
— WILLIAM SHAKESPEARE

*Para todos aqueles que acreditam que o amor é
capaz de conquistar o mais arredio dos corações.*

11 noites com você

PRÓLOGO

'Cause we all just wanna be
Big Rockstars
And live in hilltop houses
Driving fifteen cars

— Nickelback, "Rockstar".

Quatro meses atrás

ZANE

Prazer: essa palavra era a única coisa com a qual eu podia lidar. A sensação de beijos por todos os cantos, as línguas ávidas buscando acariciar, o som do meu nome em vozes femininas, todas elas me atiçando a dar tudo o que ansiavam era demais para o meu próprio bem, porra.

Agarrei os lençóis macios embaixo do corpo, reconhecendo o grunhido que veio da garganta, tão bruto e feroz quanto o sangue que corria em minhas veias, ansioso para aumentar a pressão e gozar.

— Zane...

Eu não sabia o nome delas nem como vieram parar no meu quarto, a única coisa que lembrava era o último show que fiz e algumas fãs nos interceptando no final da apresentação. Confesso que a bebida tinha distorcido os meus sentidos e eu só estava aproveitando a consequência disso. Chamá-las de *baby* era tudo que eu podia fazer para que não se sentissem tão mal por causa do esquecimento.

Sorri, inclinando a cabeça para contar quantas eram.

Três garotas e, se desse sorte, maiores de idade.

Tudo estava bem no reino do Zane.

Eu tinha fãs fazendo coisas ensandecidas com meu pau e suas línguas, estava na melhor cobertura do prédio, sentindo a brisa confortável e os lençóis egípcios na pele.

Tudo que eu queria estava ali ao meu alcance.

Soltei um suspiro após o pensamento ir embora, no instante em que uma das meninas me engoliu por completo, preparando-me para o final. Trinquei o maxilar, bêbado pelo álcool que ainda zanzava no meu corpo e a sensação do

Aline Sant'Ana

tesão se transformando em libertação. Os jatos saíram com força, contorcendo meu estômago em ondas, e as garotas se inclinaram para capturar até a última gota.

Em vinte minutos, eu já poderia começar aquilo tudo de novo.

— Brinquem, meninas — ofereci, ainda ofegante. — Eu já volto.

Elas sorriam e obedeceram, beijando e tocando umas às outras. Distanciei-me da cena, ainda que fosse tentadora demais, e caminhei trôpego pelo quarto até encontrar uma toalha para envolver na cintura.

Tropecei no coturno que estava no chão e ri sozinho.

Fui até a cozinha e abri a geladeira, observando os engradados de cerveja, mas pegando, por fim, a garrafa de água. Bebi tudo em alguns goles, e enfim respirei fundo. Quando terminei, a porta do elevador que ligava a área externa à minha sala se abriu.

Yan entrou, vestindo um terno completo, me procurando com o olhar.

— E aí, cara? — eu o cumprimentei.

Ele correu as mãos pelo cabelo, e eu ofereci um sorriso.

— Não é uma boa hora para você aparecer aqui. Se as três meninas te virem, vão encher a porra do teu saco e...

— Você esqueceu que tínhamos uma reunião para decidir sobre o novo empresário da banda — me interrompeu e acusou, sem acrescentar a pergunta no tom de voz.

Parei por um momento, tentando suportar a cabeça revolvendo em busca de informações.

— Posso ter esquecido, sim.

— Era importante, Zane.

— Beleza — confirmei, deixando a garrafa d'água vazia sobre a bancada.

Virei de costas para Yan porque não podia lidar com ele naquele momento. Se o baterista era controlador antes de namorar Lua, agora que estava há um ano com ela, parecia insuportável. Além disso, estávamos com Lyon administrando a The M's, e o filho da puta mal conseguia lidar com a banda, sobrecarregando Yan.

— Quando você vai parar de pensar com o pau e agir de acordo com o seu cérebro? — continuou, irritado.

— Não enche.

— Você tem vinte e nove anos, mas ainda age como um garoto — comentou, o tom de voz mais suave.

— Isso não é da sua conta, Yan. Porra! — grunhi.

— Fizemos a reunião sem você. — Voltou para o assunto principal.

Continuei de costas, fechando os olhos para não ter que ver a porcaria da pia girar. Agarrei o mármore, a sensação gelada contra a palma da mão quente quase me fazendo voltar à realidade.

Ele parou do meu lado, imitando a minha posição sobre a larga pia de pedra escura.

— Já decidimos algumas coisas. Vamos esperar a documentação de Lyon ficar pronta, além da parte burocrática, e depois vamos chamar algumas pessoas para a decisão final. Espero que marque na sua agenda e não falte.

— O que você queria que eu fizesse? Eu nem me lembro de como cheguei em casa.

— Você veio direto do show da noite passada para cá e deve ter transado com essas meninas até cansar. Não se lembra delas?

— *Nah.* — Como poderia lembrar? Sexo era sempre automático e egoísta.

— Sabe que horas são?

Ergui a cabeça, deparando-me com o relógio na parede me dizendo que havíamos passado das seis da tarde do dia seguinte.

Se tinha algo que eu prezava na vida além da minha família era a amizade de Yan e Carter. Decepcioná-los estava se tornando frequente, principalmente porque eu tentava me manter afastado de toda a zona amorosa na qual eles se meteram.

Depois de entrarem em relacionamentos sérios, aqueles do tipo que sabemos que vão durar a vida toda, me senti desconfortável.

Cara, eu gostava das meninas. Lua e Erin se tornaram garotas especiais e de vez em quando eu recebia seus conselhos, suas tentativas falhas de me fazerem ver que o amor pode surgir de repente e, sei lá... porém, isso não combinava comigo, não da forma como era com Yan e Carter. Eu não podia me ver preso a alguém e também não conseguia me apaixonar.

Não é pra mim.

— Temos mais alguns shows nos próximos meses e depois nós vamos resolver isso com a banda — Yan, lançando-me um olhar cauteloso, reforçou. — Tenta ficar vivo até lá.

Mais para provocá-lo do que pelo desejo de fumar, peguei o maço escuro

Aline Sant'Ana

em cima da bancada, tirando um cigarro preto e mentolado, colocando-o na boca. Inclinei-me no fogão, acendi-o e traguei até sentir a fumaça alcançar meus pulmões. Enfim satisfeito, desliguei o fogo.

— Bebidas, sexo, cigarro e *rock and roll*. Você tem dúvida de que a minha vida vai ser longa?

Yan sorriu reservadamente.

— Só quero que você diminua um pouco o ritmo, ok?

Ele queria que eu aquietasse a minha bunda, e advinha?

Isso não ia acontecer.

Traguei o cigarro, me despedi de Yan com a promessa de que ia melhorar o meu comportamento e voltei para o quarto, para a minha zona de conforto, onde eu poderia ser quem eu nasci para ser: Zane D'Auvray, o guitarrista canalha, e nada mais.

CAPÍTULO 1

**Newborn life replacing all of us
Changing this fable we live in
No longer needed here so where should we go?**

— Avenged Sevenfold, "Seize The Day".

Dias atuais

Kizzie

Engoli dois analgésicos de uma só vez para ver se conseguia controlar a forte enxaqueca. A minha cabeça parecia que ia explodir a qualquer momento e a única coisa que eu podia fazer era sorrir e fingir que aquele papo insuportável estava me agradando.

— Eu quero ir para a China e fazer um show lá — falou Archie, o garoto de dezesseis anos que agora tinha seu novo *single* como a música do momento, além do ego completamente inflado.

Confesso que consegui transformá-lo em uma estrela *pop* em dois anos. Então, a culpa era minha.

— Archie, você não tem público na China, não ainda — expliquei pacientemente. — Precisamos fazer um tour pela América do Sul primeiro e...

— Não pedi a sua opinião, Kizzie — rebateu ele.

Batuquei a caneta na mesa de vidro, pois era a única alternativa entre socá-lo e matá-lo. A equipe também estava cansada do planejamento e, assim como eu, queria arrancar a cabeça do Archie como prêmio. Eu era até capaz de ver o cansaço pairando sobre a meia dúzia de pessoas na mesa como se fosse uma nuvem prestes a desmoronar numa tempestade.

Há três meses estávamos dando início aos possíveis shows de Archie. Dentro do seu sucesso repentino, muito trabalho tinha sido feito, e agora era o momento certo para que ele pudesse usufruir das casas de shows lotadas.

Claro, se ele não cismasse com a China.

— Eu quero ir para lá. Sempre sonhei em visitar esse país.

— Você pode ir, mas não para fazer shows — intercedeu Oliver, meu braço

Aline Sant'Ana

12

direito, melhor amigo e o único que conseguia controlá-lo. — Eu aconselho a não fazer o que está pensando.

Oliver dobrou as pernas naquela maneira única que os homens se sentiam mais confortáveis e me deu um curto sorriso, me dizendo em silêncio que conseguiria refazer o pensamento do adolescente mimado.

— América do Sul?

— Sim, Archie. Você vai adorar lá — prometi.

Terminamos a reunião com a resposta positiva. Archie pareceu tristonho quando a mãe o abraçou e consolou, garantindo que o levaria para a China o mais breve possível. Sobre isso, eu só podia dar de ombros. A educação de um jovem não cabia a mim e o fato de a cada dia ele estar mais mimado e intolerável também não.

Com dezesseis anos, o garoto era tratado como se tivesse dez.

— Você precisa de uma taça de vinho — concluiu Oliver, puxando-me para um canto isolado da casa do Archie. No momento em que ficamos sozinhos, ele inspirou fundo e eu exalei.

— Preciso conseguir outro emprego! Não quero mais ser empresária do Archie e preciso aproveitar que ele tem você.

Oliver estreitou os olhos, me fazendo encará-lo. Ele possuía descendência asiática na parte dos avós maternos e italiana dos avós paternos, ou seja, carregava alguns traços orientais nos olhos e cabelo liso e bem escuro, arrumado em um corte moderno. Sua altura, físico e estrutura, no entanto, eram da ascendência italiana. Os olhos, quase verdes, também.

— Você conseguiu uma resposta daquele amigo seu, o Lyon? Ele estava verificando se poderia te colocar como empresária em outro lugar. Uma espécie de teste, não era? — arriscou, desesperado por ver o meu nível de estresse aumentando a cada dia.

O amigo que me prometeu uma tentativa de novo emprego era mais um conhecido do que um amigo de verdade. Nos vimos pela primeira vez em uma festa particular e acabamos trocando cartões. Ao contrário do motivo usual, flerte ou um possível encontro, aquilo foi tratado somente como negócios. Seis meses depois, voltamos a nos encontrar casualmente em outra festa, e ali eu me deparei com um conhecido seu, Christopher. O rapaz que, sim, fez minhas pernas balançarem e o meu coração rodopiar dentro do peito.

Pensar em Christopher era tudo o que eu não precisava agora.

— Lyon me garantiu que tem algumas coisas em vista, mas não faço ideia do

11 noites com você

que é — resolvi responder, apenas para tirar mais um problema da cabeça. — Sua resposta, inclusive, era para ter sido dada há uma semana.

— Então, você acha que não deu certo? — Oliver se aproximou, segurando o meu braço. Somente quando senti seu toque foi que dei-me conta do quanto a minha pele estava fria.

— Pode ser — soltei a resposta, subitamente tonta.

— Kizzie? — Seu tom preocupado me fez voltar a olhá-lo. — Você comeu hoje?

Oliver era um ótimo amigo. Ele se preocupava comigo além do que devia. Geralmente eu implicava, dizendo que ele precisava arrumar uma namorada e sair do meu pé, mas hoje eu fiquei grata por Ollie estar ali.

— Não.

— Então, nós vamos almoçar, e você vai relaxar e esquecer um pouco de Archie Garrett.

Eu torcia para que, além de esquecê-lo, pudesse me livrar desse emprego. Se não conseguisse uma saída, enlouqueceria, e isso, para uma empresária de vinte e oito anos, era o atestado de morte precoce aos quarenta.

— Eu realmente apreciaria uma boa comida.

Ele abriu um sorriso carinhoso, segurando na base das minhas costas, como se soubesse exatamente o que eu precisava. Meus joelhos estavam fracos, mas a determinação parecia gritar no meu ouvido: *"Saia desse trabalho ou ele vai acabar matando você".*

Rezava para que Lyon conseguisse cumprir sua promessa.

ZANE

Reuniões são um porre.

Eu realmente não entendo a necessidade que Yan e Lyon têm de fazer essas porras em um local fechado com mesa de mogno cara e cadeiras típicas da Rainha Elizabeth.

Eu só queria a minha cerveja.

— Então, eu acho que nós poderíamos seguir o seu conselho, Lyon — concordou Carter, verificando algo no celular, provavelmente esperando a ligação de Erin. — Ela é realmente boa como parece?

— *Ela?* — indaguei um pouco alto, franzindo as sobrancelhas.

Aline Sant'Ana

— Meses atrás, na nossa última reunião, na qual você não foi, Lyon trouxe uma ideia — explicou Yan. — Ele conhece uma jovem empresária que é muito competente. Ela conseguiu levar um garoto ao estrelato em dois anos e, olha, ela trabalhou muito duro. Eu e Carter vimos algumas das suas conquistas e pensamos em trazê-la para uma reunião, apenas para ver se vamos nos adaptar também.

— Uma garota? — Gargalhei, me jogando para trás na cadeira. — No meio da nossa porcaria? Ela ia fugir depois de um maldito segundo!

— Se você se comportasse, talvez ela aguentasse todos nós — brincou Carter, e Yan sorriu.

— Ela é realmente ótima. Está mais perto do que eu queria como empresária e, sinceramente, o que vocês dois entendem dos bastidores? — observou o baterista.

Eu não entendia merda nenhuma, mas sabia que um ser do sexo oposto no meio da The M's não daria certo. Tínhamos alguns meses para começarmos a turnê na Europa e, além de escolher a dedo o empresário para lidar com todas as mudanças, precisávamos estar cientes de que essa pessoa viajaria conosco, passaria o dia a dia do nosso lado e coordenaria shows em cinco cidades durante onze noites.

Porra, não precisava ser um gênio para saber que não daria certo.

— Meu voto é não.

— Me dá um motivo plausível, Zane — ordenou Lyon com um suspiro impaciente.

— Ela não vai se acostumar com a nossa bagunça, cara. Ela vai começar a mandar em todo mundo e eu vou odiar cada fodido segundo.

— Zane... — alertou Yan.

— Capaz até de eu levá-la para a cama. Vocês querem isso?

— Não faça tempestade num copo d'água. Ela não vai mandar em você — continuou Lyon. — Kizzie é maravilhosa, profissional; ela nem vai reparar na sua existência.

— Isso eu duvido. — Esbocei um sorriso malicioso no rosto, apreciando o desafio. Uma mulher não reparar em mim? Essa porra era o Apocalipse. Ainda assim, eu não era adepto da ideia. — Mas discordo totalmente. Eu não acho que uma menina viajando conosco pela Europa seja uma boa ideia, caralho. Será que só eu tenho um cérebro aqui?

— Se você se sentir mais confortável, Erin vai conosco — informou Carter. — Ela pode ajudar a nova empresária a não enlouquecer no meio da gente.

11 noites com você

— Kizzie é muito boa no que faz — completou Lyon. — Ela vai conseguir colocar em ordem tudo que está faltando.

— Lua não poderá ir — contemplou Yan, sua voz não escondendo a decepção. Desde que ela decidiu que não iria conosco nessa viagem, havia uma tensão envolvendo os dois. — De qualquer maneira, a Erin vai. Não se preocupe.

Geralmente, eu era o mais inconsequente da The M's e agora os caras estavam levando as coisas sem pensar. A tal Kizzie poderia ser ótima no que faz, mas não daria certo dentro da nossa realidade. Na primeira semana, ela fugiria, vendo a quantidade de porcaria que conseguimos fazer.

— Se vocês acham que isso é o melhor para a banda... — Cruzei os braços na altura do peito, recostando a cabeça e fechando os olhos. — Só me informem o dia que vão chamar essa garota porque eu quero conhecê-la de perto. Se a minha resposta for não, vocês têm que acatá-la.

— Finalmente ele quer participar das decisões — Yan alfinetou.

— É, pelo visto, vocês não têm juízo — acusei, abrindo os olhos e encarando-o diretamente. — Querem fazer o teste em uma nova empresária colocando-a para viajar conosco pela Europa. Estão fodidos e malucos.

— É o melhor teste que ela poderia ter — opinou Carter, cruzando os braços. — Kizzie vai descobrir se quer ou não fazer parte da The M's. É tudo que nós precisamos.

Algo em mim estava inquieto. Coloquei as mãos no cabelo, aproveitando para amarrá-lo com a pulseira elástica preta, e soltei o ar dos pulmões. Não existia razão, vendo do ângulo dos meus amigos, para que eu me sentisse tão desconfortável com uma empresária em nosso meio.

Talvez fosse o fato de não estar acostumado a lidar com muitas mulheres em qualquer âmbito com exceção do sexual. Erin e Lua eram namoradas dos meus melhores amigos e, dessa forma, tudo estava bem. Mas a vida real era diferente. Eu conhecia uma mulher, desejava-a, a levava para a minha cama, esquecia o seu nome em dois segundos e esse era o tipo de relacionamento que eu sabia lidar.

Ter que estar perto de uma mulher além do tempo que eu permitia a mim mesmo...

Cara, isso não ia dar certo.

— No que está pensando, Zane? — Carter se aproximou quando Lyon e Yan saíram da sala.

— Estou pensando que vocês estão me colocando em uma situação de merda.

Aline Sant'Ana

— Por quê?

— Porque vocês querem que eu conviva com uma mulher com a qual eu não vou poder fazer nada... apenas *conviver* com ela.

Carter fechou as sobrancelhas no semblante confuso.

— Você convive com Lua e Erin.

— É diferente, porra!

— Não é, Zane. Ela vai estar lá, profissionalmente falando. Kizzie vai nos auxiliar, viajar conosco, guiar a banda e só. Qual o mistério?

Exatamente.

Qual era o mistério de lidar com uma garota, vinte e quatro horas por dia, durante doze dias e onze noites, a caminho da Europa? Carter e Yan caíram em uma armadilha tão parecida quanto essa, não foi? Que porra!

Sorri para Carter falsamente e coloquei a mão em seu ombro.

— É, cara. Não tem nada demais — menti. — Chamem a garota e nós vamos ver o que vai render disso.

— Só, por favor, não a apavore na entrevista.

Pisquei para Carter.

— Prometo, vocalista.

Kizzie

— Tem certeza?

— Absoluta, Kizzie. Venha aqui amanhã, está bem?

— Combinado!

Desliguei o telefone, sentindo minhas mãos trêmulas e o coração saltando dentro do peito. Eu não podia acreditar no convite que recebi! Oliver lançou um olhar preocupado por cima da mesa, bebendo um gole do vinho branco gelado que acompanhava o peixe assado com arroz que pedimos para o almoço.

Ele não fazia ideia do que eu tinha acabado de escutar.

— Pelo visto, a notícia é boa — arriscou Oliver.

Definitivamente o peso do mundo saiu das minhas costas. O desafio que Lyon tinha me apresentado era maior do que eu podia mensurar. Não seria fácil, mas pelo menos não estaria lidando com uma criança, e sim com uma banda.

Uma das maiores bandas do momento.

— Conhece a The M's?

Oliver deixou a taça já vazia sobre a mesa, seus olhos estreitos me medindo. Ele abriu um sorriso leve, buscando aonde eu iria chegar com aquilo.

— Claro.

— Lyon estava trabalhando para eles, mas você sabe que Lyon não é um empresário de verdade, só um ex-assistente do irresponsável Stuart. Agora, a banda está uma bagunça, e os meninos estão procurando alguém que se encaixe em suas exigências. Que tenha experiência em *tours*, que saiba lidar com relações públicas, além de auxiliar em toda a área administrativa. Principalmente, alguém que consiga liderar uma equipe.

— Lyon te indicou? — questionou, sua voz elevando uma oitava em surpresa.

Fiz uma pausa dramática para dar a notícia, mas abri um sorriso em seguida.

— Sim! — gritei.

Oliver se levantou da cadeira e me puxou para um abraço no meio do restaurante, fazendo todas as louças tilintarem e as pessoas nos encararem. A minha felicidade estava elevada a níveis absurdos e, por um momento, deixei aquele gesto de carinho acontecer. Eu finalmente estaria livre dos compromissos com Archie e suas manias estranhas em meio à grosseria e estupidez. Além disso, poderia colocar à prova toda a experiência de anos, somada aos estágios que fazia ao lado do meu pai, que também era um empresário.

— Você merece isso, Kizzie! Depois de tudo o que você passou com Archie e na sua vida pessoal... é sério, eu não poderia estar mais feliz por você — Oliver felicitou-me no meio do abraço.

Nós não tocávamos no assunto obscuro da minha vida particular. Eram muitas memórias infelizes para um dia tão grandioso como o de hoje. Ainda assim, fechei os olhos ao sentir o perfume de Oliver, pois era um lembrete claro do momento em que o meu mundo havia desabado.

— Eu vou colocar ordem naquela banda, Ollie. — Afastei-me dos seus braços para não me tornar inutilmente sentimental e segurei em seus ombros largos. — Lyon me disse mais ou menos como eles estão. Você acredita que não têm uma equipe de segurança?

Oliver riu, ou melhor, gargalhou.

— É sério?

— Sim! Eles passam de bandas como Maroon 5 em quesito fama e não têm uma equipe de segurança. Vai ser, sem dúvida, a primeira coisa que vou mudar.

Aline Sant'Ana

— Escreva uma proposta com tudo o que você quer e, na hora da reunião, apresente cada ponto. Eles vão ficar chocados com a sua eficiência, tenho certeza.

Abracei Ollie mais uma vez.

— Agora eu preciso ir. Tenho que preparar todo o planejamento e a minha cabeça já está girando.

Não quis dizer que, além da minha cabeça estar agitada pelas informações, o meu estômago estava enjoado e sensível. Tanto estresse, tantos problemas, tantas atribulações. Era de se esperar que o meu corpo sofresse as consequências.

— Eu te dou uma carona.

ZANE

Isolado no meu apartamento, de cara com a vista de Miami, observei lá fora. Eu sentia falta de Londres e da sua característica aparência europeia, além da neve e dos casacos que cobriam cada centímetro do corpo. Também sentia falta da minha família, que, embora morasse em Miami, eu não tinha muito tempo para estar por perto.

Traguei o cigarro mentolado, ouvindo a porta do elevador se abrir.

Pelo barulho dos saltos e a maneira como eles estalavam no chão, só poderia ser a namorada do vocalista.

— O que você está fazendo?

Coloquei a mão sobre a minha barriga nua, sorrindo para Erin.

— O que parece que estou fazendo, gata? Estou fumando e olhando para Miami. O que houve?

— Carter saiu com Yan por um momento e pediu para eu ver como você está. — Ela se sentou na poltrona de vime ao lado da minha, esticando as pernas compridas e pálidas. O bronzeado do cruzeiro não durou um mês naquela garota. Após um ano, então, parecia o Gasparzinho. — Não gostou da decisão dos meninos sobre a nova empresária?

A fumaça queimou meu pulmão e eu lembrei de exalar.

— Só acho que será estranho uma empresária no meio dessa bagunça.

Ela mirou os olhos azuis em mim, depois desviou o olhar, colocando uma mecha do cabelo ruivo atrás da orelha.

— Lua achou maravilhoso. Ela acredita que uma mulher vai impor o respeito que vocês geralmente não têm com seus empresários. Eu, particularmente, também gostei. Mas, você sabe, isso só vai acontecer se você aprovar.

— É, tô sabendo.

Joguei a fumaça para longe, tentando absorver as palavras de Erin. Estava ansioso para amanhã, quando Lyon havia dito que chamara Kizzie para uma entrevista. A menina tinha um nome excêntrico, isso merecia crédito, mas o quanto ela estaria disposta a resolver todas as falhas da banda? Existia muita merda sob o tapete que nós nem nos preocupávamos mais em esconder.

— O que te preocupa, Zane?

— Estou acostumado a não ter relação com mulher, a não ser, você sabe, para transar.

— Você não pode ser amigo dela? Nós somos amigos e não tem nada de mal nisso.

— Você não entende.

Ela voltou a ficar em silêncio e começou a torcer os dedos da mão. Observei-a, enquanto levava o cigarro novamente aos lábios.

— Eu tenho uma filosofia. Uma ideia que parece ser estúpida, mas é a única maneira de seguir a minha vida.

— E qual é essa filosofia? — perguntou.

— Eu vivo. Não me aproximo de nenhuma mulher por mais de vinte e quatro horas. Dessa forma, consigo respirar em paz.

— É porque não quer se apaixonar? — completou a dedução.

— Não me apaixonei porque não aconteceu, mas isso não significa que eu queira, Erin. Então, me mantenho afastado dessa porra toda. Me envolvo por uma noite. Esse é o fim. Tempo máximo: vinte e quatro horas.

Erin se inclinou da cadeira, tocando o meu braço com a ponta dos dedos e as unhas. Seus olhos brilharam carinhosos e um afeto quase familiar passou por eles.

— O que você teme tanto a respeito do amor? Ele dá certo, Zane. Funciona para todo mundo que encontra a reciprocidade no sentimento.

— Porque, caralho, eu estou confortável dentro do meu próprio mundo, vivendo a minha vida, aproveitando a fama que a banda trouxe. Posso torrar o dinheiro da forma que quiser e ficar com todas as mulheres que encontrar. Elas se deslumbram quando me olham, é como se eu fosse tudo o que elas querem... A vida é boa assim, eu não desejo mudança.

— Então, não estamos mais falando da suposta nova empresária da banda.

Aline Sant'Ana

Estamos falando de você se sentir sufocado quando fica perto de qualquer mulher por mais de vinte e quatro horas. Não é ela o problema, já que nem a conhece, mas sim o medo que sente de cair na mesma armadilha que Carter e Yan caíram.

— Erin, que droga você usou? — resmunguei, porque aquele assunto já era demais.

— Você foge do amor, Zane.

— Eu sou vacinado contra ele, gata. É diferente.

Erin sorriu.

— Ninguém é vacinado. Todo mundo se apaixona, ao menos uma vez. Olha, quando isso acontecer e você perceber que realmente é amor, Zane, não lute contra o sentimento. Não vai ser bom se você entrar em estágio de negação.

— Estou confortável vivendo sem essa merda, Erin. E se um dia eu começar a sentir isso, pode ter certeza de que vou conseguir lutar contra.

Ela riu.

— Querido, você nem vai perceber a hora que ele bater na sua porta.

Joguei o final do cigarro com um peteleco para fora da varanda e me levantei, sentindo coceiras por todo o corpo somente com a possibilidade de Erin estar certa.

A porta do meu elevador se abriu em seguida, interrompendo a conversa. Lua, com os cabelos loiros balançando de um lado para o outro como se fosse uma maldita diva da televisão, surgiu com seu largo e elegante sorriso.

— Cadê a comida dessa casa? — exigiu, já se enfiando na minha cozinha. Soltei uma série de palavrões e Erin riu. Lua estava agitada e, mesmo que ela fosse sempre tão animada, as constantes discussões com Yan sobre a viagem para a Europa a deixavam ainda mais elétrica. — Vamos preparar uma salada *Caesar*. Zane, vem me ajudar.

— Eu não quero comer — devolvi bem alto para que Lua não começasse a bagunçar toda a geladeira.

— Que horror! Você só tem bacon, queijo, ovos, leite e cerveja? Como sobrevive?

Tarde demais.

A ruiva cruzou os braços e deu de ombros. Voltei a olhar para Lua quase em desespero e prendi a respiração quando a vi fuçar até encontrar um pé de alface.

— Me diz que ela vai embora, Erin — pedi baixinho.

— Vocês da The M's só querem saber de malhar, comer porcaria e malhar

11 noites com você

— Lua reclamou. — Eu realmente não sei como conseguem se manter em pé sem todas as vitaminas necessárias. Deviam fazer comigo uma dieta saudável que combinasse com a série de exercícios que vocês fazem. Eu fico assustada com a quantidade de peso que levantam. E, olha, não dá para viver só de bacon e ovo, viu?

Fechei os olhos e tive que segurar tudo de mim para não pegar as duas, jogá-las em meus ombros e levá-las para os seus respectivos homens.

Relacionamentos. Isso *definitivamente* não era pra mim.

Kizzie

Quando o *insight* finalmente terminou, o Word estava com cinco mil palavras em tópicos, o relógio já tinha passado da meia-noite e eu me esqueci de tomar banho e jantar. Meus olhos estavam cansados, exigindo que eu dormisse, mas a ansiedade era enorme.

Eu mal podia esperar para apresentar tudo isso para Lyon e ver o que ele achava da proposta um tanto desafiadora.

Miska, minha gata, saltou sobre o teclado, esticando o corpo pequeno e o rabo comprido. Seus olhos cor de mel me pediram carinho e eu afaguei os pelos compridos cor de areia.

— Estou cansada, mas posso dar atenção para você. Está com fome?

Miska miou.

Estiquei meu corpo e levantei. Miska me acompanhou até a cozinha e eu coloquei sua ração no pequeno pote cor-de-rosa. Ela lambeu as patas gordinhas antes de devorar o jantar. Ri sozinha, coloquei um prato pronto congelado no micro-ondas e esperei esquentar. Sentei na bancada, degustando o jantar com um copo de suco de laranja, ainda revolvendo a mente nas questões apresentadas para melhoria da The M's.

Meus pensamentos foram interrompidos quando o meu celular apitou, avisando que existia uma nova mensagem.

De: Christopher

Você nunca mais vai me responder, K?
Sabe que isso é impossível.
Precisamos conversar.

Aline Sant'Ana

Apaguei a mensagem e sequei as lágrimas traiçoeiras e venenosas; elas não eram bem-vindas. Levantei e deixei o prato quase intocado sobre a pia, tentando aniquilar o meu passado ao lado de Christopher e as imagens vívidas que eu tinha de nós dois na memória e que queriam vir à tona. Eu precisava evitá-lo para o meu próprio bem, ou a omissão que cometi, cedo ou tarde, explodiria em minhas mãos.

Miska passou entre as minhas pernas, com a atitude carinhosa de sempre, demonstrando que estava ali para o que eu precisasse.

Chorei de raiva naquela noite, mesmo que a felicidade de estar tão perto de um emprego novo fosse maior do que a angústia. Agarrada ao celular, olhando o nome de Christopher piscar a cada nova mensagem e tentativa de contato, o travesseiro ficou desconfortável, quente e úmido.

Apaguei todos os envelopes minúsculos a cada notificação antes que a vontade de respondê-las xingando-o fosse maior do que orgulho que, por fim, podia me dar ao luxo de sentir.

11 noites com você

CAPÍTULO 2

I must be dreaming
You fit so perfect
I wanna give myself away
You must be worth it

— Pia Mia, "Red Love".

Dois anos atrás

Kizzie

Terminei o primeiro Cosmopolitan já pedindo o segundo, enquanto Oliver se mantinha no Dry Martini. Lyon parecia descontraído também, bebericando um uísque duplo com gelo, contando algumas das suas pérolas do emprego com Stuart. Conheci-o há alguns meses e, por um acaso, acabamos nos reencontrando.

— Marquei com um colega hoje, ele deve estar para chegar — disse Lyon, ajeitando a gravata azul do terno cinza.

— Um tal de Christopher, certo? — indagou uma voz rouca e provocativa atrás de Lyon.

Seu sorriso perfeito acompanhado de lábios médios reluziu na pele levemente dourada. O cabelo castanho-claro tinha um corte bem rente nas laterais e com quatro dedos de altura na parte de cima, bagunçado de um modo elegante. O homem vestia um terno escuro, somado a uma gravata em tom mesclado de vermelho e vinho, conforme a luz batia na peça. A altura dele deveria passar dos um e oitenta e os ombros eram largos, quase como se não pudessem conter o terno caro sobre eles.

Remexi-me no banquinho, porque de repente o lugar ficou mais quente, e continuei a admirá-lo.

O queixo pontudo tinha uma pequena covinha no meio e a barba por fazer denunciava sua preguiça matinal. Não deveria passar dos trinta anos. As maçãs do rosto eram bem profundas e marcavam um semblante austero que combinava bem com os olhos azuis sedutores.

— E aí, Chris? — Lyon se levantou, batendo nas costas do colega. Nesse instante, o homem focou os olhos em mim, e um sorriso lento e perigoso se esboçou em seus lábios.

Aline Sant'Ana

Eu poderia culpar o Cosmopolitan, poderia dizer que o fogo que aquecia o meu estômago vinha exclusivamente do álcool, mas a verdade é que, no momento em que pus meus olhos nele, toda a libido que pensei ter ido embora com as decepções amorosas passadas voltaram a todo vapor, cobrando impostos e taxas que há muito esqueci de pagar.

— Não vai me apresentar aos seus amigos? — Christopher se aproximou, causando uma euforia no meu coração. Não era possível que em tão pouco tempo ele tivesse mexido tanto assim comigo, mas eu não podia omitir as reações do meu corpo.

— Ah, claro! — Atrapalhou-se Lyon. — Esse é o Oliver e essa é a Kizzie.

Oliver cumprimentou Christopher com um aperto de mão e troca de sorrisos. Quando o amigo de Lyon ficou frente a frente comigo, seu corpo se inclinou para me dar um beijo na bochecha. Seus lábios tocaram o canto da minha boca e sua mão chegou à cintura. Eu fechei os olhos, inspirando profundamente o perfume forte de frescor amadeirado e floral. Eu queria mergulhar no seu pescoço e ficar ali para sempre. Minha boca ainda vibrava com a possibilidade de contato.

— Kizzie. Esse é mesmo o seu nome?

Senti um sorriso inevitável se formar.

— Meu nome é Keziah Hastings. Kizzie é apenas o apelido, mas estou tão acostumada que me esqueço do meu nome de batismo.

Christopher pareceu deslumbrado. Seu sorriso se abriu ainda mais e ele tomou o lugar de Lyon. Oliver pareceu ter percebido a atenção súbita e a atração que nos envolveu, pois puxou Lyon para outro lugar e, em questão de alguns minutos, ambos já estavam dando atenção para um par de garotas.

— É um lindo nome — confessou Christopher, sentando-se na minha frente. Nossos joelhos se tocaram e ele não desviou os olhos dos meus nem para pedir a sua vodca pura com gelo.

— Obrigada — respondi, observando quase hipnotizada os seus lábios tocando a borda do copo.

— E o que você está buscando essa noite, Kiz?

— Eu não sei. E você? O que busca?

O homem batucou os dedos sobre a bancada, me fazendo imediatamente perceber a marca de sol pertencente a uma aliança em sua mão esquerda. A marca era recente e deduzi que se divorciou há pouco tempo. Christopher percebeu o meu olhar e deixou a mão estendida para que eu pudesse ver. Seu semblante pareceu perdido, como se caçasse algo na memória.

— É uma situação complicada — esclareceu. — Estou em processo de divórcio.

Decidi não tocar no assunto. Eu realmente não queria ser sua psicóloga e ele era bonito demais a ponto de eu esquecer os bons modos e adicionar alguns pecados à minha lista.

Estava solteiro, bebendo em um bar e eu o queria por essa noite.

— Não vamos conversar sobre isso. — Garanti que não era aquele caminho que iríamos percorrer.

O sorriso que ganhei significou que Christopher adorou a ideia.

— O que acha de agirmos, então?

Encarei o mais infinito azul, mergulhando nas profundezas daquele homem. Abri um sorriso em resposta e ele abriu outro, segurando a minha nuca a ponto de colar nossos narizes. Christopher grudou nossas bocas e, como se o destino não conseguisse lidar com a nossa explosão, no segundo seguinte, todas as luzes se apagaram.

A energia do bar acabou.

Mas eu e Christopher não paramos e continuamos a nos beijar até precisarmos levantar para colar nossos corpos. Ele me grudou na parede, sua mão e sua boca em todos os lugares, fazendo a minha cabeça girar.

Nós não nos importamos quando o bar voltou a ter energia e muito menos com os gritos de "Viva!" das pessoas que se indignaram pelos minutos sem iluminação.

Para nós, o mundo tinha parado de girar.

E foi maravilhoso cada segundo.

Aline Sant'Ana

11 noites com você

CAPÍTULO 3

**Well I just heard
The news today
It seems my life
Is gonna change**

— **Creed, "With Arms Wide Open".**

Dias atuais

Kizzie

Dirigi pelas ruas agitadas de Miami, percebendo que a temperatura estava exageradamente alta para a estação, fazendo eu me render ao ar-condicionado. Por questão de sorte — e também alguns atalhos —, cheguei cerca de vinte minutos adiantada e procurei a rua que Lyon me indicou com o número que ainda estava na cabeça.

Apesar do nervosismo, agarrei a bolsa vermelha contra o peito e obriguei minhas pernas a entrarem no prédio de arquitetura moderna. Chegando ao elevador espelhado, os números começaram a contar até o décimo quinto andar surgir com o aviso da voz robótica. Assim que as portas se abriram, Lyon surgiu. Ele estava me aguardando com um sorriso.

— Oi, Kiz! Que bom que você veio!

— Claro. É uma ótima oportunidade. O pessoal já chegou?

— Carter e Yan sim. — Ele pigarreou, parecendo desconfortável. — Zane, no entanto, está atrasado.

Fiz uma boa pesquisa sobre os meninos na internet na noite passada. Não era fã a ponto de conhecer suas personalidades. Claro que ouvia algumas músicas, mas não de modo que pudesse saber mais do que três ou quatro canções de cabeça.

Bem, em todas as pesquisas que fiz, Zane era o que se sobressaía. Carter teve uma repercussão muito positiva com seu namoro com uma modelo internacional, mas não usava isso a seu favor, e Yan, em razão do relacionamento com a filha do prefeito de Miami, parecia estar sob holofotes políticos. No entanto, segundo as dicas de Lyon ao telefone, o garoto teria problemas quando eu começasse a colocar ordem na casa, pois estava acostumado a comandar e organizar os

Aline Sant'Ana

28

problemas da banda.

Já Zane, só podia se destacar... negativamente.

Digitando seu nome no campo de pesquisas, alguns escândalos como dançar em uma boate beijando três garotas ao mesmo tempo, nadar nu em uma lagoa com os amigos, fazer sexo em público em uma praia e outras espécies de coisas bizarras e bem promíscuas jorraram na tela. Eu sabia que não poderia trabalhar com um cara que abaixava as calças sem pudor no meio de fãs menores de idade. Isso não estaria acontecendo. Nem o Justin Bieber, quando quis dar uma de rebelde, teve tanta sorte e, olha, ele não era o *baby* das mocinhas?

Eu não poderia trabalhar com meninos tão desencontrados de suas áreas. Eles tinham que fazer música e isso é tudo. Zane parecia uma Kardashian; Carter era o anjo que todos queriam ver, mas estava recluso depois que começou a namorar; e Yan era um louco por controle que achava que era o administrador da banda ao invés de baterista.

Sem falar na história ridícula de não terem um baixista.

Isso tinha que mudar.

Eu sabia que a minha proposta ia assustá-los. Além de montar uma equipe para cuidar da imagem deles e as questões de segurança, eu estava propondo que mudassem um pouco suas personalidades para que pudessem se adaptar à mídia. Rockstars têm o hábito de serem sem vergonha, mas, se aprendi algo ao longo da carreira do meu pai, é que grandes escândalos jamais são esquecidos e se manterem reclusos em suas conchas, como Carter e Yan estavam fazendo, também não parecia certo.

Voltei para a realidade quando Lyon colocou a mão nas minhas costas, me guiando até a extensa porta de madeira oscura. Ele a abriu e as duas primeiras pessoas que eu me deparei não foram as que eu esperava.

— Oi, Kizzie! Prazer, eu sou a Erin, namorada do vocalista — apresentou-se a modelo ruiva, estendendo a mão. Eu sabia que era a namorada do Carter mesmo antes de ela dizer. Seu sorriso foi convidativo, as sardas parecendo serem escolhidas a dedo e os olhos azuis como o céu brilhavam de modo apaixonado. Levou apenas um segundo para eu gostar dela. — E essa é a minha melhor amiga e namorada do Yan, Lua.

A loira, ao invés de estender a mão, me puxou para um abraço. Jesus, eu não gostava de abraços. De qualquer maneira, retribuí de modo amigável, ouvindo Lua tagarelar sobre eu não me assustar e precisar agir cautelosamente perto do Zane, como se ele fosse um animal selvagem e sem controle das faculdades mentais.

11 noites com você

No meio do abraço e falatório, pude perceber que as duas eram alguns centímetros mais altas do que eu, mesmo que eu estivesse em meus saltos e elas apenas de sapatilhas e rasteirinhas. Lua tinha olhos castanhos com um toque profundo de verde-escuro, os cabelos loiros caindo em produzidas ondas.

Elas eram mais bonitas pessoalmente do que nas fotos, embora eu tenha achado Lua um pouco pálida demais em contraste ao bronzeado natural que tinha visto nas fotografias. Ela também havia perdido uns bons quilos.

— Vocês a estão assustando e eu pensei que éramos nós que faríamos isso — disse uma voz profunda e aveludada. Carter McDevitt.

Ele puxou a namorada e Yan também abraçou a sua. Tomei um tempo olhando para eles, absorvendo a presença enigmática de tanta gente bonita no mesmo lugar. Carter tinha os cabelos cor de areia e profundos olhos verdes, claros como uvas italianas. Sua altura era absurda e os ombros largos com os braços tatuados davam a presença que um vocalista de uma banda famosa precisava ter. Yan era ainda maior, se possível. Os cabelos de um tom de castanho com alguns fios dourados no corte despojado e seus olhos tinham a cor das nuvens mais carregadas.

Soltei um suspiro.

— Eu gostaria de saber se podemos começar sem o...

No instante em que eu ia dizer seu nome, a porta se abriu, fazendo-me estagnar no lugar.

Zane D'Auvray, em toda a sua glória, surgiu como o rockstar que era. Carregando uma loira e uma morena em cada braço, vestindo uma camiseta gola V branca, que destacava o bronzeado da pele, calças jeans justas e óculos espelhados no maior estilo retrô, ele parecia uma divindade ou um símbolo sexual, era só escolher o melhor adjetivo.

Seus cabelos castanho-escuros e um pouco ondulados emolduravam o rosto esculpido e o comprimento parava antes de chegar aos ombros. O semblante era marcado por um maxilar quadrado que acompanhava a pele lisa, sem barba. Seu nariz levemente largo nas narinas, mas arrebitado no meio, parecia quase tão arrogante quanto a sua personalidade.

Soltei o ar quando ele arrancou os óculos escuros e se despediu das garotas com um beijo breve em suas bocas. Elas saíram rebolando. Sua atenção — depois de olhar muito o requebrar dos quadris das meninas — finalmente pairou sobre mim.

Os olhos escuros dançaram em um tom de mel devido à claridade das janelas.

Aline Sant'Ana

— Você é a Kizzie?

ZANE

Ela era muito nova para ser uma empresária, eu estava certo que não passava dos vinte e três anos e apostaria a minha bola esquerda nisso. Sua altura parecia diminuta; mesmo de salto, Kizzie só conseguia chegar até meus ombros. Seus cabelos negros e compridos combinavam com a pele bronzeada típica de Miami e os olhos pareciam brilhar em dourado. Desci a minha admiração para os lábios cheios e provocativos e parei por um momento, imaginando como seria beijá-la ali. Continuei. Seu corpo tinha curvas; não havia nada pouco em Kizzie. Quadris e seios eram os destaques principais e a camisa branca me deixava ter uma amostra do decote farto e da marca do biquíni, me fazendo imaginar que espécie de sutiã ela usava por baixo daquilo tudo.

Caralho...

Eu não queria ficar encarando como aquela baixinha era gostosa, mas eu realmente não podia acreditar que estavam tentando colocar uma mulher bonita para administrar a banda.

Era a mesma coisa que deixar a Chapeuzinho Vermelho perto do Lobo Mal, porra.

— Muito gostosa.

Ela piscou rapidamente e eu me dei conta de que falei alto demais.

Sorri de lado.

— O que foi que você disse? — rebateu.

— Nada. Então, você é a tal Kizzie? — repeti a pergunta inicial.

Me olhou desconfiada por um momento antes de responder.

— Sou sim. Nós podemos começar a reunião? — alfinetou, me dando um sorriso quase atrevido demais para quem estava em uma entrevista de emprego.

Coloquei os óculos na gola da camiseta e deixei um preguiçoso sorriso esboçar nos meus lábios. Carter sentou-se ao lado de Erin, Lyon ainda estava entre nós. Yan, distante de Lua, que já conversava com a melhor amiga, me fitava, lançando quase um aviso em silêncio para que eu não estragasse tudo. Peguei uma das minhas palhetas que estava pendurada no comprido colar e levei até a boca, observando que Kizzie não acompanhou o movimento.

Qualquer mulher acompanharia o movimento.

Hum, interessante.

— Você é uma criança, Kizzie. Que tal começarmos a reunião assim? — Sustentei o sorriso com a palheta preta entre os lábios, brincando com ela através da língua. — Você é maior de idade?

A surpresa passou por cada centímetro do seu rosto. Vi Kizzie ficar corada e eu sabia que não era de vergonha. Ela estava puta da vida comigo e nós não tínhamos interagido nem por cinco minutos.

— Zane... — advertiu Yan, sorrindo para Kizzie, que já o acompanhava até a mesa. Kizzie me lançou um olhar sobre o ombro.

— É necessário muito mais do que um comentário assim para me deixar com medo. A propósito, eu tenho vinte e oito anos.

— Eu só acredito vendo a sua identidade, gata.

Um sorriso apareceu no rosto duro e profissional.

— Vou tomar como um elogio e não um insulto. Muito obrigada.

Estava me divertindo com a ousadia de Kizzie e um pouco surpreso pelo fato de ela não ter demonstrado qualquer fraqueza perto de mim. As mulheres me secavam, elas transavam comigo através do olhar, gritavam quando eu chegava perto delas. Com exceção de Erin, Lua e da minha mãe, era assim que acontecia.

O que eu tinha que não atraía Kizzie?

Kizzie

Recompus a minha postura e retirei da bolsa o conjunto de seis folhas que estava disposta a apresentar para eles. Esperei que todos se acomodassem e fiz questão de não olhar para Zane. Foquei em Carter e Yan, depois em suas namoradas e, por fim, em Lyon.

Zane estava fazendo tudo o que podia para chamar a minha atenção.

Ele tinha as pernas sobre a mesa, a língua brincando com a palheta estúpida e os olhos naturalmente castanhos reluzindo em um tom de mel pelo sol que entrava pelas largas janelas. Zane prendeu os cabelos bagunçados em um coque atrás da cabeça e deixou duas mechas emoldurando o rosto desenhado.

Percebi tudo isso com a visão periférica.

É sério? Ele era tão inseguro que precisava que todas as mulheres do universo caíssem a seus pés? Era tão cego em seu próprio mundo que não enxergava que existiam coisas muito mais interessantes do que ficar babando no guitarrista da The M's?

Pela sua tentativa de sedução, era exatamente isso.

Aline Sant'Ana

32

— Eu preparei algumas coisas para apresentar a vocês hoje. Lyon conversou brevemente comigo pelo telefone e o resto eu pesquisei, conseguindo tirar certas conclusões.

— Há muita coisa errada com a banda — concordou Lyon.

— Sim, há. Vocês não possuem uma equipe de confiança para fazer a segurança, apenas contratam serviços de terceiros e não mantêm um padrão. É essencial que confiem em quem protege a vida de vocês.

Yan colocou a mão sob o queixo e Carter pareceu interessado.

Continuei apresentando as partes técnicas, fazendo perguntas e concluindo que todos os meus medos eram verdadeiros. A equipe por trás da The M's era despreparada e não adiantava os garotos terem talento se não existia ordem.

— Vocês não têm ninguém que controle as redes sociais. Precisam disso, pois ajuda no marketing. Também precisam encontrar uma maneira de estarem mais presentes na mídia, o que me traz à parte mais crítica dessa conversa. Na verdade, às minhas quatro exigências.

Depois de uma hora, todos estavam cansados, mas eu precisava abordar os últimos pontos principais. Zane parou de fazer gracinha e sua atenção pelo que eu estava dizendo, finalmente, passou a se tornar profissional.

— Carter, você é o vocalista do grupo. Infelizmente ou felizmente, é o foco principal da The M's. As pessoas se espelham e idolatram seu nome. Eu soube que você era um frequentador das redes sociais no ano passado, mas ultimamente tem se mantido afastado. Não sei qual a razão, mas eu preciso que volte. As suas fãs acabam se sentindo abandonadas e temos vários vestígios disso nas redes sociais. Caso queira, o Facebook e o Twitter podem ficar sob responsabilidade da equipe, mas ao menos o Instagram, no qual o número de seguidores é monstruoso, eu preciso que você coordene.

Ele assentiu e começou a conversar baixinho com a namorada.

— Yan, eu entendo a sua preocupação com a banda, mas, se vocês decidirem me contratar, a minha exigência em relação a você é: não se meta nas coisas que vou fazer. Entendo a sua necessidade por controle, a vontade que tem de ter acesso e mandar em tudo, mas você é o baterista e não o empresário. Evidentemente, deixarei vocês a par de tudo, inclusive da agenda com antecedência de até um ano, para os planos de longo prazo. Falaremos de tudo e teremos reuniões semanais e estarei disponível sempre, mas, por favor, me deixe fazer o meu trabalho e você faz o seu, certo?

Lua sorriu discretamente e Yan moveu o maxilar para frente e para trás, parecendo desconfortável com a minha bronca.

11 noites com você

— Como sabe sobre as manias que tenho?

— Lyon me deixou a par e, como ele sabe que gosto de liderar sozinha, já me deixou ciente das suas características. Não pense que estou sendo mandona, mas é que você não tem que fazer esse papel, Yan. Você é o famoso aqui e eu, somente eu, sou contratada para não deixar nenhuma dor de cabeça para vocês, entendido?

— Ele vai entender, com o tempo — prometeu Lua, amanciando com a voz seu namorado carrancudo.

Agora era a vez de falar a terceira e penúltima coisa. Virei meu corpo até estar direcionada para o lado direito, para Zane. Seus olhos se estreitaram quando o encarei e eu sabia que ele já podia sentir a bomba vindo. O guitarrista da The M's apoiou os cotovelos sobre a mesa de mogno e deixou o lábio inferior preso na boca, ansioso para me ouvir.

— Zane, o meu pedido para você talvez seja o mais complicado, o que mais vai exigir uma mudança comportamental, além de forte comprometimento. Antes que eu fale qualquer coisa, já aviso: não estou te privando, apenas fazendo algumas alterações.

— O que foi, Kizzie? — Riu. — Vai me colocar um cinto de castidade?

— É quase isso. — Sorri por sua cara de choque.

Zane arregalou os olhos, mas manteve a postura dura, ombros rígidos e braços tatuados sobre a mesa.

— O que eu preciso é que você pare de envergonhar a banda em público. Quando jogo o seu nome no Google, a primeira coisa que aparece são fotos suas seminu em festas ou alguma reportagem falando de algum escândalo em que se meteu. De verdade, Zane. Você já pesquisou sobre si mesmo?

— Eu curto a minha vida — rebateu, na defensiva. — Que mal há nisso?

— O mal é que você está sempre envolvido nas piores situações. Você se lembra que beijou a Hailey O'Dare em uma festa há dois dias? Porque a mídia lembra.

Retirei o meu notebook de dentro da bolsa e rapidamente o liguei. Assim que tive acesso à internet, digitei seu nome no Google e virei a tela em sua direção. Hailey era a filha de um roqueiro que fez sucesso nos anos oitenta e agora já existiam boatos de que Zane a tinha engravidado e que eles iam se casar. Como a The M's quase nunca se pronunciava na mídia, o assunto estava rolando como um vírus na internet.

— Você entende por que precisa se comportar?

Aline Sant'Ana

34

Para minha surpresa, Zane começou a gargalhar.

— Você acha que eu me importo com o que as pessoas dizem?

— Acontece que você precisa se importar com a sua imagem, sim, Zane. Você é uma figura pública. Tudo o que faz não afeta somente a você, mas a todos da banda.

— Eu faço o que eu quiser da porra da minha vida, caralho! — Ele se levantou, zangado, deixando o sotaque britânico sair por completo. Eu rolei os olhos, percebendo que a diferença entre Zane e Archie era mínima. — Eu sabia que isso não ia dar certo.

— Não preciso te conhecer mais do que duas horas para saber que você está tendo uma visão distorcida do que é ser famoso.

— Você não pode chegar aqui e achar que manda em mim, mulher.

— Cresça, Zane! Isso é trabalho! Quer aproveitar a sua vida? Ótimo. Construa uma casa no meio do nada, leve todas as garotas que quiser para dentro dela e faça sexo no teto, se bem entender. Mas não dance seminu com adolescentes em uma festa pública, não beba a ponto de precisar ser arrastado por Yan, como aconteceu há pouco, não beije filhas de ídolos e diga que vai casar com elas sem que tenha a intenção de fazer isso.

— Eu não disse nada disso, porra. De onde tirou isso, Kizzie?

Peguei o notebook da sua mão com certa aspereza e desci a barra de rolagem para a notícia seguinte.

"Hailey O'Dare diz que a experiência de estar com Zane D'Auvray foi mágica e que, depois do pedido de casamento, só espera que ele se pronuncie oficialmente."

Zane deixou o queixo cair e, por um momento, se calou, sentando-se na cadeira e lendo a notícia, talvez percebendo a merda que fez. Eu cruzei os braços na altura dos seios, sentindo-me mais calma depois do desabafo, observando todos em choque, assim como o guitarrista estava.

— Zane, você realmente não pode fazer esse tipo de coisa — se pronunciou Yan.

— Ele não pode e não vai! — interceptou Lua. — Essa imagem de conquistador acabou se tornando um verdadeiro fiasco. A única coisa que falta é um paparazzi te pegar nu em uma casa de praia.

— Já fizeram isso — esclareci.

— Ah, Zane — lamentou Erin. Desde que comecei a falar sobre ele, percebi que ela tinha um carinho especial pelo amigo. — Escute o que a Kizzie está dizendo.

11 noites com você

— É, cara — articulou o vocalista. — Você precisa andar em linha reta por um tempo.

Ele se manteve em silêncio, digitando e lendo as coisas que surgiam na tela. As minhas condições eram essas. Eu não trabalharia com uma banda que não tinha comprometimento. Para mim, havia inúmeros sacrifícios também. Precisaria ficar disponível para eles a hora que bem entendessem, não existia feriado ou finais de semana, e eu tinha que consertar anos de falta de planejamento em alguns meses.

Carter precisava participar mais das redes sociais e colocar o seu lindo rosto na televisão, Yan tinha que parar de ser controlador e Zane, de fazer as suas promiscuidades aos olhos de todos.

Isso era tudo que eu podia pedir.

— Você quer que eu pare de transar? De viver? De beber e de curtir as minhas festas? Isso não vai acontecer, merda.

— Eu quero que você transe escondido, que viva da sua maneira esdrúxula longe dos holofotes, que beba no conforto da sua casa, ao lado dos seus amigos, e que faça festas nas quais você tenha acesso aos convidados. A sua fama é grande, Zane. Não há como aparecer em uma balada, dançar com uma garota e achar que isso não vai estar exposto no dia seguinte. Você precisa saber bem onde pisa, como pisa e de que forma deve pisar.

— Então, eu só preciso diminuir o ritmo? — Zane tentou compreender o pedido simples.

— Foi o que eu disse para ele há quatro meses — resmungou Yan.

— Cale a boca, Yan — revidou Zane.

— Eu só preciso que você sossegue um pouco. Acha que consegue fazer isso? Tente não ir para festas nos próximos meses e, se for beijar uma garota, tenha certeza de que ela não vai fazer um escândalo sobre isso no dia seguinte.

Eu ia acrescentar que ele deveria manter o pênis dentro da calça, mas algo me fez recuar. Esse tipo de brincadeira antiprofissional não estaria acontecendo entre nós.

— Vocês realmente querem que ela seja a nossa empresária? — Zane interrogou os amigos, e eu mantive a expressão neutra.

— Ela é perfeita para vocês — Erin elogiou, dando um sorriso cúmplice. — Vai colocar ordem no que falta e tornar a The M's ainda maior.

Zane me lançou um olhar, analisando-me de cima a baixo. Seus olhos ficaram semicerrados quando fitaram os meus. Acabei prendendo a respiração por alguns segundos enquanto ficava presa às correntes invisíveis da sua expressão rígida.

Aline Sant'Ana

— Ótimo! — ele disse, se levantando da cadeira. Zane colocou as palmas da mão sobre a mesa, inclinando metade do corpo sobre ela. — Então, você está preparada para passar onze noites com a The M's na Europa?

Lancei um olhar desconfiado para Lyon, que ajeitava a gravata no pescoço.

— Como?

— Isso, Marrentinha. — Zane abriu um sorriso vitorioso e eu imediatamente odiei o apelido. — Ou esqueceram de mencionar que você vai programar uma viagem para cinco capitais europeias e ainda nos aturar ao longo de onze noites e doze dias?

Eu não teria como reajustar a banda em alguns meses, planejar uma turnê em mais um par deles e resolver todos os problemas pendentes. Óbvio que Lyon não tinha me dito nada, porque sabia que era demais para qualquer um aceitar.

Zane colocou os óculos no rosto e se aproximou, fazendo eu me ver no reflexo. Sua altura era muito superior à minha e eu baixei o rosto para não ter que encará-lo. Mesmo assim, o maldito ficou tão perto que pude sentir a sua respiração na minha bochecha.

— Boa sorte com *tudo* isso — sussurrou no meu ouvido antes de bater a porta da sala de reuniões e ir embora.

Zane

Apesar de eu odiar admitir essa merda, a empresária estava certa.

No momento em que deixei o prédio, vieram paparazzi de todos os lados e eu não tinha como me defender. Não tínhamos uma equipe de segurança que andava conosco, e a minha notícia sobre a tal garota que beijei deve tê-los atraído como abelhas no mel. Agora eu estava preso em meio de flashes que, mesmo à luz do dia, eram capazes de me cegar. A minha sorte era que dessa vez não estava cercado de profissionais ignorantes que eram capazes de atropelar apenas para conseguir uma ótima foto para ser vendida.

— Qual é o seu pronunciamento sobre o namoro com a Hailey, Zane? — um deles perguntou.

— Já marcaram o casamento? — Seu amigo aproveitou a deixa.

— Quanto gastou no anel? — disparou outro.

Consegui tirar a chave do bolso justo dos jeans e me enfiar dentro da BMW na velocidade da luz. Fechei as portas e, antes que pudesse piscar, estava arrancando. Sorte que não tinha vindo com a Harley, pois isso renderia ainda mais fotos para eles.

Meu celular começou a tocar quando eu já tinha saído da principal e atendi através do painel do carro.

— Irmão, quer dizer que você vai casar? — debochou Shane D'Auvray, sem qualquer sotaque britânico, diferente de mim, que ainda o tinha.

— Vai se ferrar, Shane. — Ri e ele me acompanhou. — Como estão as coisas?

— Mamãe está com saudades e o papai quer saber o motivo de você não ter apresentado a sua noiva para nós. Sabe, eu meio que estou adorando tudo isso, porque pela primeira vez as suas merdas ultrapassaram as minhas.

— Garanto que você está deixando-os loucos com essa história de tocar baixo no quarto.

— Não é uma história — Shane resmungou. — Você sabe que eu toco bem pra caralho. Aliás, recebi uma ligação muito interessante há alguns minutos.

— Uma ligação?

— Sim, o vocalista da The M's, um dos seus amiguinhos, me perguntou se daqui a seis meses eu tenho interesse de fazer parte da banda. Cara, você sabe que é um dos meus sonhos.

Fechei os dedos em torno do volante até ver os nós brancos pela força. Meu Deus, levou boa parte da minha consciência para que eu não desse meia-volta e retornasse para aquele prédio a fim de fuzilar Kizzie. Eu sabia que era ideia dela. Eu tinha saído no meio da reunião, e a Marrentinha ainda tinha assuntos pendentes.

— Me explica isso direito, porra!

— A banda secundária não é mais uma opção, Zane. Vocês pagam mais caro para ela apenas por causa do baixista substituto. Carter me contou tudo. Vocês sabem que precisam de mim. Rock sem baixo não se faz e, irmão, é uma oportunidade muito boa.

O problema é que nem Kizzie nem os caras sabiam o motivo de, nem em sonho, eu querer Shane na The M's. Se eles me achavam irresponsável, é porque não conheciam meu irmão mais novo. Shane tinha vinte e um anos, mas era desajuizado em todos os aspectos. Fumava maconha com os amigos, não dava satisfação aos meus pais, transava dentro da nossa própria casa e bebia até esquecer seu nome, principalmente depois do que houve com a sua ex-namorada.

— Você sabe a minha opinião sobre isso.

— Você é um cuzão que não quer dividir os holofotes, Zane. Não vou fazer nada que você não faria.

Aline Sant'Ana

— É esse o problema, Shane.

— Sexo, drogas e *rock and roll*? Ah, não é tão ruim, maninho.

Suspirei fundo, ele realmente tinha o meu sangue e eu deveria estar pagando todos os meus pecados hoje.

— Só me responde uma coisa: essa ideia foi da nova empresária?

Shane suspirou.

— É, acho que sim. De qualquer maneira, você querendo ou não, eu vou fazer o teste daqui a seis meses. Mamãe e papai estão me chamando. Te amo, seu puto.

A ligação ficou muda e eu soltei o ar com toda a força dos pulmões. Percorri os dedos pelo cabelo, desfazendo o coque e deixando tudo solto e bagunçado. Tinha tanta coisa na minha cabeça que eu só torcia para conseguir organizar toda a baderna antes dos shows.

Olhei para o retrovisor, observando o trânsito, mas com o pensamento em Kizzie.

Em algumas horas, uma desconhecida foi capaz de virar a droga da minha vida do avesso. Não no sentido bom, o sentido que gosto, mas no pior. De quebra, fodeu a cabeça do meu irmão e também colocou limites no que diz respeito às minhas curtições. O pior de tudo? Me fez repensar todos os passos que dei em vinte e nove anos de vida.

Porra, ela estava certa.

Eu afundava a banda e manchava a imagem dos caras, que não faziam nada de errado. Além disso, estava permitindo que Shane tivesse uma imagem distorcida do que era ser um roqueiro. Eu trabalhava muitas vezes dezoito horas por dia, mal dormia quando entrávamos em produção dos CDs, os shows podiam ser exaustivos, meus dedos tinham calos e eram ferrados, eu não podia passar um tempo com a minha família... eram muitos contras para poucos prós.

Quando enfim avistei o apartamento, tive que dar meia-volta e entrar pelos fundos, porque os portões principais estavam inacessíveis com vários paparazzi ao redor.

Fechei os olhos por cinco segundos, agarrado ao volante, desejando que os meses passassem voando para que, em um piscar, eu estivesse na Europa, tocando a minha Fender na santa paz que só uma viagem como essa poderia permitir.

CAPÍTULO 4

And I feel something so right
Doing the wrong thing
And I feel something so wrong
Doing the right thing
I couldn't lie, couldn't lie, couldn't lie
Everything that kills me makes me feel alive

— OneRepublic, "Couting Stars".

Kizzie

Chamar a minha vida de correria insana seria eufemismo.

Durante os três meses que se seguiram, desde a primeira reunião com a banda até o fechamento do contrato para ser a nova empresária, o processo de adaptação da The M's à nova realidade foi acontecendo gradativamente, e eu pude acompanhar os progressos.

Fizemos nove reuniões no total, dentre as quais Yan e Carter foram os únicos que participaram de todas. Zane, a muito custo, estava tentando digerir a nova rotina e a mim. Toda vez que nos víamos, faíscas voavam, principalmente depois de eu ter anunciado a ideia de colocar o seu irmão na banda ao retornarmos da Europa.

Ainda tinha tempo para resolver esse assunto.

Agora também possuía uma equipe de segurança, de modo que, por causa do escândalo de Zane, um par deles sempre o seguia. Percebi que isso o irritou, mas ele fez a gentileza de manter a boca fechada. Afinal, eu estava salvando sua pele.

Carter voltou a participar nas redes sociais, Yan se segurou para não invadir o meu espaço profissional e Zane estava há noventa dias sem ir para qualquer festa. Isso deve ter sido um recorde e tanto. Eu até podia imaginá-lo em uma roda de viciados dizendo: *"Meu nome é Zane D'Auvray e faz noventa dias que eu não vou para uma balada..."* Graças à declaração de que o guitarrista promíscuo não ia se casar com Hailey, seu nome, pouco a pouco, foi saindo das manchetes.

Consegui chamar um terço da equipe que trabalhava com Archie para me acompanhar na empreitada da banda e fiquei mais oito dias com o antigo

Aline Sant'Ana

grupo para coordená-los como seguir dali em diante, inclusive Oliver, que agora, oficialmente, era o empresário do mimado astro pop.

Já para a The M's, fiz questão de contratar mais gente logo na primeira semana e nós fizemos maratonas dentro do escritório do Lyon. Descobri que não precisaria ficar sem ele e que poderia deixá-lo como meu assistente e braço direito, dentro da sua verdadeira profissão.

A turnê da The M's pela Europa, que tanto me choquei por não ter ficado sabendo antes da reunião principal, foi anunciada com um mês de antecedência, o que era pouco em meio à temporada de verão, sempre tão agitada na Europa, mas ia ter que servir.

Ao lado da minha equipe, montamos o melhor itinerário possível para onze noites e doze dias, fazendo as paradas principais em cinco capitais.

Consegui os patrocinadores para a banda, reservas em hotéis que queriam a fama de hospedar celebridades e planejei os possíveis passeios turísticos que eles fariam pela Europa.

No final do terceiro mês, os meninos tinham seguranças que podiam confiar, *personal stylists*, agentes de relações públicas e pessoais, que trabalhavam na imagem individual de cada um, uma agenda leve de compromissos e a promessa de que a viagem pela Europa seria inesquecível.

Eu? Estava quebrada.

— Kizzie, eu acho melhor você tomar esse chá — ofereceu Oliver, estendendo uma xícara grande e vaporosa que cheirava a framboesa e menta.

Oliver e eu estávamos no meu apartamento. Ele veio me apoiar emocionalmente para que eu não enlouquecesse. A turnê pela Europa começava no dia seguinte e eu estava de malas prontas e com todos os calmantes possíveis dentro da bolsa, imaginando como seria conviver com os meninos e Erin, a única namorada que ia viajar com eles, por quase quinze dias. De qualquer maneira, eu me agarrava ao fato de ter muito trabalho e, principalmente, não precisar lidar com as brincadeiras de Zane.

— Fique tranquila, Kizzie. Pare de pensar por um minuto e só respire.

— Estou tentando, mas é muita coisa para fazer. Eu fico imaginando se esqueci algum detalhe.

Ignorei a vibração do celular. Eu não precisava olhar para saber quem era. Depois do que aconteceu, era terrível pensar que ele ainda me procurava, mesmo que tivesse um motivo para isso.

Oliver acompanhou com o olhar a luz do visor se acender e depois apagar.

11 noites com você

Ficamos em silêncio, embora a minha vontade fosse jogar o celular na parede ou trocar o número de telefone. Eu sabia que não podia, todos os meus contatos novos e antigos tinham esse número.

— Zane parou de te incomodar? — Oliver deu um sorriso torto.

Rolei os olhos.

— Ele é insuportável. Se pudesse, o colocaria dentro de uma mala e só abriria na hora de fazer o show.

— Ele é mais aturável que o Archie. Sério, você sabe os surtos que aquele garoto tinha. Pelo menos eu estou conseguindo colocá-lo na linha.

Beberiquei o chá, fechando os olhos quando inspirei o aroma adocicado.

— Às vezes, sinto falta do Archie.

— Quando você retornar da Europa, já vai ter se acostumado com o Zane. Você não me disse que ele melhorou seu comportamento?

Esticada no sofá com os pés sobre as pernas do meu amigo, encostei a cabeça nas almofadas coloridas que sustentavam as minhas costas. Estar em casa era estar dentro do meu refúgio e, ao lado de Oliver, eu me sentia em paz. Como seria ficar longe disso tudo? Inclusive da minha gata, Miska?

Lancei um olhar para ela, pensando se ficaria bem no apartamento de Ollie.

— Ele parou de ir às festas, mas não sei se melhorou o comportamento. Pelo menos, seu nome não está na mídia.

— Isso já é muito mais do que alguém conseguiu em anos de banda. Bem, vamos assistir a um filme e relaxar que amanhã o seu dia será infernal.

Ri e aceitei o convite de Ollie. Nós colocamos algo que estava passando na televisão e ficamos perdidos em nossos próprios pensamentos. Os meus estavam exclusivamente em criar um manual de sobrevivência para lidar com Zane D'Auvray e toda a pompa de guitarrista irresistível.

Para as outras meninas, claro. Ele não causava efeito nenhum em mim.

Zane

— Eu odeio a minha *personal stylist* — reclamou Carter, bebendo a cerveja enquanto Erin brincava com a sua mão solta, entrelaçando os dedos nos dele. — Sério. Eu entendo que temos que manter uma imagem e isso reflete nas roupas que vestimos, mas eu nunca gostei de ser controlado nesse aspecto.

Soltei uma risada e ergui a cerveja, oferecendo um brinde.

Aline Sant'Ana

42

— Bem-vindo à minha vida agora, Carter. Pelo menos você só tem isso para se preocupar. Eu preciso recusar os convites de festas e manter a minha bunda em casa.

— Seu comportamento estava terrível — acusou Lua, chamando a minha atenção para ela e Yan. Não me passou despercebido o humor alterado do meu amigo. O que estava acontecendo, merda? Lua parecia forte e ao mesmo tempo frágil enquanto Yan estava inteiramente inquieto. — Você bebia a ponto de perder todo o bom senso. Imagina se algo grave acontecesse? Eu e Erin estávamos preocupadas com você.

— Sim, agora eu posso dormir em paz sem pensar que tenho um filho de vinte e nove anos para cuidar — Erin acrescentou.

— Eu sou mais velho do que você, ruiva.

— E mesmo assim, ainda parece um bebê.

Terminei a cerveja e acendi um cigarro, lançando um sorriso para as meninas. Carter e Yan também estavam incomodados com as mudanças. Embora soubéssemos que era para o bem da banda, levaria tempo até nos acostumarmos.

— E como está sendo a sua vida sem festas? — brincou Carter, beijando a mão da namorada, que estava presa na sua.

— Eu não estou saindo como antes, mas isso não me impede de aproveitar a vida dentro do meu apartamento. Sem sexo, vocalista, pode ter certeza que não estou.

— Mas o acordo não era para você diminuir isso também? — Yan quis saber.

— Era, mas não estou obedecendo. Quando chegar à Europa e estiver na frente da Marrentinha, posso manter meu pau quietinho, se isso fizer bem para a banda.

Erin riu.

— Você precisa sossegar um pouco, Zane. Lá, você vai estar propenso a fazer asneiras. Fique ciente de que eu também ficarei de olho.

— É, cuidem dele quando eu não estiver por perto. — Lua beijou Yan na bochecha. O olhar dela estava carinhoso demais para o cara. — Erin, se alguma vadia der em cima do Yan, você já sabe o que deve fazer.

Ambas riram e eu ignorei o assunto externo, voltando às profundezas da minha mente. Estava ansioso para tocar guitarra como nunca e sentir a vibração de milhares de pessoas cantando e pirando com o som dos amplificadores. Os meses que se passaram foram cansativos, nós tivemos treinos e passagens de som todos os dias, entrevistas, ensaios e mais ensaios, mas eu nunca me cansaria

11 noites com você

dessa parte de ser quem eu era, do valor que os fãs davam a uma simples palheta jogada para a multidão e dos sorrisos satisfeitos em seus rostos.

Eu precisava dessa energia.

— Zane, você já fez a sua mala? — Yan atraiu minha atenção e eu assenti.

— O meu *personal stylist* fez. Deixei-o mexer nas minhas cuecas, se é disso que gosta.

Yan negou com a cabeça e Carter não conteve a risada, sendo acompanhado por Lua e Erin. Aos poucos, o clima de descontração tomou conta de todos e era assim que eu gostava de vê-los. Inquietação com as minhas atitudes, não. Eu era um homem adulto, capaz de saber que para toda ação havia uma reação.

As consequências eram unicamente minhas e eu deveria lidar com elas sozinho.

Aline Sant'Ana

11 noites com você

CAPÍTULO 5

You only know what I want I you to
I know everything you don't want me to
Your mouth is poison your mouth is wine
You think your dreams are the same as mine

— **The Civil Wars, "Poison & Wine".**

ZANE

Acordei com enxaqueca, que logo atribuí ao exagero alcóolico da noite passada. As luzes acesas no quarto também não ajudavam, pois vinham do teto e de todos os lados, me cegando antes mesmo de eu abrir as pálpebras. Mantendo os olhos fechados, percebi uma movimentação dentro do meu apartamento: saltos, rodinhas, vozes exaltadas e alguns xingamentos. Mesmo antes de arriscar uma olhadela, eu sabia que Erin, Lua e a gangue de seguranças que a Marrentinha contratou estavam mexendo nas minhas coisas. Deixei o meu corpo pesado ficar em repouso, querendo dormir até a eternidade, mas, antes que pudesse aproveitar o conforto dos lençóis egípcios, ouvi uma voz grave me chamar.

— Senhor D'Auvray, acorde.

Ergui a pálpebra direita.

Mark, ironicamente conhecido como M, era o chefe dos seguranças da banda e o cara que ficava no meu pé. Eu o chamava de Pitbull da Marrentinha, o apelido mais carinhoso que pude arranjar. Sua altura passava os dois metros e dez, sendo até maior que Yan e Carter. Seus ombros eram largos, o cabelo inexistente na careca branca e os olhos negros como dois buracos desafiadores. As tatuagens no pescoço, que ameaçavam sair da camisa social branca e bem-passada, poderiam amedrontar qualquer um, menos a mim, evidentemente.

— O que você quer, Pitbull?

— Eu quero que você se levante. A senhorita Hastings me pediu para acordá-lo às cinco da manhã em ponto, senhor.

— Às cinco da manhã? — Gemi, puxando os edredons sobre o corpo. — Eu não quero acordar, porra!

— Receio que não seja uma escolha, senhor.

Aline Sant'Ana

Voltei a encará-lo.

— Por que essa garota me quer de pé às cinco da manhã, cacete? O voo é às sete, eu tenho todo o tempo do mundo.

— Duas horas, senhor. Acordando agora, dá tempo de tomar banho, pegar a sua guitarra e começar os preparativos.

— O que é você? A minha babá?

Ele não sorriu.

— O seu *personal stylist* estará aqui em alguns minutos. Aconselho que esteja pronto em meia hora, senhor.

M fechou a porta do quarto, mas ainda assim pude ouvir a movimentação. Peguei o celular do lado da cama, postando um "bom dia" no Twitter. Estava tentando me acostumar com as redes sociais, mais um pedido doce da Marrentinha, o único que eu não estava desgostando tanto.

Observei o número de respostas por um tempo até ter coragem de levantar a bunda dali e seguir as instruções da nova empresária.

Essa viagem não seria fácil.

Kizzie

A The M's tinha um avião executivo próprio, que ficava em um hangar alugado no aeroporto de Miami. Soube que se tratava de um Airbus e que, antes de ser vendido para os meninos, fazia voos comerciais, com capacidade para cerca de duzentos passageiros.

Eu sabia que o luxo reinava na parte interna, só não fazia ideia do quanto.

A primeira coisa que observei foi a maneira casual que as poltronas confortáveis de cor creme estavam dispostas. Viradas umas para as outras, de um jeito bastante despojado, mesas de madeira brilhosa as completavam. As cortinas fofinhas e diminutas tinham um tecido que parecia veludo. O chão do primeiro setor também não perdia o requinte, pois era coberto por uma tapeçaria cor de vinho, combinando muito bem com os tons creme e marrom.

Vi pequenos frigobares, televisões e caixas de som discretas. Caminhei para a segunda parte, notando a porta divisória. Lá havia quatro sofás-camas, com almofadas, travesseiros e mantas para descanso da banda. Também havia outra televisão, dessa vez maior, presa à parede.

Por último, a porta dos fundos levava a um banheiro digno de um hotel cinco estrelas. Existia um local para o chuveiro, com um box de vidro verde, também duas pias elegantes e espelho de corpo inteiro. De verdade, até a privada era um exagero.

Quantos milhões gasta-se para construir algo assim?

Conversei com o piloto quando o deslumbre por causa do avião acabou. Era um senhor de cinquenta anos, muito bem-apessoado e já acostumado com os meninos. O copiloto, seu filho, era um amor de rapaz. Com vinte e cinco anos, auxiliava o pai em bicos como esse, podendo tirar uma renda extra para sua nova família. Senti-me ainda mais confortável quando percebi que a aeromoça que iria nos acompanhar era esposa do filho do piloto.

Estar no meio de uma família era ótimo, me fazendo imediatamente lembrar que eu também possuía uma.

Aproveitei para ligar para o meu pai, mesmo que beirasse as cinco e trinta da manhã. Ele me criou sozinho após termos perdido minha mãe para o câncer de mama quando completei seis anos de idade. Sua profissão era igual à minha. Dessa forma, quase nunca estávamos no mesmo país ou nunca tínhamos tempo para marcar um compromisso na agenda. Com toda certeza, reservaria uma data para abraçá-lo.

Eu precisava disso.

— Me ligue assim que chegar à Europa — ele pediu no final da ligação. — Você sabe que me preocupo com aviões.

— Eu prometo, papai. Te amo.

Pude ouvir o tom de felicidade preencher sua voz.

— Também amo você, minha pequena Kiz.

Seis horas da manhã e eu já tinha a equipe que levaria comigo em um voo comercial para Londres. Eles chegariam antes de nós e poderiam verificar se existia um carro nos esperando no aeroporto, se o hotel estava em ordem e a casa de shows recebendo o primeiro tratamento para a The M's. Consegui respirar um pouco mais fundo depois de ver que, sim, só faltava os roqueiros aparecerem no maldito avião.

— Oi, Kizzie! — uma voz animada soou atrás de mim. Virei, deparando-me com Erin, a namorada do Carter. Ela não parecia afetada em nada por ter que acordar tão cedo, e me lembrei que ela era modelo internacional, então, estava sempre preparada para a mudança que fosse necessária. — Você está muito louca com os preparativos? Precisa de ajuda?

Sorri para ela.

— Só verifica se os frigobares estão com as coisas que os meninos gostam?

Aline Sant'Ana

48

Eu tive que ligar para o Lyon na noite passada em um surto, me lembrando que nós não íamos fazer qualquer escala.

— Você precisa ter alguém com quem dividir as responsabilidades.

Lancei um olhar cansado para Erin.

— Eu tenho uma equipe inteira, mas parece que nunca é o suficiente.

— Oi, garotas! — disse Lua, subindo os degraus com elegância. — Ah, vim aqui me despedir do Yan e já aproveitei para dar uma olhadinha em como está tudo. Precisa de ajuda, Kizzie?

Elas não tinham obrigação de me ajudar, mas fiquei feliz por pensarem em mim.

— Obrigada, a última coisa que falta mesmo é verificar a comida.

Ambas foram ver se faltava alguma coisa, já anotando em um papel o que precisavam comprar. Carter apareceu com um sorriso preguiçoso no rosto, os cabelos bagunçados, mas, pelo menos, vestia as roupas de acordo com as novas regras da sua agente de moda.

Lindo e ainda mais sexy, se possível.

— O Yan já está vindo junto com o Zane — Carter anunciou. — Quanto tempo temos até Londres?

— De acordo com Jim, oito horas e quarenta minutos.

— Vai ser uma viagem longa.

Eu não podia discordar.

Yan foi o segundo a aparecer, já abraçando e beijando a namorada, pois passaria a pequena turnê longe dela. Trocaram vários murmúrios, mas Yan parecia bem mais chateado do que Lua pela separação. Ela tentou consolá-lo dizendo que era pouco tempo, mas o adorável homem não conseguia esconder a tristeza por deixá-la. Eles estavam num clima de despedida que parecia ser definitiva e aquilo apertou meu coração.

Era bonito vê-los e me peguei sorrindo antes que pudesse controlar.

— Quer dizer que a Marrentinha tem um coração?

Era possível que o sotaque britânico me irritasse tanto? Eu geralmente adorava, principalmente em uma voz masculina, mas tudo sobre Zane era um gatilho para eu começar a pensar seriamente em cometer um assassinato.

— Vejo que chegou no horário. Estou orgulhosa — rebati, virando-me para olhá-lo.

11 noites com você

Zane tinha uma barba por fazer de um dia no rosto e era a primeira vez que o via com um pouco de pelo envolvendo seu maxilar esculpido. Eu não podia admitir em voz alta, nem sob tortura, mas ele parecia bonito dessa maneira.

— Fico feliz que a minha presença cause sentimentos tão deliciosos em você, Kizzie.

Os olhos escuros brilharam com malícia e seus cabelos estavam presos em um baixo rabo de cavalo. Continuei a observá-lo. Vestia uma calça jeans com rasgos aleatórios, camisa branca sobreposta a uma vermelha quadriculada de vários tons. Em seu pescoço, as correntes com um trio de palhetas completavam a aparência.

— Orgulho não é um sentimento delicioso — resmunguei. — Por que tudo com você precisa ter duplo sentido?

Ele piscou o olho esquerdo.

— As melhores coisas nessa vida têm duplo sentido.

Com a frase de efeito, Zane se afastou para dar atenção aos rapazes. Quando suas costas apareceram no meu campo de visão, percebi que carregava a guitarra como mochila, em uma capa escura com o nome Fender estampado.

Zane D'Auvray e sua postura digna de um rockstar.

Quanto trabalho me esperava pela frente?

Zane

Kizzie tinha regras e eu também queria impor as minhas para ela. Algo do tipo: "Não é permitido que você apareça na minha frente com essas roupas sexy do caralho". Por que diabos ela usava jeans tão apertados e camisetas decotadas? Eu juro que tentava ignorar essa merda toda, sabia que devia ignorar, mas meus olhos, ora ou outra, pairavam na pele bronzeada e na discreta marca de biquíni que existia ali.

Coloquei a palheta na boca e comecei a mordê-la. Uma distração no meio do caos.

— No que está pensando, Zane? — Yan indagou, quando já estávamos no céu recém-ensolarado. Eu sabia que ele queria tirar o pensamento da despedida da Lua.

Essa coisa louca chamada amor...

— Em nada.

De onde estava sentado, tinha uma visão perfeita da Kizzie. Ela tinha um notebook sobre a mesa, conversando sozinha enquanto digitava e apagava, provavelmente trabalhando em nossa agenda. Os cabelos escuros estavam caídos sobre o rosto e, de quando em quando, ela levava uma mecha que se soltava de trás da orelha para longe dos olhos dourados. Não havia maquiagem alguma na pele e percebi que sua boca tinha um tom natural de cereja.

— Você está secando a Kizzie.

Olhei para Yan, abrindo um sorriso.

— Ela é gostosa pra caralho.

— Ela está fora dos limites, Zane.

— Por quê? — perguntei, brincando com a palheta na ponta da língua, voltando a atenção para a minha distração.

— Ela demonstra desgosto a cada movimento que você faz. Sabe cada merda que você fez, no passado e no presente, conhece cada defeito seu. Aliás, vamos ser honestos: ela te odeia.

— Você acha impossível a Marrentinha se interessar por mim? — cogitei, soltando uma risada baixa.

— Acho.

— Veremos, então — provoquei, adorando o desafio.

— Ela é muito boa para o homem que você é hoje. Se você pudesse limpar toda a merda que está sobre você, tenho certeza de que daria certo.

— Não estou à procura de um relacionamento, nem ferrando — deixei claro.

— É justamente por isso que você não a merece.

Ele colocou os fones de ouvido e me deixou sozinho. Carter e Erin estavam fazendo alguma coisa indevida na parte de trás do avião e eu fiquei ali, observando Kizzie trabalhar.

O vinco que fazia entre as sobrancelhas aparecia cada vez que ela apagava alguma coisa.

— Se você está se preocupando com o que vamos fazer no instante em que chegarmos em Londres, esqueça — avisei-a.

Como se lembrasse somente naquele instante que eu existia, Kizzie me olhou com surpresa, depois fechou o semblante numa aparência mortal.

— Estou tentando organizar os passeios turísticos, sim. E você vai fazer tudo que eu disser para fazer.

— Vai me colocar algemas se eu me comportar mal, Marrentinha?

11 noites com você

— Bem que eu gostaria. — Ela sorriu.

— Seria interessante andarmos assim na rua. Você me quer submisso? Eu posso deixar o chicote pra você.

Percebi que Kizzie se segurou para não rir e eu sorri largamente.

— Eu vou preparar o roteiro porque é isso que eu faço. Se preocupe com as palhetas e a sua guitarra.

— Isso não me traz preocupação, só paz. Enfim, vai por mim, eu nasci em Londres, sei os melhores passeios.

— Não estamos lá para passear — Kizzie frisou.

— É, mas você não espera que passemos dois dias em Londres sem visitar a London Eye, né?

Os olhos de Kizzie brilharam um pouquinho e eu percebi sua alma turista antes que ela pudesse esconder. Desafivelei o cinto de segurança e caminhei em sua direção. Seus mares dourado-caramelo se estreitaram para mim, em choque. Era como se eu fosse um leão me aproximando da grade. Ela me temia.

Tive que rir.

— Não vou te morder, caramba. Acha que sou tão selvagem assim?

— Não sei, Zane. Se eu disser que sim, você vai fazer alguma piada sexual sobre ser um animal na cama e eu não quero saber.

Ela pegou o espírito.

Sentei-me na poltrona ao lado dela, ignorando seu espaço e colocando meu corpo quase sobre o seu. Puxei o notebook e comecei a ler o que estava escrito na planilha do Excel.

Tentei me concentrar nas palavras, mas a verdade é que, em três meses, nunca estive tão perto dela. Kizzie cheirava literalmente a cereja, como se a cor dos seus lábios não fosse suficiente para me lembrar da fruta. A pele embaixo de mim era macia e as pontas dos seus cabelos fizeram cócegas na área interna do meu cotovelo.

— Você está me esmagando — acusou, espremendo-se para se afastar.

Deixei que ela o fizesse e, mais concentrado, comecei a ler.

E gargalhar.

— Você quer levar a gente no museu?

— É um dos melhores passeios — defendeu-se.

— Sério, Marrentinha. Você não pode ser tão chata assim.

Aline Sant'Ana

— Eu não sou chata!

— Os programas que você quer fazer com a banda são fodidos. — Continuei a ler, sentindo a barriga vibrar com a risada contida. — Ah, meu Deus! Passeio no castelo?

Antes que ela pudesse fazer qualquer movimento, digitei um comando nas teclas e apaguei toda a programação. Kizzie não teve tempo de fazer nada quando salvei, mas recebi um beliscão na altura das costelas, um tapa no braço e um empurrão quando a Marrentinha pegou seu computador de volta.

— Eu. Não. Acredito!

— Acredite se quiser, Kizzie. Eu não vou passar o meu precioso tempo visitando um museu, pelo amor de Deus.

— Você! — Ela virou o rosto. Estávamos perigosamente perto e eu senti as faíscas do desejo secreto se tornarem um incêndio. — Você vai encontrar uma maneira de ocupar o tempo dos seus amigos, porque eu não vou programar tudo de novo!

Encarei os lábios de cereja e precisei morder a minha boca para não beijá-la.

— Eu me viro, gata. Te garanto.

— Ah, tá bom! — esnobou, desviando o olhar do meu.

— Deixa comigo, Kizzie. Confie em mim, só dessa vez.

Ela titubeou, batucando a ponta dos dedos na mesa. Olhou-me de canto, observando meus movimentos, talvez pensando no que propus.

— Se você aprontar alguma, eu juro por Deus, peço demissão, ainda que precise demais desse emprego.

Recostei na poltrona, brincando com o fio do notebook, olhando para Kizzie de soslaio. Merda, não é que ela parecia ainda mais bonita quando ficava brava?

— Teremos ótimos momentos em Londres, Kizzie. Mas minha cidade, minhas regras.

Vi seus olhos viraram por trás das pálpebras e ri alto, vendo quão impaciente ela ficava perto de mim. Uma sensação de que estava sendo observado me atraiu para longe de Kizzie e peguei Yan nos olhando com um ar contemplativo e um sorriso cauteloso.

Eu sabia o que ele estava pensando.

E a resposta para aquilo era um grande NÃO.

11 noites com você

CAPÍTULO 6

**I know I can't take one
More step towards you
Cause all that's waiting
Is regret**

— Christina Perri, "Jar of Hearts".

Kizzie

Oito horas, quase nove, dentro de um voo executivo e particular, com todas as comodidades que pessoas famosas esperam, é realmente muito confortável. Descemos no aeroporto, tendo que lidar com a comoção de fãs no meio do caminho: muitos gritos, flashes, canetas voando e beijos no rosto. Carter, Zane e Yan autografaram e tiraram fotos com o máximo de fãs que conseguiram, atendendo-as com um sorriso no rosto e um brilho nos olhos que adorei ver. Acabou sendo tranquilo. A minha equipe, que já estava em Londres, conseguiu que os seguranças estivessem no local antes de os meninos chegarem, e Mark, o chefe da equipe, foi eficiente e controlou a situação com profissionalismo.

Dentro da van, já em solo inglês, recostei a cabeça no assento. Tinha vindo para a Inglaterra somente uma vez com papai, mas era criança e não me lembro de ter observado a cidade, a paisagem, os ônibus vermelhos e os táxis excêntricos.

Londres era linda.

Depois de uma hora e vinte minutos dentro do carro, pegando o caminho mais curto pela A40, o motorista foi nos explicando mais ou menos o trajeto das grandes e largas avenidas. Zane, mesmo que aparentemente só tenha vivido em Londres durante a infância, conhecia a cidade como a palma da mão e sua conversa com o motorista foi de muitas risadas e comentários sobre algumas reformas que foram feitas.

— Venho para cá todos os anos — Zane explicou, direcionando-se para mim, talvez ao observar o meu rosto um tanto chocado.

— É, depois de ter excluído todos os meus planos no computador, espero que conheça cada centímetro da cidade mesmo.

Zane sorriu, demorando um tempo a mais em meus olhos. Na escuridão da van, com uma música suave tocando ao fundo e todos concentrados em qualquer

Aline Sant'Ana

outra coisa que não em nós, tê-lo me encarando por mais de dois minutos inteiros me fez recuar. Então, eu desviei o contato, ignorando a sensação nos braços e o arrepio involuntário pelo qual eu só poderia culpar o vento noturno da cidade.

O hotel Montcalm, que patrocinou a The M's em sua estadia, nada mais era do que um prédio de arquitetura moderna com uma aparência bem excêntrica, se comparada à arquitetura clássica de Londres. Tinha um tom de areia com janelas compridas e variadas, não seguindo o padrão dos andares, e imensas portas de vidro na entrada, e peguei-me demorando um tempo para observar quão gigante aquela estrutura era.

Entramos pelo estacionamento, na rua lateral esquerda, mas, antes de conseguirmos passar por lá, vimos que também havia muitas fãs na porta. Ansiosas para vê-los, os nomes de Carter, Yan e Zane eram ecoados em gritos irritantes, porém apaixonados. Algumas meninas, tamanha a comoção, chegaram a balançar a van, e flashes e mais flashes de luz ultrapassaram o vidro fumê.

— Eu não tinha percebido como elas são fanáticas por vocês — Erin, olhando para fora, se espantou.

— Em todos os países será assim — explicou Carter, já acostumado. — As turnês pela Europa acontecem somente quando lançamos um CD novo. É raro estarmos por aqui e isso sempre causa certo tumulto.

— O número de fãs aumentou substancialmente — acrescentei.

O cantor sorriu.

— É bom nos apressarmos para descansar porque amanhã o dia será longo.

E foi exatamente isso que fizemos.

Fechamos o décimo andar apenas para a banda e a parte principal da equipe. Os seguranças e os funcionários do hotel nos ajudaram a guardar as malas que nem se dariam ao luxo de serem desfeitas, pois o ritmo da viagem seria frenético. Cada um foi para o seu respectivo quarto depois de tudo pronto e, quando avistei minha porta, soltei um suspiro, imaginando o banho maravilhoso que tomaria em seguida, além da ligação entusiasmada que faria para meu pai.

Despedi-me do casal e de Yan, combinando de nos encontrarmos às oito da manhã para a passagem dos sons na Arena O2, local do grande show, além de uma rápida entrevista. Carter e Erin entraram em seu quarto de mãos dadas, e Yan já estava com o telefone na orelha, preparando-se para falar com Lua quando a porta se fechou em suas costas. Lancei um olhar para o lado oposto do corredor extenso, parando com o cartão de acesso na fechadura quando recordei que Zane estava a um quarto de distância do meu.

Nossos olhares se encontraram e ele, também parado com o cartão de acesso na fechadura eletrônica, abriu um sorriso breve.

— Boa noite, Marrentinha.

Talvez tenha demorado muito para eu responder.

— Boa noite, Zane.

Tomei a iniciativa de abrir a porta e parti para dentro quando o transe se desfez.

Eu já sabia que ele era capaz de encarar as mulheres e fazê-las arrancarem as roupas, sabia que ele não precisava se esforçar muito para conseguir quem quisesse. Acredite, fiz pesquisas suficientemente desconfortáveis no Google para formar uma opinião a respeito.

Nos três meses que se seguiram à minha contratação, eu trabalhando para a banda e consertando os erros antes de viajarmos, a única coisa que restava para Zane era repúdio da minha parte. Evidente que não deixei a opinião pessoal interferir no trabalho, bem, até essas provocações começarem a cair sobre mim. De homens cafajestes, já bastaram todos que conheci na minha vida e, sim, estava protegida desse encanto.

Então, Zane carregando isso com ele, a sem-vergonhice e a promiscuidade não deveriam ser surpresa. Eu não devia estar brava por ele agir dentro do seu comportamento, irritada por me olhar por mais tempo do que era considerado normal ou por suas tiradas engraçadas. Eu deveria estar muito brava comigo mesma porque, de alguma forma, mesmo tendo a pior espécie de homem cafajeste no currículo, notei que, a respeito do guitarrista, eu não era tão imune quanto gostaria de ser.

No chuveiro e depois deitada na cama, falando com papai, até o instante em que meus olhos se fecharam, Zane não saiu dos meus pensamentos e muito menos na minha vívida e recente memória.

Eu tinha que recordar as coisas ruins que já fizeram comigo para reforçar o ponto de que homens assim não valem a pena.

Nem um olhar.

Zane

A calça jeans branca tinha rasgos de todos os tamanhos, os coturnos marrom-escuros eram pesados e confortáveis e a camisa social azul petróleo vestia bem. Amarrei o cabelo em um coque atrás da cabeça e coloquei os óculos espelhados no rosto.

Aline Sant'Ana

Estava pronto para partir.

O caminho até a Arena O2 foi curto; apenas trinta minutos. Carter fez exercícios de voz durante o percurso e Yan preparou os braços para receber as baquetas e os movimentos pesados que faria na bateria. Eu tinha a Fender entre as minhas pernas, mantendo-a agarrada contra o corpo, pois aquela guitarra era a minha vida.

Peguei Kizzie me olhando por cima do celular enquanto digitava rapidamente, mas desviando os olhos no instante seguinte.

Ela usava um vestido em vários tons de azul, destacando ainda mais o dourado dos seus olhos. Pela primeira vez, pude ver um pouco mais do que ela mostrou durante todos os meses em que tivemos reuniões.

Caralho, era difícil ignorar o formato violão das suas curvas e o tom bronzeado da pele. Como seria tocá-la? Tão incrível quanto brincar com as cordas da minha guitarra?

— Para de me secar, Zane — Kizzie alertou, fazendo todos rirem.

Ah, ela não ia me fazer de idiota.

— Só estou pensando se você está olhando por cima do celular porque sou bonito demais ou porque está imaginando como eu sou completamente nu. Talvez os dois — provoquei, acentuando o sotaque britânico no final da frase.

A raiva fez seus olhos adotarem a tonalidade do ouro.

— Bonito *demais*?

Erin acabou rindo alto.

— Sim, já que não consegue tirar os olhos.

— Vai se ferrar, Zane.

Nos poucos encontros que tive com Kizzie antes de fazermos essa viagem, percebi que ela se esforçava para ser o mais profissional possível. Pela sua expressão de descontentamento, Kizzie sabia que me xingar fugia de tudo aquilo que ela tanto pregava com afinco. Mas, para mim, era inevitável atiçá-la até ver o seu pior e mais delicioso lado à mostra.

— A Marrentinha está mostrando as garras. — Fiz os caras rirem. — Ah, Kizzie, isso tudo é amor?

— Jesus Cristo — resmungou baixinho.

Sorri e olhei para Yan, me inclinando até cochichar em seu ouvido.

— Impossível ela me querer?

Ele negou com a cabeça, entreolhando Kizzie e eu.

— Ela é especial, se comporta — Yan alertou.

Eu estava há uma semana sem sexo. Podia ser apenas a minha libido falando mais alto, mas eu sabia bem como Kizzie era especial. Seu lado malvado e seu comportamento movido a ódio perto de mim eram deliciosos desafios.

Senti-me fortemente inclinado a conquistá-la.

Kizzie ainda não me queria?

Bem, e quem disse que eu estava usando todas as armas?

Durante as duas horas e meia que se seguiram, passamos por uma rápida entrevista para um jornal local e o ensaio, que, apesar de ser em uma das maiores e melhores arenas para se tocar um bom rock, não me fez parar de me sentir aéreo. Não conseguia parar de pensar em como quebrar as armaduras de Kizzie. Inclusive, durante o treino, errei algumas músicas e tropecei nas notas.

Carter lançou um olhar cauteloso sobre o microfone, em plena música *Masquerade*, que criou com tanto cuidado para Erin. Ele mandou todos os instrumentos pararem quando percebeu que eu não podia acompanhá-lo. Carter me puxou para um canto isolado, atrás da superprodução da arena.

— O que diabos está acontecendo? Por que você está errando, Zane? — Sua voz não era acusatória, mas sim preocupada.

— Eu não sei, Carter.

— Alguma coisa está errada.

— Eu já disse...

— Pensa um pouco — exigiu.

— Eu quero beijar a Kizzie, caralho! — joguei de uma vez e dei um suspiro baixo e intenso, desfazendo o coque do cabelo e o soltando.

Eu pude sentir um nervosismo me tomar, como se estivesse irritado comigo mesmo por ter confessado em voz alta, como se fosse errado eu querer tanto uma mulher, como se não fosse certo conquistá-la para tê-la uma única vez.

Desde quando algo era errado para um homem sem limites?

Carter arregalou os olhos verdes e sua boca formou um O perfeito. Ele tentou esconder a expressão de choque, cobrindo os lábios com a mão, mas não conseguiu. Eu virei os olhos por trás das pálpebras, impaciente porque ele não sabia o que me dizer.

— Eu quero beijá-la para calar aquela linda boca que só diz merdas a meu respeito. Faz sentido?

Aline Sant'Ana

— Não — Carter confessou. — Se você quer beijá-la, faça isso.

— Ela não me quer.

Isso o chocou.

— Ela *não* te quer?

— Ela me odeia, você não percebe?

— Achei que aquelas farpas trocadas fossem apenas brincadeiras entre vocês.

— Não. Ela realmente me odeia. Yan acha que Kizzie é uma boa mulher e que eu não devia me aproximar.

Carter pensou por um momento e ficamos em silêncio. Yan se aproximou, girando a baqueta entre os dedos. Os olhos cinza focaram em nós dois e ele deu de ombros.

— Por que vocês não querem mais ensaiar? Zane está fora de forma, só Deus sabe por que, e precisa disso.

— Zane está passando por uma crise existencial — esclareceu Carter, a seu modo.

— Não falem de mim como se eu não estivesse aqui, caralho. Não é uma crise, eu só preciso...

— Ele quer beijar a Kizzie, mas não sabe como fazer isso — resumiu o vocalista, de um jeito bem diferente do que eu faria.

Yan retesou o maxilar. Eu o conhecia há muitos anos para saber o que aquilo significava. Ele não me queria perto da Kizzie. Yan gostava do profissionalismo dela e da repercussão que seu trabalho estava tendo; lucros para a banda, melhora em nossa logística e toda a parte administrativa. Ela cuidava excepcionalmente bem da The M's e, em todo o tempo em que esteve conosco, só faltou dois dias. Ou seja, ela era realmente dedicada. Se eu a conquistasse, se a relação se tornasse pessoal, existia o risco de perdê-la.

— Você quer levá-la para a cama porque Kizzie é um desafio, Zane.

— Sim.

— Ela não te quer, não tem um pingo de desejo em seus olhos quando te vê, e isso te deixa puto. Você é o centro do mundo, todas as mulheres caem aos seus pés, mas não Kizzie. — Yan fez uma pausa. — Aquilo que eu te falei no avião ainda se mantém?

— Claro, porra!

— Você não quer nada com ela além do que pode fornecer a todas as outras?

11 noites com você

— É claro. Você me vê sendo como você e Carter? Eu já disse, sou vacinado contra toda essa merda.

— Então, esqueça isso e vá viver a sua vida — Yan pediu. — Precisamos da Kizzie.

Ele se afastou, me lançando um olhar de advertência. Carter cruzou os braços na altura do peito e o observou se encaminhar para a bateria.

— Olha, eu adoro a Kizzie. Porra, ela é ótima para nós, mas, se você sente que precisa beijá-la para se resolver, faça isso. Beijos não costumam matar ninguém ou costumam?

— É só tensão sexual, cara. Não pense que é mais do que isso.

Carter bateu no meu ombro, me olhando daquela maneira gentil que só ele sabia fazer.

— Não siga um roteiro, apenas faça o que tem que ser feito.

— Beleza.

— Você pode voltar para lá e tocar a Fender?

— Posso.

Retornei ao palco, subindo rapidamente as escadas e logo depois passando a correia da Fender pelo corpo. Na parte central, bem abaixo de nós, Kizzie conversava com Mark e fazia anotações.

Quando dedilhei e fiz a Fender cantar, a Marrentinha desviou do guarda-costas e lançou os olhos dourados para mim, pelo som elaborado. Por um momento, achei que ela estava me vendo, mas não realmente prestando atenção. No entanto, seus olhos desceram por todo o meu corpo, parando na rapidez dos meus dedos treinados para fazer a *intro* de uma das músicas mais complicadas da The M's e na agilidade que tinha ao tocar com a minha palheta favorita.

No segundo em que terminei a *intro* e a voz de Carter se sobressaiu nos alto-falantes com uma balada, sorri para Kizzie.

Podia jurar que ela não ia retribuir. Mas sua boca se ergueu lentamente num sorriso contido, mas completo.

Ah, caralho. Acho que parei de respirar.

Kizzie

A Arena O2 estava fervendo depois que o ensaio acabou. Vê-los tocando era algo hipnótico e eu estava ansiosa para assisti-los com todos os jogos de luzes que a equipe de palco organizou, além dos telões com as imagens dos clipes e fotos relacionadas à banda.

Fizemos um almoço adiantado dentro da própria Arena depois de os meninos elaborarem a última canção. Pedimos comida pronta e nos liberamos antes que o relógio completasse onze horas da manhã. Com mais de nove horas de folga, eles queriam fazer algo pela cidade e eu me apressei em dizer que não participaria do turismo.

— Você precisa ir, Kizzie — pediu Erin. — Eu não vou aguentá-los sozinha.

— Eu não posso. Preciso resolver as coisas e ficar na Arena até que os últimos preparativos estejam cem por cento.

— Você confia na equipe que formou — Erin insistiu. — Por favor. Diga que não está ansiosa para conhecer um pedacinho de Londres?

Eu estava louca pelo passeio que Zane prometeu. A London Eye era uma das coisas para se conhecer antes de morrer, mas eu precisava lembrá-los de que eu não fazia parte do grupo, era apenas a empresária.

— Obrigada, mas não — reforcei mais algumas desculpas até ver que Erin estava cedendo.

A van preta veio buscá-los com o carro dos seguranças atrás e eu pedi que quatro deles fossem com a banda, pois certamente seriam reconhecidos e, se algo desse errado, poderiam pedir assistência. Eu estava com medo de deixá-los ir sem supervisão, então Mark garantiu que os protegeria.

— Senhorita Hastings, prometo que estarão seguros.

Mark me passou a garantia de que tudo ficaria bem. Ele vinha sendo mais um braço direito do que o próprio guarda-costas dos meninos.

— Obrigada — agradeci, mas a palavra era pouco perto da gratidão que sentia.

Dei as costas no estacionamento da Arena O2, já colocando o celular na orelha para conversar com o chefe dos assistentes de palco, mas fui parada por uma mão que tocou a minha cintura, girando-me em um só movimento.

Bati de frente com um peito duro, de um homem muito mais alto do que eu. Pela cor azul petróleo da camisa, já soube bem quem era, porém, algo me impediu de recuar: a mão na minha cintura.

Seu perfume picante e almiscarado, com um toque de mel, menta e tabaco ao fundo, me fez buscar a força nos joelhos, pela perda de todos os outros sentidos.

Fiquei fraca.

Como eu não tinha prestado atenção no seu cheiro antes?

11 noites com você

Ergui lentamente os olhos, me deparando com um botão a mais que se desprendera da camisa, chegando ao total dos três soltos e mostrando quase todo o peito nu com pouquíssimos pelos escuros o envolvendo.

Havia uma tatuagem espreitando ali.

Seu pescoço tinha um proeminente pomo de adão e, quando finalmente o encarei, percebi que a sua pele subiu e desceu, o movimento tão lento quanto uma gota escorrendo na janela no fim de uma chuva fraca.

— Kizzie — Zane pronunciou devagar, fitando meus olhos.

Afastamo-nos com relutância e eu me obriguei a voltar a pensar.

— O que houve? Esqueceu alguma coisa?

— Não, mas parece que você esqueceu.

Franzi as sobrancelhas.

— O que eu esqueci?

— Eu disse que íamos visitar a London Eye. — Ele fez uma pausa, alternando o olhar entre a minha boca e os olhos. — Está fugindo de mim, Marrentinha?

Jesus, como eu odiava aquele apelido.

— Eu disse para você apresentar os pontos turísticos para os seus *amigos*.

Lancei um olhar para o lado, observando que a van tinha avançado uns bons metros, dando-nos privacidade suficiente para conversar.

— Eu quero que você vá.

— Isso não é negociável, Zane. Eu preciso trabalhar.

— Me empresta o seu celular.

— O que você quer com ele? — Posso ter parecido mais assustada do que deveria, pois coloquei o aparelho atrás das costas, pensando nas mensagens de Christopher.

— Me dê, por favor — pediu novamente, os olhos escuros brincando de brilhar como mel sob o sol. — Eu só preciso fazer uma ligação e só preciso de um nome.

— Um nome?

Zane se inclinou sobre mim e, com um movimento rápido, capturou o celular das costas, tomando o aparelho da minha mão. Eu soltei um suspiro indignado e comecei a tentar tirar o celular dele, mas, claro, sem sucesso. O maldito ergueu o braço para cima da cabeça, sabendo que eu não alcançaria.

Com um sorriso vitorioso, ele focou novamente na conversa.

Aline Sant'Ana

62

— Preciso do nome da menina que está sendo sua assistente na turnê.

— Ai, Zane! Caramba, me solta! Quantos anos você tem? Cinco?

Ele colocou o cotovelo entre nós, me impedindo de me aproximar do celular ou saltar para tentar pegá-lo.

— Nem estou tocando em você, Marrentinha. Agora, o nome.

Depois de alguns minutos odiosos e de pensar que aquilo estava ficando infantil e sem sentido, soltei um suspiro derrotado.

— O nome dela é Georgia.

Ele colocou o aparelho na orelha e abriu um sorriso para mim.

— Oi, Georgia. Aqui é o seu chefe, Zane.

— Ah, meu Deus! — Suspirei, já sabendo o que ele faria em seguida.

— Então, eu vou levar a louca da Kizzie para um passeio. Você é responsável, não é? Certo. Cuide de tudo, pois Kizzie me contará se você fez o que ela pediu. Ah, obrigado. Te vejo nos bastidores. A Kizzie mandou um olá.

Zane desligou o aparelho e desfez a posição protetora. Devolveu o celular e colocou o cabelo rebelde atrás da orelha. O sorriso branco que se formou no rosto dourado me deixou com vontade de matá-lo.

— Agora você não tem mais desculpa, Kizzie. Vem comigo para a London Eye. Isso é uma ordem.

— E quem você é para me dar uma ordem, Zane?

— Seu chefe, amor.

Fechei os olhos e a minha raiva acabou se transformando em uma gargalhada incontida. Toda vez que eu ficava muito nervosa, a reação do meu corpo era dar risada. Longe da lógica, com certeza ausente de todo o bom senso profissional, eu ri.

— Você é impossível.

— Dizem que eu sempre consigo o que eu quero, gata.

Fiz uma pausa e olhei novamente para a van. Erin estava nos olhando discretamente da janela, com um sorriso no rosto. Quando percebeu que eu a estava vendo, fez uma espécie de pedido com as mãos, implorando para que eu fosse.

— Vai parar de me incomodar se eu disser sim?

— Se você der um passeio comigo e me aguentar por uma volta completa, sim.

11 noites com você

— E o que você ganha com isso? — No mínimo, eu estava intrigada com a sua proposta.

Ele abriu um sorriso malicioso.

— O prazer da sua companhia.

— Suas cantadas não funcionam comigo.

Ele travou no lugar, desconfortável com o comentário, e cruzou os braços no peito. Mais um botão saltou da camisa e eu pensei que, com mais três botões soltos, ele estaria com a peça totalmente aberta. Desfiz a preocupação das sobrancelhas e voltei a encará-lo, obrigando-me a lembrar que meu coração ainda estava machucado, que não existia espaço para eu achar alguém atraente enquanto ainda me curava da dor que Christopher me causou.

Eu era a empresária da banda.

Eu estava machucada.

Zane não era um homem sério.

Nós dois éramos a receita secreta para um desastre.

— Se as minhas cantadas não funcionam, você não tem nada a temer. Sou brincalhão, Kizzie. Gosto de me sentir confortável perto das pessoas e perto de você. Quero que passeie conosco, não é porque é nossa empresária que precisa ficar se matando vinte e quatro horas por dia. Brincadeiras à parte, o convite é sério. Vamos?

Pela primeira vez, Zane se dirigiu a mim de maneira racional. Eu esperava qualquer cantada barata, tirada engraçada ou apelo sexual, mas não esperava que ele fizesse um convite com seriedade, tirando a máscara de palhaço do rosto e sendo apenas... Um Zane desconhecido.

— E então? — tentou novamente, sem sorrir. Sério, concentrado, com o maxilar indo e vindo, para frente e para trás, a única coisa que denunciava sua ansiedade à espera da resposta.

— Acho que... tudo bem.

Então, Zane sorriu. Não poderia ser classificado como os sorrisos que ele distribuía para todos, nem como os sorrisos que ele facilmente dava a cada piada sem graça. Ele sorriu como se uma parte sua brilhasse, como se eu avisasse que magia é real ou como se recebesse o prêmio da imortalidade.

Posso ter sentido alguma coisa, uma nostalgia de um sentimento passado ou algo totalmente novo, mas fiz questão de jogar tudo isso fora antes mesmo que florescesse e me sufocasse.

Aline Sant'Ana

Qualquer homem que fosse, qualquer situação pela qual eu passasse, qualquer sentimento que eu pudesse experimentar... Eu estava quebrada demais para recomeçar.

CAPÍTULO 7

I go crazy, crazy, baby, I go crazy
You turn it on
Then you're gone
You drive me
Crazy, crazy, crazy, for you baby

— Aerosmith, "Crazy".

ZANE

Porra, a Marrentinha trabalhava como uma maluca. Se ela não aproveitasse os raros momentos da viagem para descansar, talvez fosse necessário amarrá-la e colocá-la sobre o ombro, obrigando-a a ver Londres de ponta-cabeça, se fosse preciso.

Kizzie era teimosa demais.

— Depois de você. — Estiquei a mão, ajudando-a a sair da van.

Combinamos de nos separar, para que não ficasse tão óbvia a nossa presença. Então, Carter segurou a mão de Erin, caminhando com ela ao lado de um dos seguranças, que se mantinha a uma distância segura. Yan se aproximou de nós e disse que ia comer primeiro, além de fazer uma ligação demorada para Lua, permitindo que eu e Kizzie fôssemos juntos. Um homem também o acompanhou, sobrando o Pitbull da Marrentinha e outro armário para vigiar Kizzie e eu.

Não me passou despercebido o susto em seu rosto quando ela notou que esse seria um passeio a dois.

— Está com medo da altura ou da minha presença? — perguntei, brincando, embora quisesse saber a verdade por trás de tanto repúdio.

Kizzie não respondeu.

A passagem para a London Eye era inacreditavelmente bonita. A calçada com árvores verdes bem podadas, que se seguiam em um caminho reto até a imensa roda gigante de Londres, fez Kizzie parar. Os olhos dela brilharam a cada passo que nós demos e, pouco a pouco, ela se esqueceu da carranca, deixando um sorriso brincar nos lábios.

— Você acha que vão te reconhecer? — Kizzie puxou assunto.

Aline Sant'Ana

Prendi o cabelo e coloquei óculos escuros, pensando que teria sido ótimo um boné para despistar as fãs, caso houvesse, mas me esqueci desse detalhe quando saí do hotel. De qualquer maneira, esses passeios geralmente traziam sorte. Os turistas estavam preocupados demais em visitar a London Eye para repararem nos rostos das pessoas ao redor.

— Se for reconhecido, vou atender as fãs, mas pretendo fazer esse passeio da melhor forma possível. — Coloquei as mãos dentro do bolso frontal da calça jeans. Cara, eu nem estava me esforçando para ser gentil com ela. Simplesmente... aconteceu. Kizzie lançou um olhar de canto, me medindo discretamente. Eu, que geralmente preferia as pessoas lidando comigo como se fosse um deus, surpreendentemente, passei a gostar da maneira que ela tratava a minha profissão como qualquer outra. Para Kizzie, eu era *apenas* Zane e não *o* Zane. — Você está animada para ver Londres de cima?

Já fiz esse passeio várias vezes. Na verdade, todo ano que vinha para Londres, visitar o resto da minha família que ainda morava por aqui, eu comprava os tickets de rápido acesso. Furava as filas dessa maneira e ia para a primeira cápsula disponível.

Para Kizzie ter o melhor acesso, também faria isso, mas, dessa vez, compraria o pacote caro, a cápsula privativa. Teríamos champanhe, chocolate e morango, além de canapés.

— Sim — ela respondeu, abrindo um sorriso cauteloso. — Na verdade, eu estou.

— Então, venha. Porra, eu ainda preciso comprar os ingressos.

Puxei-a pela mão, subindo os pequenos degraus da área de ingressos, torcendo para não ser reconhecido. Baixei um pouco o rosto ao ver várias pessoas sendo atendidas e pedi para que Kizzie se mantivesse ali, me esperando. Eu já fazia uma ideia do escândalo que ela faria se soubesse das minhas pretensões de alugar o passeio de trezentas libras.

— Eu quero pagar a minha entrada. Quanto é? — Kizzie indagou antes de eu ir, já retirando a carteira de dentro da bolsa. — Dez libras?

Engoli em seco, sabendo que o valor ia muito além.

— Eu convidei, eu pago — garanti.

— Não, você não vai pagar.

— Kizzie, porra! — Gemi. — Para de me contrariar a cada cinco malditos minutos, por favor!

Ela piscou freneticamente.

11 noites com você

— Eu não contrario você a cada cinco minutos! Tivemos uma conversa agradável de duas ou três frases agora há pouco.

— É, isso é o máximo que conseguimos. — Bufei. — Sério, mantenha-se aqui ou eu juro por Deus e todos os santos que te amarro com os cadarços da minha bota e te carrego por cima do ombro.

— Você não faria isso.

Sorri.

— Foda-se, eu faria.

— Você age como um neandertal — ela resmungou, mas abaixou a carteira, rendendo-se. — Eu só não te bato e não te xingo porque preciso do meu emprego.

— Eu nunca demitiria você, Kizzie. Agora, para de fazer graça e me deixa comprar os ingressos.

Os cabelos caíram e deixaram seu rosto levemente arredondado de boneca ainda mais bonito. Os olhos brilhavam toda vez que um feixe de luz batia neles e eu podia ver como o dourado da íris combinava com ela. Os lábios avermelhados estavam ainda mais cheios, pelas mordidas ocasionais, e também pelo calor da cidade em alto verão.

Os pensamentos de beijá-la estavam cada vez mais presentes.

— Tudo bem. Compre, se vai te fazer feliz.

Abri um sorriso largo.

— Me espere aqui.

Eu sabia que convencer uma atendente a me vender em cima da hora um ingresso que exigia reserva seria difícil, então ousei a minha criatividade a ir além e pensei na única desculpa que conseguiria dobrar uma pessoa que tivesse um coração.

Inclinei-me, oferecendo um sorriso à atendente. Era uma mulher madura, acima do peso, com os olhos castanhos e semblante bondoso.

— Boa tarde, será que você pode me ajudar?

— Claro. Precisa de quantos ingressos?

O lado positivo era que ela não tinha me reconhecido. Nem ela nem o senhor que estava comprando ingressos do lado esquerdo.

— Eu preciso de dois, para a cápsula privada. Quero o serviço de champanhe e trufas.

Ela arregalou os olhos e negou com a cabeça, seu sorriso vacilando.

Aline Sant'Ana

— Eu sinto muitíssimo, mas só com reserva.

— Me deixa explicar o quanto isso é importante para mim. — Eu suspirei, fazendo o melhor rosto de coitadinho que podia, pensando que ninguém poderia lidar com a desculpa de um homem apaixonado. — Conheci a mulher da minha vida, aqui, em Londres. Agora, moramos nos Estados Unidos, mas nosso primeiro encontro foi na London Eye. Hoje eu peguei um avião e vim até aqui só para poder fazer uma viagem surpresa com ela. Veja bem, a London Eye não é só o local do nosso primeiro encontro, é onde pretendo pedi-la em casamento. Não posso fazer isso na cabine cheia de pessoas, sem o champanhe e os canapés, entende? Eu não planejei, sei que deveria ter feito, mas aproveitei um bônus no salário, que já é apertado, justamente para realizar esse sonho.

Coloquei as notas sobre a bancada, deixando escorregar mais duas, como bônus.

— Olha, é tudo que eu tenho na carteira. Eu realmente amo essa mulher, eu quero me casar com ela. Por favor, me ajuda a realizar isso? — menti.

A senhora tremeu o lábio inferior, olhando para as notas. Ela lançou um sorriso para longe de mim, procurando além do que via.

— Quem é a mocinha?

— É aquela. — Apontei para Kizzie, que estava distraída com o celular. Trabalhando, como sempre.

— Vocês formam um casal incrível — elogiou, e eu estiquei meu lábio no canto, voltando o meu charme para a senhora.

— Acha que consegue? — tentei novamente. — Por favor?

Levou apenas dois segundos para ela concordar.

— A sua sorte é que temos vaga para esse tipo de evento hoje. Bem, preciso de algumas coisas.

Estreguei tudo o que foi pedido e, em poucos minutos, estava com o par de ingressos na mão. A senhora me indicou o caminho que deveríamos passar para fugir da fila e o acesso para a cápsula especial.

Lancei um olhar para Kizzie e ela acabou me pegando no ato.

Champanhe e morangos nos aguardavam, pensei. Lá no fundo, eu esperava que seus lábios nos meus também fizesse parte do cardápio.

Kizzie

Percebi que havia algo estranho quando fomos por outro caminho. Chegamos à London Eye antes de todos e os ingressos que Zane comprou tinham algo de especial.

Minha dúvida se transformou em certeza quando a *hostess* nos guiou até a abertura do compartimento de vidro, com um segurança a tiracolo, fazendo toda a revista necessária antes de passarmos da faixa. Entrei, já livre da inspeção, relutante entre olhar o ambiente e tentar compreender o motivo de uma moça estar com uma garrafa de champanhe dentro de um balde de gelo, estendendo aquilo para nós.

— Espero que façam bom proveito do passeio. Eu estarei aqui para servi-los.

Zane esticou uma nota alta para ela.

— Não precisa, eu posso fazer isso. Obrigado.

A moça colocou sobre a bancada central, local onde eu acreditava que as pessoas se sentavam, uma série de quitutes. Ela saiu com um sorriso no rosto e, em seguida, a porta se fechou, continuando a movimentação lenta da London Eye. Eu aproveitei para tomar alguns segundos e olhei pela janela, avistando ainda a parte térrea da experiência, sorvendo a beleza do Rio Tâmisa refletindo o sol do meio-dia. Antes que pudesse me conter, embora, tive que virar para trás e questionar Zane a respeito do passeio.

— Eles estão te fornecendo isso pela sua fama? — investiguei.

Zane estourou com o polegar a rolha e o champanhe espumou, molhando seus dedos e caindo sobre o gelo. Ele serviu delicadamente cada taça, estendeu em minha direção uma delas e furtou um olhar que poderia facilmente alcançar mil graus de temperatura.

Eu não queria ficar perto dele por mais tempo do que o necessário, muito menos dentro de uma cápsula fechada em movimento. Isso entre nós tinha que se manter profissional. Então, por que eu aceitei essa droga de passeio? De verdade, como se eu não soubesse que ele aprontaria alguma...

Senti-me encurralada quando Zane deu um passo à frente.

— Paguei o serviço personalizado — esclareceu. Seu olhar se tornou tão intenso que quase foi capaz de me perfurar. — Achei que você merecia um tempo de descanso e, principalmente, merecia ver a minha Londres da melhor maneira possível.

Zane levou uma trufa aos lábios, mordendo a delícia redonda com cuidado, porém, mesmo assim, o chocolate derramou em torno dos lábios, manchando-os de marrom. Sua boca — com o lábio inferior carnudo e o superior bem desenhado — abocanhou o doce com perfeição, dividindo-o ao meio. Zane levou a ponta da língua rosada para cima e depois para baixo, fazendo um traçar lento

Aline Sant'Ana

nos contornos, de modo que não pude deixar de acompanhar com os olhos.

A hipnose durou longos segundos, porque seus lábios pareciam macios e eu acabei me questionando se eram tão aveludados quanto eu imaginava.

— Eu não queria que você gastasse com isso. — Pigarrei. — Quanto foi?

— Não foi nada, Kizzie.

— Eu posso te ajudar com o pagamento?

Ele sorriu enquanto mastigava outra trufa, mas não respondeu. Estendeu uma para mim e relutei bastante antes de aceitar de bom grado, pensando ainda sobre o valor que ele teria gasto. Perdi-me nos pensamentos no instante em que o chocolate derreteu na minha boca; o sabor era divino, algo como pedaços do céu em formato doce.

— Você vai perder a melhor parte. — Zane apontou para a paisagem e eu me senti mortalmente aliviada quando quebrei o contato com seus olhos.

Meu coração, então, deve ter parado de bater.

Londres estava cada vez menor. O Tâmisa, lindo e brilhante, escoltando o monumento Big Ben, me dava à sensação de estar diante de um dos cenários mais bonitos do mundo. A arquitetura histórica em contraste com a moderna ia além do absoluto choque. Sabia que a impressão era verdadeira, pois um dos meus sonhos de menina era justamente viajar, conhecer o que todos ansiavam ver um dia, tocar em cada parte que pudesse e me sentir contaminada pelas diferentes culturas.

— É incrível, Zane — pensei em voz alta.

Bebi o champanhe em seguida, mordi a trufa e roubei o morango de dentro da taça, apreciando em meus pensamentos todas as coisas disformes e contraditórias que aconteceram esse ano.

Aquela Keziah Hastings, a mulher que perdeu a fé em si mesma, jamais poderia sonhar que estaria na London Eye, realizando um sonho e bebendo champanhe, finalmente conseguindo ignorar as ligações no celular.

Finalmente conseguindo amar a si mesma.

Eu sabia que ainda não tinha vencido o monstro, apenas o colocado dentro do armário, mas, naquele segundo, eu me permiti sentir a liberdade, permiti me ver livre dos sentimentos antigos e fantasmas do passado.

Naquele instante, permiti sentir-me viva.

— Kizzie?

Senti a mão de Zane na base das minhas costas, fazendo-me lembrar da sua presença. Quis chorar, mas, ao invés disso, tomei mais champanhe. Zane me serviu a terceira vez e, quando já estava me sentindo um pouco mais segura, a London Eye alcançou o seu pico máximo.

— As Casas do Parlamento, a Catedral de São Paulo, o Palácio de Buckingham e a Abadia de Westminster — ele cochichou, sua voz perto. Zane manteve uma mão na minha cintura e seu peito quase colado nas minhas costas. — Consegue ver tudo?

Fechei os olhos por cinco segundos contados na cabeça e os abri novamente.

— Sim.

— Quando eu era pequeno, me lembro de dizer que jamais deixaria Londres. Eu lembro que amava tudo da minha cidade. As pessoas, o chá, o sotaque, os táxis, a rainha, as cabines telefônicas e também a cultura — Zane disse, sua voz tocando a minha pele como seda. — Eu não me arrependo da mudança, mas acho que quero envelhecer aqui. Quero passear pela London Eye como um turista, mas me sentir em casa em torno do meu povo.

O pensamento me fez sorrir.

— Parece um bom lugar para isso.

Zane muitas vezes me surpreendia, principalmente quando perdia a máscara de conquistador e só buscava ser ele mesmo.

— E você, Kizzie? Há algum lugar que você jamais deixaria?

— Não. Eu pertenço a qualquer cidade que a vida me levar.

— E a alguém, você pertence a alguém?

Sorri pela indiscrição da sua pergunta, ainda que Zane não pudesse me ver.

— Já pertenci. Agora, pertenço a mim mesma.

Senti quando seu corpo completou o espaço que faltava para o meu. Zane segurou mais firme a minha cintura e pude sentir sua respiração tocar a área entre o meu pescoço e o ombro.

Podia dizer que o champanhe me deixou tonta, entretanto, seria mentira. Também podia dizer que era só eu me afastar e tudo ficaria bem, mas a verdade era: eu não conseguia sair daquela situação, eu não *queria* sair daquela situação.

— Você sente falta? De ter alguém?

Sua proximidade, seu perfume misturado a chocolate, morango e cidra, o vapor quente da sua boca quase tocando a minha pele...

Eu estava tentada a deixar que ele continuasse.

Aline Sant'Ana

— Não — menti, minha voz um sussurro imperceptível. — E você?

— Porra, ultimamente não tenho compreendido muito a mim mesmo — confessou. — Acho que tem alguma coisa errada acontecendo nessas últimas vinte e quatro horas.

— O que aconteceu de diferente, Zane?

Ele soltou uma risada rouca, curta e baixa.

— Estou tentando descobrir.

Zane

Meu corpo inteiro ferveu e eu nem me preocupei em conter o calor que subiu e se enrolou como um nó em meu umbigo. Toquei Kizzie com a ponta dos dedos e quase beijei a sua pele, pois precisava saber se aquela tez macia tinha sabor de cereja como a cor dos seus lábios e o seu perfume.

Eu nem sabia que a queria tanto, não até senti-la perto de mim. Suas curvas, tão acentuadas, nas quais não me importaria em derrapar. Sua pele macia, eu teria medo de tocar com os dedos ásperos. Sua voz, tão quente, seria capaz de derreter todas as calotas polares.

Caralho, eu só queria beijá-la.

Beijar de todas as formas. Lento, longo, profundo, demorado, superficial, rápido e intenso. Eu queria sentir a sua língua, juntar nossos sabores, saber que química daria todas essas farpas que vínhamos trocando durante dias.

Mas, apesar de ter esse desejo irresistível, eu sabia que Kizzie ia recuar. Sabia que ela não estava pronta para mim como eu estava para ela e também tinha consciência de que não poderia dar à Marrentinha o que ela merecia.

Eu era livre.

— Estamos descendo — falei baixo, estático, ainda preso em suas costas.

— Nós precisamos nos encontrar com a banda.

— Tem razão.

Com a mesma força e relutância que um imã tem para se soltar da carga oposta, afastei-me de Kizzie. Ela se virou devagar, os olhos quase totalmente amarelos e os lábios quase em tom de vinho me fazendo titubear.

Eu deveria colocar minhas mãos na sua cintura, levantá-la para mim, prensá-la contra o maldito vidro daquela cabine e beijá-la até que sua calcinha ficasse impossível de ser reutilizada.

Pensei por mais cinco ou dez segundos.

Não, eu não deveria fazer nada daquilo.

Porra, o que estava acontecendo?

— Vamos. — Adotei minha posição confortável, a única com a qual podia lidar agora. — Antes que pensem que eu te sequestrei.

— É. — Ela sorriu. — Você quase fez isso.

Coloquei meu braço em torno do seu pescoço, percebendo que a pequena se encaixava bem em mim, mas isso só porque ela estava de salto.

Agradeci a Deus por isso.

— Já está me agarrando, Zane? Por acaso não sabe ficar longe agora?

Eu tive que rir. Uma gargalhada que me rendeu um alívio instantâneo no coração.

— Está aprendendo comigo a ser convencida?

— Ah, eu não sei. Pode ser.

Kizzie era linda. Ela era uma pessoa boa. Apesar das nossas brigas, porra, eu sabia que era. Em três meses observando-a de longe, nas raras reuniões que fui da banda, já peguei quatro características suas inquestionáveis: vi o quanto era responsável; sabia que tinha manias simples como morder a ponta da caneta e tomar café de cinco em cinco minutos; exigia cada vez mais dos seus resultados e preferia dessa forma a colocar as expectativas em outras pessoas; e também tinha visto a fé que depositava em si mesma.

Isso acendeu como uma lâmpada sobre a minha cabeça.

Kizzie não era o tipo de mulher que se sente confortável em torno de um cara como eu. Ela merece os homens engravatados, possíveis pais de família no futuro, exemplos para a sociedade, homens que podem fazer uma lista das mulheres que transaram em uma folha ao invés de cem. Ela merecia alguém que, caralho, eu sabia que nunca poderia ser.

Então, naquele momento, abraçado com Kizzie, andando entre as árvores a caminho da rua, observando os dois seguranças nos esperando na esquina, eu soube que estava contente de não tê-la beijado.

Eu não valia uma merda de libra.

Mas isso não me impedia de desejá-la.

Soltei o aperto quando vi que Kizzie ficou desconfortável. Percebi que a razão de a Marrentinha ficar incomodada era porque Carter, Erin e Yan estavam chegando. Soube que, para Kizzie, a situação comigo, fosse qual fosse, jamais seria

Aline Sant'Ana

viável.

— Quais são os planos agora, Kizzie? — perguntou Carter, alternando o olhar entre nós, tentando captar algo no ar.

Erin, no entanto, não parava de sorrir por algum motivo e Yan estava distraído com o celular.

— Vocês precisam ir para o hotel e descansar. À noite, temos show e amanhã à tarde já viajamos para Madri — anunciou Kizzie, pedindo licença para falar com Mark.

Ela não me olhou quando se afastou.

— O que está acontecendo entre vocês? — Erin foi a primeira a perguntar.

— Eu quero beijá-la e não posso.

Uma única frase foi capaz de fazer Erin compreender toda a situação. Reconhecimento percorreu seus olhos e ela deu um beijo rápido na boca de Carter, pedindo cinco minutos sozinha comigo.

Carter não gostou muito, mas permitiu.

Sentamos em um dos bancos disponíveis enquanto esperávamos Kizzie terminar de conversar com Mark. Erin cruzou as pernas e virou-se para mim.

— Eu acho que ela passou por alguma situação complicada na vida, talvez um coração partido. No pouco tempo que estive com ela, pude perceber que tem algo errado. Kizzie não deixa eu me aproximar nem para ser sua amiga, trata tudo de maneira muito profissional, e respeito isso. Mas eu queria que ela se soltasse mais. Queria que ela vivesse, entende? — Erin começou.

Olhei para Kizzie, observando-a por um tempo longo, sorvendo as palavras da namorada do meu amigo.

— Depois do show, vamos para um pub — aconselhou a ruiva, com um sorriso divertido. — Kizzie está fechada porque ainda não dançou com a gente, não sentiu que pertence a nós como, de fato, deve pertencer. Você pode pagar um drink para ela, pode jogar seu charme...

— O que você está pretendendo com isso, Erin? — Ri.

— Eu só quero te ver feliz, Zane.

Neguei com a cabeça, pensando muito mais longe do que aquilo.

— Kizzie merece os engravatados, não os caras que têm dedos calejados por causa de uma guitarra, não um homem que não consegue controlar a porra da libido e curte transar com três mulheres ao mesmo tempo.

Erin ergueu a sobrancelha ruiva.

11 noites com você

— Ah, então você já está assim? Pensando que ela merece alguém melhor do que você? O negócio está mais avançado do que eu pensava.

— Não entendi, Erin.

— Faz o que estou dizendo, Zane. Só faça o seu papel que eu faço o meu.

— E que papel é esse?

Seus olhos azuis brilharam.

— Só estou dando jus ao apelido que o Carter me deu. Estou sendo uma fada.

Erin saiu do banco, já abraçando Carter assim que se aproximou dele, mas o ato não durou muito tempo. Um par de fãs nos reconheceu, parando e gentilmente pedindo fotos e autógrafos. Quando a movimentação aumentou, de duas passando para cinco e depois dez e vinte, nós ficamos um pouco perdidos, mas conseguimos atender todos, gerando um atraso de meia hora no horário que planejamos para a saída da London Eye.

Quando entrei na van, peguei Kizzie me encarando com certa admiração. Seu semblante parecia bondoso, encarando meus dedos manchados de tinta depois de, sem querer, estourar uma caneta enquanto autografava.

— Não precisa fazer tanta força na hora de segurar a caneta, Zane.

— Porra, foi sem querer.

— Eu sei.

Ficamos presos no olhar um do outro. Algo no meu peito estalou e, quando o ato passou de intenso para íntimo, Kizzie quebrou o contato. No entanto, mesmo com o rosto virado para a janela, eu podia ver que ela estava sorrindo.

Aline Sant'Ana

11 noites com você

CAPÍTULO 8

No there's no starting over
Without finding closure
You'd take 'em back
No hesitation

— **The Script, "Six Degrees Of Separation".**

KIZZIE

Se eu achava que estava trabalhando muito durante os meses que passaram, nada se comparava ao inferno que enfrentei durante a preparação para o show. Tive cerca de meia hora entre tomar banho, colocar um dos melhores vestidos que levei, me maquiar e ir para a Arena, observando e coordenando tudo com o auxílio de uma equipe gigante, porém, aparentemente despreparada.

— Você tem certeza de que o painel não está funcionando? — indaguei para um rapaz franzino, responsável pelas telas em LED.

— Sim, mas eu conserto em duas horas.

— Nós não temos duas horas!

— Conserto em meia hora — prometeu e nem se despediu, correndo nos bastidores para cumprir o que havia dito.

Rolei os olhos e continuei a apertar a bolinha para estresse que sempre carregava comigo.

Pelo menos eu consegui fazer a banda chegar na hora.

Faltava tão pouco e o meu coração parecia saltar rápido no peito pela ansiedade.

— Eles estão prontos — anunciou Erin, sorrindo enquanto batia palmas. — Estou tão animada! Nunca assisti a um show deles em um lugar tão grande como esse.

— As casas de shows durante essa pequena turnê serão todas grandes. Vendemos todos os ingressos também, estará lotado.

Erin se emocionou.

— Os meninos estão tão bonitos — ela soltou junto com a respiração. — Enfim, de qualquer maneira, você precisa de ajuda?

Aline Sant'Ana

— Faltam duas horas. As pessoas estão se acomodando, a banda secundária está aqui, só teve um pequeno problema com um dos telões, mas em meia hora estará resolvido.

— Isso é excelente, Kizzie. Você fez um ótimo trabalho.

Sorri aliviada.

— Muito obrigada.

De onde estávamos, sobre o palco, podíamos ver as pessoas chegando. Dizer que tinha muita gente seria eufemismo. A parte das arquibancadas já estava lotada, fazendo uma volta completa em trezentos e sessenta graus em torno do palco. Em questão de pouco mais de meia hora, a área *vip* e a pista estavam cheias.

— Preciso verificar os seguranças antes de olhar a The M's, Erin. Se precisar falar comigo, me chama pelo walkie-talkie. — Entreguei um para ela e a vi assentir.

— Eu posso te pedir só uma coisa? — questionou, me fazendo dar meia-volta nos calcanhares.

— O que você quiser.

— Depois dos shows, os meninos tendem a ficar pilhados e animados, então faço uma ideia de como vão ficar depois de receberem essa energia imensa de tanta gente. Bem, estamos planejando dar uma olhada em um dos pubs da cidade, de um amigo antigo do Zane. Você sabe como Londres é famosa por isso.

— Vocês podem ir, eu peço para o Mark acompanhá-los. Não tivemos tantos problemas hoje na London Eye, apesar das fãs, e pode ser que não enfrentem também no pub.

— Ah, não era bem sobre isso o pedido.

Franzi as sobrancelhas, tentando compreender aonde Erin queria chegar.

— Sobre o que era, então?

— Eu queria que você fosse conosco, Kizzie. Sinto-me sozinha só com os meninos, sinto falta de uma companhia feminina. Lua não pôde vir devido aos compromissos com seu pai e a agenda do consultório.

O que Erin queria era muito doce e combinava com seu jeito meigo e inocente de ver a vida. No entanto, eu não poderia me dar ao luxo de misturar prazer com trabalho. Zane me afetava demais para que eu deixasse isso acontecer. Depois de hoje, percebi que ele me afetava muito mais do que eu quisera admitir.

— Olha, Erin...

— Eu sei que eles são um pouco intimidantes — me interrompeu, com um sorriso incorruptível nos lábios. — Estou nessa família há um ano e até agora preciso lidar com a excentricidade e a energia de ser a namorada do vocalista de uma banda desse tamanho. O que eu quero dizer é: não é porque você é empresária deles que não pode ser amiga, compreende? Yan é um homem dedicado, mas é muito querido. Carter tem a pinta de estrela, mas, você sabe, ele tem um coração puro. Zane, apesar de todos os pesares, é um dos meus melhores amigos. Eles são pessoas boas, Kizzie.

— Acredito que sim, Erin, por isso aceitei trabalhar com os meninos. Só que eu tenho essa regra de não misturar a vida pessoal com a profissional. Se eu saísse com vocês durante essa viagem, todas as coisas das quais tentei me manter afastada...

— Por coisas você quer dizer... Zane? — Erin me pegou de surpresa.

Seu sorriso ficou ainda mais largo quando demonstrei abertamente reação àquela conversa. Sabia que tinha arregalado os olhos em choque e soltado um incontido "Oh".

— Olha, Erin, aprecio o convite, mas vou ter que recusar — apressei-me, sentindo o celular vibrar no bolso com o alarme que me avisaria a hora certa de verificar uma última vez a banda. — Preciso ir. Depois conversamos.

A decepção ficou estampada em seu rosto bonito.

— Tudo bem, mais tarde conversamos.

Saí rapidamente dali, ouvindo o coração nos tímpanos. Se Erin estava desconfiada de que existia algo entre Zane e mim, eu com toda certeza precisava manter quilômetros de distância daquele guitarrista.

Eu tinha que aguentar mais nove noites e dez dias ao seu lado.

Não era tão impossível assim, era?

ZANE

— Essa calça é um número menor, porra! — resmunguei, tentando fechar a merda do botão.

— Ninguém mandou ter uma bunda enorme — acusou Carter, dando uma gargalhada.

— Vai se ferrar, cantor. Sua bunda parece de mulher.

Eu não podia acreditar que estava me enfiando em uma calça de couro. Maldita hora que a Marrentinha foi deixar alguém escolher as roupas da turnê e maldita hora que eu fechei a mala sem nem olhar o que havia dentro.

— Você precisa entender que essas calças são difíceis de colocar — opinou

Aline Sant'Ana

Yan. — É só puxar o tecido do começo das pernas que vai entrar.

Fiz o que ele disse, aliviado pela dica ter funcionado. O botão se fechou e a porta do camarim se abriu no exato segundo seguinte.

— Espero que vocês estejam vestidos — disse Kizzie, com a cabeça baixa e os olhos cerrados. Sua atitude exagerada lembrou minha infância, a exata expressão que eu fazia quando meus pais pediam para eu não espiar o presente debaixo da árvore de Natal.

Sorri mais largo do que deveria.

Ela estava linda demais. Sua beleza devia ser proibida. Não era justo ser tão bonita, caralho.

Usava essa peça justa da cintura para cima e rodada na parte de baixo, beirando os joelhos. O vestido não escondia a fartura dos seios e muito menos omitia a marquinha do seu biquíni. Usava um colar de prata no meio do decote, a letra inicial do seu nome sobre a pele. Kizzie estava de salto alto, dessa vez o mais alto que já a vi usar, deixando as pernas torneadas e a sua altura ultrapassando alguns centímetros dos meus ombros.

Perguntei-me se seus pés doíam como os meus dedos ardiam depois de tocar mais de duas horas de guitarra.

De repente, uma imagem minha inclinado sobre ela, beijando suas coxas, descendo por seus joelhos, arrancando delicadamente os sapatos, passou como um raio pelo meu campo de visão.

Merda.

— Estamos vestidos — anunciou Yan. — Quer dizer, o Zane está sem camisa.

— Ah, bem, eu não vou olhar. — Kizzie colocou a mão em forma de concha sobre os olhos e eu tive que rir alto.

— Vim aqui só verificar se já estão prontos — disse a tão tímida Kizzie, ignorando a minha risada. — Vocês têm meia hora para subir lá e fazer o que fazem melhor. A casa está lotada, acabei de receber a notificação de que o último problema foi resolvido e acho que estou pronta para voltar a respirar. Qualquer dúvida, chamem o Mark, que ele vai saber me encontrar. Eu... hum... desejo um ótimo show para vocês, meninos. Sei que se sairão incrivelmente bem.

— Kizzie — eu a chamei, percebendo que a Marrentinha paralisou ao som da minha voz.

Ainda com a mão protegendo os olhos, ela abriu um rápido sorriso.

— Sim, Zane.

11 noites com você

— Você não para de apertar essa bolinha vermelha e algo me diz que está enfrentando uma crise de ansiedade. Quer falar sobre isso?

Carter e Yan, pouco a pouco, se afastaram. Percebi que Carter teve que convencer Yan a fazer isso, já que ele estava relutante em me deixar perto da empresária sem ter a certeza se eu iria ou não fazer uma besteira.

Até parece que eu forçaria Kizzie a fazer qualquer coisa que ela não quisesse.

— Eu me sinto ansiosa e preciso apertar essa bolinha. Por quê? Zane, olha, nós estamos lotados de coisa para fazer e eu...

Aproximei-me dela, sozinho no ambiente. Eu só pude sentir o coração batendo em um ritmo lento, quase como se estivesse enfim tranquilo, e depois um açoite se completou, cada vez que chegava mais e mais perto.

— Você não tem cinco minutos para conversar comigo?

— Não — ela respondeu.

Eu ri.

— Sim, porra, você tem.

Perto o bastante, segurei o pulso que cobria seus olhos e o tirei dali. Kizzie manteve as pálpebras cerradas e eu admirei o respeito que ela demonstrou por mim a ponto de não querer me olhar sem camisa. Eu nunca tinha passado por uma situação assim antes, de uma mulher não querer me olhar, não vencer a curiosidade acima de qualquer coisa e dar uma espiada. Geralmente, era até assediado. Mãos correndo pelas tatuagens, olhos cobiçosos sobre os recentes piercings que tinha no mamilo, desejo em cada linha de expressão.

Coloquei o indicador embaixo do seu queixo, elevando seu rosto de boneca.

Ela, ainda assim, se manteve na mesma posição.

— Não me toca — Kizzie pediu, sua voz soando tão baixa que era como se confessasse a mentira.

— Abra os olhos, eu não vou me sentir ofendido se me olhar sem camisa.

— Eu respeito vocês, Zane. São meus chefes. — Sem poder olhar seus olhos, a única coisa que eu podia era ver os lábios, indo e vindo, movendo-se, a língua rosa espreitando em um tom mais claro do que a boca cereja. — Então, se não se importa, eu preciso mesmo ir.

— Abra os olhos — pedi com afinco.

Kizzie abriu.

A pupila negra se tornou pequena, mostrando a cor dourada e verde em volta

Aline Sant'Ana

dela. Kizzie engoliu devagar e sua respiração acelerou quando a minha se tornou precária. Meu peito quente e nu carregava uma febre particular e indefinida. Por mais que eu não estivesse tocando cada parte de Kizzie, sabia que ela podia sentir todas essas faíscas entre nós.

Eu não estava louco.

— Fico pronto em cinco minutos, então, não se preocupe com o tempo — prometi e desci a mão do seu rosto em uma carícia pelo seu braço, até capturar a bolinha. — Está nervosa com o show?

— S-sim — ela gaguejou, mas rapidamente se recuperou.

— Por quê?

— Todo o meu empenho profissional vai ser testado essa noite. Todas as madrugadas de planejamento, conversando com profissionais visuais para melhorar a qualidade do show de vocês, toda a ordem do novo CD, tudo o que Stuart fez de errado... Eu só não quero que nada saia errado.

— Hey, você trabalhou como uma maluca ao lado do Lyon e da equipe durante todos esses meses. Foi corrido, um inferno, mas tenho certeza de que vai conseguir fazer tudo o que deseja. — Puxei seu rosto novamente, para que Kizzie me olhasse nos olhos. — Caramba, Kizzie... eu sei que você está fazendo um ótimo trabalho.

— Obrigada. — Sua voz saiu como se tivesse se livrado de toneladas nas costas.

— Inspire, Kizzie.

Ela acabou obedecendo e eu sorri, jogando a bolinha na poltrona.

— Expire.

Repeti cerca de dez vezes cada comando, percebendo que seus olhos foram ficando mais calmos e a agitação saindo do corpo. Sabia bem como era lidar com a ansiedade, sempre me sentia nervoso antes dos shows, mas aprendi a controlar os nervos.

— Está melhor?

— Sim, muito obrigada. — Kizzie sorriu. Dessa vez, um dos seus raros e completos sorrisos. — Como aprendeu essa técnica simples e eficaz?

— Tentativa e erro.

— Bem, é realmente muito boa.

Ficamos em um confortável silêncio. Kizzie não desviou os olhos nem por um segundo do meu rosto. O seu celular, no entanto, acabou nos interrompendo com uma ligação.

— Você vai atender?

Kizzie olhou para a tela. Os olhos dourados pareceram imediatamente enfurecidos, como se ela não pudesse conter a raiva por trás deles. Sua mão foi até o estômago, em um gesto protetor, e eu percebi que o tom corado de suas bochechas desvaneceu para o rosa-pálido.

— Kizzie?

Kizzie

Você está recebendo uma ligação de Christopher

A tela continuava a apitar e o aparelho, a vibrar, tocando um dos toques padrões do celular. Eu senti quando meus dedos fraquejaram e meu coração afundou no peito.

Eu não podia acreditar que, depois de tudo, Christopher estava me ligando.

— Hey, o que houve?

Olhei para cima, me deparando com o rosto esculpido de Zane. Os olhos castanhos profundos pareciam me admirar de uma maneira diferente e, sem aquela chama de desejo e provocação que Zane naturalmente acendia em si mesmo, eu era capaz de ver que, por trás da máscara da malícia, havia um homem irresistivelmente lindo.

Mas isso não foi o bastante para me distrair do ódio que vinha crescendo dentro do meu peito; aquele sentimento parecia me consumir cada vez mais, cada instante em que Christopher tentava me contatar, cada segundo da minha vida.

Quando eu viveria em paz? Quando eu finalmente poderia esquecer?

— São só coisas do trabalho — menti para Zane, esperando que ele não percebesse a verdade. — Preciso ir.

— Espera!

Ele segurou o meu braço, me fazendo perder o equilíbrio e cair com as mãos espalmadas em seu peito duro e as suas em torno da minha cintura. Por mais que eu quisesse evitar reparar como Zane era sem camisa, meus olhos automaticamente desceram, reconhecendo que eu nunca seria capaz de saber a verdade, sem que visse com meus próprios olhos.

Havia um desenho detalhado de uma floresta com corujas, morcegos, lua cheia e árvores da metade do seu braço até o início do peito. Nas fotos do Zane na internet, essa tatuagem não estava finalizada, e eu também não prestei atenção em cada detalhe. Perto da borda da calça, no lado oposto, existia uma tatuagem imitando um beijo de batom vermelho com os dizeres "Beije aqui" em letras negras. Eu sabia que Zane tinha a tatuagem de um barco no antebraço esquerdo, mas pela primeira vez também estava reparando nela, em cada singelo e pequeno detalhe.

Seu corpo era forte e muito definido, com poucos pelos, e tinha todas essas tatuagens e... piercings nos mamilos.

O último detalhe me fez engolir em seco.

Não pelo choque, mas sim pelo fato de como ver aquilo tudo de perto me afetou.

Além disso, ainda tinha o seu perfume me deixando tonta, os seus braços fortes em torno de mim e a sua boca em uma linha franzida e preocupada.

O que aconteceu mesmo?

— Eu não vou deixar você trabalhar nem mais um segundo. — Zane me tirou do entorpecimento. — Senta aí, agora! Diga o que falta e eu faço.

Ele não esperou que eu negasse. Zane me pegou praticamente no colo e me colocou nas poltronas confortáveis, como se eu fosse uma criança. Quando se afastou de mim e suas costas ficaram à mostra, percebi uma caveira mexicana na parte superior e central, com um par de asas ao redor dela.

Sem dúvida, a tatuagem mais bonita que já vi.

— Não há nada, eu só preciso dar uma última verificada...

— Isso não vai acontecer — Zane resmungou, percorrendo os dedos pelos fios de cabelo comprido. — Sério, caralho, Kizzie...

— Estou mais tranquila — garanti a ele, me levantando da poltrona. — Foi só um mal-estar.

Zane viu que eu realmente não estava mentindo quando consegui ficar nos meus próprios pés. Levou um tempo me medindo de cima a baixo, mas parou quando notou o decote do vestido. Senti as bochechas e o meu pescoço ficando quentes quando o seu olhar passou a se tornar íntimo e sexual.

O guitarrista pigarreou.

— Olha, eu te pedi para esperar porque quis fazer um convite. A Erin já deve ter abordado você, mas sei que negou.

— Sobre o pub? Zane, realmente, não é algo que eu possa ir. Nós somos profissionais, não existe opção de romper essa linha.

Os olhos castanhos se tornaram fechados e amargos.

— Eu sei que você não quer, mas é só para relaxar um pouco, sair da neura. Quero que você faça um acordo comigo, Kizzie.

— Zane, não.

— Porra, por favor — pediu suavemente. Ele se aproximou de novo e institivamente dei um passo para trás. Aquilo, de alguma maneira, trouxe ao seu rosto ainda mais preocupação. — Só desencana do trabalho por hoje e amanhã. Não vai ter planejamento, vamos chegar em Madri e depois teremos outro show e já entramos no avião de novo. Caramba, Kizzie, é um processo muito louco e exige demais de você. Não só eu, como toda a banda, nos preocupamos de você estar tão engajada nisso.

— Pubs são íntimos.

— É só um pub. Meu amigo é dono, não fica a nem duas quadras daqui. Ele vai fechar para nós, vamos ser discretos no caminho até lá. Ninguém vai saber. Vamos ser só nós, em um pub, entre amigos, relaxando... não pode ser tão ruim.

Meu celular tocou de novo, me fazendo saltar em meus próprios pés. A tremedeira voltou e o nome do Christopher também. Senti toda a esperança de paz ruir.

Zane puxou a minha mão para ele, me fazendo olhá-lo de novo.

— Vamos ouvir música, tomar cerveja artesanal, falar um pouco com meu amigo Joseph e esquecer a parte ruim, tá? É só isso.

Christopher ainda me chamava, ainda fazia doer tudo o que eu passei. O grito dentro de mim, silencioso e desesperador, me pedia para que eu agisse como Kizzie por um segundo e aceitasse.

Era só um convite.

Era só um pub.

Eu precisava disso.

Assenti e deixei que Zane sorrisse para mim, deixei também meu coração acelerar com esse gesto e permiti me levar para um lugar desconhecido que eu temia.

Mas a verdade era que, depois de tantos meses vivendo uma infelicidade agoniante, eu devia permitir que coisas boas acontecessem.

Aline Sant'Ana

11 noites com você

CAPÍTULO 9

The map that leads to you
Ain't nothing I can do
The map that leads to you
Following, following, following to you

— Maroon 5, "Maps".

ZANE

Eu nunca poderia explicar a sensação de estar sobre o palco, a relação que eu tinha com a minha guitarra e a maneira que ela abraçava a alma de cada canção. Eu fazia questão de ajudar Carter e Yan na criação, inventando melodias para cada frase, imaginando como poderíamos passar todos aqueles sentimentos para o mundo, sonhando com o futuro e premeditando o que, de fato, estava acontecendo embaixo dos meus pés.

A batida de Yan me embalou e eu fechei os olhos, dedilhando uma parte importante, me concentrando nas vozes de vinte mil pessoas juntas, em coro, me emocionando.

Eu amava ser quem era, eu amava a adrenalina que corria nas veias, amava a paixão que aquilo tudo me causava.

Fizemos uma pausa na quinta faixa e eu corri para a lateral esquerda. Uma das meninas da equipe da Kizzie me jogou uma garrafa d'água gelada e havia tanto suor em mim que meus olhos arderam. Aproveitei e sequei o rosto com uma das toalhas dispostas, retirei a camisa, colocando outra limpa em seguida, e bebi toda a água que pude encontrar.

Enquanto ainda arfava pela correria, meus olhos se chocaram com os de Kizzie.

— Para de trabalhar um pouco — exigi.

— Uma das meninas acabou passando mal e eu estou aqui, nos bastidores. Não se preocupe comigo e volte para o palco, Zane.

Agindo impulsivamente, segurei a lateral do seu rosto e plantei um beijo lento na sua bochecha. Minha boca tocou a sua pele e formigas começaram a dançar na porra da minha barriga, me arrepiando todo. Percebi, naquele segundo, que nem vinte mil pessoas cantando e enlouquecendo pela banda causariam toda

Aline Sant'Ana

a carga elétrica que Kizzie gerava em mim.

Estava certo de que meus olhos denunciaram todo o desejo que senti.

Ficaria feliz em beijá-la por completo.

Porra, eu precisava me afastar.

— Um minuto — a menina da água disse, informando o tempo que eu tinha para retornar ao palco.

Kizzie ficou com os lábios entreabertos e a respiração pesada quando lentamente me afastei da sua bochecha. Deixei meus dedos suavemente fazerem uma carícia na sua nuca, onde os fios do cabelo escuro e sedoso começavam.

— Se cuida, tá bom? Não quero te ver ficando toda ansiosa ou trêmula por causa dessa quantidade louca de trabalho.

Relutantemente, Kizzie assentiu.

— Trinta segundos — a moça atualizou a contagem de tempo.

— Te vejo daqui a pouco, Kizzie. Na próxima música, presta atenção, pois vou tocá-la para você.

— E o que isso significa? — questionou, subitamente surpresa.

— Espere e verá, Marrentinha.

Ela deu um sorriso e permaneci no lugar, trocando olhares com ela, dizendo em silêncio e com gestos o quanto eu queria que Kizzie me provasse que eu estava certo: nós poderíamos nos beijar sem que isso ficasse íntimo. Ela não se apegaria, eu não me apegaria. Era só um maldito beijo e eu tiraria Kizzie da minha cabeça.

Eu precisava que ela me provasse que nós poderíamos fazer isso.

Um beijo.

— Cinco segundos.

Segurei a mão dela, dei um beijo nos dedos e corri para a minha Fender, tentando não pensar em como estava sendo carinhoso perto das mulheres que já passaram na minha vida; com as quais sempre tão frio e distante.

Já no palco, com todas as luzes acesas e a voz do Carter cantando *Kiss Me*, eu furtei um olhar para Kizzie. Os olhos dela ficaram arregalados atrás das cortinas, seu semblante mudando conforme a música tocava.

We'll never know if we never try

Only you can decide if it is insanity or our pleasure

Please, contradict me and prove that you can be mine.

O último refrão chegou e, com ele, o solo da guitarra. Meus pensamentos estavam em Kizzie, em seus lábios e nas curvas do seu corpo enquanto fazia a Fender cantar.

Eu não fazia ideia se esse desejo por Kizzie ia passar, mas eu esperava que sim. Apesar de ter praticamente deixado as minhas intenções abertas, preferia acreditar no lado mais otimista da história: nos beijaríamos, a curiosidade iria embora, eu poderia seguir a minha vida e Kizzie a dela.

Porra, isso era tudo o que eu podia ansiar.

Just kiss me
One time or forever
Just kiss me
And make us remember.

Carter encerrou e eu também. As pessoas aplaudiram e gritaram, e eu tive que olhar discretamente para o lado, querendo saber qual foi a reação de Kizzie no final disso tudo.

A decepção levou apenas meio segundo para aparecer quando me dei conta de que Kizzie não estava mais lá.

Kizzie

Eu nunca tinha visto Zane tocar, não daquela maneira. Os ensaios eram apenas ensaios, ele não estava produzido, vestindo calças de couro, correntes nos passadores, o cabelo desalinhado e regata branca que colava em cada músculo do seu corpo.

Ele não dedicava músicas sobre beijos arrebatadores para mim.

Tentei processar o que aquilo significava. Não tinha muito o que interpretar, Zane estava deixando tão claro as suas intenções que não havia chance de eu dizer que passou por mim como se nada tivesse acontecido.

A questão aqui era: eu queria isso também?

Zane era atraente, e eu estaria mentindo se dissesse que não me afetava. Ok, paguei com a língua. Embora nunca passasse pela minha cabeça que me interessaria por um homem com tatuagens, piercings, cabelo comprido e uma guitarra a tiracolo, eu sabia que ele mexia comigo.

Assumindo isso para mim mesma, eu podia dar o próximo passo.

Valia a pena arriscar somente para saber como seria o toque dos seus lábios?

Meu coração se apertou em resposta. Era evidente que eu não estava preparada. Era pouco tempo para seguir em frente, ainda mais depois da grande decepção que Christopher me causou. Também não estava certa de que o tinha esquecido totalmente. Ele pode ter me ferido com todas as armas, ter mentido para mim e me usado, mas o sentimento não é negociável, eu ainda sentia algo por ele e onde havia lugar para um homem como Christopher, certamente não existia para outro cafajeste como o Zane.

— Kizzie?

Erin se sentou ao meu lado, ajeitando o vestido rosa claro que envolvia seu corpo magro.

O celular ainda vibrava em minhas mãos e eu o silenciei.

— Você está gostando do show?

Olhei para os meninos. Yan parecia perdido em seu mundo na bateria, Carter estava cantando de olhos fechados e Zane, ocasionalmente, me procurava no lugar onde eu estava anteriormente, sem me encontrar.

— Sim, estou.

— Parece chateada, aconteceu alguma coisa?

— Não, na verdade. Só os meus pensamentos que têm me atormentado bastante.

Erin sorriu.

— Sabe, eu sou uma boa amiga, pode contar comigo, se quiser.

Acreditava em Erin. Ela tinha uma doçura e uma inocência únicas. Fiquei me perguntando como Carter a conquistou e se as coisas foram difíceis para os dois.

— Zane está tentando misturar a vida profissional com a pessoal — acabei dizendo, sentindo o celular voltar a tocar, como se pudesse me puxar para o passado. Fechei os olhos. — Eu não posso, Erin.

— Ele quer ficar com você?

— Sim, eu acho que é isso que ele quer. E, então, o quê? Eu acabo cedendo, ele me beija, nós paramos por aí. Zane segue beijando noventa e nove mil mulheres e eu sigo trabalhando para a banda. Não entendo qual é o ponto de dar início a uma coisa que não faz sentido.

Erin fez uma pausa.

— Me deixa entender: você acha que não tem um motivo para beijá-lo porque não tem continuidade?

— Não é que eu queira algo com ele ou a continuidade do beijo. É só que eu ajo de acordo com o futuro. Não fará diferença nenhuma em nossas vidas. Então, para quê?

11 noites com você

— Você não sabe se fará diferença ou não — Erin discordou. — Você ainda não o beijou para saber.

— Vou arriscar o meu emprego por um beijo?

Ela sorriu.

— Nenhum dos meninos te demitiria somente por beijar o Zane, Kizzie.

Eu inventaria mil desculpas e não convenceria Erin, estava certa disso. Ela tinha uma visão romântica da coisa, aposto que acreditava que beijos são capazes de mudar tudo, inclusive a personalidade promíscua do Zane.

— Eu não vou, Erin. As relações estão cada vez mais estreitas e complicadas.

— Então, vamos fazer o seguinte: não sairei do seu lado. Se o Zane chegar perto de você com segundas intenções, nós chutamos a canela dele.

Aquilo me fez rir.

— Você fica tão linda quando ri, por que não faz isso mais vezes?

— É realmente complicado. É melhor não falar nisso agora.

— Então tudo bem, mas você pode só aceitar ir comigo a um pub? Vamos lá, eu juro que te protejo do Zane. Tenho certeza de que, se Lua estivesse aqui, estaria batendo nele até que desistisse da ideia, mas o máximo que posso te prometer é um chute na canela.

— Se for nas bolas dele, a gente tem um acordo. — Sorri, me sentindo mais leve agora que Erin me garantiu que estaria do meu lado. — Tem certeza de que não vai ser um incômodo? Quer dizer, você tem o Carter...

— Acho que posso ficar longe dele por algumas horas e eu preciso conversar com você sobre tantas coisas. Vai ser bom para nos conhecermos. Afinal, já que é empresária dos meninos, vai conviver comigo diariamente. Estou sempre ao lado deles, só me ausento quando preciso desfilar fora do país; de resto, estou por perto.

— Isso é maravilhoso.

Ela abriu um sorriso genuíno.

— Então está combinado!

Zane

O show acabou e meus dedos estavam doloridos, mas o sorriso que permanecia no meu rosto valia qualquer cansaço. Meu coração estava cheio de felicidade. Porra, a energia era imensa! Estava certo de que poderia fazer uma cidade se iluminar só com a agitação que exalava de dentro do meu peito.

Yan surgiu como um louco, agitado após o show, e, apesar de todo mundo estar pilhado, ele não era assim. O filho da puta de mais de cem quilos saltou nas minhas costas, pulando como se fosse uma criança de cinco anos. Eu o levei até o camarim, mesmo que não compreendesse o que diabos estava acontecendo, resmungando até o último segundo, com Carter gargalhando do nosso lado.

— Merda, Yan! — Gemi quando ele saiu das minhas costas.

Yan correu em direção ao frigobar, pegando uma garrafa de vodca. Se havia alguma dúvida de que tinha uma coisa muito errada, ela foi sanada no instante em que o vi tirar o celular do bolso e o encarar em meio a um sádico sorriso, que era a coisa mais falsa que vi em seu rosto.

— Eu quero beber essa merda toda.

E ele quase fez isso.

Abriu a garrafa, virando de gole em gole até chegar à metade. Quando o fez, soltou um arroto e se jogou em uma das poltronas, fechando os olhos.

Para minha surpresa, Yan pegou o celular de dentro do bolso e o jogou fortemente contra a parede, estraçalhando-o em pedaços.

Lancei um olhar para Carter, percebendo que esse tipo de atitude nunca surgia em Yan, ele era um cara tranquilo, exceto quando as coisas estavam realmente feias. Carter deu de ombros, parecendo tão assustado quanto eu, relutando entre olhar para Yan e para mim. Nesse instante, Erin surgiu, trocando risadinhas com Kizzie e, por mais que eu quisesse dar atenção a elas, tive que me aproximar de Yan.

Carter usou uma desculpa para tirar Erin dali, talvez pensando que isso tivesse a ver com Lua, sua melhor amiga, e seria um problema se ela começasse a fazer perguntas agora.

Kizzie ficou um pouco perdida quando se viu sozinha comigo e Yan no camarim. Os olhos dela foram para o baterista e ela repetiu a expressão de Carter, confusa e preocupada. Eu fiz um sinal, pedindo um minuto de privacidade, o que Kizzie entendeu imediatamente.

Ela fechou a porta atrás de si e eu me joguei ao lado de Yan, tirando a garrafa de álcool da sua mão.

— Que merda foi essa?

— Lua. — Foi sua resposta. Yan coçou os olhos vermelhos. Eu vi que ele estava prestes a chorar. — Só quero esquecê-la por um minuto. Será que podemos não conversar?

11 noites com você

— Não. Não podemos. O que aconteceu?

— Aconteceu o que acontece com qualquer casal que tem que lidar com a distância. Cacete, Zane... eu não entendo por que Lua não pode se dedicar mais a nós dois. Erin viaja com o Carter para todos os cantos do mundo. Porra, olha como eles estão felizes! Erin se dedica, mexe na agenda dela, faz tudo pelo Carter. Lua não pode fazer isso por mim? Por quê? Nossa relação não é suficientemente importante?

— Lua é ocupada, você sabe disso, cara. Ela perdeu peso por causa do estresse, de tanto que trabalha. É filha de um dos políticos mais fodas e o pai dela pensa alto e...

— O pai dela isso, o pai dela aquilo. Ela só foca naquelas porras que não fazem bem pra saúde dela. Ainda tenho que lidar com o braço direito do senhor Anderson, que tem vinte e seis anos, é um almofadinha e passa mais tempo com a minha namorada do que eu.

— Você está com ciúmes dela?

— Não estou com ciúmes dela, mas não sou idiota. Agora já é quase meia-noite aqui, ou seja, sete horas da noite lá. Advinha quem atendeu a porra do telefone da minha namorada quando tentei ligar no segundo em que saí da bateria?

— O braço direito do senhor Anderson?

— Sim, caralho. Sete horas da noite! O que ele estava fazendo atendendo ao telefone da Lua? Mandei-o tomar no cu e pedi para ele passar um recado para ela, dizendo que tudo estava acabado.

— Você se precipitou, Yan.

— Não, Zane! Lua não se importa conosco, ela fica o dia inteiro com aquele idiota, ele atende a merda do telefone dela! — gritou, perdendo totalmente a razão. Yan apoiou os cotovelos sobre os joelhos, suas costas largas tensionadas sob a camisa. Percebi que ele estava muito além de furioso, era capaz de se transformar na porra do Hulk na frente dos meus olhos.

— Você está chateado com ela, cara. Olha, eu não sou o melhor para dar conselhos sobre relacionamentos. Vamos chamar o Carter e...

— Não estou chateado, estou possesso. Lua já não se dedica à nossa relação, não faz questão de merda nenhuma e ainda fica com esse desgraçado. Foda-se, Zane. Não precisa chamar ninguém. Eu vou para o pub do seu amigo, beber e dançar, ser um irresponsável, como você é. Então, é isso o que eu vou fazer. Preciso dar prioridade para a minha vida, para a banda e para os meus amigos. Lua que se dane.

Aline Sant'Ana

Soltei um suspiro, pensando que aquilo era fora da personalidade de Yan. Em um ano, tudo o que ele fez foi amar Lua, se doar para ela, modificar toda a sua vida para estar perto dela. Talvez fosse justamente por isso. Yan estava cansado de se dedicar tanto a alguém que, muitas vezes, não pagava na mesma moeda.

— Tem certeza de que quer sair? — indaguei, pensando seriamente em abortar o lance do pub. — Nós podemos ficar no hotel, amanhã viajamos.

— Eu preciso sair, Zane. — Sua voz soou quase como uma súplica. — Só preciso beber e esfriar a cabeça.

— Tudo bem, nós podemos fazer isso.

Yan se levantou, dando um aceno militar antes de partir. A porta se abriu com a saída dele. E, não me dando tempo algum para pensar, o Pitbull da Marrentinha apareceu, com um cartão de visitas. Ele o entregou para mim em silêncio e lá vi um nome feminino em letras cursivas.

Nelly Clarke

— Quem é essa?

— Ela insiste em vê-lo. Disse que conseguiu acesso e não vai sair daqui antes de trocar uma palavra com o senhor.

— Ela é uma fã?

— Não sei ao certo, senhor.

Soltei um suspiro, cansado daquela Arena. Mas algo me fez parar para pensar que eu nunca negava um encontro com alguma fã e já estávamos privando a entrada no camarim de quem tivesse acesso essa noite... Seria cruel deixá-la vir até aqui sem me conhecer, seja lá quem fosse e fosse lá quem tivesse permitido que ela chegasse até aqui.

— Peça para ela entrar.

Kizzie

Yan passou como um flash de luz por mim e eu estranhei a sua rudeza. Ele era sempre tão educado e atencioso, que não parecia algo que faria. De qualquer forma, segui finalizando a agenda, ajeitando as últimas coisas para poder ir para o pub com Erin e organizar a viagem de amanhã. No entanto, Mark passou por mim com uma loira a tiracolo, fazendo-me parar o que estava fazendo ao reparar no quão linda ela era.

Meus olhos seguiram acompanhando os dois. Mark era sempre reservado e eu não imaginava que ele fosse capaz de beijar uma garota quando ainda estava no serviço. Curiosa demais, dei alguns passos para o lado até perceber que o destino da loira não eram os braços do chefe dos seguranças, mas sim a porta do camarim de Zane.

— Você acha que ele vai me receber? — A loira mordiscou a unha comprida e pintada de preto, me fazendo reparar no seu vestido elegante, curto e dourado. — Eu preciso mesmo falar com ele.

— Eu vou tentar, senhorita.

Mark entrou, me deixando a poucos metros da loira. Tentei garantir a mim mesma que não estava intrigada com aquele encontro. Antes que eu pudesse compreender para onde meus pensamentos iam me levar, já estava cogitando se essa era a transa da noite de Zane, se ele a beijaria, se a levaria para o pub, me fazendo soar ridícula por acreditar que aquela dedicatória tinha um significado mais profundo do que ser somente mais uma das cantadas bobas do guitarrista da The M's.

Evidentemente eu era uma tola.

Meu celular começou a tocar e eu me atrapalhei para verificar a tela. A loira me lançou um olhar nada discreto, abrindo um sorriso azedo. Vi que era Christopher quase no mesmo segundo em que Mark anunciava que Zane estava pronto para vê-la.

— Vou entrar, obrigada. — Sorridente, a loira entrou, deixando Mark com uma expressão desagradável no rosto.

Ele passou por mim e avisou que ia para o hotel descansar. Eu o liberei, mas pedi que quatro seguranças acompanhassem os meninos até o pub. Mark sorriu, me abraçou e me deixou sozinha ali, naquele corredor, olhando a porta entreaberta onde estavam Zane e sua loira, imaginando que, dentro de alguns minutos, eu escutaria seus gemidos, que eu teria a certeza de que Zane jamais mudaria e que os dez por cento de chance que eu tinha para dar a ele sumiriam em um piscar de olhos.

Mas não foi isso que aconteceu.

Bastou um minuto para a loira sair, gritando uma série de impropérios para Zane e o chamando de gay, fazendo questão de dizer que toda a sua fama de pegador era a maior mentira que ela já tinha escutado. Quando essa bagunça aconteceu, Carter e Erin surgiram, franzindo os olhos para a loira, que os empurrou para passar com o queixo erguido.

Zane surgiu na porta, abrindo-a com um sorriso no rosto. Ele tinha uma marca de tapa na bochecha e a camisa bagunçada, mas parecia satisfeito por alguma razão.

Aline Sant'Ana

— Essas mulheres acham que é só entrar aqui e me agarrar para terem um pedaço — zombou.

— Ela não teve um pedaço seu? — indagou Carter. — Estou impressionado.

Zane estreitou os olhos e focou em mim. Sua língua passou pela borda da boca, umedecendo-a no processo, e ele abriu um sorriso ainda mais largo.

— Estou sendo seletivo — anunciou, como se não fosse nada, como se o Zane que todos nós conhecemos não teria dormido com aquela menina até no chão. — Definindo prioridades.

— E quais são as suas prioridades? — Erin jogou verde e eu tentei me segurar para não me transformar em um avestruz quando Zane pareceu ler até a minha alma.

O corredor ficou quente, as minhas bochechas também e eu estava certa de que alguma frente fria se iniciou na zona inferior do meu corpo, porque meu estômago ficou gelado como um iceberg.

— Vou defini-las esta noite. — Zane deu alguns passos à frente, carregando a Fender na case em suas costas. Não me deixando pensar direito, ele colocou a mão na minha cintura, em uma proximidade com a qual eu estava tentando me acostumar. Sua pele quente me fez tremer junto com o aparelho celular que não parava de tocar na bolsa.

Sua voz baixou dois tons quando se direcionou para mim.

— Vamos para o pub, Kizzie? Tenho que te pagar uma bebida.

A contradição de sentimentos entre euforia e medo era a minha maior preocupação. Estava feliz que Zane não ficou com aquela garota, seria estúpida se não estivesse, mas o medo de aceitar o seu convite era maior do que o desejo de estar perto dele.

Furtei um olhar para Erin.

— Na verdade, Erin vai dançar comigo algum rock *indie* que tocar naquele pub e nós vamos beber. Juntas.

Erin prontamente se afastou de Carter, sendo fiel, ficando do meu lado e lançado uma piscadela para Zane.

— Pode apostar que eu vou cuidar dela.

Zane pareceu confuso.

— Você não precisa entender. — Erin envolveu meu braço no seu. — Só assistir, Zane. Tudo o que tem que fazer é assistir.

11 noites com você

CAPÍTULO 10

I have kissed honey lips
Felt the healing in her fingertips
It burned like fire
This burning desire

— U2, "One".

ZANE

Quando Erin disse que eu precisava assistir ao invés de compreender, eu não fazia ideia de quais eram os seus planos. Mas, depois de uma hora no pub de Joseph, tomando a minha cerveja e observando aquelas duas, eu soube bem o significado de suas palavras.

Kizzie estava com os cabelos soltos e o vestido tinha subido em seu corpo, de forma que eu não conseguia adivinhar como isso aconteceu, mas agora a saia beirava o meio das coxas. De salto, pequena do jeito que era, Erin precisou ficar descalça para acompanhá-la e, meu Deus, aquelas duas dançando juntas era uma cena espetacular. Carter não ia gostar nada se percebesse a maneira como eu estava olhando a movimentação, ambas curtindo suas cervejas, ao som de Strokes.

— Elas dançam bem — Carter opinou, gastando um longo tempo encarando sua namorada.

Eu não conseguia tirar os olhos de Kizzie e na maneira que seu corpo se encaixava bem em outra pessoa. Os pensamentos estavam em tirar Erin dali, jogá-la no colo de Carter, tomar Kizzie pela nuca e enfiar lentamente a minha língua dentro daquela boca de cereja.

— Vocês têm sorte. Os dois — pronunciou Yan, jogado no banquinho ao lado, apoiado sobre a mesa de madeira.

Ele estava alto da bebida, mal dizendo coisa com coisa, mas isso não era só arte de Yan, todos nós estávamos um pouco insanos. Carter deduziu que a queda evidente no humor de Yan se tratava de Lua, e Erin estava desconfiada, mas resolveu não se intrometer. Talvez fizesse uma ligação para a amiga antes de dormir, perguntando o que aconteceu.

Eu torcia para o clima não ficar tenso amanhã quando fôssemos viajar para Madri.

— Por que diz que temos sorte? — Carter jogou, cutucando o amigo com o cotovelo. — Você também é sortudo.

Aline Sant'Ana

98

Yan negou.

— Enquanto vocês estão vendo suas garotas dançando, eu tenho que lidar com a minha mente imaginando aquele cretino segurando as coxas da minha Lua, apertando seu corpo contra o dela, tirando o sutiã... Ah, porra, minha cabeça tá uma tremenda porcaria.

— Isso é porque você está se torturando, as coisas não são assim — aconselhou Carter, que agora já sabia do motivo da briga dos dois. — Lua sempre foi independente, ela nunca mudou quem é por ninguém e eu sempre achei isso foda.

— Não é foda. Eu estou sem ela, cara. É uma merda. Olha Erin e você... tão bom.

— Você não pode comparar relacionamentos, Yan — intercedi. — Erin é modelo, ela tem certo tempo livre quando pode e também fica longe do Carter quando tem que desfilar. Já ficaram dois meses sem se ver, lembra? A Lua é independente, ela trabalha todos os dias, ela se dedica pra caralho.

— Isso não a impede de se dedicar... Ah, foda-se. Acho que vou para o hotel dormir. Tentar curtir não vai rolar.

Certamente era a melhor coisa para ele fazer. Nós chamamos dois seguranças e eles acompanharam Yan até a saída. Eu estava me sentindo mal por ele, Yan era importante para mim, mas, com essa distância entre ele e Lua, eu não podia interceder.

Pelo visto, teria que dar uma de cupido de novo.

— O que você acha dessa história do Yan? — Carter levou a cerveja até os lábios, terminando o último gole.

— Eu acho que ele está exagerando. Ela jamais o traria, Carter.

— Isso eu sei, mas a Lua é um pouco relapsa em relação a ele. Ela não faz muita questão de demonstrar que se importa. — Carter fez uma pausa antes de continuar. — Quando nós namoramos, tivemos o mesmo problema, no entanto, eu era indiferente a isso e conseguia agir normalmente. Yan não consegue ser assim, ele é muito emotivo para essa merda.

— Eu acho que ele está inseguro e agindo dessa maneira porque tem medo de perdê-la — divaguei, observando Kizzie totalmente solta e diferente nos braços de Erin. Eu adorei vê-la dessa forma. Tão livre, tão bonita, tão sexy. — Cara, Yan não se sente suficiente para Lua e acha que a qualquer momento outro cara interessante vai aparecer.

— Esse é um pensamento que nunca tive a respeito da Erin. Sempre soube que ela pertencia a mim, sempre lutei para ser o bastante.

11 noites com você

Eu queria ter a segurança que Carter tinha, pois também me sentia dessa maneira ao lado de Kizzie. Sabia que ela merecia um cara que levava a vida mais a sério e não um homem como eu, mas também não tinha pretensões de seguir adiante a ponto de engatar um namoro. Só beijá-la. Era tudo o que eu podia pedir. Relacionamentos? Não, essa merda não era pra mim. Eu via o quanto meus amigos sofriam e eu nunca saberia lidar com as explosões e os atritos.

— Admiro a sua certeza, mas nem todos são assim.

Carter sorriu.

— Se você quer ficar com uma mulher, se quer tê-la pelo resto dos dias, tem que saber que é o bastante, pois, para ter uma foda rápida e interessante, qualquer um serve. Agora, para manter aquilo diariamente, para ser todo o suporte que ela possa precisar, para deixá-la apaixonada de forma que somente tenha olhos para o relacionamento de vocês, você precisa ser gigante, precisa ser aquilo que ela precisa, o encaixe perfeito.

Carter se apoiou no meu ombro para se levantar. Em poucos minutos, estava perto de Erin, provando que os olhos dela brilhavam somente para ele. Devia ser alguma espécie de magia manter um relacionamento assim, eles eram como um destino utópico, como o sonho de qualquer pessoa que busca o amor. Confesso que achava aquilo um tanto grudento: muito beijo, muito amor, muita paixão... mas, ainda assim, havia beleza.

Se eu pudesse apostar, colocaria todo o meu dinheiro que o amor deles duraria para sempre.

Voltei minha atenção para Kizzie. Ela estava conversando com Joseph, rindo de algo que ele disse. Eu podia ver o quanto estava ousada; a bebida teve efeito suficiente para que ela não segurasse seus impulsos.

Levantei e sentei lentamente ao seu lado. Os cabelos escuros estavam soltos em torno do rosto emoldurado, mas bagunçados porque ela dançou por uma hora inteira. Suas bochechas estavam coradas, o suor brilhando no corpo levemente bronzeado e as malditas marcas do biquíni ali, me pedindo para beijá-las um dia.

Sorri para Kizzie e ela sorriu para mim.

— Se divertindo?

— Muito! — falou alto, esticando-se no balcão a ponto de ficar bem perto de mim. — E você, Zane D'Auvray?

Ela enrolou a língua ao falar o meu sobrenome, o que foi adorável.

— Estou começando a me divertir — flertei.

Os olhos de Kizzie brilharam sob a luz dourada.

Aline Sant'Ana

— Quer jogar sinuca comigo? — convidou, me surpreendendo.

Joseph limpou a garganta com uma tosse, pedindo licença para fazer alguma coisa em qualquer outro lugar. Eu sentia falta dele, era um ótimo amigo, mas, nesse momento, toda a ansiedade estava em ver aonde Kizzie ia nos levar. Ela estava flertando comigo, estava leve e eu a queria todinha pra mim.

— Olha, não existe nenhum convite que você faça que eu possa dizer não.

Kizzie riu, tomou minha mão na sua e me puxou até a outra extremidade do pequeno pub. A mesa de sinuca estava lá, preparada, as bolas distribuídas dentro do triângulo e os tacos esperando que alguém os pegasse.

— Quão boa você é nisso, Kizzie?

— Na verdade, eu nunca joguei. — Ela riu de si mesma. — Você vai me ensinar?

Mordi o lábio inferior. Porra, como ela ficava deliciosa nessa pinta de garota provocativa.

Não era só a bebida, alguma coisa tinha acontecido com Kizzie, como se um gatilho tivesse disparado, como se uma lâmpada acendesse em sua cabeça. O que a fez me querer? O que a fez me tratar tão bem essa noite depois de tantas patadas e relutância? E, principalmente, tirar a máscara de menina marrentinha a ponto de me mostrar a mulher tentadora por trás dela?

Eu estava louco para descobrir.

— Te ensino tudo com muito jeitinho, eu prometo.

Kizzie

De: Christopher

Você não vai me atender? Eu estou tentando te achar em casa e ela está vazia. Kizzie, se você mudou de cidade, saiba que eu vou atrás! Não faz isso com a gente, merda.

De: Christopher

K, por favor, me escuta. Eu sou seu ainda, nós nos amamos, todas aquelas promessas... Estive com você por quase dois anos, não faz isso comigo.

De: Christopher

Eu te amo.

Depois de fazer a burrada de ler a sequência infinita de mensagens do

11 noites com você

Christopher, cometi a loucura de beber acima do que estava acostumada, mesmo consciente de que o meu limite para álcool era bem abaixo do das pessoas normais. Além disso, tinha dançado com Erin de forma bem provocativa; eu posso ter até assediado a menina.

Precisava pedir desculpas depois.

E fiz tudo isso porque Christopher tinha mexido comigo e eu precisava de uma válvula de escape, precisava esquecer toda a parte ruim, precisava deixar de lado todo o inferno que enfrentei.

Eu precisava dar uma chance ao meu coração.

Então, lá estava Zane, sorrindo para mim, desejando-me com os olhos. O homem que causava sensações estranhas na minha pele, pensamentos que variavam entre adoração e ódio, além de muito desejo.

Eu não sabia bem o que Zane significava, só sabia que, naquela noite, eu estava sem limites.

E Zane também.

Ele parecia perfeito com aquela atitude sexy e conquistadora. A pose cabia-lhe tão bem quanto o jeans justo e rasgado e a camiseta de gola V na cor verde-floresta, que destacava a sua pele e o castanho dos olhos.

— O que significa me ensinar com jeitinho?

Zane elevou uma sobrancelha, beliscando o canto direito do lábio inferior. Seu sorriso pareceu que jamais sairia do rosto e, quando ele se inclinou para mim, seu corpo pairando sobre o meu enquanto eu encostava-me à mesa de sinuca, vi toda a determinação dançando em seus olhos.

— Estamos mesmo falando de sinuca?

Não, nós não estávamos.

— Responde, Zane — pedi, com a respiração humilhantemente presa nos pulmões.

O efeito que Zane causava vinha em proporções épicas quando ele usava a voz tentadora.

— Acho que esse tipo de coisa não se explica, Kizzie. Se faz.

Somente a sua frase foi o bastante para elevar cada pelo do meu corpo.

Zane, em câmera lenta, colocou a mão na lateral do meu rosto, tirando delicadamente a cortina de cabelos que cobria as bochechas. A aspereza do seu toque me fez estremecer por todos os motivos certos, todas as razões que eu sabia estarem me conectando a Zane, todos os pontos que justamente me faziam

Aline Sant'Ana

temê-lo e querer afastá-lo.

— Minhas mãos te machucam?

Por um segundo, ele contemplou o local onde estava me tocando. A insegurança tocou seu tom de voz e eu precisei sorrir. Mãos de um guitarrista nunca seriam sedosas, porém eu não desgostava, eu as adorava.

— Nunca.

Ergui o braço até a minha mão tocar o seu pulso. Zane permaneceu me olhando, suas íris tão diferentes que pareciam quase cor de vinho pela fraca iluminação do pub. Com os lábios vermelhos e úmidos, tão apetitosos, ele soltou a respiração pela boca, tocando alguma parte do meu rosto e me deixando completamente maluca. Sabia que meus seios estavam brigando com o tecido do sutiã, a calcinha, perdida em poucos segundos e a minha consciência foi levada a quilômetros, bem longe da irresponsabilidade que éramos nós dois.

Eu trouxe a mão machucada do show para a minha boca e a ponta dos seus dedos tocaram meus lábios. Encarei os olhos de Zane enquanto, lentamente, beijava a pele ferida.

Fogo se acendeu em sua expressão, chamas lamberam as laterais da minha barriga e muito provavelmente um urso polar se sentou sobre o meu estômago, impedindo-me de respirar e também de sentir qualquer coisa além de frio.

Meus olhos escorregaram para os lábios entreabertos e cheios de Zane que, no espaço, estavam exibindo os dentes caninos e pontudos. Eu continuei beijando a sua pele até que as pálpebras se fechassem e eu sentisse a sua mão livre apertando uma parte da minha cintura, me trazendo para mais perto.

Quando fui beijar o polegar, Zane o parou no meu lábio inferior. Seu dedo puxou meu lábio para baixo e, antes que eu pudesse pensar em abrir os olhos, algo muito macio, volumoso e com sabor de cerveja me arrebatou, substituindo a aspereza do seu dedo.

Meu nariz se conectou a outro.

Meu corpo se colou a uma parede maciça de músculos.

Minhas mãos rodearam ombros largos e duros sob o toque.

E eu beijei Zane D'Auvray.

A textura de seus lábios parecia com pêssegos e a temperatura era quente, como um chá depois de um dia frio. Confortou e também causou discórdia. Algo dentro de mim estava relutando para sair, talvez fosse a respiração que prendi nos pulmões ou somente o coração, batendo tão depressa por Zane, que galopava na ponta dos meus lábios, como se estivesse ansioso também para tocá-lo.

Levei as mãos aos seus cabelos, entrelaçando os dedos nos fios grossos e sedosos enquanto sentia as mãos de Zane na minha cintura, erguendo-me do chão. Ele me colocou sentada na mesa de sinuca e eu abri os joelhos para que ele pudesse chegar perto, bem perto. No momento em que nos conectamos de novo, nossos lábios se abriram: os meus de surpresa, pela delícia do encaixe, e os de Zane para, delicadamente, que ele encostasse sua língua na minha.

E então eu posso ter perdido todas as minhas forças.

Zane me segurou firme, percebendo a minha fraqueza perante aquilo. Sua calça jeans estava avolumada, sem omitir a enorme ereção espreitando por baixo dela. De repente, fiquei consciente de tudo sobre mim: a temperatura elevada, a respiração pesada, a calcinha molhada e a vontade de ter mais. Também estive consciente das melhores partes de Zane: seu cheiro, os músculos fortes, a língua molhada, os lábios em chamas, os toques...

Ah, os toques.

Sua língua ousou dançar na minha em um profundo círculo intenso no segundo em que suas mãos apertaram os meus quadris. Entrelacei as pernas em torno de Zane, puxando-o para mim, nunca tendo o suficiente. Beijei seus lábios, lambendo o contorno cheio da boca, para depois aprofundar a língua e, com isso, o delicioso homem decidiu fazer uma volta completa com a sua, de forma atrevida, bem no fundo, tocando até o céu, me fazendo gemer nos seus lábios e vibrar no meio do beijo. Arranhando sua pele, moendo meus quadris em Zane, querendo tanto que ele estivesse nu que o pensamento foi assustador, eu me senti pronta para ele.

Aquele beijo era a prova viva de que Zane podia fazer rock com um beijo, e de que, na mesma proporção que era bom com sua guitarra, ele era bom com a sua língua. Uma experiência que nunca vivi, ele era tudo aquilo que se encaixava em mim sem eu sequer saber que fazia falta.

Zane fazia tanta falta.

Ele ergueu suas mãos dos quadris para a minha cintura, e eu devo ter puxado o seu cabelo, pois ele grunhiu e mordeu o meu lábio inferior em resposta. Gostei da brincadeira e fiz de novo. Zane gemeu mais uma vez e escorregou a boca para o meu queixo, viajando em direção à bochecha, trilhando um caminho para o meu maxilar e lambendo, como sorvete, o meu pescoço.

Foi aí que abri os olhos e me deparei com Erin, Carter e Joseph nos olhando como se tivéssemos anunciado que o mundo tinha sido dominado por ETs.

— Zane — eu murmurei. — Temos plateia.

Ele colocou a mão por dentro da barra do meu vestido, chegando às minhas

Aline Sant'Ana

coxas. Zane me ignorou completamente e apertou, me fazendo piscar no ponto mais íntimo e molhado, como um pisca-pisca na árvore de Natal.

Cerrei as pálpebras.

— Zane! — gritei e ele continuou me ignorando, beijando os meus ombros e já descendo delicadamente a alça do vestido.

Com toda a força que eu não tinha, consegui empurrá-lo. Antes que pudesse pensar sobre que inferno tinha acontecido, minha mão foi parar no rosto dele, em um estalo forte e alto, no mesmo lugar que ele tinha recebido o tapa da loira.

Seus cabelos estavam bagunçados, as bochechas, vermelhas e os lábios, inchados e entreabertos. Zane tinha as pálpebras pesadas, a respiração, entrecortada, e o peito, subindo e descendo em um frenesi incontido. O tapa que eu havia dado, pouco a pouco, se tornou evidente como uma queimadura, e a marca dos quatro dedos que acertei apareceu quase imediatamente.

— Você me bateu? — Ele não gritou e não levou a mão até o lugar ferido. Podia não ser expert em dar tapas, mas a minha palma ardia como se eu tivesse acabado de colocá-la sob água fervente. Fazia uma ideia do que Zane estava sentindo.

Vi-me tão mal e envergonhada que não respondi.

Virei de costas e peguei minha bolsa em cima de uma das mesas. Murmurei algo para Carter e Erin, nada além de um pedido de desculpas tímido e baixinho.

Aqui ficava a lição para nunca mais beber.

A questão era: foi o álcool que me deixou tão insana, as ligações de Christopher ou simplesmente o fato de Zane ter causado sensações tão intensas?

Abri a porta do pub completamente desnorteada e fui surpreendida por uma chuva de relâmpagos. Ou melhor, pensei que fosse, até me dar conta de que se tratava de flashes de câmeras fotográficas e paparazzi gritando o nome dos meninos.

Zane

Foi a porra do melhor beijo da minha vida!

Fiquei tão perdido em Kizzie que a única coisa que queria fazer era tirar a sua roupa, beijar os seus seios volumosos, morder a barriga, sentir a pele quente contra os lábios inchados e beijá-la entre as lindas e grossas coxas. Esqueci completamente quem estava no pub e só fui me dar conta no instante em que Kizzie se afastou de mim, dando-me um forte tapa. Ardeu pra caralho, mas eu já sabia: entre nós, não poderia ser diferente. Éramos como cão e gato.

11 noites com você

Kizzie se afastou depressa, tão envergonhada que temi dizer alguma coisa e levar outro tabefe, então, por mais que a minha vontade fosse chamá-la, eu a deixei ir.

Até que a porta se abriu e flashes a atingiram, fazendo Kizzie estagnar e ficar dura feito pedra, como se tivesse sido atingida pela Medusa.

Não pensei duas vezes. Fui em direção a ela, pegando-a pela cintura, entrando no pub e fechando a porta atrás de nós. Sabia que o meu ato heroico tinha sido fotografado e, no dia seguinte, estaria nos sites de fofoca e revistas, mas não me importei com merda nenhuma, eu só queria saber se Kizzie estava bem.

— Você está bem?

Ela me encarou e depois criou certa distância entre nós. Kizzie não me queria por perto naquele momento e eu sabia que não era por falta de desejo, mas sim por vergonha.

Que merda! Como se eu já não tivesse pegado Carter e Erin transando na minha sala, por exemplo.

— Sim, estou. Vou pedir para um táxi me buscar e vou para o hotel.

— Nós vamos sair juntos, Kizzie. Não há chance alguma de você passar por essa bagunça.

Ela abriu um sorriso debochado.

— O famoso aqui é você, Zane. Eles estão atrás de você e do Carter, devem ter descoberto o pub do seu amigo. Olha, fica aqui, eu preciso de um tempo para pensar no que aconteceu e a bebida está perdendo o efeito...

— Quer ficar longe de mim, tudo bem, mas eu vou te levar para o hotel mesmo assim — avisei.

— Nós também estamos indo — anunciou Erin, o tom de voz doce e baixo, lançando um olhar preocupado para Kizzie. — Vamos todos juntos.

— Vai ser uma comoção — Kizzie ressaltou.

— Então vamos fazer uma comoção juntos, porra. Não tem chance de eu te deixar sozinha depois que...

— Depois que me tocou? Depois que me beijou? Depois que quase arrancamos a roupa um do outro? — Kizzie reclamou, fuzilando os olhos dourados em mim. — Não se preocupe, Zane. Toques e beijos não são promessas de amor eterno.

Se existia alguma parte minha que não tinha se enfurecido com o comentário irônico e sem sentido de Kizzie, eu não dei ouvidos a ela. Senti o ódio dançar pelo meu corpo, o calor da raiva misturado com desejo era uma mistura impossível de ser controlada.

Aline Sant'Ana

106

— Eu não prometi nada a você, muito menos quero que pense que vamos ter algo além do que aconteceu hoje. Foi um erro? Ótimo! Vamos seguir as merdas das nossas vidas e ir adiante — menti. Eu sabia que não conseguiria levar isso adiante, sabia muito bem que queria beijá-la, que queria continuar o que tivemos até me perder em cada centímetro daquele corpo. — Mas não seja imatura, Kizzie. Caralho, você precisa da nossa ajuda para ir embora e, querendo ou não, você vai comigo.

Erin me fuzilou com o olhar e levou Kizzie para um canto. Passei as mãos pelo cabelo, puxando-o para ver se isso ajudava a clarear as ideias. Eu estava excitado ainda por causa de Kizzie, com o sangue correndo rápido pelas veias, e preciso confessar que nunca tinha lidado com uma rejeição.

Acho que essa merda não caiu bem para mim.

Comecei a ter dúvidas se Kizzie tinha ou não tinha gostado do maldito beijo.

— O que foi que aconteceu? Vocês estavam se beijando como se o mundo fosse acabar em cinco minutos e depois ela te deu um tapa? — Carter questionou, mais confuso do que eu.

— Não sei o que Kizzie tem na cabeça, cara. Só sei que ela me confunde todo. Em um minuto, estava atrevida para cima de mim, sabendo que eu não seria capaz de resistir e, no outro, se sentiu envergonhada por estar comigo, como se fosse algo muito errado o que fizemos.

— Erin me disse que Kizzie é um pouco confusa. Ela está passando por problemas particulares, mas Erin ainda não sabe do que se trata.

— Carter, de qualquer maneira, caralho, ela me beijou, ela mexeu comigo e com todos os hormônios do meu corpo, não tem como negar. Tenho certeza de que ela se sentiu mexida também, porque não teria me beijado daquele jeito sem que se sentisse balançada.

Erin voltou com Kizzie, e os olhos da morena estavam mais brandos, embora ela ainda não fosse capaz de me encarar diretamente.

— Mark não está, mas Kizzie ligou para ele. O chefe dos seguranças chega em cinco minutos. Então, nós poderemos sair — Erin tomou as rédeas, seu semblante não escondendo a preocupação.

A Fada do Carter se aproximou dele, levando-o para se despedirem de Joseph, que parecia mais perdido do que todos nós. Kizzie cruzou os braços defensivamente no peito e eu dei dois passos em sua direção para poder conversar a uma distância confortável.

— Você quer falar sobre isso?

11 noites com você

Kizzie agarrou a bolsa contra a barriga, enquanto seu celular tocava. Não era a primeira vez que percebia que tinha algo errado em relação a ela com esse aparelho. Era como se, cada vez que ele tocasse, uma adaga perfurasse a sua barriga.

— Quem está te ligando, Kizzie?

Ela podia ser forte por fora, uma mulher indescritível como empresária, uma líder de centenas de equipes, mas, por dentro, Kizzie era frágil, e eu não pude deixar de compará-la a uma rosa. Cheia de espinhos, mas delicada. O que a fazia ser tão malévola quando alguém tentava alcançar a sua parte bonita e vulnerável?

Os olhos dourados e o sorriso que ela deu tentaram mascarar toda a verdade por trás da mentira.

Kizzie estava fugindo daquela ligação e eu não sabia o motivo.

— Não é ninguém que valha o meu tempo, Zane — garantiu. Kizzie colocou a mão dentro da bolsa, puxou o aparelho e segurou o botão lateral, desligando-o. — Olha, a minha noite foi suficientemente conturbada hoje. Entendo que beijei você, depois te bati e te ofendi, mas não estou dentro de mim, Zane. É como se eu fosse outra pessoa. Sinto muito, ok? Vamos agir como os adultos que somos e virar essa página. Eu prometo que conversaremos mais tarde a respeito.

Eu honestamente não queria virar página alguma, a não ser que fosse de um livro sobre sexo.

— Tudo bem — respondi, soltando mais uma mentira essa noite. Tenho certeza de que amanhã a minha língua estaria derretida em veneno.

— Obrigada, Zane.

O Pitbull da Marrentinha chegou em poucos minutos e conseguiu, com a van, passar por todos os paparazzi que estavam amontoados do lado de fora do pub de Joseph. Fiz questão de pedir desculpas a ele, pagar todas as bebidas e petiscos, inclusive prometi que passaria por lá no próximo ano. Fiquei feliz quando ele me abraçou e garantiu que eu não seria o Zane que ele conhecia se não causasse uma bagunça.

No hotel, Kizzie se despediu, nem me dando a chance de desejar boa noite. Erin e Carter também foram para o quarto deles, prometendo que, antes de dormirem, verificariam Yan. Com certa relutância sobre deixar o assunto com Kizzie para o dia seguinte, acabei entrando na suíte. Deixei uma breve mensagem no celular do meu irmão, atualizei o status no Twitter dizendo que o show tinha sido bom pra caralho, levei a Fender para o seu devido canto e, por fim, tomei um longo banho.

Com a água caindo sobre minhas costas, o cheiro de sabonete exalando no ar

Aline Sant'Ana

e a fumaça nublando minha visão, decidi fechar os olhos. Os lábios de Kizzie ainda estavam sobre os meus, a sua respiração doce como cereja ainda brincava na minha orelha e os arrepios que senti se formarem quando ela me tocou voltaram com tudo. A febre da lembrança era morna como a pele fica depois de um dia inteiro embaixo do sol e, antes que eu pudesse perceber, minha barriga começou a retesar, avisando-me que estava preparando uma surpresinha.

Os nós se desfizeram lentamente no umbigo, descendo com pontadas até as minhas bolas e, por fim, terminando na cabeça do membro, deixando-o duro, quente e ansioso.

Apenas uma lembrança foi capaz de me deixar excitado assim, de um jeito que normalmente eu levava em torno de quinze minutos em meio a muita preliminar, beijo na boca e mão boba.

Uma maldita lembrança da Kizzie!

Tentando ignorar o desejo, fechei a ducha e mal sequei o corpo com a toalha, pensando em me deitar. Enfiei-me embaixo dos lençóis, sem saber se ria ou se chorava por meu pau estar de pé, em pleno vapor, às três horas da manhã. Ele criou uma cabana sob o algodão branco, zombando de mim, dizendo que não baixaria tão cedo.

Tesão e raiva se misturaram, até que eu fechei os dedos em torno do lençol, tirando-o de cima de mim, observando minha nudez completa. Segurei com a mão esquerda o maldito e lentamente iniciei uma carícia, fechando os olhos, trazendo imagens da boca de Kizzie, sonhado em como seria tê-la me lambendo, me sugando, beijando as minhas coxas enquanto eu segurava os seus cabelos e a guiava profundamente, até a base das minhas bolas.

— Ah, porra... — gemi, vinte minutos depois, no instante em que o orgasmo veio avassalador para cima de mim, sujando-me do meu próprio prazer e fazendo-me pagar pelo pecado de ter me masturbado pensando nela.

Como penitência, a droga do meu pênis pareceu não ter se aliviado. Ele desceu por cinco minutos e, quando voltei para a ducha, o maldito se ergueu, como se dissesse que enganá-lo não estaria acontecendo tão cedo.

— Kizzie, o que você está fazendo com a minha cabeça, porra? — resmunguei, precisando fechar os olhos e pensar em zumbis em decomposição para perder a libido.

Graças a Deus deu certo.

Por ora.

11 noites com você

CAPÍTULO 11

She's talking to angels, counting the stars
Making a wish on a passing car
She's dancing with strangers, falling apart
Waiting for Superman to pick her up
In his arms, in his arms
Waiting for Superman

— Daughtry, "Waiting for Superman".

ZANE

A temperatura estava elevada em Londres quando acordei. O que me despertou antes do alarme foi a própria luz do dia. Levantei, rabugento pela noite anterior, percebendo que, durante toda essa bagunça, esse ainda era o meu segundo dia em terras britânicas.

Apesar de me sentir em casa, de adorar cada pedaço dessa cidade, eu queria ir embora. Precisava da mudança de ares para ver se conseguia me desprender da armadilha que Kizzie colocou em mim.

Tomei café da manhã na companhia de Yan, Carter e Erin e não foi difícil perceber que Yan não estava bem. Havia olheiras embaixo dos olhos vermelhos e seu rosto tinha perdido a cor. Toda a vaidade do baterista também tinha ido embora. À mesa, Erin descobriu todos os motivos do possível término relâmpago entre sua melhor amiga e Yan. O pré-julgamento em seu rosto não passou despercebido, mas, quando Yan narrou cada uma de suas razões, Erin fez silêncio. Pela primeira vez em um ano, a Fada do meu amigo não soube o que dizer e também não fez questão de defender a amiga com unhas e dentes; era como se nem ela tivesse consciência do que estava acontecendo.

— E Kizzie? — Erin resolveu dizer, buscando romper o fluxo de notícias ruins. — Não veio?

Kizzie se fez de desentendida e não apareceu no café da manhã e muito menos no passeio que planejamos para o último dia em Londres. Erin até tentou chamá-la no quarto, e sua desculpa foi a de sempre: estava ocupada, trabalhando na porra do cronograma da turnê.

Acabamos sendo escoltados por seguranças durante as saídas e ainda

Aline Sant'Ana

assim tivemos trabalho para nos passarmos por turistas. Bonés, óculos, roupas diferentes do que utilizávamos foram usados. Posamos para o Instagram do Carter também com muita pose e bagunça, na tentativa frustrada de despertar o humor gélido de Yan.

Claro que nada resolveu.

Visitamos o bairro Camden Town, o lugar mais excêntrico e divertido de Londres. Gastamos algumas libras lá e Erin pareceu encantada, dizendo que, na sua última ida a Londres, não tinha passado pelos lugares menos óbvios.

Também demos uma volta até pararmos no palácio de Buckingham, o que foi bem difícil, pois estava cheio de visitantes e uma pequena multidão se formou em torno de nós quando chegamos. Autografamos o máximo que conseguimos e pareceu que, com o tempo, as pessoas simplesmente nos liberaram para curtirmos o passeio.

Voltamos para o hotel às cinco da tarde, cansados depois do passeio e do jantar adiantado em um dos restaurantes da região. Tivemos que comer o prato típico *fish and tips*, porque eu amava. Quando enfim tive a oportunidade de pisar no elevador, percebi que, por incrível que pareça, por mais que pudesse ter me divertido com meus amigos, senti saudade da boca atrevida da Kizzie. Era muito idiota, tendo em vista que, depois de beijá-la, depois de perceber o desejo que sentia por ela, tudo o que eu precisava fazer era impor certos limites.

Na teoria era fácil, a merda estava na prática.

Ela também me evitou até o último minuto que pôde. Consegui tomar banho, me vestir, ligar para o meu irmão e permaneci um bom tempo sem notícias da Marrentinha. No entanto, sua fuga planejada não obteve sucesso, pois Kizzie foi obrigada a se encontrar comigo quando a viagem chegou ao fim.

A van estava pronta para nos levar até o aeroporto e a Marrentinha me ofereceu um olhar de desculpas, talvez se referindo ao tapa ou à conversa que ela prometeu que iríamos ter e acabou não mantendo sua palavra.

Joguei a minha Fender nas costas, tentando parecer indiferente, mas me deixei vencer e parei com um pé sobre o degrau da van. Kizzie parou, observando, esperando para ver se eu diria qualquer coisa.

Decidi ficar em silêncio, talvez não houvesse mesmo o que ser dito.

Kizzie

Permitir que Zane se aproximasse foi minha culpa, beijá-lo foi apenas a consequência de ter dado trégua e, agora, não parar de pensar em como a sua boca era macia e na maneira que ele fez eu me sentir já poderia ser considerado burrice.

Tentei não me torturar, levando para o lado positivo, aconselhando a mim mesma que, depois de ter me submetido a tão pouco, a um relacionamento tão frustrante como foi com Christopher, era natural eu me sentir mortificada por um homem como Zane. Lindo, engraçado, galanteador, boca-suja: um rockstar. Quem não se sentiria tentada a experimentar um pedaço?

Então, precisei de um tempo trancada dentro do quarto, resolvendo as últimas pendências da viagem.

Trabalho, trabalho, ligações de Christopher, uma ligação de Oliver perguntando como eu estava, mais trabalho e infinito trabalho.

Só consegui encarar o fato de ter que ver Zane na hora que precisamos ir para o aeroporto. O reencontro não foi dos melhores. Eu poderia listar mil situações desagradáveis que passei em minha profissão, mas nada se equipararia ao desgaste emocional de me envolver com um dos meus chefes e ter de revê-lo como se nada tivesse acontecido.

Zane se acomodou no avião em uma poltrona que me impedia de olhar para qualquer coisa senão ele. Vestia calça jeans em um tom areia e camiseta folgada branca entreaberta na região peitoral, onde o colar com as palhetas pendia. No rosto, óculos escuros em tom caramelo escondiam os profundos olhos castanhos e os cabelos estavam presos em um coque despojado no topo da cabeça. A movimentação sexy do maxilar denunciava que estava mascando um chiclete e imediatamente minha visão capturou o movimento, me fazendo aquecer por dentro ao recordar o poder que Zane D'Auvray tinha com aqueles lábios.

— Kizzie — Erin me chamou, acordando-me do transe. — Você está bem?

— Estou só cansada e atarefada. — Eu preferia engolir quinze navalhas a assumir que essa pendência com Zane estava me incomodando.

— Tudo bem. — Erin respeitou meu espaço. — Olha, preciso te dizer uma coisa.

— O quê?

Voltei a atenção para Erin.

— Tomei a liberdade de conversar com a Georgia, o seu braço direito nessa viagem, e, como ela chegou em Madri antes de nós, pedi que verificasse o que quer que você precisasse ver com antecedência. Eu simplesmente não posso aguentar te ver se matando todos os dias nessa viagem. Então, pedi que Georgia se dedicasse um show sim e outro não. Porque, convenhamos, lidar com as turnês e resolver tudo não é só a sua função.

Aline Sant'Ana

— Erin, obrigada por se preocupar comigo. — Ofereci um sorriso. — Mas eu aguento essa correria. Estou acostumada. E não confio em qualquer outra pessoa para fazer um serviço meu, não importa quão boa ela seja.

— Bem, isso é uma pena, porque eu já combinei com a menina e, pela última ligação que recebi, ela já está encaminhando tudo para a arena Barclaycard Center. Resumindo: o show está ok. O hotel Maydrit também está ok e só nos resta chegar lá.

— Erin...

Ela podia ser uma pessoa doce e com as melhores intenções, mas era minha função cuidar da banda e era o meu dever, como profissional, não misturar as coisas.

— Só por três dias — insistiu. — Só quero te ver como uma mulher normal por três dias.

— Não há espaço para ser normal — murmurei, furtando um olhar para Zane. Ele estava mexendo em algo no celular e a linha de expressão na sua testa denunciava preocupação. — Uma falha minha ou da equipe e o show pode ser um grande fiasco.

Erin riu.

— Posso apostar o meu namorado que tudo vai dar certo.

Olhei novamente para Erin.

— Eu não vou conseguir me desligar. Vou acabar trabalhando.

Ela deu de ombros.

— Não se não tiver nada para você fazer.

Ficamos em silêncio, confortáveis na poltrona, mas Erin levou apenas mais cinco minutos para sentir falta de Carter e ir se sentar perto dele. Eu estava exausta e com uma dor de cabeça que estava aumentando gradativamente. Então, também decidi me levantar, porém com o objetivo de tirar um cochilo na segunda parte do avião.

Passei por Zane e Yan, ignorando o olhar que o guitarrista me deu. Senti a cabeça começar a latejar mais forte até que pontinhos brancos pinicaram em meus olhos. Fui até o frigobar, peguei uma garrafa d'água e tomei dois compridos para enxaqueca. Quando entrei no segundo compartimento, rapidamente me deitei, sem tirar o casaco ou os saltos, apenas tentando controlar a forte dor.

Os médicos disseram que isso podia acontecer, eventualmente. Então, busquei o controle da respiração, odiando o meu corpo muito mais do que eu odiava Christopher.

11 noites com você

Pensar nele foi como o ápice para a minha enxaqueca piorar.

— Kizzie?

Zane entrou em um rompante, quebrando o voto de silêncio entre nós. Carregando seu celular como se algo contaminado estivesse ali, ele apontou a tela para mim, querendo me mostrar alguma coisa, mas eu estava com a vista frágil demais para conseguir olhar.

— Você já marcou a data para uma reunião com o meu irmão para depois que voltarmos da Europa? — Sua voz estava irritada. — Está mesmo levando essa ideia a sério? Porque você não conhece o Shane e não pode simplesmente se meter na merda da banda, porra!

— Zane...

— Sério, Kizzie. Esqueça que o meu irmão sabe tocar baixo.

— Não grita — pedi, murmurando. — Não posso falar disso agora, Zane. Estou passando mal. Me dê meia hora e nós podemos discutir sobre o trabalho.

Sua reação foi andar cautelosamente em torno de mim, como se eu tivesse acabado de dizer que estávamos rodeados por um campo minado e ele precisasse tomar cuidado.

— O que você tem?

— Enxaqueca. Nada que eu não esteja acostumada nas últimas semanas. Vou ficar boa em breve.

Zane não pareceu convencido. Ele se aproximou mais alguns passos do confortável e excêntrico sofá-cama e dobrou os joelhos, ficando de cócoras, para seu rosto ficar na altura do meu. Zane lentamente colocou os óculos escuros sobre a cabeça, afastando os cabelos do rosto, e sua mão quente tocou meu braço frio.

— Como eu posso ajudar?

— Não há o que fazer — expliquei. — Eu preciso descansar.

— Tudo bem.

Zane se levantou e jogou os óculos para o lado. Ele cruzou os braços na frente do corpo em um X, pegando a borda da camiseta e puxando-a por cima da cabeça, ficando nu da cintura para cima, mostrando todos os músculos rígidos, piercings e tatuagens. Abri a boca chocada, controlando as batidas fracas do coração, vendo-o se despir bem diante dos meus olhos.

— O que você pensa que está fazendo?

O guitarrista me ignorou e dobrou a perna em L, enfiando a mão na parte de trás dos coturnos, ficando somente de meias, chutando os pesados sapatos para

Aline Sant'Ana

longe. Então, ele se aproximou, sentando-se na beirada do estofado, me pedindo licença enquanto se deitava no espaço apertado do sofá.

— Zane! — reclamei.

— Cala a boca, linda.

Ele se deitou e me puxou, colocando-se praticamente embaixo de mim enquanto me acomodava em cima dele. Eu de lado, com a perna direita dobrada sobre seu corpo, sentindo cada saliência muscular daquele homem. E Zane, com a barriga para cima, me abraçando e colocando o meu rosto colado no seu peito quente e nu.

Seu braço direito me envolveu e ele iniciou uma carícia lenta nas minhas costas. Eu percebi que estava totalmente enroscada nele. Não existia nenhuma parte minha que não sentia Zane e eu tive que fechar os olhos quando a sensação de conforto me engoliu como um tsunami.

Não havia nada sexual naquilo, nem poderia ser considerado um gesto entre amigos e muito menos uma ação profissional, mas a minha cabeça estava tão dolorida e o calor febril do corpo de Zane era tão maravilhoso e cheiroso, que me obriguei a fechar os lábios antes que pudesse discutir.

— Estudos comprovam que abraços aliviam a dor.

— Aprendi a não confiar nessa frase "Estudos comprovam..." sem que eu saiba exatamente quem foi o pesquisador ou a instituição que financiou o estudo...

— Você é tão pé no saco às vezes, porra. — Ele riu baixo e sua risada vibrou a lateral da minha bochecha. *Tum-tum. Tum-tum.* Eu era também capaz de ouvir as batidas fortes do seu coração, tão duras e ritmadas quanto os golpes num tambor.

— Não estou sendo chata.

— Você é sempre chata, Kizzie. Infelizmente, as pessoas não são perfeitas e o que você tem de gostosa e bonita, tem de chata.

— Jesus...

— Olha, agora fica quietinha, porque só assim você vai poder sentir o meu fator de cura.

— Seu fator de cura?

— Ah, não te contei? Sou o novo mutante contratado pelo professor Xavier. Segundo o Wolverine, sou quase como ele, mas, ao invés de conseguir me curar, eu curo as pessoas. Meu abraço é um pequeno pedaço de milagre, Kizzie.

Não aguentei e acabei rindo.

— Você tem tanta merda na cabeça, Zane.

11 noites com você

Ele abriu um sorriso contra a minha testa. Pude sentir seus lábios se erguendo, por mais que não pudesse vê-lo. As pontas de seus dedos tocaram pausadamente as minhas costas. Mesmo com o tecido da blusa, eu podia sentir o calor transpassar.

— Durma. Em duas horas, estaremos na Espanha.

Nós não conversamos sobre o que se passou entre nós, nem citamos o beijo e o voto de silêncio que fizemos por horas. Acabamos simplesmente ignorando aquilo, virando a página para um novo capítulo. E, por mais que eu estivesse morrendo de medo do que vinha em seguida, me senti fraca para lutar.

Aceitei seu carinho, aceitei a sua voz cantarolando uma das músicas da banda, reconhecendo que, mesmo que não houvesse Carter, Zane poderia fazer um show sozinho. Aceitei também seu beijo na minha testa e a sua pele calorosa tocando a minha. Aceitei o conforto que Zane trouxe e assumi, sussurrando para alguma parte minha, bem baixinho, que seu abraço era mesmo um pequeno pedaço de milagre.

ZANE

Um estranho sentimento de novidade passou por mim enquanto eu estava abraçando Kizzie. Geralmente, depois de estar sexualmente com uma mulher, me levantava, tomava banho e sutilmente oferecia para ligar para uma companhia de táxi.

Agora, eu era um homem que estava fazendo algo que nunca fiz, mesmo sem ter sequer brincado com Kizzie embaixo dos lençóis.

Erin entrou no cômodo uma hora e meia depois, para nos avisar que estávamos perto de Madri. Seus olhos brilharam ao me ver enroscado com Kizzie durante seu sono e confesso que me assustei ao perceber que tinha ficado tanto tempo apenas velando a sua respiração.

— Você pode acordá-la, se quiser. Devemos chegar em breve — avisou Erin.

Quando descemos do avião, no entanto, fiz questão de não acordar Kizzie. Coloquei o braço direito sob suas costas e o esquerdo embaixo dos seus joelhos, percebendo sua leveza. Fiz questão de carregá-la pelas escadas, percorrer a área de desembarque com Kizzie em meus braços e aproveitar para colocar um casaco sobre o seu rosto para que não acordasse em meio à iluminação.

Flashes das fotos, a movimentação de fãs e também as inúmeras perguntas dos curiosos a respeito do tipo de relação que tinha com Kizzie — principalmente depois do pub — não foram suficientes para despertá-la. Caminhei com Kizzie escoltado por seguranças, Carter, Erin e Yan, que também não fizeram qualquer

Aline Sant'Ana

tipo de questionamento sobre eu estar levando essa garota para cima e para baixo como se fosse minha noiva.

Os seguranças quiseram me ajudar com Kizzie no momento em que chegamos perto da van. Mas, o tempo todo, eu fiquei com ela colada a mim. Sua temperatura de fria passou para quente, e eu estava com o Pitbull da Marrentinha me encarando enquanto colocava Kizzie no banco da van, com a cabeça encostada na minha coxa.

— Ela não acordou com toda a bagunça, senhor?

— Porra, nem um movimento. Deve ser cansaço.

Mas era outra coisa.

Carter me olhou curiosamente e Yan ficou com uma expressão preocupada, encarando Kizzie. Erin estava segurando a mão da amiga, que ainda permanecia em sono profundo.

— Você acha que ela pegou uma virose? — perguntei para Erin, tentando encontrar uma solução para seu mal-estar. — Acha que precisamos levá-la ao médico?

Erin negou.

— Vamos esperar Kizzie acordar e ver como ela está. Essa noite seria mais proveitosa se você ficasse com ela, Zane. Pode me ligar no quarto ao lado assim que ela despertar e nós vemos o que vamos fazer.

— Provavelmente é estresse — opinou Yan, coçando a sobrancelha com a ponta do polegar. — Kizzie passa muito tempo trabalhando e, nesses três últimos meses, a única coisa que vi foi ela se matar para resolver as pendências da banda. Em todo o tempo que trabalhamos juntos, ela só faltou dois dias! O melhor amigo dela, um tal de Oliver, foi levar uma espécie de atestado, do médico responsável por ela, que pediu que ficasse em casa. Lá dizia que Kizzie sofre de enxaqueca.

— Eu tomei a iniciativa de deixar Georgia no comando do show de Madri, parece que estava adivinhando — Erin confessou.

— Vai ser bom ela ter três dias de paz — falou Carter. — Amanhã pela manhã, ela já estará melhor.

Levei-a pelo hotel em meus braços. Carter e Erin fizeram o check-in por nós, colocando rapidamente a cartão magnético no bolso do meu jeans. Eu subi o elevador, sentindo finalmente meus braços queimarem um pouco pelo esforço. Kizzie parecia ter tantas curvas, mas essa garota não se alimentava, porra? Pensando também se o Pitbull da Marrentinha se lembraria de tirar a minha Fender da van, consegui abrir a porta.

11 noites com você

O quarto era uma mistura de moderno e confortável. A cama *king size* estava arrumada com aqueles edredons brancos que parecem acomodar até os caras mais cheios de drama. Eu tirei os meus sapatos empurrando com a frente do pé os calcanhares e posicionei Kizzie na cama até ver que ela estava suficientemente confortável.

Eu gostava de Kizzie, acabei assumindo em uma rancorosa confissão. Ela era irritante a maior parte do tempo, me deixava maluco ao me beijar e depois me bater, me fazia ter sonhos molhados à noite e me deixava preocupado. Então, sim, eu gostava dela, sentia falta dela e eu queria que Kizzie ficasse bem logo para que finalmente pudéssemos ter a conversa que ela estava protelando.

Ou Kizzie fugia de mim ou ela me deixava mergulhar nessa loucura.

Eu não aceitaria meio-termo.

Acabei tomando um banho rápido, com medo de ela acordar e se assustar com o lugar onde estava. Pela primeira vez na vida, me preocupei pelo fato de dormir nu e vesti uma samba-canção folgada para que Kizzie não se sentisse desconfortável. Fumei na varanda, bebi uma dose de uísque da pequena garrafinha do frigobar e escovei os dentes. Perto de Kizzie, percebi que aquela roupa que estava vestindo era muito desconfortável, mas não havia nada que eu pudesse fazer para livrá-la dos jeans. Então, retirei seus saltos e cobri seu corpo, me enfiando embaixo das cobertas.

Liguei para Erin antes de desligar o abajur e, mesmo que Kizzie não pudesse ouvir, ofereci a ela uma boa noite. Acabamos inconscientemente nos enrolando naquela mesma espécie de abraço e acredito que, em vinte e nove anos de existência, nunca tive um sono tão leve, confortável e bom.

Kizzie

Acordei tão aconchegada que parecia que estava deitada sobre nuvens. Além disso, existia um cheiro maravilhoso no ar, de coisas gostosas como café e algo doce, mas eu não podia ter certeza. Abri os olhos preguiçosamente, tentando me situar se, no avião, o sofá-cama era tão largo e macio assim.

Não era.

Assustada, dei um salto e quase caí ao me enrolar com uma espécie fofa de edredom branco, que deveria ter um milhão de fios de algodão. Na ponta da cama, toda torta e ofegante, ergui os olhos ao ouvir uma risada.

— Acho que você já está se sentindo melhor. Venha tomar o seu *desayuno*, Kizzie. — Zane estava com os cabelos escuros úmidos soltos em torno do rosto, como se tivesse acabado de tomar banho. Vestia apenas uma calça jeans e a borda

Aline Sant'Ana

de uma cueca vermelha aparecia com a marca Calvin Klein em letras brancas. Novamente, toda a pintura das tatuagens estava disponível aos meus olhos e eu posso ter demorado um tempinho a mais encarando os piercings de bolinha nos mamilos.

— Estou melhor sim. Como vim parar aqui? — perguntei, forçando-me a encarar os olhos escuros de Zane. Ele deixou uma pequena bandeja sobre a cama com diversos alimentos e bebidas soltando fumaça.

— Eu te trouxe no colo, já estamos em Madri — explicou, dando de ombros. Zane se sentou na cama comigo e levou uma xícara de café aos lábios cheios.

Pisquei repetidamente para tentar organizar os pensamentos.

— Você me trouxe no *colo*?

— Caralho... sim, eu te carreguei, dessa forma. — Mostrou, dobrando os braços como um noivo faria ao carregar sua noiva. — Desci do avião assim, passei pelo aeroporto assim e te trouxe no meu colo dentro da van. Ah, e a propósito — ele empurrou uma espécie de pão aberto em minha direção, com uma camada generosa de queijo e tomate em cima —, coma.

— Zane, você é maluco? O aeroporto estava cheio e, como se não bastasse você me pegar no colo na frente do pub e dar motivo para a imprensa falar, você simplesmente me leva para todos os cantos me carregando como se eu fosse um bebê?

Um vinco se formou entre as sobrancelhas grossas.

— Não me importo com o que eles pensam. Você estava passando mal, com febre e parecendo desmaiada. A única coisa que eu poderia fazer depois de te beijar era te acolher.

Neguei com a cabeça.

— Eu disse que um beijo não era uma promessa, Zane.

— Não começa, merda...

— Você não precisa ficar cuidando de mim porque se sente mal pelo que aconteceu — completei.

Ele terminou de engolir o café e, ainda me olhando atentamente, deu uma mordida em um churros de doce de leite. Zane passou a ponta da língua na sobra do doce em torno dos lábios e eu desviei o olhar.

— Na verdade, você só disse a primeira parte, a segunda não. Lembra que nós não conversamos sobre isso porque você simplesmente decidiu fugir de mim?

Para me manter em silêncio, enfiei um pedaço generoso do pão na boca. Estava delicioso.

11 noites com você

— O que é isso? — perguntei de boca cheia.

— *Barrita*, uma espécie de pão aberto — Zane explicou, mas não parecia que pretendia me deixar escapar tão cedo. — Primeiro, quero saber por que você passou mal. Yan acha que é estresse e pode até ser, mas, olha, ele citou a sua falta de alguns dias no trabalho, que você se ausentou por ter tido enxaqueca. Isso não é normal, né?

— Tenho enxaqueca desde que me entendo por gente e tomo remédios para controlá-la. Isso se agravou depois...

Parei ali.

— Desculpa, Zane. É só enxaqueca. Eu melhoro depois de algumas horas.

Não o convenci, percebi isso pelo olhar curioso que me deu. A raiva pela conversa que estávamos adiando tinha se dissipado e a preocupação se tornou tão visível quanto um elefante em um campo de girassóis.

— Coma — exigiu, empurrando mais uma *barrita* para mim.

— Zane...

— Não ouse me contrariar agora.

Sorri, porque seu nervosismo era só preocupação.

Tomamos o café da manhã sem mencionar a conversa. Pensei que tínhamos virado a página, mas o fato de Zane querer abrir aquele diálogo comigo me fez perceber que não falar sobre o assunto o incomodava. Quando ele terminou de explicar as curiosidades que leu no panfleto do hotel sobre o *desayuno* espanhol, limpei os lábios com o guardanapo de pano e soltei o ar dos pulmões.

— Vamos falar sobre o beijo, Zane. O que você quer saber?

Intrigado, ele serviu mais uma porção de café na pequena xícara, pingando creme e salpicando açúcar. Era um pouco estranho ver que Zane não utilizava a colher para colocar açúcar no café, mas sim pegava uma pitada de dentro do açucareiro e jogava lá como se estivesse salgando a comida.

— Eu não quero saber sobre o beijo, quero saber o que você pretende fazer em relação ao após. Se quiser dizer que não significou nada para você, que não passou de um beijo, tudo bem, porque não estamos falando de sentimentos.

Teoria interessante.

— Sobre o que estamos falando, Zane?

Os olhos dele se acenderam.

— Sobre desejo.

Aline Sant'Ana

Engoli com dificuldade.

— Não tenho desejo nenhum por você.

Ele sorriu, demorando um tempo a mais no canto esquerdo da boca até os dois lados dos lábios se erguerem.

— Cara, como você é mentirosa.

— Por que acha que estou mentindo?

— Você quase arrancou os meus cabelos, Kizzie. Se esfregou em mim, me trouxe para perto com os calcanhares. Sério, você fincou o salto na minha bunda para que eu agarrasse você naquela fodida mesa de sinuca. — Se divertindo com as minhas bochechas vermelhas, Zane terminou a segunda xícara de café. — Se importa?

Disse que não quando o vi pegar o cigarro do bolso traseiro do jeans. Estranhamente, aquela marca específica e mentolada não tinha um odor tão desagradável quanto os fumos convencionais. Zane acendeu e soprou a fumaça para cima.

— Sei que causei reações boas em você e você sabe como me deixou. Confessa, Kizzie. Você me sentiu duro debaixo daqueles jeans.

Ah, eu tinha sentido, com certeza.

— Você é tão direto assim nas suas conversas? Sério, Zane...

Ele soltou uma gargalhada gostosa.

— Claro que sou, estamos falando de sexo, porra. Não quer que eu use metáforas, não é?

— Seria bom.

Ele ficou em silêncio.

— Então, vamos usar nomes bonitinhos para o que fizemos naquele bar. Depois de a titia Kizzie esmagar o titio Zane, a banana do titio Zane ficou completamente louca pela frutinha da titia Kizzie. Então, o titio Zane gostaria muito de saber se a frutinha da titia Kizzie quer levar a banana do titio Zane para... hum... passear. Uma montanha-russa de emoções, eu prometo.

Sem conter a risada explodindo na garganta, peguei um travesseiro e joguei em Zane. Ultrajado, ele colocou a bandeja no chão e apagou o cigarro, pegando outro travesseiro e batendo nas minhas pernas.

— Aceite essa conversa como a boa mocinha madura que você é.

— Você tem problemas — disse, em meio às risadas. — Para de me bater, Zane!

11 noites com você

— Ah, bem que você gosta.

Ainda estava rindo quando Zane subiu no meu corpo, seu peso acendendo fios que estavam desligados no meu sistema. Parei de rir quando seus cabelos escovaram as minhas bochechas e seus olhos invadiram a minha alma.

Café, tabaco, seu perfume, cheiro de doce de leite e sabonete era tudo que estava entre nós. Sua pele quente, aquecendo a minha, sua respiração pesada, tocando a minha boca.

Fechei os olhos.

— Zane...

— Hum — ele sussurrou, apontando a língua no meu lábio inferior, como se quisesse pegar um pouco do sabor que existia ali.

— Eu não quero...

Adorava a maneira que Zane me levava a dois extremos, adorava que ele era o único capaz de me fazer rir de verdade depois de meses de reclusão. Não sabia que adorava tudo isso até agora, não fazia ideia do quanto estava envolvida por Zane até ele beijar a minha boca em apenas um selar de lábios e depois se afastar, fazendo meu coração galopar.

— Não vamos transar agora — esclareceu, como se lesse meus pensamentos. — Você passou mal na noite anterior e eu fiquei muito puto, preocupado que fosse algo grave. Só quero que saiba que eu te quero, Kizzie. — Sua boca pairou sobre a minha e um segundo beijo lento, mas com o mesmo objetivo, se formou entre nós. Um selinho suave. Meu coração começou a trotar como um puro-sangue pronto para a corrida. — A única coisa que quero que saiba é isso. Sem planos, sem regras, sem absolutamente nada. É só o desejo.

Fechei os olhos quando Zane lentamente se afastou de mim. Meu peito estava subindo e descendo rápido, o seu sabor refrescante ainda nos meus lábios, e a excitação parecia me tomar por completo, mas a única coisa que me brecava era aquele vazio no coração, aquela aparente incapacidade de me entregar, a descrença nas coisas bonitas, nos momentos gostosos e nos homens selvagens.

A incerteza de não saber se seria capaz de me envolver sem conseguir colocar o sentimento na jogada.

Zane só queria o contato físico, sem promessas.

E eu só queria que o meu coração ficasse inteiro.

Aline Sant'Ana

11 noites com você

CAPÍTULO 12

I had made every single mistake
That you could ever possibly make
I took and I took and I took what you gave
But you never noticed that I was in pain
I knew what I wanted I went in and got it
Did all the things that you said that I wouldn't
I told you that I would never be forgotten
I know that's part of you

— Sia, "Alive".

Meses atrás

Kizzie

As viagens estavam cada vez mais presentes e sua ausência, intrigante. Ele dizia que tinha uma série de negócios nas imediações, mas eu era capaz de ler a mentira por trás, podia sentir que algo estava muito errado.

— Você tem certeza de que não é paranoia da sua cabeça? — perguntou Oliver, naquela noite, por telefone.

Tentei preparar um jantar para a sua chegada, porém, com o nervosismo deixando minhas mãos trêmulas, foi difícil me concentrar. Acabei queimando a bolonhesa e tive que ligar para um serviço de comida a domicílio, a fim de não fazer tão feio.

Ollie dizia que eu me dedicava muito a essa relação, todavia, ele não percebia que estar apaixonada implica certos sacrifícios e cuidados. Eu amava Christopher, queria que ele percebesse isso em cada gesto.

Chris chegou, sorrindo e me beijando, pedindo desculpas por ter ficado dois dias preso no trabalho. Naquela noite, ele fez amor comigo lento e profundo, suas mãos nas minhas e o corpo colado no meu, mas existia uma distância, pelo menos da minha parte, por não saber ao certo se era capaz de confiar em um homem que noventa por cento do tempo não estava comigo.

— Eu te amo, K — assegurou, beijando-me a cada estocada, limpando a memória de todas as coisas ruins.

Depois de um banho a dois, Christopher me deitou em seu peito, fazendo eu me

Aline Sant'Ana

sentir fraca e tola por pensar coisas erradas a seu respeito. Os extremos batalhavam: a certeza e a dúvida. Naquele segundo, presa em seu calor, imaginei que a suspeita fosse bobagem minha.

Contudo, no meio de uma carícia, parei o ato de sua mão, pois algo chamou a minha atenção. Observei que o anel que Christopher utilizava não estava mais no dedo anelar e lá tinha uma marca muito fina e branca para ser referente ao grosso anel de família que ele substituiu após o divórcio. Estava certa de que o formato era da peça de ouro do matrimônio. Em dez meses de relacionamento, isso já deveria ter saído.

— Christopher?

Ele acompanhou o caminho dos meus olhos e soltou um suspiro chateado.

— Deixei o anel no hotel da outra cidade. Vou ter que ir buscar assim que precisar voltar para lá.

— Não estou falando da ausência do anel da sua família, mas da marca de outro anel, bem mais fino do que esse, que está no seu dedo.

— Era da aliança, K. Você sabe disso.

— Não, Christopher. Em dez meses que estamos juntos, essa marca já tinha que ter saído.

Ele riu.

— Baby, o anel da minha família cobriu a marca por todo esse tempo, é por isso que ainda está presente.

Levantei, sentindo o nervosismo atingir diretamente meu estômago, causando um enjoo repentino. Com lágrimas dançando nos olhos, apontei para o dedo, percebendo o quanto estava trêmula.

— Então, por que não tem a marca do anel maior? Nesse período, no sol, trabalhando nas ruas, viajando por todo o país, deveria ter a merda da marca mais grossa e não da sua antiga aliança!

Christopher pareceu surpreso. Ele colocou o lençol em torno da cintura nua e se levantou. Os cabelos claros estavam bagunçados, os olhos azuis, brilhantes. Por que ele tinha que ser tão bonito?

— O que você está insinuando, K? Está dizendo que acredita que ainda estou com a minha ex?

— E que outra explicação você me daria para isso?

Chris deixou o lençol cair, mostrando a sua nudez. Ele se aproximou alguns passos até estar na minha frente. Com o dedo indicador, ergueu meu queixo até

11 noites com você

nossos olhos nivelarem. Sua altura perante a minha era piada e, naquele momento, eu não queria prestar atenção no azul-céu das íris profundas.

— Eu te mostrei os papéis de divórcio, K. Não lembra? Prometo que não estou mais com ela. Como você tem coragem de pensar isso?

Todas as minhas forças ruíram. A desconfiança tirara o meu chão e a racionalidade. Estava sendo tola, apontando provas que nem tinham cabimento, como uma maldita marca de sol em torno do anel. Pessoas demoram para perder esse tipo de coisa, certo? Ainda mais ele que esteve por cinco anos casado. Não era como se fosse sumir em um passo de mágica ou em dez meses.

— Desculpa, Christopher.

Seus lábios tocaram os meus e ele beijou as lágrimas salgadas, acariciando os cabelos da minha nuca. Chris trouxe seu corpo para perto e beijou minha testa.

— Tenho que sair pela manhã e não quero te acordar. Preciso viajar para Nova York por três dias — contou. Toda vez que isso acontecia, uma onda de tristeza me inundava, pois eu sentia falta de Christopher e só ficava com ele por um dia a cada duas semanas. Era tão pouco tempo para espalhar na cama, nas palavras e nos gestos o nosso amor.

— Tudo bem — afirmei, por mais que fosse mentira.

Christopher beijou meu pescoço, acariciou as minhas costas e me provocou em todos os lugares certos até a nossa chama se acender. Nos lençóis, tentei esquecer a pequena discussão que tivemos, tentei tirar da minha cabeça que algo estava errado.

Christopher me amava, não era?

Nós nunca fazemos nenhum mal para aqueles que amamos.

Esperava que ele jamais pudesse fazer isso comigo, pois de uma coisa eu tinha certeza: se o perdesse, seria capaz de perder a mim mesma.

Aline Sant'Ana

11 noites com você

CAPÍTULO 13

Standing in the hall of fame
And the world's gonna know your name
'Cause you burn with the brightest flame
And the world's gonna know your name
And you'll be on the walls of the hall of fame

— The Script feat Will. I. Am, "Hall of Fame".

Dias atuais

ZANE

Erin roubou Kizzie por algumas horas para, segundo ela, conhecer Madri sem os rockstars e fazer compras femininas. A ruiva mal pôde ver que sua nova amiga estava bem, que já quis passear. Eu sabia que seria melhor para ambas aproveitarem a cidade sem nós, então, com uma relutância que não estava acostumado a sentir, deixei-a ir.

— Você está se apegando a Kizzie — Carter pensou alto, bebendo a cerveja gelada que estávamos partilhando. — Eu consigo ver tudo a respeito de vocês dois.

— É, isso vai dar em relacionamento — comentou Yan, mas seu semblante estava magoado e monótono. Nós sabíamos que para ele essa viagem estava sendo difícil.

— Relacionamento? Não, porra, isso não vai dar em relacionamento, mas sim em sexo. Ah, sexo do melhor nível, já posso até sentir.

Eu sentia. Já tinha criado mil e uma maneiras de beijar a Kizzie na cabeça, de sentir seu corpo molhado, de mergulhar nas suas curvas quentes.

— Não — discordou Carter. — Você não está vendo o quadro todo. De qualquer maneira, tenho certeza de que, quando enxergar, vai se lembrar dessa conversa.

Yan concordou.

Não gostei nada do rumo que aquilo estava tomando. Então, decidi saber como Yan estava lidando com toda a mudança de cenário. Eu sabia que sua cabeça tinha esfriado e sua raiva repentina por Lua, desaparecido. Agora ele sabia, mas era um pouco tarde e estávamos longe demais para que pudesse pedir desculpas.

Aline Sant'Ana

— Como você está a respeito da Lua?

Yan soltou um suspiro pesado.

— Só quero chegar em casa e resolver isso. Tentei ligar do celular do Carter e ela atendeu. Falou que eu não confio nela e ela também não consegue confiar em mim. Acabei jogando na cara o relacionamento estranho que Lua nutri com aquele almofadinha. Sabe o que ela disse?

Bebi mais um gole da cerveja.

— O quê?

— Disse que, se quisesse transar com ele, ela estaria solteira há tempos. Por fim, mandou eu me danar. Foi assim que terminamos a ligação.

— Olha, cara, a gente sabe como ela é louca, porém nunca faria isso contigo — opinei, porque era verdade.

— É? Realmente? Dá para levar algo a sério a respeito da Lua? — Yan resmungou, percorrendo os dedos pelo cabelo. — Não sei. Eu estou tão cansado.

— Antes que você perceba, já estarão se resolvendo em Miami — garantiu Carter. — Sério, vai por mim, Lua pode ser um pouco maluca, mas é apaixonada por você, jamais te magoaria.

Yan negou com a cabeça e se levantou. Inventou uma desculpa para se enfiar no quarto e pediu para nós o chamarmos na hora de sair. Eu o conhecia desde o momento em que pisei em Miami, éramos amigos há muitos anos, crescemos junto com Carter. Formamos a banda e éramos nós contra o mundo. Então, ficava difícil ignorar essa situação e pensar que não aconteceu nada porque, se doía em um de nós, doía em todos.

— Eu só quero vê-lo bem, Carter — soltei o pensamento a respeito de Yan em voz alta. Se Carter já tinha se tornado um caco após um rompimento, como seria para o fechado Yan?

— Ele vai ficar — Carter endossou, mas não possuía certeza em sua voz. — Ele tem que ficar.

Paramos de tomar cerveja e colocamos um filme para assistir. Quando o horário da manhã se tornou de tarde, almoçamos sem as meninas e decidimos que era hora de fazer a passagem de som no Barclaycard, local do show. Preparamos nossos ânimos e instrumentos para treze mil pessoas que estavam ansiosas para nos receberem.

Confesso que meu ânimo estava renovado quando segurei a Fender nos braços. Apesar de estar com um buraco no coração por Yan, só a novidade de ter me resolvido com Kizzie e finalmente assumido meu desejo por ela já foi motivo

11 noites com você

para eu sequer me importar com os dedos machucados e a angústia no peito.

Chame-me de egoísta, mas saber que eu tinha algum controle sobre o desejo de Kizzie também me iluminou como uma forte explosão, acendendo a chama da certeza de que posso tentá-la pelo resto dos dias nessa viagem.

Saboreei o gosto da vitória nas minhas cordas e, quando cantei ao lado de Carter, a inspiração me pegou em cheio, e, como se nunca tivesse conseguido alcançar tons tão profundos, vi que não cantei somente com a voz, mas sim com alguma parte da minha alma.

Kizzie

— Você é tão econômica quanto eu — Erin disse, soltando as sacolas sobre sua cama no quarto dela e de Carter. — Lua é tão consumista que me deixa tonta. A partir de hoje, a minha melhor amiga abandona o posto de parceira oficial para gastos e levarei você comigo.

Sorri para ela, percebendo que seu rosto vacilou com tristeza. Durante o nosso passeio pelas ruas espanholas, ouvindo e adorando o sotaque, as pessoas, a arquitetura típica da Europa e principalmente sua comida, Erin me contou mais detalhadamente sobre a conversa que teve com sua amiga por telefone. Ela também estava preocupada com a saúde de Lua, porque, segundo Erin, a namorada de Yan tinha mesmo perdido peso recentemente, como eu tinha notado.

E a conversa das duas não foi nada legal.

Lua estava ressentida com Yan por ter pensado que ela seria capaz de traí-lo. Erin acabou se metendo e defendeu um pouco Yan, alegando que não era fácil para ele saber que havia um homem sempre por perto enquanto ele tinha os afazeres da banda. Ficar longe da namorada o matava. Sem saber se sua paranoia tinha ou não fundamento, pior ainda.

Mas Lua não quis desculpas. Na ligação, disse para Erin que, se ele podia ter fãs aos seus pés, ela podia muito bem ter um amigo do sexo oposto. Claro que nesse ponto ela tinha razão, relacionamentos com privações são tóxicos, porém, ao invés de Lua tentar remediar, ela colocava mais lenha na fogueira.

Isso não podia dar em coisa boa.

— Eu acho que esses dois ainda vão dar muito trabalho para nós — Erin pensou alto.

— Eu realmente espero que não.

Arrumamos as compras nos respectivos quartos e eu aproveitei para tomar um analgésico antes que meu corpo voltasse a protestar. Erin me acompanhou

Aline Sant'Ana

por mais um tempo até que decidiu ver o ensaio dos meninos.

— Vou ficar bem — garanti a Erin. — Preciso fazer umas ligações.

— Lembre-se: nada de trabalho hoje.

Beijei suas bochechas e me sentei na cama. Com a bagunça do mal-estar na noite passada, eu não tinha ido para o meu próprio quarto no hotel. Não era estranho que pudesse me sentir à vontade quando estava em meio ao silêncio? Eu conseguia ouvir melhor os pensamentos e organizar minha cabeça.

Liguei para papai primeiro, sabendo que ele estava em Nova York agora. A saudade dele me apertava o peito e, quando ouvi sua voz, todos os meus problemas sumiram.

— Você está bem, filha?

Eu provavelmente não estava. Tinha sentimentos confusos por Zane, o meu ex não parava de me perseguir, eu estava com medo do que o futuro me reservava e me sentia encolhida em uma bolha, incapaz de me mover.

Às vezes, esses sentimentos ruins surgiam, e os médicos disseram que levaria muito tempo para eu me acostumar e saber contornar a tristeza, todavia, se todas as pessoas que enfrentaram o que enfrentei podiam se recuperar em poucos meses, não entendia por que para mim ainda doía todos os dias.

— Estou, pai, e você?

— Muita correria. Mas, me conta, como está sendo a experiência de administrar uma banda como a The M's?

Contei para ele um pouco sobre o trabalho. Papai me deu ótimos conselhos e eu anotei mentalmente todos. Lembrei-me de que precisava fazer uma ligação para Georgia, apenas para ver se ela precisava de mim para qualquer coisa. Erin pediu para eu não trabalhar, mas só verificar não seria uma quebra de promessa.

— Sei que não se pode confiar nos tabloides, mas ultimamente tem aparecido uma coisa bem peculiar...

Meu estômago gelou.

— Peculiar?

— Sim. Estão chamando o guitarrista da The M's de herói da empresária Keziah Hastings. Você sabe algo sobre isso?

Meus dedos tremeram e eu rapidamente puxei o notebook para o colo.

"A redenção do guitarrista"

"Conheça o novo amor de Zane D'Auvray"

11 noites com você

"Anjo ou Rockstar?"

"Zane D'Auvray carrega sua empresária pelo aeroporto e deixa milhões de mulheres com o coração partido"

"Namoro de Zane D'Auvray com Keziah Hastings é aprovado pelas fãs?"

— Filha, você ainda está aí?

Agora seria uma boa hora para aprender um feitiço de invisibilidade.

— Sim, estou.

— Se você realmente estiver com o garoto, não há nada que possa fazer, mas, se não está se relacionando com ele, precisa deixar claro para a mídia. Seria ótimo se vocês dois falassem juntos ou fizessem uma nota de esclarecimento.

Nós tínhamos nos beijado profundamente no pub e depois tivemos aquela conversa idiota sobre sexo, e foi o bastante para saber que Zane, do jeito dele, me desejava. Eu não seria hipócrita de dizer que não o queria, pois eu queria sim, mas de forma alguma prejudicaria o meu trabalho por causa da luxúria. Seria loucura também se a mídia cavasse um pouco e descobrisse sobre o meu passado.

— Ah, não — sussurrei.

Uma angústia enorme me tomou.

— Filha, eu não quero que você pense no pior agora — disse papai, como se soubesse exatamente todos os meus temores. Eu sabia que ele conhecia cada curva da minha vida e muito possivelmente estava pensando o mesmo que eu. — Você é uma mulher madura, e nada do que fez no passado foi errado. Eu já te disse isso várias vezes e vou repetir por mais quantas forem preciso: não foi culpa sua, ok?

— Pai, e se eles descobrirem? E se espalharem isso pela mídia? Nunca mais vão me olhar com os mesmos olhos.

A minha preocupação imediatamente foi para o que Zane acharia se soubesse. Por incrível que pareça, naquele segundo, eu não me importei de ser taxada de vários nomes feios se a notícia de espalhasse, mas me preocupei com o que estava construindo ao lado de Zane. Ele ainda me acharia a sexy e inteligente Kizzie? Ainda seria especial, depois de tudo o que eu passei? Nós ainda poderíamos continuar de onde paramos?

— Estou preocupada com o que Zane vai pensar e eu não sei por que estou preocupada, já que não temos nada sério.

— Não há como controlar essas coisas, filha.

— Eu não gosto dele, pai. Não o suficiente para me importar tanto assim.

Aline Sant'Ana

Não é possível ter me apegado em tão pouco tempo. Eu prometi para mim mesma que não ia me envolver com ninguém, não depois de tudo.

Meu pai soltou um suspiro leve e eu pude ouvir o sorriso por trás da sua voz.

— Você não pode fazer promessas com o cérebro para cumprir com o coração. Um órgão anula o outro, meu amor. Sinto dizer, mas, se você está com medo de perder esse garoto, é porque as relações estão mais estreitas do que você pensava.

— Como isso é possível? — sussurrei, limpando as lágrimas tardias.

— Como isso não seria possível? — papai rebateu. — Você é linda, tem vinte e oito anos, uma vida inteira pela frente. Você pode se relacionar novamente, meu amor. Não deixe aquele homem tomar a melhor parte de você.

Eu poderia discordar do meu pai agora. Christopher não só arrancou o meu tapete, mas também levou a melhor parte de mim.

— Pai, eu não quero entrar em um relacionamento com Zane, não agora. Eu gosto dele, mas preciso me policiar. Não quero me ferir de novo.

— Eu acredito que você só vai poder voltar a ser quem era se conseguir liberar as amarras que te prendem ao passado.

Como eu poderia? Com Christopher me lembrando diariamente da sua existência? Com a minha angústia, saudade e perda?

— Eu vou tentar.

— Espero ansioso por outra ligação. Lembre-se: nenhum problema é maior do que você...

— Quando se há coragem para enfrentá-lo — completei a frase clássica de papai e ele soltou uma risada.

— Amo você, Kizzie.

— Te amo demais, papai.

Desligamos o telefone e eu precisei me encolher na cama e abraçar as partes que estavam soltas, desistindo de ligar para Oliver. Transformei-me em uma bola, até sentir o queixo bater nos meus joelhos. Lágrimas vieram, por mais que eu as odiasse, e fechei os olhos, usando o meu poder de cura, pensando que tudo o que eu precisava agora era do corpo do Zane se encaixando no meu, completando as minhas falhas e me fazendo esquecer todas as minhas imperfeições.

Zane

Com a passagem de som feita, corri para o hotel a fim de tomar banho, escolher uma das peças de roupa do show e voltar para lá. Turnês eram uma loucura fodida, mas nunca estive tão animado. Devia ser culpa daquela baixinha marrenta que tirava o meu sossego.

Enrolei a toalha na cintura e caminhei pelo quarto, escovando os dentes enquanto pensava no que precisava fazer em seguida. Duas batidas suaves soaram na porta e, pela delicadeza, poderia ser qualquer um, menos o Pitbull da Marrentinha. Resmungando, todo molhado, com a boca espumando creme dental e os cabelos pingado em torno do rosto, abri a porta e dei de cara com a possível visão do paraíso.

Kizzie usava um vestido amarelo que destacava o leve bronzeado do seu corpo, deixando em evidência os fios estreitos do biquíni que, graças a Deus, rendeu as finas marquinhas. Os cabelos estavam soltos em torno do rosto arredondado e os olhos dourados pareciam brincar de esconde-esconde com esmeraldas. Eu observei sua boca por mais tempo, depois me deleitei no decote, até baixar os olhos para os saltos e as coxas torneadas que não se ocultaram no vestido solto.

Essa mulher, com as pernas em torno da mim, gemendo meu nome, prensada em uma parede... porra, era tudo o que eu queria.

Puxei-a para mim, ignorando seus olhos chocados e o fogo que havia neles ao encarar meu peito nu. Adorava quando Kizzie se parecia com uma garotinha do século passado que nunca tinha visto um homem sem camisa. Coloquei minhas mãos em sua cintura, joguei minha escova de dente para o lado e colei meu quadril no seu.

Kizzie arfou.

— Você está molhado e seminu, Zane! — brigou, fazendo cara feia. Tão bonitinha e inocente por achar que eu a temia. — E com a boca espumando como se estivesse com raiva.

— Acha que me importo, Marrentinha? — questionei, afastando-me para limpar na toalha as sobras do creme dental em torno dos lábios. Kizzie, por um momento, achou que eu ia ficar nu, mas ela respirou com calma quando me viu manter a toalha em seu devido lugar.

— Jesus Cristo, Zane...

— Você tem que saber gostar de mim nos melhores e nos piores momentos. Acha que vou estar sempre nu e gostoso pra você? Precisa de um pouco de pasta de dente para me tornar mais feio. Não seria justo para o resto da humanidade ter um homem, como eu, tão maravilhoso e bonito o tempo todo.

Ela esboçou um sorriso.

Aline Sant'Ana

— Você está feio com o cabelo molhado, o rosto sem barba e essa coisa branca em torno da boca.

— Não saiu? — perguntei baixinho, unindo meu peito nu com seu corpo, inevitavelmente molhando seu vestido. Kizzie quis se afastar, mas eu a mantive colada a mim, ouvindo seus xingamentos porque já estava pronta para o show e agora estava molhada das gotas remanescentes do meu banho. — Acho que vou ter que limpar isso em você.

Segurei a lateral do seu rosto, inclinando-o para a esquerda. Kizzie resmungou, mas, quando beijei sua pele, com a menta deixando pequenos pontos de espuma, ela estremeceu. Depois, soprei sobre o lugar que havia beijado, sentindo Kizzie perder a força nos joelhos.

— Para a gatinha medrosa que estava me achando feio... — provoquei, pegando o lóbulo da sua orelha na boca. — Até que você gosta de um pouco de água e menta.

Kizzie não respondeu e eu percebi que aquela era a deixa para me afastar. Não queria que transássemos assim, com pressa. Porra, eu precisava ter todo o tempo do mundo e, com o show nas minhas canelas, eu tinha que me controlar.

Ela respirou profundamente algumas vezes até recobrar a compostura.

— Não estou aqui para você ficar me molhando. — Apontou para o vestido, que agora estava com algumas partes úmidas. Sorri. — Estou aqui para falar de negócios.

— Ah, minha linda. Nós já passamos dessa de separar negócios e prazer. Eles já andam de mão dadas. Agora, me conta, o que foi?

Ela ajeitou o vestido e pigarreou, parecendo desconfortável.

— Preciso que você faça uma nota pública dizendo que nada aconteceu entre nós, e que nossa relação é estritamente profissional.

Abaixei e peguei a escova de dente que foi jogada no tapete. Caminhei pelo quarto, buscando uma lixeira, e a joguei fora. Fui até o banheiro cuspir a espuma e enxaguar a boca. Kizzie me seguiu e eu a olhei através do reflexo no espelho.

— Isso seria contar uma mentira.

— O foco da mídia agora deveria ser nos shows de vocês e não numa possível relação entre a empresária e o guitarrista. Precisamos acabar com esses boatos.

Molhei minha boca mais uma vez, cuspi na pia, peguei um pente fino e pequeno e o passei entre os cabelos molhados, ainda tendo visão da Kizzie pelo espelho.

11 noites com você

— Eu não quero dizer isso porque é mentira. Eu quero beijar você e quero transar com você. Quero me sentir livre para fazer a merda que eu quiser e ninguém se meter, porra. Já cansei de dizer que não me importo com a opinião do público.

— Mas você precisa se importar porque, como eu disse, sua vida está aos olhos de todos, Zane. Isso que nós temos, quer dizer, nem podemos nomear o que é, nem sabemos o rumo que vai tomar... E eu tenho quase certeza de que manter uma relação pessoal com um integrante da banda causaria a quebra do meu contrato.

Parei o que estava fazendo e me virei para Kizzie, cruzando os braços na altura do peito.

— Somos adultos, Kizzie. Todos nós podemos lidar com burburinhos. Ligue para o Lyon e peça que ele controle as coisas por lá. É o máximo que se pode fazer, porque eu não vou dar uma merda de nota de esclarecimento baseada em uma mentira. Te quero e quero na minha cama. Não tem merda nenhuma errada nisso. — Fiz uma pausa. — Ou tem? Sobre o contrato, eu li aquela porra e não há nenhuma cláusula que me impeça de te ter.

— Não, há sim — Kizzie reforçou. — Eu tenho certeza de que tem e isso quer dizer que nós não podemos transar. Olha, Zane, tudo o que eu peço é que você negue...

— Eu não vou negar — continuei, enfático. — Por que você está tão preocupada com a possibilidade de termos alguma coisa e isso vazar para o público. É tão ruim assim?

Kizzie se perdeu no meio da conversa, seus olhos ficaram nublados e ela baixou a cabeça.

— Eu não quero que eles cavem o meu passado, Zane. Isso vai acontecer se souberem que estive ao seu lado. Não vão sossegar até encontrar algo para jogar na minha cara. A minha carreira... — Ela parou no meio da frase.

Franzi a testa, tentando entender o que Kizzie estava me dizendo.

— O que tem o seu passado, Kizzie?

— Eu só preciso que você faça a nota.

— Responda a minha pergunta — pedi suavemente. — Por favor?

— Não posso falar sobre isso, Zane.

— Então vai me deixar no escuro? Vai mesmo me afastar quando estamos nos aproximando?

Saí de perto da bancada e me aproximei dela. Não podia ter esse tipo de

Aline Sant'Ana

conversa com Kizzie longe de mim; isso me dava nos nervos. Coloquei as mãos nas suas bochechas, acariciando com os polegares a pele tão macia em contradição com a aspereza dos meus dedos calejados. Ela fechou os olhos, umedeceu os lábios com a língua, e foi como se eu pudesse sentir esse toque em cada parte do meu corpo.

— Já resolvemos isso, não dê pra trás. Ninguém vai te demitir só porque está dormindo comigo.

— As pessoas vão falar...

— Então deixe-as falarem. Uma hora, alguma celebridade vai fazer alguma merda como xingar alguém no Twitter e eles se esquecem de nós — murmurei, encostando minha boca na sua. — Eles vão nos esquecer.

— O meu passado...

— Eu não me importo com ele. Seja o que for, eu não me importo, tudo bem?

— As pessoas vão se importar, ninguém vai me olhar com os mesmos olhos, Zane. — Súplica e desespero tomaram conta da sua expressão. — *Você* vai me ver de outra maneira.

— Todas as merdas que você possa ter feito, eu já fiz pior, Kizzie. Relaxa e aproveita comigo. O que a gente tem é tão gostoso. Eu quero dar uma chance. Vamos curtir.

Eu estava sendo sincero em cada sílaba. Não estava preparado para alguma coisa além de sexo, mas sabia que precisava senti-la em meus braços, senti-la perto de mim, eu só queria manter no coração a sensação que Kizzie me causava: eu era um homem melhor perto dela.

— Vamos para o show — Kizzie pediu, interrompendo nossa aproximação. Ela não me deixou beijá-la e eu estava tão sedento por isso que era desesperador. — Pensa com carinho no que te pedi, Zane. Se não por você, faça isso por mim. Eu não posso aguentar outra bomba na minha vida.

Sem me dar maiores satisfações, Kizzie saiu. Ela me deixou com tantas perguntas que foi impossível não soltar um xingamento e derrubar algumas coisas sobre o gabinete. Fiquei com raiva por ela se ocultar para mim, fiquei possesso por ela não conseguir se abrir. O que existia de tão errado sobre Kizzie? O que ela estava escondendo?

Joguei no Google o seu nome ao lado do meu, somente para me surpreender que os sites citavam Kizzie como Keziah. Esse era o seu nome? Tão bonito e ela nunca me disse. Bem, realmente havia reportagens sobre nós dois, muita coisa mesmo. Eu não sabia por que aquilo poderia prejudicá-la. Kizzie tinha alguém em

11 noites com você

Miami? Ela estava traindo um namorado ou alguma porra assim?

Com a dúvida coçando todas as partes do meu corpo, resolvi ignorar. Uma hora Kizzie terá que se abrir para mim.

Rapidamente digitei algo no Twitter, colocando uma risada e sendo irônico sobre o meu relacionamento com Kizzie.

Quer dizer que ser cavalheiro hoje em dia é tão chocante que as pessoas logo listam isso como romantismo?
Só rindo dessas reportagens sem fundamento.

Fiz por ela, não por mim. No fundo, eu não me importava com os boatos sobre nós dois. De fato, até gostava.

O que quer que Kizzie estivesse escondendo, em algum momento, teria que vir à tona, pensei, antes de desligar o celular e me arrepender de ter me exposto dessa maneira na internet.

Aline Sant'Ana

11 noites com você

CAPÍTULO 14

Hot as a fever
Rattling bones
I could just taste it, taste it
If it's not forever
If it's just tonight
Oh, it still the greatest, the greatest, the greatest

— Kings of Leon, "Sex On Fire".

Kizzie

Ver os meninos no palco era como alcançar o céu. As vozes de Carter e Zane se misturavam na mais profunda melodia e, quando eu podia ouvir apenas Zane, meu coração entrava em um frenesi inimaginável.

Olhando-o no meio daquela multidão, com os cabelos molhados de suor ao redor do rosto e a guitarra vermelha parecendo a extensão dos seus braços, eu me esquecia de que esse homem era o provocador que me tentava no hotel, que me fazia querer contorcer as pernas em um nó e deixava a minha mente insana.

Sentia-me como uma de suas fãs, gritando seu nome, cantando suas músicas, querendo uma palheta que ele jogava para o público, desejando que arrancasse a camiseta e me fizesse ter todos os sonhos impossíveis.

Zane parecia intocável.

O show terminou com sucesso. Georgia foi perfeita e eu apenas a ajudei em alguns ajustes, mas sua dedicação era excelente e eu sabia que, com mais um pouco de treinamento, poderíamos dividir certas funções e também aumentar seu salário.

Mark acompanhou os meninos até o camarim, policiando as fãs que tinham acesso para vê-los e algumas representantes de fã-clubes. Era bonito ver o sorriso no rosto das pessoas ao saírem pela porta, comentando sobre quanto Carter era lindo de perto, o quanto Zane era cheiroso e a quantidade de músculos que Yan tinha nos braços.

Entrei quando a última menina saiu e Erin já correu para o seu amado, parecendo como uma de suas fanáticas seguidoras. Carter pareceu achar aquilo adorável e a beijou lentamente, mesmo molhado de suor. Erin não pareceu se importar.

Aline Sant'Ana

140

Percorri os olhos pelo camarim à procura de Zane, mas não o vi.

— Estou indo mais cedo para o hotel, quero tentar falar com Lua por alguma rede social. Vamos ver se ela me responde. — Cabisbaixo, Yan se despediu.

Eu fiz uma pausa e segurei em seu braço, parando-o no lugar. Yan pareceu surpreso. Por mais que não tivéssemos intimidade alguma, eu sabia como era ter um coração partido. Então, antes que pudesse pensar mais sobre isso, subi em um banquinho e fiquei na altura absurda dele. Passei os braços por seus ombros e o abracei, apertando-o contra mim, como se fosse uma criança.

Tão irônico se fôssemos pensar que aquele homem deveria ter mais de cem quilos.

— Se for verdadeiro, vai permanecer — sussurrei, pois sabia que aquela era a única promessa que poderia fazer.

Yan relutou alguns segundos, mas colocou as duas mãos nas minhas costas, trazendo-me para perto. Seus braços eram largos, tão desproporcionais a mim que era estranho, mas houve algo muito confortável naquele contato, como se nossos laços de amizade pudessem finalmente se entrelaçar.

Ficamos longos segundos até eu me afastar, pois, se ficasse ali, seria capaz de chorar por ele.

— Uma vez, eu disse que, se Zane encontrasse uma garota, eu a chamaria de rainha da The M's. Eu prometi que colocaria uma coroa nela, pois ela teria que ser uma mulher muito forte e paciente para aguentá-lo.

Mordi o lábio inferior para não sorrir.

— Eu espero que vocês se encontrem no meio da estrada e sem incidentes. Amar e sofrer são sinônimos. Talvez Zane não fosse capaz de lidar com isso ao ter o seu coração partido pela primeira vez.

Minha vontade de sorrir evaporou. Yan colocou a mão na lateral do meu rosto e me puxou para perto. Ele plantou um beijo na minha testa e abriu o único sorriso sincero que pude ver em dias.

— Cuida dele, tá?

Assenti, embora não pudesse prometer muito. Como poderia? Embasar juras em algo que não existia?

— Boa noite, Kizzie.

— Boa noite, Yan.

Ele se foi, na companhia de dois seguranças, e meus olhos imediatamente foram para Mark, que estava com uma carranca no rosto. Aproximei-me dele,

11 noites com você

ainda tentando digerir a conversa com o baterista da The M's.

— Os meninos estão te dando muito trabalho?

Mark abriu um breve sorriso.

— Não, senhorita.

— Como anda o serviço? Tem alguma reclamação ou indicação?

— Não na parte profissional — ele disse, cruzando os braços protetoramente.

Elevei a sobrancelha.

— E na pessoal?

— Quer saber mesmo, senhorita Hastings?

— Adoraria ouvir.

— Estou preocupado com a relação estreita entre a senhorita e o senhor D'Auvray. Não devo me meter, mas me aflige o fato de estar se envolvendo com um homem que não leva a vida a sério. Isso é apenas um comentário meu como homem, e não como o segurança que contratou.

Olhei surpresa para Mark. Ele não possuía nenhum cabelo na cabeça e havia uma cicatriz no lábio inferior. Sabia pouco sobre ele: era um ex-militar, não tinha família ou filhos, estava na faixa dos trinta anos e nunca me deu motivos para reclamar.

Saber que eu tinha a sua amizade e carinho fez meu coração sorrir.

— Obrigada, Mark. Prometo que vou me cuidar.

Ele esboçou um sorriso rápido.

— Só colocando a minha opinião, senhorita Hastings.

— Obrigada por se preocupar.

— A qualquer hora que precisar, estou a uma ligação de distância.

Se eu precisasse matar alguém, nadar pelada no rio Tâmisa, roubar um banco, explodir um patrimônio histórico ou fazer qualquer coisa insana, algo me dizia que Mark realmente estava disposto a me ajudar. Quantas pessoas maravilhosas encontrei nesse emprego!

— Pode ter certeza de que vou ligar.

Mark adotou a postura profissional novamente, cruzando as mãos na frente do corpo. Ele fez um comando no fone e conversou em código com alguns de seus seguranças para ordenar qualquer coisa.

— Melhor banho da porra da minha vida! — disse uma voz que eu

Aline Sant'Ana

142

reconheceria em qualquer entonação.

Zane estava molhado, com apenas uma calça jeans preta presa nos quadris estreitos e provocantes. Percebi que o homem não fazia questão de colocar muitas roupas e acabei me sentindo envergonhada quando o guitarrista se aproximou de mim com todo aquele peitoral nu e deliciosamente tatuado.

Tentei não olhar os piercings.

Não deu.

— Você está indo para o hotel? — Sua voz saiu baixa e rouca.

Havia combinado com Erin de tomarmos banho na piscina e papearmos um pouco antes de dormimos. Sabia que os meninos estavam com vontade de curtir a noite em Madri, mas eu estava exausta, principalmente depois desse show.

Como eles nunca se cansavam?

— Estou. Eu e Erin combinamos uma coisa.

Sua sobrancelha se ergueu em um gesto intrigante.

— Quer dizer que anda passando mais tempo com a ruiva do Carter do que comigo? Está fugindo mais uma vez?

Apressei-me em negar.

— Só vou relaxar por um tempo com ela.

— E o que vocês vão fazer no hotel?

— Vamos nadar. — Engoli em seco quando as íris dançaram em um tom vibrante entre castanho, mel e vinho.

— Preciso conversar contigo a sós — cochichou, discretamente colocando a mão na base das minhas costas. — Vem comigo?

Entramos em uma das salas vazias da parte inferior do palco. Ele sequer acendeu a luz, mas estávamos sendo iluminados pela claridade externa. Naquele ambiente escuro e perigoso, os olhos de Zane pareciam negros como o universo e sua boca, escura e apetitosa como qualquer coisa a respeito daquele homem.

Não o parei quando Zane colocou-me entre ele e uma parede fria. Não o segurei quando sua mão fez uma carícia na minha cintura e a outra vagarosamente apoiou a minha nuca, brincando com os fios de cabelo. Mas prendi a respiração quando o seu cheiro picante e almiscarado misturado a eucalipto desvaneceu a razão. Segurei o instinto até o último segundo, quando o seu nariz arrogantemente arrebitado tocou o meu. E tive que fazer uma força sobre-humana para não agarrá-lo.

11 noites com você

Dei graças a Deus pelo salto de quinze centímetros me deixar tão perto do seu corpo, do seu rosto, do seu toque.

— Zane, sobre a conversa que tivemos mais cedo...

— Não quero falar disso — reforçou. — Mais tarde conversamos.

— Você ao menos pensou sobre o pedido de contar para a mídia que isso entre nós...

— Que isso entre nós *existe*? — interrompeu. — Eu fiz o oposto, neguei no Twitter qualquer envolvimento com você, como me pediu. Mas, olha, eu realmente não quero conversar.

— Que *não* existe — corrigi, sentindo-me aliviada por ele ter me escutado.

— E sobre o que você quer falar?

— Dívidas. — Suspirou, chegando mais perto. — Acho que você está me devendo uma coisa.

— O quê? — Entrei no seu jogo, ainda que não pudesse, ainda que a armadilha estivesse tão clara que somente uma pessoa inocente cairia.

— A sua boca na minha, Kizzie.

Zane

Meu coração parou de bater quando vi que ela não fugiu no instante em que desci minha boca para a sua. Kizzie me fez beirar a loucura quando percebi que, enfim, ela me deixou beijá-la de novo. Quase pude ouvir sinos tocando, anjos dizendo amém e toda essa parafernália. Na verdade, era melhor esquecer isso, porque as coisas que eu pretendia fazer com Kizzie não deveriam ser assistidas por almas bondosas.

Eu era o pecado da luxúria encarnado.

Mordi seu lábio inferior carnudo, puxando-o para mim, aprofundando a língua no espaço da respiração que Kizzie deixou. Ela estremeceu quando a ergui um pouco da parede, fazendo sua altura parear com a minha enquanto seus saltos se perdiam dos pés. Segurei Kizzie com toda a minha vontade e a beijei, sentindo que o mundo pararia de girar se não o fizesse.

Sua boca era deliciosa e sedosa e eu não perdi nem um segundo para penetrá-la, sentindo seu sabor doce derreter na língua, como um sorvete de cereja no verão. Kizzie tinha um fator que me ligava a ela, me encaixava de forma que a única coisa que eu podia fazer era me entregar, de corpo e alma.

Apertei sua cintura, colando o quadril no seu, sentindo meu pau protestar

Aline Sant'Ana

porque o desejo por aquela mulher era gritante. Girei demoradamente a língua em cada espaço de Kizzie, brincando com o céu da boca áspero em contradição com a língua macia, trazendo seu sabor de fruta, misturando nossos gostos até torná-los um só.

Minha barriga se revolveu em uma junção de formigamentos e minha pele ficou coberta de arrepios, comprovando a teoria de que Kizzie Hastings era capaz de fazer um homem perder a cabeça.

— Seu gosto. — Vibrei na sua boca, interrompendo o beijo. — Quero experimentar todos os seus sabores, Kizzie.

Ela miou em resposta.

Sem pudor, sentindo que a pequena se entregava para mim, mantive Kizzie presa e guiei a mão livre para a cintura, subindo na lateral da sua barriga, apalpando, sem pudor, o seio farto que era incapaz de caber na minha mão. Para a minha surpresa, seu bico estava pontudo contra a minha palma, denunciando seu grau de excitação, provando que eu podia mexer com ela.

Eu apostava que a sua calcinha estava molhada, porra.

Saí dos seus lábios e dei atenção para sua pele, brincando de dar mordidinhas no queixo, partindo para o pescoço salgado de suor e vibrando com a ponta da língua o caminho que trilhava. Kizzie gemeu, não conseguindo se conter, enquanto eu acariciava com carinho o mamilo coberto, brincando com o polegar no tecido fino, experimentando o ponto durinho para mim.

— Esse sou eu vibrando a minha língua na sua pele quente — sussurrei, minha voz sexual. Queria que ela sentisse que eu não estava brincando e que a foderia até que fosse incapaz de caminhar. *Caralho, que mulher...* — Imagina como seria eu vibrando isso na sua bocetinha molhada, Kizzie? Você deixaria? Me deixaria brincar com você?

Abaixei a alça do vestido, beijando seu ombro macio e quente com odor de morango. *Quantas frutas ela poderia ser?* Desci um pouco mais, sentindo sua clavícula na boca, o ar quente do seu perfume me deixando tonto. Viajei, baixando a parte da frente do vestido, dando de cara com dois gêmeos grandes e cheios. Mesmo com pouca luz, eu podia ver as marcas sexy do biquíni que tanto imaginei como seriam, as aréolas cor-de-rosa perfeitas e os bicos que eu teria muita paciência para brincar.

Minha boca caiu no direito.

Fiz um círculo com a ponta da língua e depois chupei com vontade. Kizzie era tão deliciosamente doce e macia ali que tive medo de as sugadas a machucarem. Afastei um pouco, soprei para que ela sentisse o gelado e depois voltei a girar a língua, sugando e dando leves — quase imperceptíveis — mordidas e afetuosos chupões.

Kizzie se remexeu, tentando torcer as pernas, claramente excitada.

Eu queria transar com ela a noite inteira.

— Vamos para o hotel — pedi, usando a minha voz mais sedutora. Meu pau estava gritando para que eu parasse de provocá-la, pois ele estaria roxo daqui a algumas horas.

Merda, eu não tinha capacidade alguma de parar.

— Zane...

— Eu quero tirar sua roupa com cuidado. — Beijei o mamilo, vibrando a língua, continuando com as promessas. — Eu quero fazer isso com cada parte do seu corpo. Sentir seu sabor. Tão doce, Keziah.

Se eu a tocasse, mesmo que por cima do vestido, ela gozaria na minha mão. No entanto, por mais que eu estivesse louco para ver aqueles olhos dourados se atormentando por um orgasmo, esse não era o objetivo. Eu queria que Kizzie ficasse dolorida por mim como eu estava por ela, queria que seu clitóris ficasse inchado e pedinte, para que, quando eu a penetrasse, fosse o único capaz de saciar o seu desespero.

Eu seria o único a dar o que ela precisava porque Kizzie não estaria com fome de sexo, ela estaria com fome de mim.

— Vamos para o hotel? — tentei novamente.

Kizzie lentamente abriu os olhos. Tão linda com as íris brilhantes, os cabelos bagunçados, as bochechas coradas, os olhos arregalados e os lábios vermelhos. A única coisa que eu queria era ver isso tudo, ofegante, na horizontal, clamando por mim.

— Eu prometi para a Erin... — Ela cobriu os seios com o vestido. Uma pena. — Zane, nós não podemos, tenho o meu contrato a cumprir e eu tenho certeza que...

Inclinando-me sobre ela, misturando nossas respirações, e, por fim, conectando os lábios, calei sua boca. Kizzie perdeu o foco quando suas mãos agarraram partes do meu cabelo, instintivamente fazendo todos os pelos do meu corpo se erguerem e o meu quadril automaticamente ondular em Kizzie, em um movimento que imitava a penetração.

Como eu queria estar dentro do seu calor agora.

Se Kizzie tinha me deixado louco sem me tocar, imagina como seria usando essas pequenas mãos macias em torno da minha barriga, apertando minhas

Aline Sant'Ana

coxas, segurando meu pau?

Mordi seu lábio superior e invadi com minha língua aquela boca, mas Kizzie colocou as mãos no meu peito e gentilmente me empurrou.

Novamente, me deixou dolorido de tesão.

— O contrato — ofegou.

Semicerrei os olhos.

— Se eu provar para você que não existe cláusula alguma que me impeça de te ter, você vai me deixar te dar cinco orgasmos essa noite?

Curiosidade, ousadia e deboche dançaram nos olhos de Kizzie.

— Eu nunca tive cinco orgasmos em uma noite, Zane. Não pense que é possível.

— Você quer apostar comigo?

Ela ficou chocada, não escondendo os lábios entreabertos de surpresa.

— Não quero fazer uma aposta dessas!

— Está com medo de perder, Kizzie?

— Não!

— Então, porra? Cinco orgasmos se não tiver nada naquela merda de contrato.

Kizzie titubeou e acabou soltando uma risada. Já tinha percebido que, quando a Marrentinha ficava nervosa, a sua reação era oposta à normal.

— Você realmente está levando isso a sério?

Claro!

— Como isso é possível?

— Consigo te dar muito mais do que cinco, na verdade. Dois com a língua e três com meu pau. Sendo um cara dedicado, poderia te chupar de novo e depois te levar para o banho e masturbar você com meus dedos, chegando a um orgasmo duplo facilmente: sexto e sétimo orgasmos. Você estaria cansada, mole nos meus braços, e, quando enfim pegasse no sono, eu te acordaria com meu pau lentamente entrando nas suas curvas molhadas. Oitavo orgasmo. Quer mais, Kizzie? Posso passar a noite inteira falando o que posso fazer com você ou posso te mostrar. É você quem decide.

— O contrato — repetiu, olhando para minha boca, nossas respirações batalhando por estabilidade.

11 noites com você

— Se eu provar que isso é paranoia da sua cabeça, você vai ser minha?

Fogo, medo, desejo e mais uma porção de sentimentos conflitantes surgiram nos olhos de Kizzie quando ela assentiu.

— Serei sua, Zane.

Kizzie

Se existia alguma força no universo que não queria que eu transasse com Zane, a hora de se pronunciar era agora, porque, se ele fizesse aquilo comigo mais uma vez, todas as razões que me prendiam à realidade estariam soltas e quaisquer que fossem as consequências de provar um pouco daquele homem estariam esquecidas.

Consegui sair dos seus braços e voltar para o hotel em meio à troca profunda de olhares. Zane respeitou o meu espaço e subiu para o seu quarto. Carter e Yan foram jogar uma partida de qualquer coisa na sala de jogos, e eu e Erin colocamos os nossos biquínis para nadarmos na área vazia da piscina à noite.

A área era grande e coberta, com espreguiçadeiras confortáveis como divãs. A piscina, tão retangular e profunda, não me permitia colocar os pés no chão. Quando entrei, sentindo a água imediatamente acalmar meus ânimos, percebi que era tudo o que precisava: um abraço por inteiro.

— Então, você e Zane... — Erin começou, arqueando a sobrancelha enquanto descia pela escadinha.

— Não sei o que está acontecendo entre nós — desabafei. — Eu sei que há muitas razões para não fazermos isso, mas a única coisa que ecoa na minha cabeça é o motivo para esquecer todo o resto e simplesmente me deixar levar.

— Quando estava com Carter, enfrentando um medo parecido com o seu, ele me convenceu a acreditar que era preferível pensarmos nas coisas boas a focar nas ruins. Na hora, estava cega, com medo do que poderíamos ter se eu me entregasse de corpo e alma. No entanto, mesmo que eu quisesse me proteger, já havia acontecido, entende? Quando ficamos com medo é porque já sabemos que estamos naquilo e não dá mais para voltar.

— Eu poderia não transar com Zane — afirmei honestamente. — Isso tudo ia passar. Ele ia ficar frustrado pelo sexo, transar com outra garota e esquecer que eu fui a única mulher a dizer não.

Ela elevou a sobrancelha.

— Adiantaria mesmo? Você pararia de pensar nele? De desejá-lo? Isso só não aumentaria ainda mais o que vocês tanto querem brecar: o sentimento?

Aline Sant'Ana

148

— É tão óbvio assim?

Erin riu.

— É sim. Tudo o que queremos é não sentir nada. Sermos neutras em relação a tudo. Começamos com o pensamento: vamos transar, e daí? Não é como se eu fosse ficar apaixonada depois do sexo.

Com Christopher foi amor, ao menos, acreditei que sim. Zane foi ódio e raiva, misturados com falta de paciência. Depois, tivemos as brigas e a chama que se acendeu em meio ao desejo foi me tomando pouco a pouco. Não sei de onde isso surgiu, mas a verdade é que a beleza exótica e o jeito excêntrico de Zane me instigaram desde o primeiro segundo.

— Depois, nós começamos a gostar e não assumimos. Então, fica quase impossível ir adiante até você abrir seu coração machucado. Acredite em mim quando digo: a melhor parte é o depois.

— Zane não é como Carter — garanti a ela. — Ele é sexual e não emocional.

Erin acenou em negativa.

— Você acha que Carter me olhou cheio de amores, Kiz? Que me trouxe chocolates e fez uma serenata de amor? Ele me desejou, me quis sexualmente, e foi só. Para isso se tornar amor, não foi como você pensa.

Por essa eu não esperava.

— Então, o que você está dizendo?

Ela se aproximou depois de dar um mergulho, e seus olhos, percebi, eram do mesmo tom dos azulejos azuis da piscina.

— Estou dizendo para abrir seu coração para o Zane.

— Eu não sei, Erin.

O que eu sabia sobre Zane? Chris parecia o príncipe encantado montado no cavalo branco e Zane, oposto a isso, não mostrava que sua personalidade era só flores, fazia questão de não se esconder com falsas aparências. Eu, até hoje, não sabia se isso era bom ou ruim. Um homem tão transparente como ele, que não me faz criar expectativas vazias e deixa tudo preto no branco, é realmente bom? Era isso o que eu precisava? Me envolver com alguém frio e não sentimental que só queria o meu corpo para se divertir? Talvez a libido gritasse sobre a minha consciência, fazia tempo que eu não era desejada assim, talvez nunca tivesse realmente sido. E então, o quê? A Kizzie que se quebrou em mil pedaços depois de um relacionamento imperfeito era capaz de se enroscar com um bad boy invictamente solteiro?

— Zane é o tipo de pessoa que eu jamais me envolveria.

11 noites com você

— Foi exatamente isso que eu disse quando estava me apaixonando por Carter.

— Erin...

— Não estou te garantindo que Zane será perfeito. Nós duas sabemos que ele é muito errado e há algum problema sério naquele humor mutante. De verdade, eu não tenho como te garantir o futuro, mas entendo sobre o agora: Zane te quer. Ele pode não ser perfeito, pode nunca ser romântico, pode te surpreender com piadas bobas, mas ele te quer. Ele não sabe o que isso significa, não sabe se deseja hoje, amanhã ou todo o sempre. Zane só vai descobrir no momento em que você deixar uma porta aberta. Ele só vai entender o que está acontecendo quando, finalmente, você se deixar ir.

Soltei um suspiro.

— Você pode mostrar para ele como ser um homem bom, como ser a sua melhor versão. Você pode ser para ele o que nenhuma mulher foi. São hipóteses, todas elas mergulhadas em fantasia, mas, caramba, você acha que vai viver no "e se" para sempre? Beije, sinta, abrace, aperte... Se quiser deixar seu coração de lado, deixe, mas se permita. Do talvez para o sim é só um pulo, uma pequena transição. Eu fiz isso e não me arrependo. Eu teria sofrido, amado, chorado, sorrido tudo de novo, um milhão de vezes, se pudesse ter Carter.

— Eu não tenho garantias de que terei Zane.

— Eu não tinha garantias de que teria Carter, tampouco. Mesmo se não estivesse com ele hoje, a minha resposta seria a mesma: valeu a pena cada segundo.

— Mesmo se não o tivesse? Mesmo se no fim você se machucasse?

Erin deu de ombros.

— Ele foi responsável pelos momentos inesquecíveis da minha vida. Com ou sem ele, aqueles instantes estariam gravados para sempre na minha memória.

— Você realmente o ama. — Era bonito ver algo intocável ser concreto.

— Eu o amo. Então, afirmo: Viva, Kizzie! Se permita viver.

Pensei em todas as possibilidades de sofrer se me apaixonasse por Zane. No quanto seria difícil lidar com o ódio por Christopher ao lado de um sentimento bonito e novo como a paixão pelo guitarrista. Pensei também na possibilidade de a mídia nos quebrar se tudo viesse à tona, assim como em simplesmente contar toda a verdade para Zane. Meu cérebro maquinou e planejou inúmeras saídas e, quando percebi que não havia maneira de resolver isso agora, apaguei as consequências da memória e, boiando na piscina, com os ouvidos surdos e a

Aline Sant'Ana

mente silenciosa, respirei profundamente.

Que eu me deixasse ir, então.

Zane

Li o contrato cinco vezes até ter certeza de que realmente não existia nenhuma cláusula que me impedia de transar com a Kizzie. O negócio era grande, vinte páginas, e tive até dor de cabeça por ler tão rápido no celular. A sorte é que achei essa porcaria perdida na minha caixa de e-mails; Lyon tinha me mandado para que eu lesse antes de assinarmos.

— Boa noite, será que você pode imprimir o arquivo que está nesse pen drive? — pedi à recepcionista do hotel, recebendo um sorriso receptivo em troca.

— Zane D'Auvray, o guitarrista da The M's, certo?

— Nascido e criado como um roqueiro, gata — respondi, abrindo um sorriso.

Era bonita, jovem e, se eu não estivesse tão cego pela Kizzie, pensando tanto em estar com ela, desejando-a acima de qualquer outra mulher, eu teria levado essa recepcionista para a cama.

Agora tudo era estranho sem Kizzie.

Que merda estava acontecendo?

— Quantas cópias? — perguntou, corando.

— Uma só. Obrigado.

Esperei-a imprimir e perguntei onde era o caminho da piscina. Escorreguei para a garota uma nota de cem e ela acabou me entregando a chave da área da piscina.

De lá, Kizzie não me escapava.

O hotel era grande, tinha muitas coisas na área externa, mas ela estava vazia por ser tarde da noite. No entanto, bem no meio do silêncio, cada vez que chegava mais perto, era capaz de ouvir as vozes das garotas, conversando e rindo. Erin e Kizzie estavam falando sobre algo relacionado ao show, pelo pouco que pude compreender. No instante em que cheguei na entrada da área fechada, aproveitei para me escorar na larga porta dupla de vidro, cruzando os braços no peito, olhando ambas com um sorriso no rosto.

— Eu confesso que adoro os pulos que o Zane dá. Você sabe como é possível ele saltar e continuar tocando?

Erin abriu a boca, denunciando seu choque.

— Ele é realmente bom naquilo. Já viu a maneira que o Carter gira o microfone e o pega no ar? Ele tentou me ensinar uma vez, mas eu acabei derrubando e causando um som horrível nas caixas.

Kizzie riu.

— Esses garotos estão acostumados. Ainda assim, é emocionante vê-los.

— Ah, quer dizer que, quando não estamos perto, vocês são nossas fãs? — perguntei, brincando com a cópia do contrato de Kizzie nas mãos.

Ambas levaram a mão ao coração pelo susto e eu joguei o amontoado de papéis na espreguiçadeira ao lado. Agachei-me perto da borda da piscina, ignorando os olhares assustados. Ficando de cócoras, passei a mão de um lado para o outro na água. Estava gostosa.

— Zane, o que está fazendo aqui? — Kizzie perguntou, piscando freneticamente.

Os cabelos escuros estavam molhados e longe do rosto, jogados para trás. Aqueles olhos pareciam ainda mais amarelos e brilhantes, quase dourados. A boca de Kizzie estava vermelha e eu me lembrei de como era aquela língua tocando a minha.

— Estou aqui para te mostrar a minha parte do nosso acordo. Você esqueceu?

Erin foi até os degraus da piscina, pegou uma toalha e uma peça de roupa, apressando-se para sair dali. Sorri em agradecimento, embora Kizzie quisesse matá-la.

— Aonde você pensa que vai? — Kizzie exigiu.

— Vou dar atenção para o Carter. A minha pele já está enrugando.

— Erin...

— Lembre-se da nossa conversa. — Foi tudo o que ela disse antes de andar na ponta dos pés pela área cercada de pedras lisas, fechando a grande porta dupla atrás de si.

Eu e Kizzie estávamos sozinhos.

Fui até o lugar por onde Erin tinha acabado de sair e tranquei a porta, por mais que fosse de vidro e, em certos ângulos, poderia alguém ter acesso e enxergar a parte de dentro, e mesmo que achasse que ninguém viria para essa área tão tarde de noite.

— Como você conseguiu uma chave?

Eu a ignorei.

Como estávamos no verão, o céu à noite estava limpo. Tinha algumas estrelas

Aline Sant'Ana

apontado o céu, e a lua estava cheia, iluminando cada centímetro da área externa. As grandes janelas altas e de vidro deixavam passar parte dessa iluminação, recaindo sobre a piscina. Então, a luz era desnecessária. Fui até a parede mais próxima e encontrei uma maneira de deixarmos na penumbra: apaguei as luzes.

— Zane! — Kizzie gritou, sua voz ecoando pelo ambiente vazio e fechado. Olhei para a piscina, percebendo que estava suficientemente iluminada para ver Kizzie em seu biquíni escuro. Além disso, pequenas lâmpadas arredondadas estavam presas nos azulejos, deixando tudo ainda mais claro.

E sexy.

Coloquei as mãos na borda da regata preta que estava vestindo e puxei-a sobre a cabeça. Encarando Kizzie, sentindo meus cabelos se desprenderem em torno do rosto, joguei a peça para longe.

Ela resolveu parar de falar.

Desabotoei a calça jeans, descendo vagarosamente o zíper, e tirei os sapatos com os próprios pés enquanto fazia um pequeno show para Kizzie. Ela estava molhada da piscina e eu já podia imaginar como seria beijá-la sentindo sua boca gelada.

— Zane — ela sussurrou e fechou os olhos por alguns segundos, abrindo-os depois, cheios de desejo, com seu peito subindo e descendo rapidamente.

Eu estava longe dela, não podia tocá-la dessa distância, nem sentir sua pele contra a minha, mas a visão turva do seu corpo curvilíneo embaixo d'água foi o bastante para criar uma semiereção.

Estava febril desde o momento em que quis aquela mulher, minha temperatura alcançava níveis preocupantes, e, caralho, minhas costas suavam. Gotas lentas desciam da nuca até a cueca, em linha reta, me deixando arrepiado e com tesão.

Kizzie era a responsável pela ebulição hormonal, pelo desejo incontrolável, pela fome insaciável por seu corpo.

Eu só conquistaria a paz depois de tê-la.

Enganchei os polegares na borda do jeans, descendo-o pelos meus quadris, deixando a boxer azul-marinho à vista. Kizzie grudou seus olhos no volume, descendo pelas minhas coxas, avaliando meu corpo pela primeira vez. Incapaz de conter a curiosidade, ela parecia estar vendo um doce delicioso em uma vitrine. O que me fez sorrir, porque, além de a reação ser recíproca, tê-la me desejando daquela maneira era muito melhor do que ter todas as mulheres do mundo querendo foder comigo.

11 noites com você

— O contrato não diz nada a respeito de relações íntimas com os membros da banda — soltei, minha voz grave ecoando pelo complexo. — Ele sequer cita qualquer coisa pessoal, apenas o estritamente necessário. Então, bonitinha, você perdeu.

— Você leu o contrato?

— Está ali. — Apontei para a direita. — Se quiser ver, é só sair da piscina.

Ela ficou em silêncio, olhando para mim e para a espreguiçadeira, em dúvida sobre ver ou não. Enquanto Kizzie pensava, fiquei na borda da piscina e me joguei dentro dela.

Por um momento, tudo o que consegui sentir foi a diferença do calor do meu corpo para a temperatura da água. Depois, voltando à superfície, retirei os cabelos da frente dos olhos e deparei-me imediatamente com as pupilas quentes de Kizzie.

Não perdi um segundo.

Mergulhei até ela, colocando as duas mãos na sua cintura, sentindo sua pele nua pela primeira vez contra a minha. Tive que controlar as ondas do corpo, o desejo de dias se acumulando, o prazer como ferida exposta na pele, porque tudo o que eu queria era cumprir todos os orgasmos que prometi, beijar sua boca, seus seios, sua barriga gostosa e morder suas coxas.

Ah, eu queria morder essa mulher toda.

Colei minha boca na sua orelha, brincando com o lóbulo com a ponta da língua.

— Se quiser ler o contrato, a hora é agora. Quero te beijar e esquecer qualquer coisa que me impeça de te ter.

Ela hesitou por um momento, como se estivesse decidindo qual lado ganharia a batalha, até sua mão segurar a minha nuca, enredando os dedos no meu cabelo. Fechei os olhos, sentindo suas unhas brincarem com o couro cabeludo, experimentando sua entrega para mim, saboreando, além do tesão, a vitória.

Kizzie se apoiou com a mão livre no meu ombro e entrelaçou as pernas na porra da minha cintura, fazendo não somente meu pau coberto tocar o seu maravilhoso corpo, como também os seios intumescidos deslizarem na água pelo meu peito nu.

Caralho!

Gemi alto quando Kizzie sorriu contra a minha boca e precisei abrir os olhos para ver aquela chama que ela escondeu por tanto tempo se acendendo. Nossos olhos se conectaram instantaneamente e sua voz vibrou baixa entre nossos lábios.

Aline Sant'Ana

— Você adora falar, Zane. Eu quero ver se você é bom também em fazer.

CAPÍTULO 15

O coração dispara
Tropeça, quase para
Me enlaço no teu beijo
Abraço teu desejo
A mão ampara, acalma
Encosta lá na alma
E o corpo vai sem medo
Descasca teu segredo

— Tiago Iorc, "Amei Te Ver".

Zane

Não esperei nem cinco segundos se passarem entre nós. Deixei minha boca tocar a sua, sentindo o sabor da água nos seus lábios gelados e a conexão com a minha língua quente, fazendo cada centímetro da pele se arrepiar. Vibrações passaram por mim, desde as veias até os ossos, perfurando-me por completo, enquanto eu sentia nós dois flutuarmos naquela imensidão azul brilhante.

Invadi com a língua a sua boca, brincando com os seus lábios, e agarrei a sua nuca com a palma da mão, grudando em Kizzie até todas as suas formas abraçarem as minhas. Ela tinha curvas, coxas deliciosamente feitas para agarrarem os quadris de alguém e a boca digna da deusa do amor, a minha Afrodite.

Seu beijo era como ter um orgasmo e, quando sua língua brincava com a minha, girando devagar, acelerando, para depois receber uma leve mordida a ponto de gemer baixinho, eu percebia que a cada beijo Kizzie me conquistava. A cada respingo de voz que soltava com o som do meu nome, eu sabia que estava indo em direção ao inferno.

Essa mulher seria a minha ruína ou a minha salvação.

Só sei que eu precisava dela.

Com a mão esquerda na cintura arrepiada, brinquei com o laço do seu biquíni, indo e vindo com o indicador para frente e para trás, pensando se ela estaria molhada de tesão. Kizzie se afastou do beijo e suas mãos foram parar nas minhas costas, arranhando, me marcando como dela, enquanto sua língua delicadamente brincava com o meu pescoço.

Tão gostoso, caramba. Ela podia me lamber todo, se quisesse.

Aline Sant'Ana

— Quer me fazer gozar, Kizzie? — provoquei mais, indo para a parte de trás do biquíni com os dedos. Depois, agarrei sua bunda, experimentando o prazer de Kizzie ser tão gostosa que não cabia na minha palma.

— Algo me diz que você não é um homem que goza fácil.

Ela voltou para a minha boca e eu fui para a parte de trás e superior, desfazendo o laço nas costas, ouvindo Kizzie gemer mais alto.

— Por você, eu fico a noite toda.

Ela riu baixo.

— Isso era para ser bonitinho?

Sorri contra a boca macia dela.

— Isso é para você saber o quanto te quero.

Parei com o papo, agarrei a parte de trás do seu cabelo e puxei com certa força para trás. Kizzie ficou com o queixo apontado para mim, incapaz de mexer a cabeça, e eu me inclinei, lambendo a sua pele, do pescoço, garganta, até o queixo. Passei a língua; o tesão em experimentar o seu sabor molhado estava me matando, mas continuei bem devagar.

Desci um pouco, ainda apertando a bunda de Kizzie e segurando seus cabelos grossos, impedindo-a de se mover direito. Fechei as pálpebras no instante em que meu rosto ficou em frente aos gêmeos acesos, livres do biquíni, beirando metade da água, excitados e arrepiados, pedindo a minha boca.

E foi o que eu fiz.

Apertando Kizzie, engoli o primeiro bico, sugando, chupando, vibrando a língua de maneira que ela precisou fechar os olhos e erguer os quadris para mim. Satisfeito, fui para o outro, deixando-o tao duro quanto o primeiro, fazendo vários círculos e triângulos, formatos que a deixaram ofegante, pedinte, implorando que eu a fodesse.

— Merda, você é tão deliciosa. Por que tem esse cheiro de cereja e morango?

— Eu uso um creme que... Ah, Deus.

Ela se calou quando fui para baixo d'água e lambi do seu estômago ao seu umbigo, aguentando a respiração presa até olhar de perto os seus quadris e o pequeno biquíni que cobria o meu prêmio.

Voltei para a superfície, ofegante e com o rosto encharcado.

— Preciso te sentir. Preciso que seja fora d'água.

Ela ofegou, mas não respondeu.

11 noites com você

— Vem — exigi.

Coloquei as duas palmas na beirada da piscina e me ergui com facilidade. Estava acostumado a lidar com pesos grandes e isso não era nada para mim. A água escorreu pelo meu corpo e eu estendi a mão, abaixado, para que Kizzie me deixasse puxá-la.

Quando essa mulher saiu da água, ficando de frente para mim...

Santa mãe.

Porra.

Cacete!

Eu a quis como nunca.

Seus quadris eram largos, mas a cintura era fina, como a de uma miss, e eu até podia ver a marca de um par de costelas. Seus seios nus, simétricos e cheios, rosados e molhados, muito grandes para o corpo baixinho, eram a minha parte preferida. Não, minto, suas coxas grossas, porra! Tudo em Kizzie era muito melhor do que eu havia sonhado. Por que as roupas não mostravam cada saliência maravilhosa do seu corpo?

— Deita — eu pedi, como se tivesse corrido uma volta olímpica.

Kizzie era a minha volta olímpica.

Ela foi até a espreguiçadeira vazia, obediente, com os olhos na excitação que a cueca de algodão não conseguia esconder. Estávamos só com duas peças e tão perto que tudo o que tínhamos que fazer era ficar nus e realizar tudo aquilo que tínhamos desejado.

Porém, não importava quantas vezes eu tivesse transado, com quantas mulheres eu tivesse feito sexo, sabia que tinha algo diferente acontecendo ali. Sabia que tudo o que eu fizesse com Kizzie, naquela noite, estaria preso na minha memória, e cada sabor, cada beijo, cada toque seria diferente.

Porque era Kizzie.

Ela tinha uma identidade, uma história, era a garota que eu tinha tanto desejo em beijar. Ela tinha um rosto, não era uma *baby*, era a minha Marrentinha.

Eu precisava fazer isso ser inesquecível.

— No que está pensando? — Kizzie perguntou, não fazendo ideia do quanto estava linda naquela espreguiçadeira, esperando por mim, com a água escorregando por suas curvas, se agarrando na pele, como se não quisessem deixá-la ir.

Eu entendia o motivo.

Aline Sant'Ana

— Em como eu te quero, Kizzie.

Ela ficou em silêncio, os olhos quase escurecendo.

— Estou a um passo de você.

Sorri, enganchei os dedos na cueca e acompanhei os olhos curiosos de Kizzie quando, lentamente, me desfiz da peça.

Não havia mais barreiras.

Não havia mais desculpas.

Esse era o nosso começo.

Kizzie

Excitação não chegava nem perto de descrever o que senti naquela piscina, quando sua língua fez coisas ousadas nos meus seios, me deixando molhada, pegajosa e dolorosa. Meu clitóris estava tão inchado que eu podia senti-lo tocando o biquíni, e a umidade era tão evidente que eu experimentei os lábios escorregarem, desejando Zane, querendo que ele fizesse tudo o que estava prometendo.

Então, Zane me olhou como se eu fosse a coisa mais bonita que ele já tinha visto e todo o medo que senti a respeito do meu corpo e da possível desaprovação que teria foi para o espaço.

Ele enganchou os polegares na borda da sua boxer e eu já era capaz de ver o volume do seu pênis rígido contra o tecido, mas, assim que Zane a puxou com certa dificuldade pelas coxas grossas, parando nos joelhos e finalmente caindo aos seus pés, o oxigênio sumiu do ar.

Eu nunca me senti tão excitada vendo um homem nu. Como se eu já não estivesse louca o bastante, precisei esfregar uma perna na outra.

Zane era absurdamente lindo. Os músculos do seu corpo, sendo abraçados por tatuagens e um par de piercings, acompanhavam poucos pelos na área do umbigo até o sexo. Em compensação, suas coxas tinham testosterona de sobra, e o vão da sua cintura era a coisa mais profunda e deliciosa que já pude ver. Além do membro rígido, reto, grosso e ousado, que só poderia vir de alguém como Zane.

Ele umedeceu a boca, como se estivesse prestes a se alimentar, e os lábios bem desenhados ficaram vermelhos enquanto ele se aproximava.

Zane, no caminho, alcançou sua calça no chão, sem tirar o olhar do meu enquanto pegava um pacote de camisinhas do bolso. Cinco delas apareceram e ele retirou uma, colocando-a na boca, enquanto continuava seu trajeto.

Olhei novamente para o seu corpo nu, desejosa e ansiosa. Eu não tinha uma célula de nervosismo no corpo, tudo o que eu queria era que Zane chegasse e me tomasse, que ele fizesse aquele fogo se tornar um incêndio para depois se apagar, que ele me fizesse esquecer todas as coisas ruins da minha vida e eu pudesse me concentrar nas mais novas e inesquecíveis experiências.

— Imaginei esse momento na minha cabeça — Zane confessou, colocando o pacote brilhoso do nosso lado. Ele chegou aos meus pés, pegou a minha perna direita pelo calcanhar e a levou até seu ombro, virando o rosto para tocar os lábios na pele e beijar. Fechei os olhos; a sua boca fazia milagres. — Imaginei você toda nua, Kizzie.

— E como foi?

Ele soltou uma risada rouca, se inclinando para beijar a parte de trás da minha perna. Eu me encolhi, abrindo os olhos ao ouvir minha respiração passar do nível ofegante para humilhante. Zane me encarou, seus olhos escuros quase tão perigosos quanto o resto do seu grande corpo.

— Eu precisei me tocar pensando em você. Fiquei com febre, Kizzie. Fiquei faminto. Você mexe com a minha cabeça.

Ah, meu Deus...

Ele desceu os beijos para a coxa direita, precisando se inclinar enquanto sua língua dançava. Prendi a respiração no instante em que Zane parou na borda do biquíni. Ele se ajoelhou, segurando-me pelo quadril, me puxando para a beirada da espreguiçadeira. Percebi, naquele instante, que aquele homem era forte o bastante para me virar do avesso se quisesse.

Seus olhos se conectaram com os meus enquanto Zane puxava, lentamente, a minha peça do biquíni, a última que faltava. Ele passou-a pelos joelhos, depois tirou dos meus pés, deixando-a jogada em algum canto. Fiquei exposta, com aquele homem parecendo um lobo olhando a minha intimidade, me deixando um pouco envergonhada pela umidade que já havia ali.

Ele soltou uma risada grave.

— Foda-se, eu quero tanto te provar — sussurrou, beijando a parte interna das minhas coxas, soprando a respiração onde eu estava mais necessitada do seu toque, voltando os beijos para a minha virilha. Eu gemi e agarrei o acolchoado da espreguiçadeira. Esse homem sabia bem o que fazia. — Permite, Keziah?

Fechei os olhos, umedecendo os lábios secos.

Aquilo era tão íntimo, tão maravilhoso...

Assenti uma única vez.

Aline Sant'Ana

160

Zane passou a língua primeiro pela parte externa, como se estivesse me preparando para recebê-lo. Eu estremeci em suas mãos, ciente agora de que ele estava agarrando o meu quadril bem forte, mantendo-me no lugar para que pudesse causar um estrago em mim.

Línguas de gelo e fogo lamberam as laterais da minha barriga, e a excitação se concentrou no único ponto que poderia me levar ao orgasmo. Zane se aproveitou disso, era como se ele soubesse exatamente onde me tocar, onde me beijar, porque ele fazia tudo, menos permitir a chegada do clímax.

Sua boca beijou meus lábios íntimos, puxando-os lentamente, depois se aprofundando como se estivesse beijando a minha boca, fazendo-me contorcer, como se quisesse escapar das suas garras, mas incapaz de fazê-lo.

Então, Zane, me olhando de baixo, segurando-me como se eu fosse fugir do seu aperto, e sorriu maliciosamente, enfiando, lentamente, a sua língua no meu núcleo.

Eu gritei seu nome, pelo susto e pelo prazer. Pensei que Zane fosse tocar o meu clitóris, mas ele me penetrou com a sua língua, indo e vindo, fazendo meu quadril acompanhar o movimento das estocadas e minhas mãos viajarem para os meus seios, apertando-os para que eu pudesse sentir ainda mais prazer.

Aquilo era uma divina novidade.

O guitarrista me soltou, permitindo que eu fizesse todas as agitações. Cada pedaço de sanidade que eu perdi, ele notou. Cada movimento que eu fiz, ele viu. Zane assistiu a minha cabeça se perder, com um sorriso nos lábios. Viu-me agarrar os seios, guiar os quadris de encontro à sua boca e assistiu o grito silencioso que dei no instante em que seu polegar áspero tocou meu ponto de prazer.

O clitóris recebeu um estalo, como um choque, me tirando de órbita.

O calor que subiu foi como mil graus de temperatura. Fazia meses que não tinha um orgasmo e aquilo foi como o renascer da libido. Deixei o prazer varrer meus sentidos, me deixando tonta, ofegante, sussurrando o nome de Zane enquanto estava nas nuvens.

Antes que eu pudesse pensar que aquilo havia acabado, Zane desceu e subiu a língua, uma última vez, trazendo outra onda de prazer que surgiu do meu umbigo para baixo, quente e fervorosa. Não vi chegando, apenas fui arrebatada, o orgasmo duplo quase causando cãibras nas minhas coxas, me fazendo contorcer meu corpo e gemer.

Deixei-me ir.

Quando voltei à realidade, duas vidas depois, vi, entre as pálpebras cerradas,

11 noites com você

Zane se afastar. Ele estava com a boca vermelha, respirando pesado, a excitação se fazendo visível enquanto desenrolava a camisinha. Eu quase ronronei, imaginando o que ele seria capaz de fazer com aqueles quadris, imaginando como seria o seu corpo quente sobre o meu.

— Keziah, você está bem para continuar? — Seu questionamento foi feito com a voz entrecortada, ecoando por toda a piscina e também no meu peito, talvez no coração.

Assenti, porque nada me impediria de sentir Zane.

Absolutamente nada.

ZANE

Kizzie era única.

Ela me deixou sem ar, totalmente perdido naquelas curvas, no seu sabor. Eu nunca tive muito prazer em fazer sexo oral numa mulher, mas, caralho, com Kizzie, era como se eu pudesse gozar só de vê-la, como se toda a experiência que tive no decorrer da vida de nada valesse, como se eu fosse um idiota inexperiente.

Eu precisei apertar muito a mandíbula para não gozar enquanto a vi se remexer em minhas mãos, na minha língua, no meu toque.

O olhar que ela direcionou para mim quando perguntei se estava pronta foi muito mais do que sexo. Ela me queria, de alguma maneira que eu não sabia se estava pronto, mas que não pude evitar.

Eu não hesitei. Deitei-me sobre Kizzie, sentindo suas curvas, acariciando seus quadris, experimentando seus calcanhares pararem na minha bunda enquanto me acomodava perto dela.

Vaguei a palma da mão da sua coxa até a lateral da barriga, apoiando meu peso no cotovelo esquerdo enquanto a sentia. Viajei até alcançar o seu pescoço, acomodando o rosto de boneca na palma da mão. Kizzie era tão pequena, tão doce, tão suave, que eu me sentia um gigante perto dela.

Conectei nossos narizes, misturando nossas respirações.

— Eu quero beijar você — murmurei. — Quero entrar em você, quero te foder gostoso, e te fazer toda minha, Kizzie.

Sobre o beijo, ela não se importou se minha boca trazia seu gosto agridoce. Kizzie conectou nossos lábios, me fazendo gemer à medida que sua língua girava na minha. Ela engoliu todos os sons. Seu beijo estava mais provocante agora que ela tinha gozado, mais delicioso e quente. Parecia faminta pela minha boca e suas mordidas faziam os impulsos de prazer brincarem com a glande do meu pau. Suas unhas me arranharam e minha mão livre foi para o seu mamilo, segurando-o com os quatro dedos enquanto atiçava o bico intumescido com o polegar.

Kizzie se entregou para mim.

Suas pernas se abriram mais, seus pés fincaram na minha bunda e ela murmurou algo sobre eu ser muito gostoso, o que me fez sorrir.

Eu estava pronto, ela estava pronta, eu tinha uma camisinha me envolvendo, mas algo estava me prendendo no lugar.

— Zane...

Atrevida, quente e deliciosa, Kizzie passou a língua da minha boca para a bochecha. Ela vagou, me lambendo, indo até a orelha para morder e sugar. Fechei os olhos, cerrei o maxilar, o punho esquerdo fechado ao lado do corpo febril de Kizzie enquanto eu ainda abusava do seu mamilo.

— Me faz gozar de novo, Zane — demandou, trazendo seu quadril para cima. A boceta molhada e tão pedinte acariciou meu pau e a camisinha ultrafina me permitiu sentir a umidade e o calor. Arquejei, urrando o nome dela. Merda! — Eu quero te sentir.

Respirei fundo quando a encarei, vendo-a toda mole, quente e molhada em meus braços. Apertei meu corpo contra o seu e afastei minha visão de Kizzie; seria demais encarar seus olhos enquanto a penetrava. Então, optei por olhar para baixo, para o ponto onde iríamos nos conectar, mergulhando, lentamente, no calor dos apertados lábios.

Eu vi tudo girar enquanto assisti meu pau, com dificuldade, invadir Kizzie.

Ela era tão apertada, lisa e quente que a experiência foi extracorpórea. Eu tive que ir com calma, reconhecendo o que era dor e o que era prazer para ela no modo que girava meus quadris. Fiz uma força sobre-humana para me manter colado em seu corpo, mas sem deixar meu peso cair. Nada seria mais agoniante do que a espera de me sentir totalmente imerso em Kizzie.

Suas unhas cravaram nas minhas costas, Kizzie mordeu minha orelha e eu encaixei o rosto no vão do seu pescoço, inspirando seu perfume, agora fraco, depois da piscina. Mesmo assim, era maravilhoso, e aquilo serviu como o elixir que faltava para que eu perdesse o compasso.

— Não sou virgem, Zane. — Ela sorriu contra a minha bochecha. — Estou pronta para você.

— Porra...

Seus calcanhares me trouxeram mais perto.

11 noites com você

— Acho que aguento o seu tamanho e a sua grossura.

— Você aguenta, é?

Ela gemeu quando fui mais fundo.

— Sim — respondeu.

Por mais que tivesse medo no começo, agora eu precisava admirar seus olhos.

Segurei as laterais do seu rosto e a olhei. Fogo e calor. Foi tudo que senti e tudo que precisei para me desvirtuar e perder a pose de bom moço. Inspirei fundo, guiando meus quadris para baixo, até estar completamente dentro de Kizzie. Ela mordeu o meu lábio inferior, chupando-o como faria com um pirulito, e eu lentamente me afastei para depois imergir de novo.

Sexo nunca foi tão bom assim, caralho...

Com estocadas suaves, ondulando só o meu quadril, fui e voltei para Kizzie. Ela estremeceu embaixo do meu corpo, vibrando a sua linda boceta, que apertava meu pênis com toda a energia que tinha. Grunhi, me perdendo entre lento e profundo, querendo que aquilo fosse rápido e raso, mas não podendo me dar ao luxo de gozar agora.

Kizzie me mordeu mais uma vez.

Soltei seu rosto, olhando em seus olhos, penetrando-a concentrado, sentindo o suor se misturar às gotas remanescentes da piscina entre nossos corpos. Kizzie misturou seus soluços com meus xingamentos e passou a ser ativa, trazendo os quadris até o meu pau, e essa foi a resposta que precisei para saber que a penetração já estava confortável para ela.

Agarrei sua cintura, penetrei fundo até não sobrar mais espaço entre nós e beijei sua boca. Fiquei ali, lambendo seus lábios, contornando a carne vermelha e inchada, fazendo meu pau ir mais rápido à medida que a pequena se entregava a mim. Kizzie pediu mais forte, Kizzie pediu depressa, Kizzie se contorceu, mas eu não segui os seus desejos, porque essa tortura seria a prova de que eu poderia durar a noite inteira, fodendo-a, completando-a, estocando de maneira que seu clitóris batesse em mim e ficasse tão pronto que poderia ser capaz de gozar sozinho.

Esse era o segredo para Kizzie gozar várias vezes: se sentir tão excitada e maravilhosa embaixo do meu corpo que a incapacidade de gozar a deixaria louca.

Até eu permitir que ela o fizesse.

— Zane! — implorou quando rodei meus quadris. — Ah, meu Deus...

Aline Sant'Ana

— Sou bom nisso? — provoquei. A verdade é que cada mulher era diferente. A minha sorte era que Kizzie parecia uma maldita peça do meu quebra-cabeça. Eu podia ler seu lado sexual assim como era capaz de ver através dos seus segredos.

— Por favor! Isso é tortura.

Chupei sua boca e fui mais rápido e superficial, só deixando a glande entrar e sair. Ela se agarrou a mim, tremendo, e eu soube que estava prestes a gozar. Então, de súbito, saí de dentro dela.

Essa mulher me xingou de todos os nomes possíveis.

— Volta, filho da mãe! — exigiu, ofegante.

Levantei e fui até a beira da piscina, rindo, deixando meus pés na água. Sentei ali, excitado e duro, querendo tanto Kizzie que doía, mas meu objetivo era fazer o orgasmo ser sobrenatural, era fazer Kizzie ver o quanto era inesquecível transar comigo. Então, retirei a camisinha, porque ela estava escorregando pelas nossas umidades, e coloquei outra. Kizzie me encarou da espreguiçadeira, totalmente possessa.

Mordi o lábio inferior.

— Vem aqui, Keziah.

Ela estava relutante, puta da vida e querendo me matar.

Mas veio.

Kizzie

Eu não entendi o que Zane queria até ele me pedir para sentar em seu colo. Ele estava sentado na borda, balançando os pés na água, de modo que aquilo quase tocava seus joelhos. Então, parecia impossível eu me sentar em um espaço tão curto.

— Você é pequena — Zane explicou, me deixando maluca assistindo os reflexos da piscina iluminada dançarem pelo seu corpo. Eu ainda precisava beijar aqueles piercings. — Cabe no meu colo, Kizzie.

Fui e ele me pegou com um braço. Eu arquejei no instante em que meus seios tocaram a sua boca e senti a pele escorregar por Zane conforme me encaixava em seu pênis. Suas mãos na minha cintura, seu sexo protegido, seus lábios quentes por todos os lugares...

Toda a raiva e o medo que senti passaram a ser algo tão distante quanto a China. Acomodada em Zane, com as pernas em torno dos seus quadris, de costas para a piscina, eu o deixei fazer o que quisesse comigo.

11 noites com você

Ele segurou na minha cintura, levantando e depois me abaixando. Não fiz esforço nenhum, ele simplesmente fez tudo por mim. O orgasmo que tinha ido embora voltou a se construir, e percebi que, quanto mais Zane adiava, mais eu me sentia excitada, e podia imaginar a forma arrebatadora que iria gozar da próxima vez.

Ele levantou seus quadris no mesmo momento em que me abaixou de encontro ao seu colo. Vi estrelas, segurei em seus ombros e, mesmo que Zane não quisesse, rebolei em cima dele. Minha boca se conectou com seu pescoço e tudo o que senti foi a sua artéria pulsando rápido e o gosto salgado do seu suor.

Ele era tão quente, como podia ser tão viciante?

Nossas movimentações se tornaram ritmadas. Eu desci e Zane subiu, sempre me mantendo segura em seus braços. Completávamos um ao outro, como se fôssemos feitos para fazer isso ou até como se já tivéssemos feito antes. Nossas línguas se encontraram e tudo o que pude fazer foi girar os olhos atrás das pálpebras.

Tesão era pouco para o que eu sentia. Percebi que sexo com química é muito mais do que duas pessoas que se sentem atraídas uma pela outra, é mais como encontrar o componente certo e único capaz de causar uma explosão incontrolável.

Zane era a minha pólvora.

Ele era o componente que faltava.

E, mesmo morrendo de medo do que isso significava, eu deixe que ele fosse.

Permiti que me segurasse, que me agarrasse, que chupasse meus seios. Permiti que me inclinasse para trás, segurando a base das minhas costas com a mão, enquanto meus cabelos tocavam a água, como os homens fazem com suas parceiras na dança, dobrando o corpo da garota depois de grudá-la neles.

Zane continuou assim, sentado, comigo praticamente deitada para trás, sem nunca deixar de ir e vir onde estávamos conectados, de fazer o nosso prazer ser uma melodia, a canção que só nós dois poderíamos tocar.

A água da piscina, gelada em comparação à pele febril, abraçou a minha nuca. Zane se inclinou, alcançando um ponto profundo que talvez nenhum homem tenha alcançado, e eu precisei gritar, porque aquilo ia além dos meus pulmões, aquilo engolia os meus músculos, dobrava a minha barriga em vários pedaços e fazia meu clitóris se contorcer e parecer um fio desencapado em curto-circuito.

Voltei para Zane, como se o passo da nossa dança tivesse terminado, e, com os cabelos molhados, fiz uma manta de água cair sobre nossos corpos.

Aline Sant'Ana

Cavalguei, joguei todos os limites para longe, abracei seu pescoço e beijei sua boca. Senti os piercings gelados tocarem meus seios, senti suas mãos apertarem minha bunda até a dor se misturar com o prazer e, quando mais nada me restava, quando o meu corpo não pertencia a mim e sim ao homem que estava em meus braços, eu tive um clímax que foi capaz de me cegar.

Eu queria ver Zane, mas mesmo com os olhos abertos não fui capaz de enxergá-lo. Uma nuvem preta cobriu a minha visão enquanto labaredas de fogo consumiam cada parte do meu ser. Os dedos dos meus pés se torceram, as minhas coxas retesaram e eu me apertei em Zane.

Incapaz de ouvir qualquer outra coisa senão o meu nome saindo dos seus lábios, seu grito de prazer acompanhando o meu desespero, eu soube que estava condenada.

Quinze segundos ou quinze anos se passaram entre nós.

E depois o silêncio.

Minha respiração se tornou alta o bastante.

As batidas do meu coração eram ensurdecedoras.

O som da piscina estava agitado nas minhas costas.

Zane manteve seus braços em mim, e senti nossos corações batendo um contra o outro. Em seu colo, pude sentir quando Zane diminuiu o seu prazer, mas não se desconectou. Ele beijou meus ombros, como se agradecesse o que acabamos de fazer. Sua língua passou na minha pele sensível e quente, até alcançar o pescoço e pairar na minha orelha.

— Eu ainda não tive o suficiente, Kizzie — sussurrou com dificuldade.

Sorri, por mais que ele não pudesse me ver, tentando entender o motivo da alegria dentro de mim. Eu sabia que ele estava falando de sexo. E eu sabia que, apesar de ter sido a melhor noite da minha vida, eu também não havia tido o suficiente.

CAPÍTULO 16

**Some things we don't talk about
Rather do without
And just hold the smile
Falling in and out of love
Ashamed and proud of
Together all the while**

— The Fray, "Never Say Never"

ZANE

Kizzie esperou que eu me recuperasse e nós gastamos as camisinhas que restaram ao longo da noite. Transei com ela em pé contra a parede. Depois, fomos para a piscina e, em seguida, tivemos um sexo enlouquecido no chão de pedras lisas.

Não soube que era capaz de ter tanto prazer em um prazo curto de trinta minutos entre um sexo e outro, ainda mais depois de um show de duas horas, mas minha libido e a vontade por Kizzie não iriam embora tão cedo.

Quando caí ao seu lado, no seu enésimo orgasmo e eu no meu de número quatro, percebi que, mesmo com os músculos fodidos, o pau cansado e o estômago faminto, eu transaria mais.

Não tive o suficiente.

— Eu vou dar um tempo para você, Kizzie.

— Eu acho que nós precisamos de uma pausa — concordou Kizzie, passando a língua pela minha orelha. Virei o rosto, porque queria a sua boca.

— Sim, mas eu não consigo ficar longe de você.

Segurei sua nuca, entrelaçando os dedos nos cabelos grossos. Ela soltou o ar quando toquei nossas bocas, mas se afastou do beijo.

— Hoje é dia do passeio em Madri. Não está animado para conhecer a cidade?

— Já passeei por aqui e a única coisa que me anima é o estádio Santiago Bernabeu — cochichei, me aproximando de novo.

Kizzie pareceu muito à frente de mim quando se levantou em um salto, com um sorriso malicioso. Ela vestiu o biquíni e cruzou os braços na frente dos seios,

Aline Sant'Ana

deixando-os com um decote que provocou lembranças maravilhosas.

— Então você vai gostar do passeio de hoje.

Ergui a sobrancelha, tentando me concentrar na conversa. Umedeci os lábios inchados, com o gosto remanescente de cada parte do corpo de Kizzie.

— O que você planejou, Marrentinha? Se tiver a ver com algum museu...

— Não, Zane. O passeio de hoje foi pensado com muito carinho. Creio que vocês vão gostar.

— Para onde vamos?

Ela sorriu.

— Assistir um jogo do Real Madrid.

Surpresa dançou nos meus olhos, porque eu gostava muito do esporte. Quer dizer, eu sou inglês. Mas e a minha empresária? Ela gostava de futebol? Kizzie riu da minha expressão e estendeu a mão para que eu me levantasse. Ela disse que tínhamos algumas horas para dormir antes de o jogo começar. Afinal, havia acabado de amanhecer e o compromisso era às quatro da tarde.

Colocamos nossas roupas e andamos pelo hotel como se nada tivesse acontecido. No entanto, eu estava com o braço em torno de Kizzie enquanto ela estava com a mão na minha cintura. Surpreso por me sentir bem, apesar de estar aconchegado a uma mulher, soltei um suspiro.

A memória da noite passada veio como uma enxurrada.

Todas aquelas coisas que pensei, as sensações que percorreram meu peito, a vontade insaciável de Kizzie, o modo que vi claramente o fato de ela não ser como as outras para mim.

Keziah Hastings era especial.

E agora, porra?

Eu não queria que estreitássemos nossos laços. Era sexo e mais nada, certo? Precisávamos conversar e definir os limites, eu precisava saber se não havíamos misturado a nossa química com sentimentos, porque isso ia contra tudo o que eu preguei durante a vida.

Tomamos banho separados, mas o café da manhã fizemos questão de tomar juntos no meu quarto. Kizzie estava sorridente, alegre, parecia feliz pela primeira vez desde que a conheci. Vestiu um short jeans branco e uma camiseta preta folgada com a logo branca da banda em um gigante M no centro.

Nunca a vi tão bonita, nunca a quis como agora.

Observando seu humor, percebi que meu coração também estava aliviado,

11 noites com você

mas, da mesma forma que me sentia leve, havia o medo. Pela primeira vez, me senti exposto, como se alguma parte minha fosse frágil e ela estivesse sobre uma corda bamba a duzentos metros de altura, sofrendo ameaça iminente de queda.

— O que foi? — Kizzie perguntou, bocejando enquanto enfiava um churro nos lábios.

— Estou pensando sobre nós dois — esclareci, olhando-a atentamente para ver se captava alguma dica do que Kizzie estava sentindo. — O que você acha que aconteceu ontem?

Ela deu de ombros duas vezes, mordendo mais um pouco do churro e dando um gole no café quente. Eu a acompanhei, pegando um churro para mim, sentindo o doce de leite derreter na boca ao experimentar. Os espanhóis sabiam mesmo como viver.

— Acho que tiramos o sexo da cabeça. Resolvemos isso como era para ser. Sinto-me aliviada e você?

Ergui a sobrancelha, parando imediatamente de mastigar.

— Foi só sexo, então?

Kizzie riu.

— O que você acha que foi, Zane?

Engoli com dificuldade.

Sempre aconselhei os meus amigos a colocarem limites nos relacionamentos, sejam eles quais fossem, justamente para não haver nenhum desentendimento. Kizzie estava fazendo exatamente isso, de fato, impondo sua condição, que era exatamente como a minha.

Para Kizzie, era só sexo. Não era isso que eu estava prestes a dizer? Não era esse o limite que eu queria atribuir?

— Só sexo — aquiesci.

Kizzie parecia de bem com a vida, como se uma trava tivesse se soltado. Estávamos em uma espécie de amizade com benefícios. Era tudo o que eu queria. Kizzie na banda, sendo a empresária profissional que era, mas também Kizzie na minha cama, descompromissada em todos os aspectos, de corpo e alma entregues.

Minha, sem pertencer a mim.

— Estamos bem? — Kizzie indagou com as bochechas ainda cheias de churros, mastigando lentamente o último pedaço enquanto me analisava.

— Estamos.

Aline Sant'Ana

— Você quer dormir? — Ela apontou para a bandeja, que agora estava vazia, somente com a metade do meu churro largado no prato. Não tinha percebido que perdi a fome.

— Sim, acho que parece bom.

Kizzie apagou a luz dos abajures, aproveitando que as cortinas estavam fechadas, causando a falsa impressão de o sol não ter nascido lá fora, e puxou o edredom para cima de nós. Ela se acomodou ao meu lado, deitou no meu peito e tirou uma mecha do meu cabelo da frente do rosto quando me deitei, pondo-o atrás da orelha.

Um delicado ato que nenhuma mulher fez por mim.

Com um beijo na minha bochecha, ela se acomodou, abraçada lateralmente em meu corpo, a perna sobre a minha cintura, sua respiração causando ondas de calor no meu peito nu, sua mão brincando com uma parte do meu umbigo, causando todas as reações novas e bizarras que eu estava apavorado por sentir.

— Durma bem, Zane.

Beijei sua testa.

— Você também, Keziah.

Ela sorriu e levou alguns segundos para pegar no sono.

Minhas pálpebras levaram muito mais do que isso para se fecharem.

Kizzie

Acordamos com o relógio passando do meio-dia e, ainda assim, senti que fiquei pouco nos lençóis, mas não podia reclamar. Zane estava mais quieto do que eu esperava, porém não deixou de me tocar e, eventualmente, me beijar. Acho que estar por perto era reconhecer que Zane era a minha fraqueza, o calcanhar de Aquiles. Mesmo assim, tentei não demonstrar nada, pois chamar o que estava dentro de mim de sentimento era precipitado e perigoso.

Eu não ia por esse caminho.

Encontramos todo o grupo às quatorze horas, precisando arrumar o fuso horário de uma hora a mais do tempo de Londres. Eu contei a eles sobre os planos para essa tarde, não escondendo o rubor ao notar os olhares de aprovação de Carter e Erin sobre mim e Zane abraçados. Yan não pareceu muito contente, mas também não disse nada, apenas lançou um olhar para Zane, no qual ficava subentendido algo entre eles. O baterista só voltou a ficar animado quando eu disse sobre o passeio no estádio e o jogo que assistiríamos no camarote.

— Você realmente conseguiu ingressos para o jogo? — indagou Carter, também soando animado para assistir o Real Madrid.

— É fácil quando vocês são famosos. Vim planejando isso desde que soube da viagem para cá. Foi só dizer quem representava que tudo se resolveu em minutos — esclareci.

Conseguimos carros especiais e os seguranças nos acompanharam pelo trânsito caótico da cidade. Enquanto isso, aproveitei para namorar mais um pouco a arquitetura de Madri, nos braços do Zane.

A Europa apresentava certa similaridade em arquitetura, todavia, cada lugar tinha sua identidade. Enquanto Londres misturava a arquitetura clássica com a moderna, em exuberantes prédios de vidro em contraposição a cenários históricos, Madri carregava os traços da Espanha na cor das casas, no vermelho vivo das roupas, na empolgação das pessoas, além de prédios antigos e arranha-céus que não escondiam que estávamos falando de uma capital.

— O que está achando? — Zane cochichou no pé do meu ouvido.

— Estou encantada. — Quis dizer pela cidade, mas as batidas rápidas do meu coração e o deslumbre pelo homem ao meu lado não me permitiram omitir esse fato de mim mesma.

Com o decorrer do passeio na van e a representatividade de Madri sendo narrada pelo motorista e, surpreendentemente, por um dos seguranças, que possuía na família uma tia espanhola, nós fomos descobrindo a cidade.

A primeira coisa que escutei foi que Madri nunca dorme. Uma cidade agitada pela ópera, espetáculos de teatro, além de centenas de bares e festas. Adotando a postura de animação e alegria, o coração da Espanha tinha concertos ao ar livre em frente ao Palacio Real e também um dos pores do sol mais lindos no Templo de Debod.

Escutamos também que, em Madri, com pouco dinheiro, pode-se encontrar diversão. Participar da Marcha a Madrileña é um dos caminhos e também fazer compras nas Rebajas, voltando cheio de roupas e utensílios de marca pela famosa queda de preços. Vagar pelo Parque do Retiro e encontrar a área verde mais belíssima da cidade, digna de fazer um piquenique, por que não?

— Se vocês não fossem famosos, poderiam se divertir muito mais — completou o motorista, por último, tão gentil quanto o homem que nos levou para lá e para cá em Londres.

Quando fiz o planejamento para a turnê, sabia que estávamos a trabalho e não por diversão. Não poderíamos visitar todos os pontos turísticos, muito menos andar pelas ruas sem esperar que os meninos fossem reconhecidos, mas

Aline Sant'Ana

tudo o que pude fazer ao meu alcance, eu fiz.

— *Me alegro por el paseo, de todos modos.*

Apesar de espanhol não ser uma língua que eu arriscasse falar, notei que Zane arranhava muito melhor do que todos nós. Eu ri quando ele disse algo para o motorista, pois o sotaque londrino misturado ao espanhol era uma coisa bem divertida de ver.

Até que ele não era mal.

— Você está zombando de mim, Marrentinha?

— Não — garanti, quando chegamos ao estádio. — Então, me conte um pouco sobre Zane D'Auvray. Para que time você torce?

— Manchester United — respondeu convicto, erguendo o queixo. — Qualquer outra coisa abaixo disso é besteira. E você?

Malícia dançou em seus olhos desafiadores.

— Não torço para nada, na verdade. Apenas gosto de assistir quando passa na televisão. Então, você é fanático assim?

— Sou europeu, meu amor. Sou apaixonado por futebol — garantiu, acentuando o sotaque. Era divertido perceber que nossas provocações, as saudáveis, ainda permaneciam, depois de tudo.

— Não tanto quanto se fosse brasileiro — brinquei, sabendo muito da fama e do esporte ser muito importante para aquele país.

Zane assentiu.

— É, talvez. Mas eu realmente amo o meu Manchester.

A cabine que ficamos era grande o bastante para que víssemos todo o imenso campo verde e as arquibancadas azuis. Ficou reservada somente para nós a cúpula e aproveitamos que havíamos chegado cedo para fazermos um pequeno tour pela sala de troféus e os corredores secretos com o acompanhamento dos nossos seguranças. Foi algo simples, um passeio breve, mas que rendeu muito conhecimento e matou um pouco da curiosidade que eu tinha.

Existia literalmente um passeio pelo tempo, cada lado marcado por telões passando cenas dos jogos de todas as épocas, enquanto as camisetas dos jogadores ficavam na parte de baixo, tudo ao redor dos troféus pertencentes aos times. Senti-me ainda mais apaixonada pelo Real Madrid à medida que entendia que, por trás de um campo, havia muito mais do que chuteiras e bolas. Havia sonhos, pessoas concretizando-os e vivendo os melhores momentos de suas vidas.

E então, depois de entrarmos no camarote e conversarmos bastante, os

11 noites com você

bancos ao redor, longe da nossa cúpula de vidro, no entanto, foram substituídos por um mar de pessoas, chamando nossa atenção. O estádio foi pontual em cada uma de suas decisões e o narrador parecia tão animado quanto qualquer outro torcedor dali, sem deixar passar, claro, o profissionalismo.

Os cantos apaixonados foram tudo que fomos capazes de ouvir, mesmo que os jogadores ainda não estivessem em campo, mesmo que a esperança estivesse no futuro, mesmo que a fé, somente ela, pudesse movê-los.

Meu coração ameaçou saltar do peito quando os times entraram.

Nada se comparava ao sentimento de presenciar qualquer coisa de perto, pela primeira vez. Os hinos, as decisões da sorte pelos lados do campo e pela bola, o aperto de mão entre os capitães, a torcida aplaudindo de pé.

Zane colocou suas mãos em torno da minha cintura, e minha cabeça — graças aos meus saltos — conseguiu quase se equiparar à sua. Eu me senti protegida ali, naquela cúpula, naquele espaço, naqueles braços, mesmo que, na verdade, por trás de toda a fachada, eu ainda estivesse em dívida com o mundo.

— Está tão quieta.

— Estou pensativa. — Acompanhei quando o atacante do Villareal ficou em posição de impedimento, recebendo um estridente apito do juiz. — E observando o jogo.

— Estou surpreso.

Olhei para ele, franzindo as sobrancelhas.

— Não vai me dizer que você é do tipo de homem das cavernas que acredita que uma mulher não pode acompanhar um jogo de futebol?

Ele gargalhou.

— Claro que não. Só estou surpreso por você, especificamente você, gostar de futebol. Confessa que só nos colocou nessa cabine porque estava louca para assistir ao jogo?

Sorri.

— Estava *curiosa*. Eu sabia que vocês iam gostar e, como você mesmo disse, Zane D'Auvray é inglês.

Sua risada vibrou nas minhas costas e ele apontou o queixo para frente.

— Você vai perder o gol.

Olhei para o campo, desconhecendo totalmente onde Zane estava vislumbrando um gol ali, pois a posse estava com o Villareal. No entanto, após interceptar a jogada, o meia-atacante do Real Madrid lançou uma bola improvável

Aline Sant'Ana

174

em direção ao ataque. O atacante a dominou no peito e arrematou em direção ao gol, que ainda bateu na trave superior antes de morrer no fundo da rede.

O estádio explodiu em euforia e eu olhei para trás, desacreditada da previsão de Zane enquanto ele sorria. Suas mãos foram parar nas minhas costas e seu nariz desceu em direção ao meu.

— Não tem graça assistir comigo. Eu sei antes o que vai acontecer.

— É vidência? — Ri.

— É estratégia, Kizzie.

Esqueci que estávamos na frente de Carter, Erin, Yan e os seguranças. Permiti-me deixar o Real Madrid por quem, confesso, tinha um imenso apreço, para trás. Deixei o mundo todo na reserva quando nossos olhos se conectaram, pois aquela faísca, o magnetismo que me atraía para Zane, o desafio de ter um homem como ele nas mãos, o desejo que parecia crescer a cada segundo, foi mais forte.

Ele desceu sua boca de encontro à minha, prendeu a respiração quando raspamos o contato e eu aproveitei para beijar o lábio inferior e doce de Zane. O guitarrista não levou nem meio segundo para me responder, invadindo o espaço que deixei para inspirar com a sua língua sedosa na minha boca.

Colocando suas mãos na parte interna da regata que eu estava usando, Zane me arrepiou quando as palmas ásperas subiram um pouco e tocaram minhas costelas, seus polegares atiçando os lugares certos. No mesmo instante em que brincava com os arrepios, sua língua fazia uma volta completa na minha boca, de um lado para o outro, brincando de me atiçar.

Mordi seus lábios e senti suas poucas lambidas, me fazendo lembrar imediatamente o que ele era capaz de fazer na cama, e a minha calcinha, com certeza, poderia ser jogada no lixo após esse beijo.

Ofegante, Zane foi o primeiro a se afastar, umedecendo os lábios inchados. Tudo o que eu queria era que ele me tirasse dali e me levasse para algum lugar, para que nós dois pudéssemos terminar a excitação que se formou.

No entanto, meus desejos não foram atendidos. Ele só colou a testa na minha e beijou-me brevemente no canto dos lábios, avisando, em silêncio, que aquela não era a hora nem o lugar para perdemos a cabeça.

Soltei um suspiro, tirando o pensamento da cabeça.

Quando eu fiquei tão irresponsável?

— Desculpa — sussurrei.

11 noites com você

Sua resposta foi um beijinho no meu pescoço.

Estávamos bem.

ZANE

Pela primeira vez, eu não consegui me concentrar em um jogo de futebol. Também não consegui focar a mente quando descemos e fomos ao vestiário tirar fotos e receber autógrafos, dar alguns também, além de parabenizar o Real Madrid pela vitória.

Fiz tudo ligado no automático, pouco me importando com a cambada de homens suados atletas do jogo que eu mais amava, por mais importantes e atenciosos que fossem. Eu simplesmente apaguei os acontecimentos recentes da memória e a única coisa que preenchia minha mente era Kizzie, sem parar, rodando em mim com seus beijos, com seu corpo, com seus toques, cada espaço da porra do meu cérebro.

Eu não consegui tirar da cabeça a cena em que fiquei sentado na beirada da piscina com ela no meu colo. Eu esqueci até a Marrentinha me beijar e trazer todos os mais profundos desejos à superfície. Tive a visão completa do meu pênis entrando e saindo do seu corpo, da aparência rosada do seu rosto quando estava tendo um orgasmo, da maneira que Kizzie voltou para mim, com os cabelos molhados, rebolando na porcaria do meu colo.

Merda!

Chegamos ao hotel e recebemos um convite formal para uma festa privada na cobertura, o que nos pegou de surpresa. Foi rápido, algo que Kizzie também não estava planejando, todavia também não consegui prestar atenção, só vi que ela aceitou por todos nós, com um sorriso tímido no rosto.

Mantive minha cabeça em uma nuvem branca enquanto ouvia Yan e Carter, como nos velhos tempos do cruzeiro, discutindo sobre as roupas que iam vestir.

Eu fiz tudo como um robô.

— Você acha que essa festa é só para nós? Disseram que é particular — ponderou Yan.

— Temos que ter cuidado. Algumas pessoas só querem saber de aproveitar os contatos que temos.

— Foi algum figurão que está hospedado aqui que convidou — continuou Yan. — Deve ser muito influente para conseguir colocar várias celebridades juntas. Soube, por Kizzie, que ela teve que se virar em trinta para descobrir a lista completa, que contém muita gente conhecida.

Aline Sant'Ana

— Isso é meio súbito. Não acho confiável, ainda mais no meio de uma turnê. Tanta gente famosa no mesmo lugar? O convite foi praticamente impossível de negar.

— Eu odeio coisas que não são planejadas — resmungou Yan.

Eles continuaram conversando e eu continuei ignorando. Só parei quando vi meu reflexo no espelho. Os cabelos bagunçados ao lado do rosto, os olhos afogueados, o semblante perdido e cheio de tesão por uma mulher que, como sempre, estava longe de mim por se matar de trabalhar.

Eu era um homem que não poderia estar me importando menos com essa merda de festa.

— Eu preciso ir, porra? Kizzie precisa ir?

Carter riu.

— Quer transar com ela o dia inteiro, né? Partilho o sentimento em relação à Erin. Mas, segundo Kizzie, é algo que devemos fazer antes de sairmos de Madri. Não passeamos pela cidade, mas temos que fazer sala, pelo visto.

Eu precisava de um cigarro.

— Hey, Zane. O que vocês decidiram?

Voltei a atenção para Yan, obrigando-me a respondê-lo. Antes, acendi o cigarro, traguei e só sosseguei quando a fumaça queimou meus pulmões.

— Estamos transando — esclareci. Era isso e ponto final. — É só.

— Vocês decidiram assim, na boa? — Ele não pareceu convencido.

— Kizzie decidiu. Ela falou antes de mim, na verdade. — Traguei mais uma vez, deixando a fumaça mentolada dançar no peito. Exalei. — Estamos bem.

Ele não disse mais nada e assentiu como se, por ora, estivesse satisfeito. Sabia o quanto Kizzie era importante para a banda, nós dois também não éramos crianças, ambos com quase trinta anos, não agiríamos como adolescentes mimados caso isso tudo chegasse ao fim.

Senti-me inquieto com a possibilidade de isso terminar.

Justamente eu, que nunca me preocupei com relacionamentos curtos, que nunca pensei em uma mulher além do tempo em que estava transando com ela, que nunca me senti ofendido com negativas e cortes, como Kizzie vinha sempre oferecendo. Quer dizer, eu nunca recebi uma negativa antes, então, será que essa era a razão do fascínio?

Acendi o segundo cigarro quando o primeiro acabou, percebendo que, quando estava perto de Kizzie, não sentia tanta necessidade da nicotina, mas,

11 noites com você

quando estava sem ela, pensando em todas as coisas que fizemos ou deixamos de fazer, eu precisava me agarrar ao vício.

Kizzie era mesmo a minha nova droga?

Não, o fato de ela não me querer no início pode ter sido um gatilho, mas não a tragédia toda. Agora era questão de me saciar através do insaciável. Era como se eu estivesse no deserto e uma pessoa me desse apenas uma gota d'água a cada hora, somente para eu saber o quanto aquilo era bom, mas não oferecendo a experiência toda. Kizzie era cada gota e, a cada vez que eu bebia, mais eu queria.

Ela não era apenas a única mulher que desgostou de Zane D'Auvray.

Ela era a mulher que tinha mexido comigo.

No terceiro cigarro, andando pelos corredores do hotel até chegar ao elevador com os meus amigos, perguntei-me por quanto tempo eu poderia mentir e dizer que Kizzie não me afetava.

Já sabia que gostava dela, e o que mais?

Amigos com benefícios. Foda-se o rótulo. Eu a queria. Não importa o que isso signifique.

Aline Sant'Ana

11 noites com você

CAPÍTULO 17

**I'm in the corner, watching you kiss her
I'm right over here, why can't you see me?
I'm givin' it my all, but I'm not the girl you're takin' home
I keep dancin' on my own**

— Robyn, "Dacing On My Own".

Kizzie

A cobertura do hotel estava movimentada e com música eletrônica alta. Eu já sabia que o local era elegante pelo número de celebridades que encontrei na lista como Joshua Maffei, considerado o novo Brad Pitt, Francis Claude, um dos diretores mais conceituados da atualidade, e Penelope Vega, a sedutora e inspiradora atriz espanhola que ganhou um Oscar aos vinte e dois anos após interpretar Cleópatra em um filme que tinha quebrado todos os tabus e, também, ganhado a estatueta.

Havia mais gente, pelo menos vinte pessoas que eu conhecia de nome, entre músicos e personalidades de Hollywood, além de figuras aleatórias. Cem pessoas, no total? Poderia haver mais. No entanto, a minha preocupação sobre isso foi praticamente anulada no instante em que vi fontes, como as de água, mas só que contendo vinho, champanhe e chocolate, assim como os mais diferenciados quitutes sobre uma bancada imensa e retangular. Somente saí do choque ao perceber que, além do exagero culinário, existia também mulheres dançando em poles improvisados que iam do teto até o chão.

— Que lugar é esse? — Erin perguntou.

As mulheres estavam dançando seminuas, apenas com uma calcinha fio-dental que não deixava muito para a imaginação. Contei seis delas. As pessoas, no entanto, não davam atenção à dança sensual. A não ser, claro, alguns senhores, que provavelmente há muito tempo não recebiam *esse* tipo de presente.

— Celebridades, a maioria delas, não se importam com pudor e chamam todos que gostam para uma boa conversa, um bom champanhe e aperitivos com chocolate suíço para degustar. Existem festas particulares que são mais sensuais do que outras. Acho que é o típico ambiente que se espera que uma banda como a The M's frequente.

Pensei que os meninos não. Mas, Zane, sim, com toda certeza, sabia bem do que isso se tratava.

Aline Sant'Ana

— Carter e eu estamos comprometidos — Erin sussurrou na minha orelha, parecendo tão desconfortável quanto qualquer mulher apaixonada estaria somente ao imaginar o seu homem em um ambiente como aquele. O perigo não estava somente nas moças seminuas, mas também nas atrizes, cantoras e modelos. Se ela fizesse o tipo ciumenta, com certeza, gostaria de ir embora. — Não acha mais seguro se eu e ele não aparecêssemos?

— Precisamos encontrar o anfitrião. Posso inventar uma desculpa sobre os meninos estarem cansados e tentar tirar vocês dessa.

— Eu agradeceria muito.

A porta atrás de nós se abriu. Carter foi o primeiro a aparecer no meu campo de visão. Erin sorriu ao vê-lo, no entanto, nem depois de se deparar com sua presença e receber um beijo, conseguiu esconder o desconforto. Ele a puxou para si, chamando-a para conversar em particular. Aparentemente, somente através do olhar, Carter era capaz de ler a sua amada.

Yan me cumprimentou com um beijo relâmpago no rosto e seu perfume me deixou tonta antes que eu pudesse perceber. Ele não perdeu tempo comigo, simplesmente foi para o meio da festa, confortável com aquele cenário, tentando esquecer as brigas constantes com Lua.

Eu tinha que alertá-lo para não fazer uma besteira...

Porém, Zane apareceu e tirou a gravidade do planeta Terra.

Os cabelos estavam presos em um coque meio solto no alto da cabeça, seus olhos pareciam semicerrados porque, com o cigarro escuro no lado da boca, a fumaça subia diretamente para o rosto. Em seu corpo, um colete cinza e justo acompanhava uma gravata elegante e do mesmo tom. Era difícil ver um homem como aquele com roupa social. Meu Deus, se a sua presença pudesse me causar um infarto, a hora era essa.

Enfiei a taça embaixo da fonte de champanhe e bebi, até nossos olhos se encontrarem. Zane sorriu, jogou o restante do cigarro no chão e pisou em cima, como o bad boy que era. Aproximou-se como um gato e pairou ao meu lado, sem me tocar, evidentemente, pela discrição.

Ele tirou os olhos de mim para ver o ambiente ao redor e suas sobrancelhas nem se ergueram pelo que o esperava.

Claro, aquilo era como estar em casa.

— Você é o tipo de mulher que enfia taças em fontes e fica bêbada até o final da noite? — Provocando, tirou a taça da minha mão e virou o restante, umedecendo os lábios com a língua quando terminou.

11 noites com você

181

— Não, só estou aproveitando o champanhe francês.

— Vejo que já está se divertindo, Zane — falou uma voz grave atrás de nós.

Quando me virei, vi que o dono da voz era corpulento e alto. Seu sorriso era falso e tudo nele parecia assim, inclusive o cabelo escuro e brilhoso que tinha tudo para ser uma peruca.

— Hugh? Faz uns três anos que não te vejo — Zane o cumprimentou, apertando a mão do homem. — Essa festa é sua? Soube que o convite foi misterioso.

O homem riu.

— Apenas uma maneira de instigar a curiosidade. — Os olhos de Hugh foram para mim. — Essa é a garota da noite?

Zane moveu o maxilar para frente e para trás. Percebi que ele não fazia ideia de como nos apresentar e eu realmente estranhei a sua atitude. Pelo que me lembro, na conversa que tivemos, ficou muito claro que tudo o que havia nós era sexo.

— Sou a nova empresária dos meninos. Kizzie Hastings.

— Uma empresária tão bonita no meio desses brutamontes? — Hugh gargalhou. — Eles ainda não mataram você, docinho?

O inglês do homem era razoável, ele tinha um sotaque que arrastava um pouco as palavras, principalmente no *r*. Imaginei que era russo ou alemão, mas não soube precisar.

— Pelo que parece, quanto mais tempo passo com eles, mais garantia tenho de ir para o céu. Pago todas as penitências — brinquei, observando o homem rir ainda mais alto.

— Ela é especial. — Apontou o dedo indicador para Zane, com o anel de rubi brilhando enquanto balançava, ainda com um sorriso no rosto. — Sabe disso, não é?

— Estou descobrindo.

— Vou deixar você aproveitar a festa. Preciso me encontrar com Carter e a adorável modelo que fisgou seu coração.

Antes que ele pudesse ir embora, chamei sua atenção. Arrisquei uma olhada para Erin, que estava um pouco mais à vontade ao perceber que Carter só tinha olhos para ela, mas seu constrangimento no meio daquelas mulheres nuas era evidente. Não fazia ideia que ela tivesse qualquer célula em seu corpo que não gritasse confiança, porém logo percebi que a mesma proporção que aquela modelo tinha de beleza, demonstrava ter de incerteza sobre si mesma.

Aline Sant'Ana

Interessante. Por quê?

— Os meninos estão cansados. Quer dizer, não falo por todos. Carter teve um dia puxado ontem e hoje e, como o senhor deve saber, eles estão em turnê. Seria ideal para Carter descansar essa noite.

Não incluí Yan ou Zane porque eu não determinava o que eles deveriam fazer de suas vidas. Se dissesse qualquer coisa, principalmente relacionado a Zane, todos os limites que coloquei entre nós essa manhã seriam desfeitos. Querendo ou não, quando uma pessoa não está em um relacionamento, não deve nada à outra.

Poderia ter sido o champanhe no estômago vazio, entretanto, a ideia de Zane agarrado com duas garotas seminuas causou-me certa azia repentina.

Eu precisava me afastar emocionalmente e encontrar uma válvula de escape para saber o caminho que tudo aquilo estava me levando.

— Carter é a minha estrela. Deixa-me cumprimentá-lo antes de liberá-lo daqui? — Hugh fez um beicinho que não combinava com a aparência rude.

A contragosto, sorri.

— Sim, claro. — Apontei em direção ao casal. — Ele está ali.

Hugh se despediu de Zane com um abraço e ousadamente beijou-me na bochecha um par de vezes. Tentei não demonstrar asco e obtive sucesso. Zane, no entanto, quando ficamos sozinhos, pareceu bem intrigado por algum motivo.

— Por que Carter?

Ah, o pedido.

— Sua namorada discretamente solicitou. — Sorri. — Fiz o que qualquer amiga faria.

Era difícil me concentrar em conversar com Zane quando a sua voz estava tão perto e também quando minha mente fértil ia para as lembranças doces daquele timbre grave praticamente cantando o meu nome ao pé do ouvido enquanto entrava e saía devagarzinho do meu corpo.

— Vocês se tornaram íntimas. Isso é bom. — Zane não reclamou da minha atitude e acrescentou: — Acho que Carter também não gostaria de estar aqui enquanto poderia estar fazendo tantas coisas criativas com a mulher que gosta.

O pensamento exposto entre nós dois, naquela conversa casual, me fez ruborizar.

— É, acredito que sim.

Assistimos Carter e Erin saírem sorrateiramente pela porta de entrada.

11 noites com você

Antes de virar, a namorada do vocalista não se esqueceu de me mandar um beijo no ar em agradecimento.

Meu coração se encheu de empatia.

— Então, a festa começa agora, Kizzie? — Zane gritou quando, e, em um *timing* perfeito, a música se tornou ainda mais alta.

Senti a vibração da batida musical na sola dos meus pés e perguntei-me se o ambiente todo era à prova de som. Certamente era. Encontrei os olhos de Zane, feliz por estar bem vestida para uma atmosfera como essa. Os saltos faziam questão de beirar os quinze centímetros e o vestido justo e esmeralda pareceu a escolha perfeita quando percebi o efeito que a iluminação colorida fazia sobre o tecido aveludado.

— Eu não sei. Começa?

Algo me disse que esse ambiente era o lugar perfeito para perceber em que estrada estava o meu sentimento. Dei passe livre para Zane, dizendo que entre nós não existia nada além de sexo, mesmo sentindo que uma parte minha não estava sendo muito honesta ao impor um limite tão drástico em uma relação estreita e íntima. Mas, no fundo, adorei que a parte racional tivesse ditado as notas porque, na pequena bolsa que carregava contra o peito, mensagens de Christopher não paravam de chegar.

Só precisei ler uma para perceber que, do tom desesperado para um reencontro, as frases passaram para ameaça e ele teve acesso ao *bum* que saiu na mídia a respeito de Zane e mim.

Devorei mais champanhe, esquecendo de degustar e aproveitar o sabor na boca antes de beber como refrigerante. Zane pareceu intrigado, interessado e divertido quando me viu beber tanto. Ele não sabia que aquela era a única maneira de não pirar com a sua presença e não enlouquecer pelas recordações dolorosas que me assombravam.

— Quer ficar bêbada e parar no meu quarto? — Zane indagou, dando apenas um passo curto para chegar à minha orelha.

— Eu não preciso de bebida para fazer isso acontecer — contrapus.

Ele gargalhou.

Era possível que esse homem ficasse ainda mais gostoso enquanto ria?

— É, você tem razão, porra — concordou, por fim. — Vou dar uma olhada em Yan e ver se ele ainda tem alguma roupa no corpo. Quer algo para comer ou beber que não tenha a ver com álcool?

— Diga para o Yan se comportar. Eu não sei se todas as pessoas que estão

Aline Sant'Ana

aqui são confiáveis. Temo que haja algum jornalista de site de fofoca infiltrado no meio desses ternos.

Isso pareceu subitamente preocupá-lo.

— É, tem razão. Vou procurar Yan.

— Te espero aqui.

Os olhos quentes desceram para a minha boca.

— Já volto — prometeu.

Zane

O lugar era como estar em uma das festas daquele cruzeiro, com tanta gente sexy e bonita para apreciar que era até um desperdício ter os olhos voltados apenas para uma mulher. De fato, eu não podia me importar menos com os seios siliconados das dançarinas, seus corpos tão estranhos aos meus olhos que, agora, não geravam nenhum desconforto dentro da cueca. Eu só queria pensar em Kizzie e em como poderia tê-la longe de todo esse pedacinho de inferno.

Encontrei Yan dançando com duas mulheres e aquilo foi o bastante para o meu sangue ferver. Ele já estava sem camisa, em tão pouco tempo bêbado; um gigante no meio daquelas garotas que deveriam pertencer a algo da televisão.

— Vamos parar antes que faça algo que se arrependa?

Deus devia estar chocado agora, observando o segundo cara mais irresponsável que criou — perdendo a posição apenas para Shane, meu irmão mais novo — colocando juízo na cabeça de alguém. Principalmente de um homem como Yan, que era tudo, menos relapso em suas escolhas.

Estaria fazendo aquilo de propósito?

— Estou bem. — Yan colocou as mãos na cintura de uma menina enquanto respondia. Porra! — Me deixa em paz, Zane.

— Você tem uma namorada, cara. Quer ferrar com tudo antes de se resolver com a Lua?

— Não estou cometendo nenhum crime, apenas curtindo como sei que ela está fazendo nesse momento.

— Como você sabe?

Com dificuldade para tirar o celular novo do bolso traseiro, Yan digitou alguns comandos antes de estender o aparelho para mim.

"Fim do namoro? Lua Anderson, filha do político Anderson,

aparece beijando um rapaz que não é o seu namorado,
Yan Sanders, integrante da banda The M's."

Não li a notícia, apenas vi a foto da Lua sendo agarrada por um cara. Ele tinha as mãos na cintura dela e Lua estava de costas, mas, pela lateral do rosto, dava para perceber que era mesmo a amiga da Erin. Meu coração começou a bater mais rápido e precisei engolir em seco quando vi a expressão de Yan. A notícia foi publicada há uma hora e ele sequer deu uma pista do que estava enfrentando esse tempo todo.

— Vamos embora — exigi, segurando-o pelo braço.

Yan se esquivou, parecendo possesso com a minha atitude.

— Você não tem moral comigo, Zane. Eu disse para não brincar com a Kizzie, pois ela era uma garota especial, mas você só quer saber de fodê-la, sem pensar na banda ou nos sentimentos dela. Eu quero aproveitar a minha vida e, se você não escuta os meus conselhos, não sou obrigado a ouvir os seus.

— Lua não vai te aceitar de volta se você fizer merda aqui. — Ignorei suas palavras ácidas, porque ele não fazia ideia de como Kizzie era e continuei: — Vocês ainda têm uma chance se partirem da etapa que estão agora. Isso não vai ser o mesmo se você quiser pagar com a mesma moeda.

Yan me surpreendeu quando segurou a nuca de uma das meninas e enfiou a língua na garganta da moça. Foi demorado e eu senti um flash de uma câmera capturando o exato momento em que tudo aconteceu, eternizando o instante em que o meu amigo perdeu a cabeça.

Por gostar da Lua, quando Yan fez isso, foi como se ele tivesse traído a mim também. Por algum motivo, aquela foto de Lua não parecia natural, era como se ela tivesse sido forçada e não estivesse apreciando o contato. Como ele poderia saber se ela quis ser beijada? O ciúme pode mesmo cegar tanto assim?

Olhei para trás, tentando descobrir quem foi o filho da puta que tirou a foto, mas todos estavam conversando, fingindo que nada havia acontecido e, por mais que eu quisesse socar cada criatura, sabia que não podia e que agora dependia da sorte.

Yan se afastou da menina. Em seus olhos, lágrimas desceram e, dessa vez, a cena importante não foi capturada. Precisei morder o lábio inferior para sentir outra coisa que não uma facada na porra do coração.

Que merda.

Relacionamentos são fodidos.

— Pronto — Yan disse, secando as lágrimas raivosas. — Aqui anuncio o fim.

Aline Sant'Ana

186

— Cara, por favor...

— Volte para a garota doce da qual você vai partir o coração. Da minha vida, cuido eu.

Yan se afastou com as duas garotas, andando pelo salão até encontrar as portas. Pela movimentação de suas mãos em ambos os traseiros, eu soube que ele as levaria para a cama e amanhã toda a mídia descobriria que o relacionamento de Yan e Lua realmente terminou.

Que jeito maduro e saudável de seguir a vida.

Desapontado, olhei em volta, tentando encontrar Kizzie nas fontes, virando todas as taças de champanhe que podia por algum motivo que também não era capaz de me contar. Eu sabia que Kizzie guardava algo de mim, mas o quê? Por um segundo, eu a vi entre a descontração dos meus pensamentos. Nossos olhares se encontraram e ela sorriu, causando todo aquele frenesi irritante no meu peito. No entanto, meio segundo depois, toda a aura de felicidade se dissipou rapidamente. Precisei travar o maxilar, porque Joshua Maffei se aproximou e segurou a mão de Kizzie, beijando-a entre os dedos.

Kizzie sorriu.

Dei um passo à frente, pensando em todas as possibilidades de tirar o ator de Hollywood da Marrentinha, também imaginando algumas formas de matá-lo sem que ninguém soubesse, mas uma mão parou no meu peito e o sorriso largo e o perfume mais enjoativo tomou meus sentidos, travando-me no lugar.

— Oi, astro do rock!

Não demorei a reconhecê-la. Os cabelos lisos e curtos, ainda adotando a franja da Cleópatra, emolduravam seu rosto. O corpo, com um vestido preto tão curto que somente me impedia de olhar a cor da sua calcinha, tinha poucas curvas. O sotaque espanhol brincava na ponta na língua. Penelope tinha a pele dourada, os olhos castanho-escuros e uma desenvoltura de mulher que sabia bem o que quer. Sua atitude a fez ganhar um Oscar e eu não duvidava que ela fosse capaz de conseguir qualquer coisa que quisesse.

Bem, exceto uma coisa.

— Oi, Penelope.

Ela riu, jogando a cabeça para trás.

— Você sabe quem eu sou?

Sorri cautelosamente.

— Quem não sabe quem você é?

11 noites com você

187

— Bem, então não preciso me apresentar. — A voz doce, de garota, não escondia que trazia apenas vinte e dois anos nas costas.

— Eu preciso ir. Nós podemos conversar mais tarde?

Olhei por cima das pessoas, encontrando Kizzie sendo iluminada pela fonte de vinho. Joshua estava bebendo com ela e rindo também. A música estava alta, Kizzie estava sorrindo para outro homem e todos os meus instintos que sequer pensei que existiam subitamente apareceram. Senti ácido correr em minhas entranhas, o coração se tornou duro e pesado no peito. Eu queria pegar a cabeça loira daquele filho da puta e quebrar junto com a fonte de vinho da qual ambos estavam casualmente bebendo.

— Você está comprometido? — Penelope perguntou, olhando entre as pessoas. — Não vejo a sua namorada por aqui. Ah, vamos lá, é só uma conversa!

Um esclarecimento apareceu na minha cabeça: eu e Kizzie não tínhamos nada. Ela era livre e eu também. Será que era isso que ela estava fazendo? Sendo livre? Por um segundo, Kizzie olhou para mim. Ela acompanhou com os olhos a mão que Penelope colocou no meu peito e um sorriso tomou seu rosto inteiro, como se ela soubesse exatamente o que estava acontecendo ali.

Exceto que não sabia.

Eu não queria Penelope, eu nem me sentia atraído por essa garota.

Justamente o cara que fazia da sedução uma arte, da libertinagem um compromisso, da liberdade o seu sobrenome... Não consegui mais me sentir confortável com aquela merda porque eu não queria nada daquilo que um dia já tive.

Eu queria Kizzie.

Pelo visto, ela não pensou o mesmo que eu.

Joshua colocou a mão na cintura de Kizzie, trazendo-a para perto. Ele cochichou algo no seu ouvido e eu podia jurar que uma manta vermelha cobriu meus olhos. Comecei a respirar com dificuldade, imaginando se ela seria capaz de beijá-lo, imaginando-me correndo até lá e a tirando dos braços do cara como um homem das cavernas.

Tudo o que aconteceu, no entanto, foi Joshua colocar uma mecha atrás da orelha de Kizzie e, em seguida, puxá-la para dançar.

— Vamos conversar em um lugar mais reservado — continuou Penelope. — Posso te contar como foi ganhar um Oscar.

Continuei ignorando a garota, mantendo o maxilar firme, observando Kizzie com o outro cara. Foram para a pista, ele colocou as mãos na cintura dela e a

Aline Sant'Ana

188

trouxe tão perto do corpo que pensei que eles iam partilhar o mesmo espaço.

Porra!

— Zane?

— Desculpa, Penelope. Não estou com cabeça para conversar agora. Acho melhor eu ir.

Como uma gata, suas mãos foram parar em torno dos meus ombros e eu me esquivei. Penelope não se deixou abater, ela escorregou as mãos até meu peito, desceu pela minha barriga e parou ali. Eu não senti nada, nem um vestígio de excitação quando seus olhos castanhos pairaram onde estávamos ligados.

— Há tanto músculo embaixo da roupa assim, Zane? Você parece ser de pedra. Tão lindo, selvagem e sexy. Vem se divertir comigo.

Joshua colou a boca na orelha de Kizzie e disse algo que a fez sorrir. Kizzie não me olhou mais. Ela simplesmente se esqueceu de mim. Então, era assim? Era esse jogo que ela queria fazer?

— Acho que você quer conversar com Joshua — Penelope alfinetou. — Ele está se divertindo com uma garota. Vamos deixar para depois. Vem comigo.

O convite teria sido tentador se fosse há alguns meses, se eu não tivesse me deixado arrebatar por Kizzie, se eu não tivesse permitido que essa garota, sorrateiramente, se instalasse embaixo da minha pele. Agora, era como se eu não conseguisse ser solteiro, como se eu não me sentisse assim. O que era ainda mais preocupante, depois de tudo o que tivemos e depois da vontade que tive de separar as coisas.

Eu estava de quatro por aquela mulher, caralho.

Tive vontade de rir de mim mesmo porque ela não estava nem um pouco interessada em mim.

Suas mãos estavam em outro homem, e eu podia ver o quanto ele a queria. Os olhos do cara brilhavam, suas mãos não podiam parar no lugar. Ele queria transar com Kizzie, ele queria ter um pedaço do que eu experimentei.

Da minha garota, porra!

Ela também parecia interessada.

Não olhou para mim, colou seu rosto no do cara e dançou assim, agarrada, como se a merda do mundo fosse acabar. Seus braços dançavam entre si e, quando Joshua a virou de costas para mim, percebi que sua mão estava a um centímetro de sair da zona aceitável e descer para a bunda.

Segurei Penelope pela cintura, ficando tão cego por ciúmes quanto Yan agora

11 noites com você

há pouco. Eu não fazia ideia de que o sentimento era assim, não tinha sequer noção de como pode te dominar e fazer você perder a cabeça. Eu estava com raiva, para dizer o mínimo. Estava puto e fodido. Se eu pudesse matar alguém, mataria Joshua Maffei.

Não olhei para Kizzie quando arrastei Penelope para a pista. A música era animada, mas grudei a garota em mim. Confesso que era um péssimo dançarino, só me dava bem na guitarra e nos palcos, mas isso ia ter que servir.

Penelope era alta, tão diferente de Kizzie. Ela passou as mãos em torno do meu pescoço e colou a boca no meu rosto, beijando de leve até chegar ao canto dos lábios.

Estremeci, mas não pelos motivos certos.

— Você é realmente tão maravilhoso quanto todas dizem?

Fechei os olhos, me sentindo tão mal e tão raivoso que a única coisa que eu queria fazer era ferir Kizzie como ela estava me ferindo.

— Posso ser o que você quiser, Penelope.

Ela se aproximou para me beijar e eu não desviei quando seus lábios tocaram os meus.

Aline Sant'Ana

11 noites com você

CAPÍTULO 18

You're hearing rumors about me
And you can't stomach the thought
Of someone touchin my body
When you're so close to my heart
I won't deny what they're sayin'
Because most of it is true
But it was all before I fell for you
So please, babe

— Chris Brown, "Don't Judge Me".

Kizzie

A decisão de aceitar dançar com Joshua foi apenas para ter certeza sobre o que eu estava sentindo por Zane, somente uma maneira de descobrir o que havia dentro do meu coração. Por mais que me matasse por dentro, eu precisava saber, e também era só uma dança. Outro ponto era a necessidade de colocar esse limite entre nós, antes que as coisas escorregassem, antes que Zane percebesse que tinha muito além do que eu deixava transparecer, antes que eu deixasse o coração ganhar e colocasse tudo a perder.

Mas, pelo visto, suas atitudes comprovaram que, além de os limites estarem bem estabelecidos, Zane conseguia se divertir com outra mulher. Ele me mostrou que realmente era o homem que eu esperava que fosse: um astro do rock descompromissado e inconsequente.

Por que eu estava tão surpresa?

Sabia bem onde estava me metendo quando aceitei isso. Sabia bem quem Zane era. Já vi fotos suas seminu o suficiente na internet para compreender que o homem não conseguia pensar com outra coisa a não ser o pênis.

Cerrei as pálpebras, sentindo-me furiosa por me importar. Precisei piscar freneticamente quando as abri, para conter as lágrimas, fingindo um sorriso ao olhar Josh.

— Você é tão linda, Kizzie — ele murmurou, contudo, aquilo era só para me levar para a cama, eu sabia.

Joshua realmente era parecido com o Brad Pitt, principalmente naquela versão do Clube da Luta. Ele era lindo, tinha uma pinta irresistível, digno de um

Aline Sant'Ana

192

ator de Hollywood, mas eu não conseguia sentir nada por ele quando o meu coração estava doendo. Zane estava dançando com uma mulher que tinha a beleza de todas as deusas do Egito, além de beijá-la como se ela fosse o ar que ele respirava. Suas mãos estavam na cintura dela e eu vi a língua dele fora da boca, girando naquela garota como se quisesse encontrar petróleo ao fim da escavação.

Inferno!

— Kizzie. — Joshua beijou o meu queixo. — Sei que não nos conhecemos direito, mas estou atraído por você.

Coloquei as mãos em torno dos seus ombros altos e fiquei na ponta dos pés, forçando um sorriso. Pairei meus lábios sobre os seus e, claro, fui beijada.

Seu beijo não era nem um pouco como o de Zane.

Havia muito língua e pouco senso. Ele parecia um adolescente desesperado para causar uma boa impressão e eu já não tinha paciência para esse tipo de coisa. Então, depois de vinte torturantes segundos, me afastei.

— Vou para o meu quarto — esclareci, estendendo o meu cartão de visitas para ele; apenas uma forma cordial de encerrar a noite. — Foi um prazer te conhecer.

— Espera! Como assim? Você mal me deixou beijá-la.

— Eu sinto muito, Joshua. Você é um rapaz lindo, jovem e mais novo do que eu. Vamos ver futuramente, ok?

— Tenho vinte e três anos.

Sorri.

— Nos vemos em outra oportunidade.

Eu precisava sair dali antes que começasse a chorar na frente de todos. Então, agarrei a bolsa, evitando pensar sobre as ameaças do meu ex e sobre os beijos do Zane em outra mulher. Ignorando completamente tudo ao meu redor, busquei a saída.

Apressei os passos, correndo pelo corredor até chegar ao elevador. No instante em que a porta se fechou, colei as costas no espelho, escorreguei para o chão e comecei a chorar, algo que eu odiava fazer por enésimos motivos. Odiava a água que saía por todos os cantos do meu rosto e a maneira que o peito se apertava pela dor, o esforço físico e emocional que algo assim gerava. Solucei, justamente por ninguém poder me ouvir, e apertei o botão vermelho que colocava o elevador em pausa.

Peguei a bolsa, dando de cara com cento e trinta e duas mensagens não lidas. Todas, muito provavelmente, de Chris. Há muito tempo eu não dava satisfações

11 noites com você

para ele ou sequer respondia qualquer um dos seus insultos e tentativas de encontro. Mas, naquele segundo, quando tudo em mim doía, deixei que a minha raiva falasse mais alto e escrevi apenas uma frase, pedindo que me deixasse em paz.

Voltei a chorar.

Apertei a bolsa contra o peito após guardar o celular e gritei, trazendo minhas pernas para o queixo, em uma tentativa de fazê-lo parar de tremer. Abracei-me, a única maneira de manter meus pedaços intactos, e, quando me dei por vencida, dez minutos haviam passado.

Com as forças renovadas, joguei as lágrimas para longe, soltei um suspiro e sequei todos os vestígios do líquido salgado das bochechas. Olhei-me no espelho, percebendo que toda a maquiagem escorreu pelo rosto e o batom estava borrado em razão de um homem que odiei beijar. As bochechas estavam vermelhas pelas lágrimas, os olhos, inchados e a minha aparência era péssima. A verdade é que me acostumei a ver essa fisionomia em mim mesma, o olhar perdido pelas coisas que enfrentei, pelos segredos que guardava, pela vida que tive. Eu estava acostumada a ver a pior versão de mim mesma.

Apertei o botão vermelho, deixando que o elevador me levasse até o meu quarto. Tudo que eu precisava era de uma boa noite de sono e muito trabalho. Amanhã de noite era o dia de viajar para Paris e organizar o show da banda. Era nisso que eu tinha de me concentrar e não em Zane e suas mulheres, muito menos Christopher e suas cobranças.

Quando as portas se abriram, no entanto, eu soube: todos os meus planos estavam desfeitos porque Zane, com os cabelos bagunçados, completamente suado e com a gravata torta no pescoço, estava me esperando do outro lado.

Zane

Ver Kizzie sendo beijada foi como enfrentar uma batalha covarde entre mil homens armados e o meu peito aberto, só esperando o tiroteio. Não tive como me defender daquilo, não tive como esperar que doesse tanto, eu não podia suportar aquela merda, porra!

Afastei-me de Penelope e inventei uma desculpa ao ver que Kizzie saiu correndo de perto do Joshua. Ficou claro para mim que ela havia odiado cada segundo, ficou tão evidente que foi horrível tanto para ela quanto para mim que precisei ir atrás; eu tinha a necessidade de ouvir da sua boca.

Kizzie pegou o elevador antes que eu pudesse alcançá-la. Então, subi todos os andares pela escada, na tentativa de chegar mais rápido até ela, já que

194

o segundo elevador estava em manutenção. No entanto, quando cheguei ao corredor reservado para a banda, surpreendi-me ao ver que Kizzie ainda não havia chegado. Ela ficou cerca de dez minutos parada no décimo andar, como se tivesse precisado de um tempo para pensar. O elevador não se movia e também não saía do número, me fazendo até roer a unha do polegar de ansiedade.

Então, esperei.

Suado, com a gravata torta, com o cabelo parecendo uma merda, eu esperei.

Um som me tirou do devaneio. O elevador tinha voltado a funcionar e, com isso, o meu coração voltou a bater. No instante em que chegou ao andar em que eu estava e parou, todo o sangue que existia no meu rosto desceu para os pés. As portas metálicas se abriram lentamente e respirei quando Kizzie apareceu para mim, sozinha, com o rosto todo sujo de maquiagem, porém seco de qualquer vestígio de lágrimas.

Mas eu sabia que ela tinha chorado.

Seus olhos estavam brilhando em dourado, como barras de ouro. Ela parecia possessa, quase transtornada, quando me encarou.

Ela tinha razão.

Mas eu também tinha.

Kizzie começou toda essa merda.

— Eu não vou falar com você, Zane. Volte para a sua diversão.

— Você chorou e não sei se foi pelo motivo que imagino. Se foi, não vou a lugar algum, merda.

Ela riu debochadamente, tremendo ao tirar o cartão de acesso do seu quarto da bolsa.

— Você se acha muito se pensa que isso foi por você.

Cruzei os braços na altura do peito, uma maneira de me proteger da sua acidez.

— Foda-se, Kizzie. Você sabe que foi horrível tanto para mim quanto para você. Larga o orgulho e deixa disso! Me conta o que houve.

— Não houve nada! — ela gritou, abrindo a porta do quarto com tanta violência que bateria a madeira na minha cara se eu não conseguisse entrar. Graças a Deus passei antes de me trancar para fora. Kizzie acendeu as luzes, jogou a bolsa sobre a cama e voltou a surtar. — Eu quis dançar com um homem que não fosse você e me divertir!

— Não foi isso que pareceu quando ele te beijou. Você se esquivou depois de

11 noites com você

segundos, Kizzie.

— O beijo foi ruim, tá legal? — Seus gritos foram altos e os meus também. Eu sabia que estava com raiva dela, que estava magoado, mas saber que a experiência não foi boa, ter a certeza de que não foi agradável para Kizzie, me trouxe motivação para continuar. — Joshua é uma criança que não tem ideia do que está fazendo. Pelo visto, você, ao contrário de mim, se divertiu bastante.

— O que você queria que eu fizesse, caralho? — Abri os braços e deixei-os cair ao lado do corpo. — Você me abandonou no meio da festa para dançar com outro cara! Queria que eu ficasse esperando e assistindo a cena?

— É, você não perde tempo mesmo. Foi para os braços da Penelope e enfiou a língua na garganta dela. — Kizzie franziu o nariz, fazendo cara de nojo. — Pelo amor de Deus, por que não está com ela agora? Vai lá concluir o serviço. A menina só faltou rasgar a calcinha e transar com você na frente de todo mundo!

— Joshua estava com a fodida mão na sua bunda e você vem pagar de puritana para mim?

— Vai se foder, Zane. — Ela arrancou os saltos e pensou por cinco segundos antes de jogar um no meu estômago.

— O que é essa merda, Kizzie? — Peguei seu sapato e o joguei de volta no chão. — Você começou isso tudo. Agora está com a cara borrada de maquiagem, o que me leva a pensar que chorou depois do que viu. Se magoou por eu ter beijado outra pessoa? Para de brincar de gato e rato comigo e fala logo o que aconteceu!

— Eu precisava desse espaço, a garantia de que não estávamos passando dos limites. Dancei com Josh, mas jamais pensei...

— Jamais pensou o quê?

Kizzie se sentou perto do espelho e começou a mexer nas suas coisas. Vi que ela pegou um algodão e um negócio de plástico que tinha um líquido azul dentro. Molhou o algodão com o líquido e passou por todo o rosto. Através do reflexo, notei a maquiagem escura saindo das linhas do seu rosto de boneca.

— Eu não sabia que você ia beijá-la — Kizzie disse, incapaz de olhar para mim.

— Foi horrível para mim também, Keziah. Caralho, foi uma merda.

Ela se virou.

— Então por que fez?

— Porque você me ferrou dançando com aquele cara, porque me senti mal pra caralho, porque eu não sei explicar o que estou sentindo. Não quero te compartilhar, Kizzie. Não dá.

Aline Sant'Ana

Ela piscou rapidamente e dei alguns passos em sua direção até colocar as mãos na cadeira que ela estava sentada. Nós nos olhamos através do reflexo e eu pude perceber a mágoa em nossos olhos. O que quer que estivesse acontecendo, era grave, era intenso e não dava para resistir.

Eu a odiava por ter me ferido, assim como Kizzie devia me odiar por eu tê-la ferido também.

— Nós não podemos — Kizzie interrompeu meus pensamentos e se levantou. Ela caminhou em direção à porta do banheiro e começou a puxar a lateral do vestido. Quando entrou, fechou a porta, mas eu ainda era capaz de escutá-la. — Isso precisa acabar agora.

Desconcertado por ter uma parede entre nós, coloquei as mãos na porta e grudei a testa nela, fechando os olhos.

— Você realmente quer que eu vá embora?

— Você beijou outra mulher, Zane.

— Você beijou outro cara.

— Você ainda está com o perfume dela no seu corpo, senti logo que você entrou.

— Kizzie...

— Estamos misturando as coisas e isso, até hoje de manhã, era só sexo.

— Nós fodemos tudo.

Ouvi seu resmungo abafado, o som da ducha sendo ligada e suas roupas saindo. De olhos fechados, concentrado nos sons, eu era capaz de saber que Kizzie estava sem roupa. Podia imaginar seu corpo, o sabonete percorrendo suas curvas, as águas abraçando a pele bronzeada. A raiva que senti por ela ter beijado outro cara ainda era grande, eu estava possesso e dolorido por dentro, mas saber que Kizzie estava ali, tão perto, fez meu sangue acelerar.

— Vá embora, Zane. Tivemos muito por um dia.

Pensei por um momento sobre o que dizer e o que fazer e fui pelo caminho mais sincero.

— Eu sinto muito por ter beijado aquela mulher, porra. Eu não me diverti fazendo isso e, se pudesse voltar no tempo, não teria feito. Isso entre nós pode ser só sexo, mas nada me impede de sentir raiva quando você está com outro cara. Na noite passada, você estava nos meus braços e, essa manhã, dormiu no meu peito. Sou o tipo de homem que nunca se envolveu com uma mulher por mais de vinte e quatro horas. Então, isso é meio que novo para mim, Kizzie. Tenho ciúme, não quero compartilhar, não enquanto ainda estivermos com essa coisa... esse tipo de

11 noites com você

relacionamento.

Kizzie se manteve em silêncio. Eu queria saber se ela chorou por mim, mas já conhecia o seu orgulho, e sabia que não seria capaz de me contar. Na cama, dentro da bolsa, o seu celular tocou e eu quis jogá-lo para longe, porque essa merda sempre aparecia quando eu precisava conversar com Kizzie.

— Vai embora, Zane — ela implorou, sua voz baixa pela água.

Soltei um suspiro, coloquei a mão na maçaneta e, antes que pudesse pensar nas consequências de me arriscar, a porta se abriu.

Kizzie

Percebi algumas coisas em questão de quinze segundos antes de a porta se abrir. A primeira delas é que não consigo lidar com brigas. No final, sempre vou chorar, independente do que significa. A segunda é que sentimentalmente estou abalada, e não sei se um dia serei capaz de me recuperar. A terceira coisa e a mais importante delas é que meu coração estava cansado de sofrer, no entanto, mesmo ferido, era capaz de se erguer e se apaixonar. Confesso que admirei a sua força, porque lutei muito para isso não acontecer, mas esse órgão era ignorante e inocente a ponto de deixar qualquer ressalva de lado.

Ele não me escutou e se apaixonou.

Meu coração bateu como um louco por Zane, mesmo morrendo de ódio por ele e por tudo o que esse homem representava. Eu sabia dos riscos, sabia das mágoas, conhecia todos os caminhos tortuosos da dor. Inclusive, estava tentando enfrentar uma nesse exato momento. A angústia por tê-lo presenciado beijando outra mulher, parecendo gostar daquilo, ainda me sufocava. Aconteceu há tão pouco tempo, questão de meia hora, talvez? E mesmo com essa rachadura, que parecia me deixar incapaz de respirar direito, o coração estava lá, batendo descompassado no instante em que Zane entrou, ignorando cada pedido que fiz.

Ele não disse nada ao fechar a porta atrás de si. Colocou a mão na gravata e desfez o nó. Desabotoou o colete cinza-chumbo, jogando-o no chão. Em seguida, a camisa foi embora e, no caminho, o cinto e a calça social também. Apenas de boxer preta e a pele pintada pelas tatuagens, além dos piercings nos mamilos, Zane deu alguns passos em minha direção.

O vidro do box estava fechado. Era a única coisa que nos separava, já que nem as roupas poderiam me proteger. Eu encarei seus olhos, os seus lábios, o rosto esculpido na beleza quase inacreditável e as lágrimas no meu rosto se misturaram à chuva quente que caía nas costas.

Aline Sant'Ana

Zane abriu o box e o perfume de Penelope veio antes do seu cheiro masculino. Era como se estivesse preso na sua pele e nunca mais fosse sair. Virei o rosto, abracei meus seios e me afastei até colar as costas nos azulejos gelados e úmidos. A lembrança daquela cena ia e vinha sem parar. Por mais que tivesse beijado Josh, eu não conseguia tirar aquele ciúme do peito, aquela dor quase palpável de tão ridícula e forte.

— Você realmente está cheirando a ela — eu disse, porque aquilo me afetava, me machucava e eu não poderia me machucar por Zane. Christopher já me feria, mesmo sem estar presente. Eu não seria capaz de aguentar mais uma facada, mais uma pessoa para me torturar.

— Então tira esse cheiro de mim — sussurrou, colocando as mãos nos meus cotovelos, tirando meus braços da frente dos seios. Ele queria me abraçar, eu sabia que ele queria, mas eu não podia fazê-lo enquanto chorava. Eu desabaria se o sentisse perto de mim.

— Sai daqui, Zane — exigi, com raiva por ter tremido a voz.

— Eu não vou sair, Keziah.

— Zane, droga! — eu gritei. O ódio era direcionado a ele, mas também estava possessa comigo mesma, possessa por ter cedido, possessa por ter me apaixonado. — Sai daqui agora!

Ele me puxou para os seus braços e o seu corpo estava frio perto do meu. Pude sentir quando as minhas forças ruíram, quando meu muro cedeu, quando a armadura caiu. Pude sentir quando as lágrimas se tornaram soluços e quando Zane segurou as minhas mãos trêmulas, colocando-as em seu peito firme, com o coração acelerado.

— Eu não vou dividir você, Keziah. Não vou dividir você e não vou ficar com outra pessoa. Para de me afastar e me deixe entrar.

— Eu não posso me sentir assim, eu não posso gostar de você.

— Porra, é tão ruim assim?

— É o meu pior pesadelo.

— Não faz isso comigo, Kizzie. Não diz que sou ruim para você. Eu já me sinto um merda na maior parte do tempo.

— Você não é ruim, Zane. Sentimentos são ruins.

— Eu concordo. — Ele sorriu e eu consegui controlar as lágrimas. Zane beijou minha testa. — Só, por favor, não me afasta.

Seus lábios tocaram a lateral do meu rosto e ele beijou a pele, demorando um tempo a mais, testando se eu permitiria. Como eu era capaz de resistir? Eu não devia, sabia que não devia, mas, no momento em que ele entrou aqui, todas as minhas forças sumiram.

— Zane...

Percebi que estava inclinado para mim, em razão da diferença da nossa altura. Fiquei na ponta dos pés para envolver seus ombros com as mãos e Zane se abaixou para eu tocar o seu pescoço. Em seguida, suas mãos agarraram minha cintura e ele me levantou até me pegar no colo. Segurei seu quadril com as pernas e fechei os olhos quando sua cueca tocou exatamente no ponto certo.

Zane colocou a boca na minha orelha, sua língua brincando com o lóbulo.

Ele ainda cheirava a Penelope, mas estava em meus braços. Ele estava comigo, obriguei-me a pensar.

Zane, naquele segundo, era meu.

— Se entrega para mim, Kizzie — murmurou. O clima entre nós mudou de frio para quente. A água escorrendo entre nossos corpos, a minha nudez o tocando. — E não me afasta nunca mais.

— Você beijou outra pessoa — reforcei.

— Eu nunca teria feito isso se não estivesse magoado, merda — sussurrou, sua boca brincando de beijar a minha orelha, sua língua fazendo uma espécie de milagre em me derreter. Eu não queria, por Deus, eu não podia. Mesmo assim, estava a uma linha de ceder. — Eu não sei o que é, Kizzie. Não sei o que tenho por você. Só sei que não quero deixar ir.

Eu cedi.

Ele alcançou os meus lábios e a maciez da sua boca me fez pensar que nada nesse mundo se comparava a Zane. Nem Christopher, um homem que já amei, conseguiu mexer tanto sexualmente comigo como ele. Zane comprovava que beijos podem ser inacreditáveis e inesquecíveis, revelando que, ao misturarmos nossas línguas, algo mágico acontecia. Era como se ele fosse capaz de tocar cada parte do meu corpo com somente um beijo.

Passei as mãos pelos seus cabelos compridos e molhados, adorando a textura na minha pele, pensando que entre mim e Zane existia faísca até embaixo d'água. Meu lábio inferior entrou entre os seus e ele chupou de leve antes de provocar com uma mordida e, em seguida, espreitar a sua língua, invadindo minha boca.

Uma explosão de bolhas, borboletas e toda a revolução mágica ocorreu na minha barriga, indo para a beira do estômago e travando na garganta. A sensação era boa, maravilhosa, como se eu tivesse um par de asas presas nas costas e finalmente pudesse abri-las. Zane me pegou forte, mantendo-me no ar ao agarrar

Aline Sant'Ana

minha bunda e gemer quando o seu corpo começou a manifestar o desejo, a cueca se tornando insuficiente para domar a grossa ereção.

— Você me acende em cinco minutos — grunhiu baixinho, apoiando-me com apenas um braço ao pegar o sabonete à direita. Zane me entregou, colocando na palma da minha mão, e colou nossas testas. — Toma banho comigo antes. Eu não quero que se sinta mal por causa do que houve lá embaixo.

Aceitei o sabonete e passei em suas costas, em seu pescoço e peito. Os lugares onde eu alcançava. Zane, percebendo que eu não poderia fazer muito além daquilo por estar em seus braços, lentamente me escorregou do seu corpo, colocando-me em meus próprios pés.

— Você realmente quer que eu tire o perfume?

Ele abriu um sorriso cauteloso a princípio, mas depois se tornou malicioso e quente.

— Você pode fazer o que quiser comigo.

Em silêncio, percorri o sabonete por seus braços e lavei sua barriga, sabendo bem que Penelope não havia tocado ali, mas me aproveitando da situação para sentir seus músculos e pele. Sem me conter, escorreguei para a ereção enorme que a cueca mal era capaz de prender, passando rápido por lá, só para provocá-lo. Vi Zane engolir em seco antes de eu me abaixar a caminho de suas coxas, esfregando uma e depois a outra, brincando ao percorrer o sabonete redondo na parte interna, perto da virilha.

Naquele momento, tudo ficou para trás e o desejo por Zane zumbiu no meu ouvido como uma bomba após a explosão.

Ao ver a tatuagem "Beije Aqui", entre a borda da cueca e sua pele com a marca do batom também tatuado, coloquei o indicador no elástico e a abaixei até ficar totalmente à vista, acompanhando o profundo V do seu corpo. Apontei a língua na área, girando em um círculo e depois cobrindo com os lábios, experimentando o sabor doce da sua pele.

Zane, olhado de baixo, parecia ainda mais forte e musculoso. Seu peito ficou tenso e sua mão foi naturalmente para os meus cabelos. Ele gemeu e disse meu nome, se demorando ao sussurrar. Eu lentamente fui subindo, aproveitando que a espuma saíra com a água, beijando a área da cueca até o umbigo, vibrando a língua em torno dele, viajando até o seu peito forte e, com os lábios, trazendo o piercing para dentro da boca. Ele estremeceu quando fui para o esquerdo, mordendo e chupando.

O homem se perdeu quando, enfim, colei nossos corpos.

Zane se tornou puro fogo.

11 noites com você

— Tenho que te levar para a cama. — A voz dele se tornou irreconhecível de tão rouca. — Agora, porra!

Molhados, só tivemos tempo de fechar o registro e pingarmos até alcançarmos a cama, jogando todos os itens no chão, encharcando-a no processo, sem realmente ligar se deitaríamos no molhado ou não.

Meu corpo se acomodou na maciez do edredom em contradição à muralha de músculos que pairou sobre mim. Zane se inclinou com toda a sua altura e força, agarrando minha nuca, angulando meu rosto para dar acesso a ele, como se quisesse mostrar a quem eu verdadeiramente pertencia.

Desacelerando, a ponta da sua língua tocou a parte central do meu pescoço e minhas pálpebras fecharam-se de prazer. Zane levou a língua no caminho tortuoso até o queixo para depois guiá-la para a boca, penetrando no pequeno espaço que usei para ofegar e gemer o seu nome.

Sua atitude arrepiou cada centímetro de nossas peles.

Zane foi voraz quando me beijou. Nossos dentes chegaram a se bater e ele machucou meu lábio inferior quando o mordeu, mas nada daquilo importou, porque os dedos mágicos e ásperos do guitarrista já estavam brincando com um dos meus seios, descendo pela lateral do meu corpo quente e pairando sobre a maciez da minha intimidade. Estremeci quando dois dedos encontraram de primeira o clitóris e forcei uma mordida na boca de Zane no segundo em que ele me penetrou, entre as curvas molhadas da excitação.

Pude sentir o sorriso maldoso se abrir, colado na minha boca.

— Eu fico orgulhoso de você, Kizzie. Do quão rapidamente fica molhada por mim.

Resolvi brincar com ele.

— Acho que o chuveiro foi o verdadeiro culpado por me deixar molhada.

Ele riu roucamente.

— Você sabe que estamos falando de algo bem diferente e indecente. Mas vamos descobrir.

Para me provocar ou, talvez, torturar, ele tirou os dedos, raspando de propósito no ponto elétrico do prazer. Por mais que eu quisesse ser forte, seu nome escapou dos meus lábios e Zane riu mais uma vez.

— Abra os olhos — ordenou.

Tremendo como um motor de carro velho, abri as pálpebras. Zane tinha um brilho obsceno nas pupilas e eu pude sentir todas as borboletas incontroláveis fazendo uma verdadeira festa no meu estômago quando o encarei tão de perto.

Aline Sant'Ana

202

Com os lábios entreabertos, o guitarrista levou o par de dedos que antes estavam dentro de mim para sua boca, fechando os lábios e os olhos. Todo o oxigênio pareceu ser sugado do ar no instante em que observei aquele homem fazer coisas lascivas com o meu sabor.

— Zane, o que você está fazendo? — Minha voz saiu tão trêmula e patética que decidi fechar a boca.

— Estou coletando provas. Advinha o que eu descobri, Kizzie? — A respiração queimante pairou ao lado do meu rosto.

— O quê? — Gemi.

— Isso aqui é o seu corpo me mostrando o quanto ele me quer, o quanto está pronto para mim. Não é obra do chuveiro, eu sou o culpado.

Sorri com fraqueza.

— Então?

— Acho que preciso pagar por esse crime — murmurou, viajando sua boca até a minha. — Estou disposto a fazer o que você quiser desde que pare de culpar o pobre chuveiro.

— Tudo bem, você tem culpa. — Beijei-o e Zane voltou a me tocar. Suas mãos desceram e, lentamente, invadiram onde o meu sangue pulsava, incontrolável de excitação. Agarrei seus ombros com as unhas e precisei sugar seu pescoço para voltar à realidade. — Toda a culpa do mundo.

— Quero pegar prisão perpétua dentro do seu corpo.

Zane girou seus dedos dentro de mim e apontou o polegar no clitóris, brincando com ele em círculos, fazendo-me contorcer embaixo dele. Eu gemi alto e beijei seu queixo, sua boca, seu maxilar, porque precisava encontrar uma maneira de sentir Zane nos meus lábios enquanto sentia-o dentro de mim.

— Eu... — soltei o ar, achando seu lóbulo para sussurrar — não poderia encontrar uma sentença melhor.

— Se perca em mim, Keziah. — Zane acelerou a penetração, indo e vindo com seus dedos grossos, ásperos e maravilhosos na umidade e necessidade que existia dentro de mim.

Solucei de prazer quando o calor esvaziou meu peito, concentrando-se onde estávamos ligados.

— Já estou perdida, Zane — confessei, antes de sentir uma onda longa de prazer varrer do umbigo até todos os lugares certos e erógenos.

Naquele instante, quando tudo estava nublado, pela primeira vez em meses, senti que o meu coração batia livre, longe da culpa que carreguei, distante de todo

11 noites com você

o mal, mergulhando em céus desconhecidos e buscando, finalmente, a liberdade de se apaixonar de novo.

Zane

Eu já transei com mulheres o bastante para saber que era difícil fazê-las gozar. Em minha experiência, pude descobrir que não havia um truque, pois cada uma possuía sua própria mágica. No entanto, tinha algo em Kizzie que percebi ser diferente em relação a todas as outras que passaram por mim, quase como um feitiço, que a fazia se entregar ao meu corpo, como um aventureiro que fazia questão de esquecer o mapa e confiar no instinto.

Depois de tanto tempo, tantas mulheres, tanto prazer, descobri que ninguém se entregou, de fato, a mim.

Beijei seus lábios, retomando o ritmo depois de sentir o seu orgasmo atingindo meus dedos, ao notar que Kizzie estava pronta para seguir adiante. Perdi-me em sua boca, no sabor do seu pescoço, mordendo cada pedacinho de maneira intensa, reconhecendo cada curva e relembrando cada toque. Nunca prestei tanta atenção no sexo como agora, sempre foi algo automático para mim, mas com Kizzie eu fazia questão de estudar cada atitude, de ser vocal e também gemer seu nome.

Quem diria? O cara mais controlado e indiferente era capaz de se dedicar tanto. Porra, só de pensar que estive a um passo de perdê-la para aquele idiota do Joshua me instigava a ser o melhor para ela.

— Zane — Kizzie sibilou, passando suas mãos pelo meu peito, brincando com os piercings na ponta dos dedos. Eu imediatamente girei o quadril, esfregando-me na sua nudez, xingando quando recordei que estava de cueca. Suas pernas rodearam-me a cintura, e minha mente ficou em branco. Eu a desejava. Estava quente, fervendo das bolas à cabeça do pau, ansioso para mergulhar nas curvas apertadas de Kizzie. — Eu quero beijar você.

Guiei minha boca para a dela, lambendo de leve o contorno dos seus lábios. Kizzie tremeu, mas me parou.

— Não. Eu quero beijar você por inteiro.

Isso era um pedido inédito. Elevei a sobrancelha, fazendo carinho na sua nuca com uma mão enquanto brincava com o mamilo direito com a outra. Beliscando, estimulando, amando a maneira que ele ficava duro sob o toque.

— O que você quer dizer, Kizzie?

Com uma força que eu não sabia que ela tinha, Kizzie apertou suas pernas

Aline Sant'Ana

em meu quadril e girou comigo na cama. Surpreso, agarrei seus quadris, em seguida, levei minhas mãos para cima, tirando os cabelos dela que caíram como uma cortina na frente do rosto.

— Eu quis dizer isso.

Sua boca cobriu a minha e suas mãos seguraram meus ombros. No segundo seguinte, sua língua veio para o meu queixo, maxilar e orelha. Kizzie desceu os lábios para meu pescoço e, em seguida, os guiou para o meu peito. Os quadris entraram em um processo automático de ondular, subindo e descendo, no instante em que aquela língua quente brincou com os piercings. Zumbidos se tornaram ensurdecedores e, se eu fosse um pouco menos controlado, poderia gozar só com essa provocação em um dos lugares mais sensíveis do meu corpo.

— Merda, Kizzie...

— Você ainda não viu nada — cochichou contra a minha pele, descendo para o estômago. Prendi a respiração. — Agora é a vez de você se entregar, Zane.

Caralho, e como me entreguei!

Coloquei as mãos atrás da cabeça como uma forma de segurá-las para não agarrar Kizzie e tirá-la do seu plano. Os beijos molhados, exatamente como aconteciam na minha boca, desceram em torno do umbigo, pairando no elástico da boxer. Soltei o ar dos pulmões que estavam queimando e mordi o lábio inferior quando Kizzie tirou a peça, jogando-a ao lado da cama.

Ela não deu tempo para eu pensar ou imaginar, porque, no instante seguinte, a glande estava em sua boca, enquanto ela cobria-me por completo. Fechei os olhos e mordi o lábio, grunhindo de prazer ao sentir o começo da sua garganta.

Já recebi sexo oral várias vezes, mas nunca por Kizzie, nunca por uma mulher que eu desejava tanto, nunca pela dona de cada célula da porra do meu corpo.

Abri os olhos pela primeira vez ao ser chupado, porque eu precisava ver a dona daquelas sensações absurdas, eu precisava enxergar Kizzie e me lembrar para sempre dessa cena, não precisando imaginar nada para me manter duro.

Kizzie bastava.

Como previsto, suas bochechas estavam coradas, os olhos brilhantes e famintos. Ela não estava fazendo isso por se sentir obrigada, estava fazendo porque queria me dar prazer. Aquilo era mais do que eu podia esperar, mais do que eu podia suportar, muito mais do que eu merecia.

— Kizzie...

O sangue se tornou veloz e pulsante. Senti-me crescer dentro da boca de Kizzie ao longo dos minutos em que ela me provou com paixão. Experimentei a sensação de ela subir e descer a cada investida. Agarrei meus cabelos para me distrair do orgasmo e fazê-lo se retrair; eu precisava durar muito ainda dada a quantidade de planos que tinha para nós dois.

Lambendo-me como uma gatinha, Kizzie vagou por cada centímetro, pairando na ponta. Quando seus olhos se desviaram dos meus para o membro, ela mordeu o lábio inferior, me deixando louco. Sabia que eu estava quente, molhado, latejante e completamente duro por aquela mulher.

Cara, ela me olhou como se pudesse tirar um pedaço.

— Você não precisa me olhar assim. — Tirei os braços da cabeça e os abri, sorrindo. — Estou nu e entregue a você.

— Como sabia sobre meus pensamentos?

— Seus olhos — confessei, sentando-me na cama. Kizzie se ajoelhou e ficou cara a cara comigo, o que era normalmente difícil em razão de nossas alturas. Coloquei a mão na lateral do seu rosto e estudei sua expressão enquanto acariciava a bochecha. — Eles dizem que me desejam mais do que sua boca faz ao me beijar inteiro.

— Sou egoísta por querer tanto assim? — perguntou, soando vulnerável pela primeira vez.

— Não se eu te quero com a mesma intensidade.

Kizzie abriu um sorriso e se inclinou, na intenção de me beijar. Seus joelhos vieram para o lado do meu corpo e minhas costas bateram na cabeceira da cama. Quando Kizzie montou em mim, a ereção, grande o bastante para tocar os lábios íntimos, raspou na sua umidade, fazendo-me recuar e pensar em algo que deixei passar.

— Você me chupou sem camisinha. — Gemi e perdi os pensamentos quando Kizzie foi para o pescoço e rebolou ao ponto de a glande entrar um par de centímetros. Porra, o que ela estava fazendo? — Kizzie! — Agarrei seus quadris e, por instinto, quis descer seu corpo. Meu pau parecia um foguete prestes a ser lançado e eu não podia sentir mais nem um milímetro da sua umidade apertada e quente antes de perder a cabeça. — Preciso pegar a camisinha no meu quarto.

— Não seja idiota, Zane. Somos adultos. Vai me dizer que não faz os testes e não se precaveu com camisinha todas as vezes que transou? — Sedutoramente, Kizzie brincou com a língua na minha jugular, e meus músculos se contraíram a ponto de doerem. — Você não se cuida?

— É claro que eu me cuido, merda...

A questão era que eu nunca tinha feito sexo sem camisinha. Não nessa

Aline Sant'Ana

206

vida. Kizzie percebeu minha relutância e eu não queria que ela pensasse que eu desconfiava dela, porém, por mais que eu gostasse, por mais que eu estivesse sentindo algo diferente por Kizzie, essa regra eu não ia quebrar.

— Não vou transar com você sem camisinha, Kizzie. Confio em você, sei que não possui nada, mas eu prefiro prevenir...

Ela poderia ter se afastado de mim, poderia ter ficado irritada e me empurrado, gritando um monte de merda sobre desconfiança. Mas Kizzie foi exatamente a pessoa que eu conhecia e não me decepcionou quando, com um beijinho rápido na boca, afastou-se com um sorriso.

— Pode buscar. Eu te espero.

— Você vai perder o ritmo? — questionei, arqueando uma sobrancelha. — Prometa que não vai.

— Eu não vou. — Kizzie riu. — Vá antes que nossos corpos esfriem.

Nem em um milhão de anos eu poderia esfriar por essa mulher.

Senti algo no peito quando vesti a calça rapidamente e abri a porta. Senti algo que, mesmo com uma ereção enorme e incomodando no meio das pernas, me fazendo mancar pela excitação, não consegui deixar de lado. Senti que estava entrando nessa com uma mulher madura e vivida, uma mulher que não se deixava abalar por pequenas coisas, uma mulher que era tudo aquilo que evitei ao longo dos anos, justamente por medo de cair em uma armadilha como essa.

As garotinhas de mente aberta e livres, que não se importavam de montar em mim atrás do palco, se ajoelharem na rua para me chupar ou sequer fazerem eu me lembrar de seus nomes nunca iam me marcar porque, para elas, o troféu era transar com um astro do rock, era assistir eu gozar por elas, era preferir ter um pouco de mim a não ter nada.

Para aquelas meninas, a camisinha nunca seria questionada porque não havia confiança, não havia troca de informações. Era sexo. Rápido, geralmente bruto e intenso. Fim. Mas nunca sexo com confiança. Nunca sexo de te fazer ter sonhos molhados à noite. Nunca sexo de suspirar e dizer: Melhor transa da porra da minha vida!

Era sexo, só isso.

Quando entrei no meu quarto e peguei a camisinha, encarando o pacote metálico, pensei na confiança que Kizzie depositou em mim. Naquele segundo, exposta, com os braços em torno dos meus ombros, os peitos colados, as bocas unidas e a sua linda boceta esperando sexo, ela questionou a camisinha porque esse era o próximo passo para darmos, esse era o que nos faria passar de sexo casual para alguma coisa entre desconhecidos e namorados.

11 noites com você

Meu coração parou de bater, porque eu tinha medo de tornar isso oficial com a mesma força que tinha medo de perder Kizzie. Se a deixasse escapar, ela poderia ficar com outros caras, poderia perder a cabeça, poderia escorregar dos meus dedos. Se eu a deixasse entrar, como eu mesmo pedi naquele maldito chuveiro, as chances de eu entregar a única parte boa que possuía em mim eram enormes.

A razão começou a sua batalha com a emoção. Fechei os olhos ao lembrar de Kizzie com outro cara e meus pensamentos pouco a pouco foram substituídos pelas formas do seu corpo, pela maneira que ela sussurrava o meu nome, pelas unhas arranhando meu peito e todos os beijos intensos.

Saber que eu poderia perder isso me fez pegar a camisinha, sair do quarto e partir em direção ao dela.

— Será que eu estou começando a ter sentimentos, porra? — perguntei-me baixinho, encarando a porta entreaberta do quarto de Kizzie, segurando a maçaneta.

Ouvi seu gemido suave e abri os olhos para olhar pela fresta, como um adolescente espreitando a vizinha gostosa. Kizzie estava deitada, com os lençóis em torno dela, sem qualquer vestígio de vergonha ao percorrer dois dedos em volta do clitóris pequeno e inchado. Totalmente vulnerável e entregue ao seu próprio prazer, meu corpo ganhou um bônus a mais de vida e meu pau fez o zíper da calça descer alguns centímetros.

Aquela mulher estava me fazendo sentir muitas coisas, estava me deixando confuso, ciumento, possessivo e excitado. Ela me tinha em uma jaula enquanto brincava com a chave. Eu sabia que poderia saltar, pois era mais forte do que as barras com as quais ela me prendeu. Sabia que podia reivindicar a liberdade. Entretanto, por algum motivo, eu quis ficar preso, por algum motivo, eu a deixei pensar que estava no controle, por alguns segundos, eu quis estar ali, onde Kizzie queria exatamente que eu estivesse.

Abri a porta e Kizzie não parou de se tocar.

Nós não dissemos uma palavra. Como sempre, decifrei seus olhos, seu toque, e um de seus segredos: Kizzie estava tão submersa nessa maré de sentimentos quanto eu.

Baixei a calça e a ereção saltou para frente. Retirei a camisinha e cobri meu pau com cautela, observando Kizzie se tocar. Ela não questionou quando a tirei da cama, puxei-a para mim e a fiz se ajoelhar no pequeno sofá, de costas para mim.

Kizzie sabia que nós precisávamos das partes brutas e lentas. De todas as partes que pudéssemos ter um do outro.

Agarrei sua linda bunda, espaçando as laterais para ter acesso à melhor

Aline Sant'Ana

visão da face da Terra. Me aproximei, colocando-me lentamente em sua entrada apertada e molhada, observando o contorno de suas costas e o par de covinhas que ela tinha perto das nádegas.

Kizzie gemeu e apertou o encosto com força.

E eu, sabendo que meu coração acelerado não era de excitação, mas sim de algo novo e avassalador, entreguei meu corpo para Kizzie e deixei que ela me envolvesse. Mordi o lábio inferior e guiei minhas mãos para a lateral dos seus quadris, deixando os polegares se acomodarem nas covinhas.

Essa mulher tinha sido feita para mim. Minhas mãos cabiam perfeitamente nessa posição.

— Você está bem? — perguntei com a voz trôpega e bêbada, penetrando-a mais alguns centímetros.

Em resposta, Kizzie levou a bunda para trás de forma que todo o meu pau ficou coberto.

Como se eu tivesse sido sugado para dentro de um tornado, minha cabeça se revolveu numa nuvem branca e o suor se acumulou na minha testa, descendo para os olhos, fazendo-os arderem. O prazer era tão grande que eu era capaz de gozar a qualquer momento. Então, para me distrair, usei a minha técnica adolescente: comecei a contar.

— Vou ficar melhor se você se mover.

— Não acho que seja capaz. — Doze. Treze. Quatorze. — Kizzie, não se move, porra!

— Vem — ela exigiu, seus quadris começando a fazer o trabalho, e dei tudo de mim para recordar que, nessa posição, eu precisava guiá-la. Vinte. Vinte e um. Vinte e dois. — Você começou, Zane. Agora, por favor, termina.

Fechei os olhos e, quando cheguei ao número cem, consegui estocar em Kizzie. Agarrei seu cabelo e o torci em minha mão; apenas uma maneira de controlá-la. Não sabia se Kizzie gostava de um pouco disso, mas eu era incapaz de me conter a essa altura.

Naquele instante, quando fui e voltei, conseguindo adiar o orgasmo, soube que essa noite me faria esquecer todas as anteriores.

Kizzie era o meu agora e que meus sentimentos que se calassem, mas eu também queria que ela fosse o para sempre.

11 noites com você

CAPÍTULO 19

**It feels like there's oceans
Between me and you once again
We hide our emotions
Under the surface and tryin' to pretend
But it feels like there's oceans
Between you and me**

— Seafret, "Oceans".

Meses atrás

Kizzie

Fui engolida pela desconfiança que, pouco a pouco, se alimentava das lágrimas, das ligações perdidas, da ausência e da falta. A desconfiança que me fez prestar atenção nos detalhes, a desfazer a imagem da perfeição que tinha e não conseguir ultrapassar a ponte da inocência para a maturidade.

Felizmente, ao invés de a escuridão me impedir de enxergar do outro lado, ela foi a única capaz de me fazer ver de verdade.

Eu odiava-me por isso.

Era confortável viver na ignorância, não saber o que se passava na minha ausência, imaginar que as coisas podem ser belas como nos contos de fadas, sonhar acordada com o final feliz e esperar ansiosamente o dia de amanhã.

Talvez isso tenha me deixado cega demais por um tempo, mas a raiva e a mágoa se tornaram intensas após a descoberta. Ao sentir o óbvio, percebi que o sentimento ainda estava ali: o amor ao lado da dor.

Isso era o bastante para me fazer chorar.

— Você tem certeza de que vai fazer isso? — perguntou Oliver, sua voz preocupada do outro lado da linha. — Pense bem, Kizzie.

— Não existe o que pensar. Não tem o que contornar. É isso, Ollie. É o fim.

Encarei as fotos em minhas mãos, rindo de mim mesma ao desligar o celular. Nunca poderia me imaginar fazendo algo como contratar um detetive particular para seguir alguém. Eu sempre confiei cegamente, meu coração sempre foi puro e permaneceu assim ao longo do tempo. Confesso que, nos últimos meses, tudo o que fiz foi me tornar outra pessoa, andar dois passos na frente dos sonhos, firme na

Aline Sant'Ana

210

realidade, para poder enxergar a vida com clareza.

Preciso confessar que, desse lado da ponte, o mundo não era tão bonito.

Christopher entrou pela porta, encharcado da chuva, com o terno colado no corpo. Seus cabelos claros estavam sobre a testa e os olhos azuis pareciam dois pontos brilhantes. Fiz questão de colocar um sorriso no rosto quando o vi, cruzando os braços atrás do corpo, ocultando o envelope volumoso e pardo com todas as informações que descobri em trinta dias.

Engraçado querer mentir sobre uma mentira que não era minha.

— Como foi a viagem? — perguntei quando Christopher tocou meus lábios com a sua boca.

Aquela era a última vez.

— Foi cansativa. Estou exausto! Vamos pedir uma pizza e assistir àquele filme que você estava louca para ver?

Christopher tirou o paletó e caminhou para o banheiro. De porta aberta, levou apenas alguns segundos para retornar. O rosto estava seco e o corpo, nu, apenas coberto pela toalha na cintura.

— Simplesmente Acontece. — Sorri, sequer perdendo tempo em olhá-lo. Sua exposição não me chamava mais qualquer tipo de atenção. — Assisti com o Oliver.

Christopher odiava Oliver, talvez pela consciência de saber que, se ele fazia tantas coisas erradas, eu facilmente poderia fazer também. Então, seu corpo ficou tenso, o que ele logo tratou de disfarçar, provavelmente recordando as inúmeras brigas nas quais eu deixava claro que Oliver jamais sairia da minha vida.

— Aliás, o filme é ótimo — acrescentei e coloquei o envelope lentamente sobre a bancada. Meu coração saiu do peito e deslizou junto com o pacote sobre a pedra fria.

— Do que se trata? — Chris indagou, parecendo interessado.

— Fala sobre um tipo de amor tão bonito, puro e inocente. Acho que eu preferia mil vezes esperar anos por alguém que realmente me amasse a viver uma mentira. O que acha?

Christopher concordou, lançando um olhar para o envelope. Seu cenho franziu e a expressão confusa cedeu lugar ao medo quando ele enfim compreendeu o que havia por trás do comentário irônico.

— O que aconteceu, K?

— Na verdade, não muita coisa — ironizei. — Nesse um mês que você passou fora, eu descobri que sua casa fica em Nova York, descobri que você possui um

11 noites com você

carro esportivo incrível e também sete propriedades em seu nome, isso só nos Estados Unidos! Impressionante, Christopher. — Minhas mãos tremeram ao abrir o envelope; eu precisava da lista de coisas que ele mentiu para mim bem na frente dos olhos, para que eu não pudesse esquecer sequer um item. Se bem que, depois de ler mais de cem vezes, aquilo estava enraizado na minha memória. — Ah, não posso esquecer que seus pais moram na Itália. Que surpresa boa e agradável para quem achava que eles tinham morrido. Olha! Também descobri que você vai ao cinema todas as sextas-feiras à noite, que pede pizza sempre que pode, afinal, é humano. E, um detalhe, mas não menos importante...

— Kizzie...

Lágrimas brotaram dos meus olhos quando puxei a série de fotos.

Christopher estava abraçado com uma mulher na primeira. Ela era assustadoramente linda. Os cabelos escuros caíam em ondas e os olhos pareciam claros como as nuvens. Éramos fisicamente parecidas, o biotipo baixinha, morena e curvilínea, o que me fazia ter mais asco e medo do homem com quem eu tinha me envolvido e trazido para dentro da minha casa.

Christopher estava beijando-a e, nas próximas dez fotos seguintes, isso era tudo o que mostrava. Beijos, toques, sentimentos e compartilhamento. Sem dúvida estavam se relacionando, aquilo não era um encontro casual depois de uma noite bêbada.

Como se a minha gata sentisse o que estava por vir, observei-a se enfiar embaixo do sofá e soltar um sôfrego miado.

Ainda tinha a cereja do bolo.

Na décima primeira foto, Christopher apareceu abraçado com outra mulher. Dessa vez, na mão esquerda, havia uma aliança, contrastando com a pele levemente bronzeada do sol. Era o mesmo anel que eu acreditei se tratar de um ex-casamento, de um processo de divórcio, da marca que, magicamente, nunca sumia, mesmo com o dedo exposto ao sol.

Christopher estava sorrindo contra os lábios dessa mulher. Ela também era bonita, mas trazia o cansaço embaixo dos olhos escuros como o breu e os cabelos loiros como trigo. Dessa vez, era o meu oposto. Bem, havia outra pequena surpresa também que, quando descobri, o meu peito, além de doer, começou a sangrar.

Entre ambos, existia um garotinho de cabelos loiros, que estava agarrado entre as pernas do pai e da mãe. Abraçando-os enquanto se despedia, com um sorriso infantil e doce no rosto delicado e de beleza angelical.

Aquela foto, ela sim, me fez mal.

Aline Sant'Ana

Christopher me trair era uma coisa. Ele trair o sentimento que tivemos ao longo desses dois anos era fácil, porque isso não envolvia nada além de corações partidos. Agora, saber que ele brincava com a inocência de uma criança, do seu filho, saber que ele era tão cruel ao ponto de ter três mulheres...

Eu realmente não conseguia compreender a matemática e o senso disso.

Ele era doentio.

— Me esqueci de mencionar, dentro da lista de mentiras, a parte que você ocultou, com tanto carinho: a sua outra amante, sua esposa e o seu filho de seis anos. — Joguei as fotos no chão e elas se abriram como um leque aos seus pés.

Chorei em silêncio quando Christopher dobrou os joelhos para pegar as fotos. A dor dentro de mim, a ansiedade e a inquietude eram do tamanho do universo. Mal pude respirar, mal pude ficar sobre meus joelhos, mas consegui me manter sã, porque eu treinei por três dias inteiros desde que descobri toda a farsa.

Ensaiei o adeus mais odioso que já pude sentir e mesmo assim não foi satisfatório.

— Eu não sei o que dizer. — Christopher me olhou e, para minha surpresa, começou a chorar. — Eu te amo, K! Eu realmente amo você. De todas elas, de todas as vidas que tenho, você é a mais real.

A fúria que surgiu em mim, subitamente, foi muito maior do que os treinos que tinha feito. Eu prometi que manteria a compostura, que não facilitaria para Christopher e resolveria tudo da maneira mais racional possível, mas eu menti para mim mesma.

Ali, o coração vestido de preto pegou todas as suas armas e me fez sangrar.

— Você tem coragem de dizer uma coisa dessas? — vociferei, dando dois passos à frente, apontando o dedo trêmulo para a sua cara. Lágrimas quentes passaram a escorrer de pequenas nascentes para rios em alta correnteza. — Você tem coragem de dizer que eu sou mais real do que tudo isso? Você tem um filho, Christopher! Um filho! Uma criança que depende de você, que se espelha em você, que ama você e, além disso, uma esposa, que não faz ideia da merda de homem com quem ela casou!

— Kizzie...

— Você não tem o direito de fazer um comentário como esses — cuspi, soluçando enquanto jorrava a toxina do peito para fora. — Não há senso em você, amor ou respeito. Não há nada que eu reconheça do homem pelo qual pensei que estava apaixonada! Toda a podridão que vejo, tudo o que sinto, é nojo, desprezo e ódio. Você, Christopher, matou o amor para mim. Matou o holograma que eu havia criado. Parabéns! Espero que tenha ficado feliz em me enganar por dois anos, seu cretino!

11 noites com você

Não vi quando Christopher se aproximou, chorando, na tentativa de me abraçar. Empurrei-o com toda a força que tinha e o gesto bruto o fez recuar.

— Eu não quero ver você nunca mais na minha vida! Você tem sorte de eu não pegar um avião e me meter nos seus negócios, cuspindo toda essa baboseira para a sua esposa e amante.

— Kizzie, nós podemos conversar quando você estiver mais calma?

Empurrei seu peito com força. Uma, duas, três, incontáveis vezes. Christopher saiu, com o rosto pálido manchado das lágrimas. Eu queria bater nele, causar uma dor física para que sentisse por fora o que eu sentia por dentro, mas isso não era possível. Por mais que doesse, por mais que eu o odiasse com todas as forças e cada parte do meu ser, por mais que estivesse sangrando pelos poros, a única coisa que eu queria era nunca mais ter que ver o seu rosto.

— Saia daqui! — gritei, minha voz alcançando decibéis tão altos que meus próprios tímpanos vibraram. — Suma da minha frente, Christopher!

Eu o odiava. Nunca pensei que seria capaz de odiar alguém, mas eu o detestava. Cada coisa que trouxe para mim, cada sofrimento que me fez passar, cada espera por um encontro, meses sendo contados em semanas e dias, horas e minutos, tudo isso para esperar por um homem que aquecia a cama de outras mulheres e era tão horrendo a ponto de não ter um coração para amar o seu próprio filho e pensar no que aconteceria se tudo desabasse.

— Eu te amo, Kizzie! — tentou mais uma vez e eu abri a porta com toda a força e violência que tinha em meus braços.

— Se você aparecer aqui mais uma vez, eu vou conseguir uma ordem judicial. Eu vou simplesmente fazer da sua vida um inferno, Christopher — ameacei, com a voz baixa e irreconhecível.

Ainda de toalha, ele passou pela porta, no tempo chuvoso de Miami. Fiz questão de batê-la em sua cara, assustando a mim mesma quando as paredes pareceram ecoar o som e vibrar até nos ossos.

Não levou nem cinco segundos para meus joelhos cederem e eu desabar como uma inválida. Chorei como se o mundo tivesse acabado, como se tivesse saído da guerra, como se todas as coisas que eu pensava serem certas, subitamente, parecessem erradas, e como se uma parte minha tivesse morrido.

Realmente, o meu chão desabou e eu morri por dentro.

Infelizmente, para o meu azar, eu não fazia ideia de que aquele não era o fim, mas sim uma pequena vírgula em uma história que tinha tudo para se tornar um profundo e incansável pesadelo.

Aline Sant'Ana

11 noites com você

CAPÍTULO 20

Don't tear me down for all I need
Make my heart a better place
Give me something I can believe

— Within Temptation, "All I Need".

Dias atuais

Kizzie

A última manhã em Madri foi tão corrida quanto jamais pensei que pudesse ser. Depois de acordar nos braços de Zane, tivemos que lidar com uma bomba. Carter e Erin bateram na porta do quarto com força, entrando ofegantes em seguida. Em meio à raiva de Erin e do vinco de preocupação nas sobrancelhas de Carter, tive que descobrir por eles que o baterista da The M's estava em todos os jornais e revistas internacionais de fofoca. Erin me mostrou todas as notícias recentes das últimas oito horas e meus lábios se abriram em choque ao constatar que sua imagem estava arruinada. Além do mais, não era só Yan, pois, depois de Zane beijar a Cleópatra, os boatos sobre o guitarrista estar solteiro também voltaram. Pelo menos, pelo lado positivo, eu e Zane estávamos longe das lentes da mídia e isso me permitia respirar um pouco sobre o nosso quase-relacionamento.

Desliguei-me dos meus problemas pessoais e me concentrei na vida de Yan e suas escolhas. As fotos de sua atitude eram comprometedoras, seu nome estava mal falado e, claro, seu relacionamento havia terminado, porque nenhuma mulher seria capaz de perdoar tal coisa.

Senti raiva de Yan por ter sido tão imaturo e irresponsável. Ele parecia ser tão centrado, no entanto, perdera totalmente a cabeça depois de ter pressuposto coisas sobre a sua namorada e, em consequência disso, estragado a sua vida amorosa.

— Relacionamentos públicos não podem passar por isso — disparei uma hora mais tarde, logo após encontrar Yan. Raiva e decepção inundaram o meu sangue porque, justamente eu, a mulher que fora enganada, não conseguia ser tão imparcial nessa situação como deveria ser. — Você não pode terminar um namoro agindo dessa forma tão irresponsável. Deixar todo mundo saber? Querer que isso afete a sua namorada? Beijar mulheres e ficar seminu na frente delas? A questão aqui não é você, Yan, mas sim toda a banda.

— Kizzie, eu sinto muito — pediu com honestidade, seus olhos vermelhos

Aline Sant'Ana

por, provavelmente, ter chorado a noite toda depois de possivelmente passar horas transando com as garotas.

— Olha, francamente, de todos os meninos da The M's, você era o último que pensei que poderia me dar esse tipo de trabalho.

— Eu estava possesso. Fiquei magoado. Queria ferir a Lua.

— Eu sei disso. — Aceitei sua explicação, mas não deixei que ela me dobrasse. — Da próxima vez que quiser encontrar uma maneira de colocar um ponto final, pense direito. Nem sempre nós temos uma segunda chance, Yan.

Ele baixou a cabeça. Era adorável um homem ser tão vulnerável a puxões de orelha. Yan mordeu o lábio inferior e seus olhos dançaram em lágrimas quando voltou a me encarar.

— Nós podemos encerrar essa turnê antes da hora?

Imediatamente, todos começaram a falar ao mesmo tempo, abraçando Yan e pedindo que ele respirasse fundo. Eu soltei um palavrão e mandei todo mundo ficar quieto. Graças a Deus, acabaram me escutando.

— Não vai haver cancelamento porque não tem como isso acontecer. O que você faz com aquelas baquetas, Yan, é o seu trabalho. Nós não pedimos licença ao ter o coração partido. Entende o que estou dizendo? Isso não é diversão, é a sua profissão. Lide com isso de maneira óbvia e racional, eu sei que você é capaz.

— Eu não vou conseguir tocar, vou ser uma merda no palco.

— Nós vamos para Paris e lá você pensa melhor sobre o que te trouxe até aqui. Desculpa ser direta, mas Lua está na sua vida há um ano. O que é isso comparado a toda a sua adolescência e fase adulta correndo atrás do seu sonho?

Eu sabia que estava sendo dura, mas Yan não precisava ser bajulado, ele precisava encarar a realidade. Relacionamentos se vão, eu aprendi isso da pior maneira possível e precisei continuar a trabalhar ou não teria como sobreviver. Yan era rico, ele poderia fazer o que bem entendesse. Até sair da banda, se quisesse. Mas a imagem negativa que traria para a banda ao cancelar uma turnê inteira por causa de um término de relacionamento seria irreparável. Um desrespeito com os fãs, uma ignorância perante tudo que ele lutou para alcançar e isso deixaria o mundo inteiro com raiva de Lua. Não era bom para nenhum dos lados. Ele precisava se manter erguido para todo o resto não desmoronar.

— Eu não prometo que vou conseguir — desabafou ele. — Kizzie, eu realmente não esperava todo esse problema com a Lua. Sei que você não se importa, sua profissão é consertar os erros e fazer a banda funcionar, mas eu amo a Lua, ela é uma parte minha que eu nem sabia que estava faltando, só soube no momento em que me apaixonei. Tinha planos para nós dois, a ponto de sonhar

11 noites com você

com uma vida inteira ao lado dela. Isso não era sexo ou paixonite, estamos falando da mulher da minha vida, Infelizmente, Lua se importa mais com o trabalho e a liberdade do que comigo. Não tenho culpa dessa merda, não tenho culpa de ter me apaixonado... Porra.

— Eu me importo e, sim, você não tem culpa das coisas que aconteceram e não pôde controlar, mas vai ter culpa se a sua vida desandar por causa disso. Yan, você tem uma escolha: seguir em frente e lutar, ou esquecer e se afundar. O seu futuro depende do agora. Tudo que você faz hoje reflete no amanhã. Então, como eu disse, você deveria ter pensado melhor antes de ter beijado aquela garota e depois transado com duas, você deveria ter me chamado para um conselho, perguntado se existia uma chance de eu descobrir se a fonte da foto do beijo era verdadeira. Mas tudo o que você fez foi se deixar cegar por uma imagem quase patética. Qualquer um poderia ver que sua namorada foi forçada àquele beijo. Você pensou nisso? Pensou no futuro? Não, você não pensou.

— Kizzie, mas eu não...

Lancei um olhar para todos, observando seus rostos em choque. Eu não ia deixar essa banda cair por causa de um término de relacionamento. Eu não permitiria que Yan se afundasse em depressão como eu fiquei depois de ter sido tão machucada.

Não mesmo.

— Pense no seu futuro e na vida dos seus amigos — continuei, interrompendo-o. — Lua é uma pessoa ótima, não duvido que você a ame, mas nada pode ser feito nesse exato segundo. Ela não quer te ver, muito possivelmente te odeia com tudo de si. Então, eis a minha dica: termine essa turnê, volte para casa, faça um plano para pedir desculpas quando tudo estiver mais calmo e torça para funcionar.

— Você acha que pode dar certo? — questionou.

Deus, como era triste ver a esperança em seus olhos. Era quase como me olhar no espelho alguns meses atrás.

— Nem todos os relacionamentos terminam depois do fim.

— Tudo bem. Eu... acho que posso pensar nesse meio-tempo.

Voltei os olhos para Yan, ignorando a sensação de vazio no peito quando sorri para ele.

— É todo o tempo que precisamos. Eu prometo. Agora, vamos aproveitar Madri uma última vez antes de chegarmos a Paris.

Aline Sant'Ana

ZANE

De carro, curtimos alguns pontos turísticos da cidade antes de partimos e descemos, mais uma vez, disfarçados. Bem, não duramos muito tempo, pois, em Plaza Mayor, o meu lugar favorito, tivemos que fazer uma sessão de autógrafos e sair às pressas, sem tempo para almoçar ou aproveitar o passeio em razão do aglomerado de fãs.

Por causa da temporada de alto verão, tudo estava cheio, e a chance de sermos reconhecidos era enorme. Dessa maneira, optamos por passar rapidamente pela Praça de Cibeles e, por fim, fomos até o Puerta de Alcalá, os três arcos mais belos de toda Madri.

— Nós vamos viajar que horas? — perguntei para Kizzie ao fim do passeio, observando-a concentrada ao digitar no celular.

— À tarde.

Minutos após a conversa com Yan, Kizzie mudou o seu comportamento naturalmente alegre para de uma melancolia sem tamanho. Ela parecia estar chateada por algum motivo, uma força maior do que só a história trágica de Yan e Lua. Seus ombros caíram, seu sorriso sumiu e o carinho que eu dei a ela no decorrer do dia sequer parecia alcançá-la.

Era como se, depois do diálogo, ela tivesse cutucado um machucado, como se estivesse revivendo parte do seu passado, e eu precisei pensar muito no decorrer do dia para descobrir uma maneira de trazê-la à superfície.

— *E a alguém, você pertence a alguém?*

— *Já pertenci. Agora, pertenço a mim mesma.*

Revolvendo a mente em busca de informações, trouxe nossos diálogos à tona. Era um relacionamento que teve no passado a causa de tanto desconforto? Um relacionamento que acabou, certo? Talvez de um jeito trágico, talvez de uma maneira que ela não gostasse de tocar no assunto, talvez o motivo que a impedia de se abrir.

— *O meu passado...*

— *Eu não me importo com ele. Seja o que for, eu não me importo, tudo bem?*

— *As pessoas vão se importar, ninguém vai me olhar com os mesmos olhos, Zane.* — Súplica e desespero tomaram conta da sua expressão. — *Você vai me ver de outra maneira.*

— *Todas as merdas que você possa ter feito, eu já fiz pior, Kizzie. Relaxa e aproveita comigo. O que a gente tem é tão gostoso. Eu quero dar uma chance. Vamos curtir.*

11 noites com você

O que podia ser tão grave para ela não querer compartilhar? O que havia de tão errado no seu passado que ela temia que as pessoas fossem descobrir, como aquele surto que deu no pub em Londres? Eu não esqueci seu desespero ao imaginar que a mídia fosse falar sobre nós dois.

As peças do quebra-cabeça estavam começando a se encaixar e eu não podia deixar isso de lado. Não tinha chance alguma de Kizzie continuar se escondendo de mim se quisesse levar isso adiante.

Ainda assim, respeitei seu espaço. Abracei-a e acariciei suas costas, beijando sua boca ocasionalmente, por mais que eu sentisse que as atitudes de Kizzie estavam automáticas. Era como se ela estivesse anestesiada, e precisei até ajudá-la a pegar as roupas do seu quarto e fazer as malas, porque sua mente estava muito longe do presente.

Caralho, o que quer que essa pessoa tenha feito a ela deve ter sido terrível.

— Keziah? — chamei, observando-a no avião, a caminho de Paris, dar um sorriso fraco para mim.

Trouxe seu corpo para o meu, beijei sua têmpora, desconhecendo a atitude carinhosa para um cara tão naturalmente bruto como eu. Mas eu não conseguia me manter afastado, não conseguia ser indiferente a Kizzie, porque ela despertava um lado protetor e carinhoso que eu sequer sabia que existia.

— Estou com saudade de ficar a sós com você — sussurrei, colocando a mão em sua nuca, acariciando seus cabelos, fazendo-a fechar os olhos.

— Nós já vamos chegar em Paris — prometeu.

— E lá você vai ter um tempo para mim?

Ela deu um rápido beijo nos meus lábios.

— Na verdade, vou ter que trabalhar.

E foi o que ela fez, começando no avião.

Kizzie mergulhou na onda profissional, ditando comandos através de um telefone via satélite, conversando com a equipe de Miami, resolvendo com Lyon o assunto de Yan, colocando panos quentes. Dedicou-se a tudo, e eu deixei que o fizesse, dei o tempo que ela precisava e ignorei o aperto no peito pelo fato de ela estar tão visivelmente quebrada.

— Fumando agora? Por quê? — perguntou Carter, jogando-se ao meu lado.

— Kizzie.

— Isso é óbvio. Mas o que aconteceu?

— Ainda não sei, Carter. Kizzie carrega um problema do passado com ela,

Aline Sant'Ana

algo que ainda não conseguiu resolver. Sei que isso parece idiota, mas, enquanto Kizzie não conseguir se abrir para mim, ela não vai me deixar entrar.

— E você quer entrar?

Traguei, jogando a fumaça para cima.

— Acho que... Merda, Carter. Me importo com ela.

— Você está se apaixonando?

Ergui a sobrancelha e ri. Tive que fazê-lo, porque a ideia era absurda.

Não era?

— Claro que não. É só um sentimento. É só um... carinho. Vontade de ficar junto.

Ele sorriu e não disse mais nada, lançando um olhar para Kizzie, observando-a falar como uma completa insana e digitar no computador.

— E ela não está na mesma linha que você? — perguntou.

Ri.

— Claro que está, mas tem algo que a impede de prosseguir.

Carter estalou a língua na boca, fazendo uma negativa.

— Você não está acostumado a se sentir dessa... hum... forma, Zane. Precisa tomar cuidado para não se ferir. O importante é o diálogo, certo? Sempre.

— Kizzie nunca vai me ferir, Carter. Sofrimento é uma balela criada pela mídia para vender livros de psicologia.

— Você tem coragem de dizer isso? — Ele apontou para Yan, que estava com os olhos vermelhos de tanto chorar. — Me viu sofrer pela Maisel e depois por Erin. Está assistindo Yan se afundar na lama porque fez merda e, talvez, tenha perdido qualquer chance de reconquistar Lua. Zane, sofrimento não é uma babaquice qualquer. É real, cara.

Ele tinha razão.

— Merda, Carter.

— Você vai se ferir se Kizzie te deixar. Escuta o que eu estou dizendo. Deixe tudo perfeito para não se arrepender depois. Por favor. Não quero te ver como o Yan. Isso vai terminar de me quebrar.

— Vou resolver com a Keziah — prometi, apagando o cigarro quando chegou ao fim. Meus olhos foram para Kizzie e Yan, percebendo que, no semblante deles, havia algo em comum: dor e mágoa.

11 noites com você

O que quer que Kizzie tenha passado, o que quer que tenham feito para ela, torci para ser incapaz de fazê-lo.

Torci para ela ser incapaz de fazer a mim também porque, pela primeira vez, eu estava nutrindo sentimentos por uma mulher e, porra, essa era uma das sensações mais apavorantes que já pude sentir.

Kizzie

Depois de duas horas dentro do avião trabalhando sem parar e ignorando as mensagens ameaçadoras de Christopher, consegui me desligar do universo e sorrir por um momento, porque o meu sonho de criança estava se tornando realidade. A fantasia de um dia poder ver Paris de cima ao visitar a Torre Eiffel, passear pelo Museu do Louvre, entrar na lindíssima Catedral de Notre-Dame e, ainda por cima, ter um tempinho para tirar uma foto no Arco do Triunfo estava a um passo de se concretizar. Tinha plena consciência de que, por mais que não pudesse visitar tudo, ao menos dois dos inúmeros passeios que imaginava eu conseguiria fazer.

Depois do costumeiro tumulto no aeroporto, os carros de transporte estavam esperando a banda para fazer um caminho de cerca de quarenta minutos do Aeroporto Charles de Gaulle ao Hotel Shangri-la. Durante o trajeto em direção à 10 Avenue d'Iéna, passamos por uma estrada longa com muitas paisagens verdes até encontrar a civilização. Aos poucos, hotéis foram aparecendo e, depois, as casas, os prédios, a arquitetura bela e única que somente Paris era capaz de ter.

Nada que eu imaginei poderia ser tão bonito quanto o que os meus olhos viram.

Havia edificações rebuscadas, demonstrando que Paris conseguiu manter muito de sua história através dos prédios cor pastel com janelas pequenas e desenhadas. Os telhados pareciam todos escuros e muito distantes do que se via em Miami, pois neles carregava-se o passado. Era como viajar no tempo, retornando ao século XIX, somente esperando alguém sair com vestidos, sombrinhas e ternos.

— É tão lindo! — sussurrei, perdida ao encarar um mundo completamente novo do lado de fora em um finzinho de tarde.

Os detalhes me pegaram, meu queixo caiu e a surpresa por ver ruas tão modernas, verdes e limpas em contraste às construções antigas fizeram a paixão retornar à superfície. Estar em Paris era como beber champanhe e fazer amor sobre seda macia.

— Está se divertindo? — Zane inquiriu, seu tom gracejado.

Aline Sant'Ana

222

Precisei me afastar dele por algumas horas para dar espaço ao meu coração. As lembranças do passado eram dolorosas e constantes, avisos do que poderia me esperar se eu confiasse de novo, se eu me apaixonasse de novo.

Tarde demais, não é?

E se Zane soubesse que eu me envolvi com um homem casado? Sentia-me mal cada vez que o telefone tocava com aquele número, cada vez que ele me cobrava uma resposta, cada segundo que me pedia para eu retornar uma ligação.

— Estou apaixonada por Paris. É um sonho antigo conhecer essa cidade.

Existia tanta coisa que não conseguia dizer em voz alta para Zane, tanta coisa que eu deveria contar e simplesmente tirar o peso de mim, porém, isso entre nós era algo tão incerto. Eu não teria como despejar partes da história sobre um homem que sequer sabia o que queria de nós dois.

Já estávamos indo longe demais e, infelizmente, eu não conseguia parar.

— Estamos chegando perto do Arco do Triunfo — Zane sussurrou, sua voz tocando partes internas do meu corpo que pareciam responder a ele como o encanto de uma serpente. — Olha, Keziah.

Fizemos a volta lentamente em torno do monumento, pois o trânsito estava caótico. Com isso, consegui dissipar os pensamentos e as preocupações porque uma das coisas mais belas feitas pelo homem estava ao alcance dos meus olhos. Soltei um suspiro alto e Zane riu de mim, mas acabou passando o braço em torno dos meus ombros.

Um dia, quando ele também estivesse apaixonado por mim, nós poderíamos nos sentar e abrir os nossos corações. Eu diria que foi um erro ter gostado dele, tão depressa, justo depois do que passei. Diria que o sentimento foi inevitável, isento de culpa, perdido em meio à dor de um coração quebrado. Diria que as coisas aconteceram e, talvez, o fato de tê-lo afastado tanto, a princípio, foi só uma desculpa para manter a paixão fora de jogo.

A verdade é que eu reconhecia o quanto Zane era irresistível.

Ele apareceu tão bonito, intocável e arrogante que seria estúpido amá-lo. Eu sabia, no instante em que coloquei meus olhos nele, que o frio na barriga não teve nada a ver com nervosismo de apresentar um projeto tão ousado, mas com o fato de estar diante de uma presença tão desafiadora e sexualmente impactante.

Reconheci, no segundo em que o vi, que ele seria um problema sem solução, que ele moveria o meu coração de lugar e, se eu desse uma oportunidade, me derreteria. Odiei-me, então, por me ver como mais uma no meio da uma multidão de mulheres encantadas; odiei-me por pensar nele horas e horas por dia, por mentir e dizer que as cantadas não funcionavam — porque elas funcionavam, sim

11 noites com você

—; odiei-me também por esperar, nos três meses que trabalhei em Miami, a porta se abrir e Zane aparecer nas reuniões. Enfureci-me, enfim, por estar interessada em alguém tão canalha quanto Christopher, depois de ter tido metade do coração queimado pela decepção.

Juro, me esforcei para também odiá-lo, da mesma maneira que nutri a raiva por mim mesma. Porque era covardia eu me cobrar tanto e não direcionar nada a Zane. Nem um pingo de ódio, nem um centímetro de raiva.

Mesmo me esforçando, não consegui tirá-lo de baixo da minha pele.

Venci a batalha da atração por míseros dias até que Zane conseguiu me moldar de acordo com a sua dança. Mostrando-se diferente, exigente, decidido e até um pouco fascinado, tudo o que pude fazer foi ceder.

Quem não cederia?

Eu, ao menos, não tive sucesso.

Não porque já estava apaixonada por ele, mas porque estava fraca demais para lutar contra as reações boas que Zane me causava.

Dessa maneira, eu não sabia como terminaria a nossa história, não sabia se seria capaz de afastar Christopher, de colocar uma pedra sobre tudo. Também não sabia se poderia começar um relacionamento com Zane, tão quebrada da maneira que estava.

Mas sabia o que eu sentia, sabia que era bonito, sabia que era genuíno, como todos os sentimentos bons começam. Sabia também que Zane era a minha pequena gota de felicidade em um oceano de tristeza. Desse modo, ainda que não quisesse me iludir, eu tinha que aceitar a parte boa porque é isso que se faz quando tudo o que se vê é somente a escuridão.

Você decide abraçar a luz.

ZANE

Quando a trouxe para mim e beijei sua têmpora, sentindo-a se acomodar e se aquecer no aperto, percebi que isso entre nós estava indo muito além do que previ: como se o ar tivesse mudado, como se uma súbita onda repentina tivesse me engolido, como se, somente ao sentir Kizzie em meus braços, eu pudesse entender toda a verdade.

Compreendi, por fim, a confusão que estava na minha cabeça.

Não havia hipótese alguma de aquele homem de meses atrás voltar à superfície. Agora, carregava comigo certo desgosto pelas bebidas, mulheres e descompromisso com a vida. Não participar das atividades da banda não só me fazia irresponsável, mas também relapso e desatento. Poderia prejudicar não só a mim, mas também Carter e Yan. Porra, da mesma maneira que beber e transar com mulheres aleatórias só me trazia a ressaca terrível no dia seguinte e notas e mais notas de dinheiro gastas em companhias de táxi. Não me lembrava de seus nomes, as chamava de *baby*, pelo amor de Deus. Não somavam nada, além de mais um orgasmo na minha lista.

Para quê?

Depois de estar com a atriz de Hollywood e sequer me sentir atraído, percebi que, por mais que eu estivesse preocupado sobre o que esse ataque de consciência gerava, sabia isso que estava relacionado à Kizzie e à maneira que ela me fez ver a vida com outros olhos. Pode ter começado com uma simples cisma, como um desafio para conquistar a única mulher que me desprezava, mas se tornou algo mais, se tornou tudo o que eu lutei tanto para me manter afastado.

Prender Kizzie em uma armadilha, que tolice a minha. A verdade é que sempre estive preso, ali, só esperando seus braços abertos me receberem.

Pensamentos sobre a minha conversa com Carter surgiram rapidamente, atrasando as açoitadas do coração para depois fazê-las acelerarem. Merda, o maldito estava tão certo que eu queria bater no rosto dele por saber antes de mim.

— Vocês vão ficar chocados quando virem o que eu preparei para vocês — Kizzie puxou assunto, brincando com a alça da bolsa, totalmente alheia aos meus pensamentos e à vontade que eu tinha de estar com ela. Só com ela. — Espero que gostem.

— O que você aprontou, Marrentinha?

— Espere e verá. — Sorriu.

Chegamos a uma rua estreita de duas mãos, separada por um largo canteiro de flores. O carro parou em frente a um prédio antigo, porém muito bem conservado. No entanto, o que me chocou foi a grandiosidade da arquitetura e a quantidade de pessoas que estavam nos esperando do lado de fora.

— Caralho! — Soltei a respiração quando um homem vestindo um sobretudo verde-escuro veio buscar as minhas malas na porta.

Esse era o maior e mais elegante hotel de todos os tempos.

Quando entrei, percebi que poderia comparar a parte interna com um castelo, pincelando a descrição sobre os detalhes em dourado e creme, as poltronas clássicas, os quadros caríssimos e o piso tão brilhante que era capaz de refletir o meu rosto, mas isso seria pouco. O lugar era tão imenso que tinha duas escadas, uma de cada lado, fazendo uma curva até a parte de cima.

11 noites com você

225

— Preparei tudo para os senhores — disse um homem que me fez lembrar Alfred, o mordomo do Batman. — Presumo que estejam cansados.

— Ah, sim — disse Carter, tão chocado quanto eu. — Muito obrigado por nos receber.

O senhor abriu um sorriso enorme e tocou o ombro do rapaz que nos ajudou com as malas, pedindo que ele agilizasse algo, em francês. Só compreendi um par de palavras antes de o homem sorrir e nos guiar brevemente pelo complexo, entregando um folder com todas as atividades, números para os serviços de quarto e um cardápio adicional com o setor gastronômico requintado.

— Acho que nunca mais vou sair daqui — cochichei para Kizzie, observando-a abrir um sorriso discreto quando entramos no elevador. Ela estava feliz que eu gostara. — Tem até massagem, Kizzie. Caramba, como você conseguiu tanto?

Modestamente, se desfez da pergunta com um dar de ombros.

— Fiz uma lista de hotéis e mandei e-mail para todos. Na verdade, não houve nenhum que não quisesse recebê-los. Pela crítica positiva e as imagens que vi na internet, não me restou dúvidas sobre esse. Além disso, depois de tantos dias puxados, nada mais justo do que terem o conforto do hotel cinco estrelas.

— Não quero aproveitar nada disso se você não estiver comigo — esclareci em um rompante, cochichando em seu ouvido para os demais não escutarem.

Não existia mais rodeios entre nós depois da noite passada. Eu esperava que ela soubesse disso.

— Vou estar com você — afirmou.

O cara de verde levou nossas malas para os quartos, recebendo ajuda de três homens que se vestiam como ele. Quando chegou a minha vez e da Kizzie, pedi que não nos colocassem separados.

Em seguida, sentindo-me feliz por finalmente poder estar com ela nas horas vagas, a porta se abriu e eu devo ter ficado muito chocado, porque quase soltei a guitarra nos meus pés.

Existia um pequeno corredor que, em alguns passos, me deixava ter uma noção da amplitude do quarto. A cama era larga e ornada com edredons creme, dourado e branco. Havia poltronas e toda a parafernália de gente rica que eu nunca fiz questão de ter: espelhos, quadros, classe e elegância. Tinha também uma pequena escada, que levava a um andar acima do quarto, provavelmente com banheiro e uma sala para TV. No entanto, tudo aquilo não era nada se comparado à extensa varanda que ocupava toda a frente da cama com uma imensa porta dupla de vidro que se abria como se pudesse nos dar boas-vindas a Paris.

Aline Sant'Ana

A vista? Era a Torre Eiffel, bem de perto, quase como se qualquer um pudesse alcançá-la atravessando a esquina.

— Ah, meu Deus! — Kizzie levou a mão até o coração, assistindo literalmente o céu pintado de laranja com o pôr do sol, encarando e admirando. Seus olhos marejaram e ela deu alguns passos até chegar à varanda. — Eu não fazia ideia de que tinha essa vista.

— É linda — elogiei porque, até eu, que já tive a oportunidade de ver a Torre Eiffel, senti a emoção, como se fosse a primeira vez. — Escuta, cara, antes de você ir, será que pode providenciar algumas coisas para nós comermos? Qualquer coisa.

O menino assentiu, desejando-nos uma ótima estadia antes de fechar a porta atrás de si.

Percorri os dedos pelo cabelo com o único objetivo de enfrentar aquilo que eu estava morrendo de medo. Eu garanti a mim mesmo que conversaria com Kizzie e tentaria ajudá-la com o que quer que ela estivesse enfrentando. Porra, conversas eram tão subestimadas por mim que me odiei por um momento. Estava com medo, tremendo por dentro, não sabia bem como fazer isso.

Então, teria que ser do meu jeito.

— Ei. — Abracei-a por trás, sentindo quando Kizzie estremeceu e, depois, se aliviou no meu aperto. — Queria te perguntar uma coisa. Posso?

Kizzie afastou a cabeça para trás e, em razão da sua altura diminuta, conseguiu beijar o meu queixo.

— Sim, claro — respondeu.

— Você quer falar sobre o motivo de ter ficado quietinha o dia todo?

Tenho quase certeza de que ela pôde sentir o meu coração acelerar em suas costas. Eu estava com medo do que quer que ela fosse responder. Temia porque, de verdade, não sei se suportaria Kizzie me contar que existia outro cara em sua vida, um espaço para alguém que a tinha machucado, porém ainda tinha acesso ao seu coração.

Merda, eu estava caindo tão forte em um abismo por Kizzie que, se houvesse qualquer coisa capaz de me arranhar no caminho, talvez eu não fosse capaz de sobreviver à queda.

— Só trabalhei muito. Na Bercy Arena, aqui em Paris, vai ser o único lugar onde vocês não farão ensaio e o show é de dia, ao invés de noite. Então, algumas coisas mudaram e eu precisei deixar a equipe maluca. É difícil coordenar tudo, Zane. Às vezes, tudo o que eu preciso é de um tempo.

11 noites com você

— Você conseguiu? — murmurei, encostando a boca na sua orelha. — Deixou tudo pronto para nós amanhã?

— S-sim. — Sua voz falhou.

— Tem certeza de que é só isso, Keziah? Vamos combinar de nunca mentir um para o outro? — Virei-a de frente para mim, reconhecendo nos olhos dourados o desejo e a entrega. Quis sorrir por dentro, arrancar nossas roupas e fazê-la minha, mas não agora.

Dessa vez, não seria assim.

— Às vezes, sinto que há algo que você não me conta — continuei. — Coisas sobre sua vida que não quer que eu descubra. Estamos em uma etapa de descoberta, Kizzie. Não acha?

Ela umedeceu os lábios e desviou o olhar.

— Nós realmente estamos?

— Sim, estamos.

Ficamos em silêncio, encarando um ao outro.

— Estou confiando pouco a pouco no que nós temos, Zane. Eu não quero depositar muitas esperanças e, por isso, não me abro por completo para você. Entende o receio?

Sabia o que ela queria dizer, afinal, eu era conhecido pela volatilidade e por nunca ser capaz de me relacionar. Se fosse algo que Kizzie não se sentia confortável, era evidente o motivo de não dividir comigo.

— Estamos indo com calma, não estamos? — ela reforçou.

— É, mais ou menos.

Ela sorriu.

Eu não tinha calma, na verdade. Estava em queda, criando sentimentos, colocando a emoção na frente da razão. Eu não queria mais nada além de Kizzie, não quando as probabilidades de estar gostando dela eram tão reais quanto a vida que corria nas veias.

Quando isso aconteceu?

— Estamos bem? — ela indagou.

— Sim, estamos.

Pude sentir a mudança no seu comportamento quando seus braços envolveram a minha cintura e sua cabeça colou no meu peito. Apoiei o queixo sobre ela e percorri os braços em torno do corpo, adorando nosso encaixe, a temperatura da sua pele e o seu perfume.

Aline Sant'Ana

— Se algo mudar, nós podemos conversar sobre isso — prometi. — Somos maduros, Kizzie. Eu quero poder me abrir com você.

— Não vejo nenhum problema nisso — concordou. — Se algo mudar, vamos contar um para o outro.

— Definitivamente.

— Então, por enquanto, o que temos? — Kizzie indagou.

— O suficiente para eu não querer ninguém além de você. Acho que concordamos sobre isso.

Ouvi sua risada baixinha.

— Sim, depois do que houve, sabemos que a possibilidade de estar com outras pessoas machuca.

Fiquei aliviado quando ela disse isso e continuei acariciando suas costas, ouvindo sua respiração, sentindo meu estômago revirar e o coração acelerar.

— Agora, sobre o seu medo de confiar em mim para me contar parte da sua vida, eu quero que você perca isso, Kizzie. Posso te contar algumas coisas sobre a minha, coisas que não deixo ninguém ver, situações que me preocupam e que faço questão de manter para mim. Um dia, quando estiver pronta, te ouvirei. Tudo bem?

Ela assentiu, e eu inspirei o ar quente da cidade europeia. A Torre Eiffel agora estava iluminada, e o céu, levemente pintado de azul e laranja.

Estar em seus braços fazia mesmo o tempo voar.

— As pessoas que amo são poucas. Minha mãe, meu pai, Shane, que é meu irmão, Carter e Yan. São pessoas que estão na minha vida desde sempre, que eu me colocaria na frente de uma bala perdida para salvar suas vidas. Pessoas que cuido, acima de mim mesmo, e sofro só de pensar na possibilidade de decepcioná-las.

Kizzie desviou do aperto e encarou-me nos olhos.

— Shane é uma peça difícil do quebra-cabeça. Ele não parece se encaixar na minha família nem ter muita paciência para ela, o que é bizarro, já que o tratamos com todo o cuidado possível. Ainda assim, não parece o bastante. Bem, quando pedi para você rever o pedido de colocá-lo na The M's, era porque não confiava nele para entrar em algo desse tipo. Shane é imprevisível, volátil, impossível de controlar. Isso aconteceu principalmente depois de ele tomar decisões erradas que desencadearam certos acontecimentos pelos quais ele ainda se culpa até hoje. O que me dói é que, em um ano de terapia e outros tratamentos, não conseguimos trazê-lo de volta. Cara, não conseguimos fazer Shane ser quem um dia já foi.

— E quem ele era?

11 noites com você

229

— Um garoto estudioso, inteligente e dedicado. Sonhava em ser engenheiro, porque sempre adorou como as coisas poderiam se transformar e, caralho, ele se perdeu, Kizzie. A minha dedicação à música se tornou mais intensa depois que a banda ficou famosa, e eu meio que me sinto culpado por não ter estado presente na transição da infância para a adolescência do Shane. Não sei, eu poderia ter feito as coisas serem diferentes. Só que, porra, fui irresponsável, não via que as minhas atitudes poderiam refletir em um mau comportamento do meu irmão mais novo. Claro que o meu sonho de ser guitarrista passou para ele e, hoje, ele toca baixo como o maldito John Paul Jones.

— O que aconteceu para ele mudar?

Memórias do dia em que tudo se transformou em tragédia vieram à minha mente e precisei fechar os olhos, porque ainda doía. Imagino como afetava o meu irmão. Foi um dos momentos mais terríveis que nós passamos.

— Acho que não devo contar sua história, mas o que houve mudou Shane, Kizzie. As drogas se tornaram cada vez mais presentes e, apesar de agora estar limpo de coisas mais fortes, ainda usa maconha de vez em quando. Não tenho como controlá-lo. Um dia, talvez, eu consiga, mas não agora.

Kizzie pacientemente colocou as mãos nos meus ombros e me puxou para si. Seus olhos pareciam genuinamente agradecidos, como se o fato de eu ter aberto uma parte das minhas preocupações pudesse acalmar seus ânimos e fazê-la confiar um pouco mais em mim. A intenção era mesmo essa, porém, gostei de sentir essa dor saindo do peito.

— Shane na banda vai justamente te fazer se aproximar dele, Zane. O fato de você estar por perto vai fazê-lo vigiar suas atitudes, poder estar presente em certas escolhas, colocar juízo na cabeça do garoto. Ele tem vinte anos, certo? Ainda precisa aprender muito, mas, se tiver o irmão do lado, vai ser mais fácil. Agora, sobre ele ser quem era, eu acho que as pessoas mudam. Quantas vezes não desejamos algo que não combina conosco e só prestamos atenção depois? Pode ser que tudo o que Shane precisa é da família parar de buscar nele vestígios de quem um dia já foi e aprender a amar quem ele é. Se hoje Shane quer ser o baixista da banda, se ele quer estar perto de você, se sonha com a música, por que não? Seria hipocrisia privá-lo de algo que pode estar no sangue de vocês, algo que possa verdadeiramente curá-lo.

Eu nunca pensei dessa forma. Ter Shane por perto poderia me fazer consertar os erros que cometi com ele, estar presente e vigiá-lo. Rock nem sempre era sinônimo de drogas e prostituição. Porra, eu e os caras havíamos escapado de muita merda.

Eu poderia controlar o meu irmão, não poderia?

Aline Sant'Ana

— Prometo que vou pensar.

Ela abriu um sorriso bonito e sincero e, em seguida, beijou meus lábios, trazendo à tona todos os sentimentos contraditórios que existiam em mim.

Kizzie, no começo, estava relutante em confiar em mim e eu sabia que precisava fazer algo para mudar isso. Eu a queria, de verdade. Talvez fosse um idiota grande parte do tempo, talvez me odiasse por ter descoberto desde o primeiro segundo que essa garota seria o meu pior castigo, talvez estivesse assustado com a novidade do sentimento, talvez estivesse preocupado em perder o controle, mas a verdade é que eu já estava nessa, já estava completamente submerso em Kizzie. Seus toques, seus beijos, em tão pouco tempo, dominaram cada via de pensamento e eu não podia deixar isso se perder.

— Ei, Marrentinha — sussurrei contra a sua boca. — Enquanto a comida não vem, que tal assistirmos um filme?

Para amenizar o clima e também deixar Kizzie pensar em tudo que aconteceu, decidi fazer um programa. Uma série de guloseimas chegaram em nosso quarto e só conseguimos comer a metade. Depois de satisfeitos, ficamos embaixo das cobertas, no sofá da área superior, com um filme de comédia rolando enquanto Kizzie estava no meu colo.

Pela primeira vez, eu não quis sexo. A única coisa que eu cobicei foi estar perto dela, inspirando seu perfume de cereja com morangos, ouvindo suas risadas, sentindo-a se aconchegar no meu colo e beijar ocasionalmente minha boca.

Porra, desejei que aquilo durasse um bom tempo, desejei que ela adormecesse no meu calor, desejei que o futuro fosse algo certo para nós e não uma maldita suposição misturada a medo e ansiedade. Eu não queria que Kizzie se sentisse insegura, eu não queria que ela temesse me contar sobre o seu passado. Tudo o que eu queria era que ela mudasse e, para isso, eu sabia: Zane D'Auvray, o guitarrista acostumado a ser o maior filho da puta do universo, precisava libertar os seus fantasmas e se deixar ir.

Tudo o que eu precisava era que, ao me jogar de peito aberto, ela estivesse do outro lado, disposta a me pegar.

11 noites com você

CAPÍTULO 21

Oh, you're in my veins
And I cannot get you out
Oh, you're all I taste
At night inside of my mouth
Oh, you run away
Cause I am not what you found
Oh, you're in my veins
And I cannot get you out

— Andrew Belle, "In My Veins".

Kizzie

Na noite passada não fizemos nada além de assistir filmes e comer a comida mais requintada que já pude experimentar. No entanto, a experiência foi indescritível, porque a melhor coisa foi estar nos braços de Zane, recebendo seus beijos longos e carinho. Ele respeitou o espaço que precisei na manhã anterior, respeitou que eu não estava disposta a resolver qualquer pendência nossa e só deu ouvidos a mim quando, finalmente, consegui dar a atenção que nós dois merecíamos. A partir dali, eu soube: tinha me rendido. Fazia tempo que eu não me sentia adorada, fazia séculos que não experimentava a sensação doce de deixar um homem me embalar até cair no sono e parecia fazer milênios desde que meu coração se deixou levar por alguém.

As feridas foram um pouco cicatrizadas.

— Precisamos de você na Arena, Kizzie — disseram na ligação da equipe, tirando-me do devaneio. — Tem muitas coisas para resolver aqui.

Depois de acordar Zane para o café, pedi que Mark me levasse até a Arena sozinha enquanto os meninos se preparavam. As horas se tornaram atribuladas lá e o tempo que tive para descansar cobrou o seu preço em dobro. Tive que, como sempre, fazer a função de várias pessoas sozinha.

— Esse show à tarde foi um erro — resmunguei para Georgia, sentindo o cansaço tomar cada centímetro meu. — Deveríamos ter combinado à noite, como em todas as outras cidades.

Erin ainda queria passear por Paris à noite, pois, segundo ela, a cidade era tão romântica que não podia deixar um passeio como esse de lado. Evidentemente, Carter foi o primeiro a concordar e Zane, como estava disposto a me mostrar a

Aline Sant'Ana

cidade, ficou ainda mais empolgado.

Não podia dizer o mesmo de Yan.

Vê-lo tão cabisbaixo fez toda a alegria derreter. Ele não queria passear por Paris ou fazer qualquer outra coisa em qualquer outro lugar. Parecia que estava se punindo pelo que fez com Lua.

— Você acha que os meninos chegarão a tempo? — questionou Georgia.

— Tenho certeza que sim.

Zane

Coloquei a correia da guitarra em torno do pescoço, ainda na escuridão do palco, ouvindo os gritos animados das pessoas. Dessa vez, eu não fazia ideia da quantidade presente na arena, mas sabia, pelos gritos, que eram inúmeras.

Fechei os olhos quando a voz do Carter soou por todo o local, repercutindo junto com o coro que imediatamente reconheceu a música. Meu ponto estava perfeito. O som da guitarra e do Carter vibrando nos meus ouvidos fez eu me perder. Quando a Fender miou, fazendo meu coração bater forte, senti-me de volta à vida.

Suei como um louco até meus cabelos grudarem no rosto, cantei junto com Carter na segunda voz, excedi-me nos pulos e na batida, tão envolvido quanto os caras estavam. Dancei e também me perdi. Tudo o que eu precisava para ganhar qualquer energia era um show de duas horas com poucas pausas para água e descanso, além de pessoas gritando nossos nomes, com olhares ansiosos e apaixonados.

Isso era ser Zane D'Auvray, porra!

Lancei um olhar para o lado e vi Kizzie nos bastidores. Lembrei-me da última vez que a vi nessa mesma situação e a vontade que tive de beijá-la atrás daqueles painéis, mas sem poder. Então, na penúltima pausa, antes que pudesse me conter, corri até ela. Sua expressão foi de choque e seus lábios se abriram, soltando o ar. Segurei as laterais do seu rosto, encarei seus olhos e sorri. Joguei a guitarra para trás do quadril e, mesmo pingando de suor, me inclinei e, num impulso, beijei sua boca. Pensei que ela fosse me afastar porque, caralho, eu estava uma bagunça. Mas, para minha surpresa, tudo que ela fez foi me puxar para mais perto.

Eu não queria ficar longe dela, não depois das sensações que experimentei. Kizzie estava se tornando lentamente minha, confiando que eu queria mudar por ela, demonstrar o quanto evoluí, o quanto descobri desejos ocultos de pertencer a alguém.

Cara, confesso que jamais sonhei que isso fosse acontecer. Nunca pensei que meu coração fosse bater por uma garota, porém ele batia por ela, ele queria Kizzie e era muito mais do que posse: existia desejo, sentimento e muito respeito. Na mesma proporção que eu queria arrancar suas roupas, sentia também a necessidade de cuidar de todas as suas feridas e conhecer seus segredos.

Então, eu precisava deixar aquilo acontecer.

Toquei meus lábios nos seus e não demorei a guiar a língua para sua boca, me perdendo no sabor de cereja e no seu perfume. Ouvi um suspiro de choque ao nosso lado e sabia que algumas meninas que ajudavam Kizzie estavam ali, todavia, não podia me importar menos. Mordi os lábios dela com carinho, beijei sua boca até os pulmões queimarem, senti o calor no estômago se tornar insuportável e descer para trás dos jeans. Obriguei-me a me afastar e colei minha testa na sua.

— Tenho planos para nós dois esta noite — sussurrei.

— Nós não vamos sair com Erin e Carter? — Ela ofegou quando acariciei sua bochecha.

— Não. Só eu e você. Pedi para o seu segurança favorito trazer uma roupa diferente para nós dois, porque, porra, eu quero te levar para passear e quero muito que você não faça perguntas, quero que confie em mim.

Kizzie passou a língua pela boca e seus olhos brilharam.

— Mark? Tudo bem, eu não faço perguntas.

Lancei um olhar para trás, observando que as luzes estavam começando a acender.

— Preciso ir.

Trouxe sua nuca para perto e pairei nossas bocas. Dei um beijo curto em Kizzie e senti seus lábios se erguerem em um sorriso.

Essa mulher não tinha ideia do que me causava.

Kizzie

O show encerrou com sucesso. Os meninos deram uma rápida entrevista no camarim e receberam algumas fãs. A tarde caiu e, só depois das dezessete horas, eles conseguiram ficar livres. Carter e Erin fizeram questão de sair com pressa no instante em que avisei que os planos de Zane eram outros. A namorada do vocalista também me aconselhou a fechar os olhos e me deixar levar.

Zane apareceu uma hora mais tarde de banho tomado, vestindo um jeans escuro e camiseta gola V branca Hering. Seus olhos ainda possuíam um lápis escuro

234

em torno deles, uma das coisas que seu conselheiro de moda exigiu que fizesse. O homem sabia perfeitamente como deixá-lo ainda mais como um rockstar. Deu totalmente certo porque, meu Deus, Zane ficava com os olhos escuros um pouco mais claros e o semblante perigoso era quase excessivo para o meu próprio bem.

Como se meu coração já não estivesse agitado só de vê-lo, lentamente, Zane desceu a visão para o meu corpo, pairando no vestido que Mark comprara. Se eu tivesse escolhido, não traria nada vermelho para um evento de shows onde tudo o que eu precisava era ficar camuflada nos bastidores. De qualquer maneira, tentei não esboçar um choque quando Mark me puxou, dando-me uma caixa enorme com o nome Gucci com um laço no topo.

A peça era linda, ousada e parecia abraçar cada parte certa, deixando-me visivelmente mais magra e um pouco mais alta. Claro que Mark, com toda a sua brutalidade, jamais teria descoberto algo assim. Com certeza pediu ajuda para um dos *personal stylist* dos meninos.

Pensar que Zane planejou isso tudo me fez prender a respiração.

— Porra... você está perfeita — elogiou, pegando a minha mão solta ao lado do corpo e levando-a para seus lábios. Pela primeira vez, um homem fez um gesto tão cavalheiro para mim e a vontade que tive era de me beliscar para saber se não estava em um sonho bizarro.

Zane gentil e romântico? O que eu perdi?

— Obrigada. Mas não precisava ter comprado um vestido da Gucci. Eu trouxe vários.

Discretamente, ele rolou os olhos e, em seguida, abriu um sorriso no canto da boca.

— Eu coordenei com Mark cada pedacinho dessa noite antes do show acontecer, Kizzie. O vestido é apenas uma parte do que planejei. Então, porra, por favor, me deixa seguir o plano.

Sorri.

— Só quis dizer que não precisava ter gasto com algo tão excessivo. Gucci, Zane? Em Paris? Eu faço uma ideia da nota que gastou. Ainda não esqueci o passeio na London Eye.

— Eu reservo metade do que ganho mensalmente para clínicas que tratam de pessoas com doenças psicológicas, para crianças com câncer e também instituições para idosos. Ainda assim, me sobra o suficiente para eu comprar uma mansão a cada semana, viajar para todos os quatro cantos do mundo na hora que bem entender, manter as minhas merdas e também sustentar minha família. Kizzie, meu dinheiro é praticamente infinito. Os juros que recebo a cada mês são

11 noites com você

o suficiente para me manter, é quase ridícula a quantidade de dólares que eu mantenho lá e ainda não consigo gastar. Porra, não quero que fique pensando no dinheiro, no que eu gasto com você, nas coisas que quero comprar pra você, porque isso definitivamente não vai fazer falta, eu nem vou ver esses números saírem.

— Zane...

— Só por essa noite, por favor, me deixe ser o homem que eu quero ser.

— Eu só não quero que banque nada...

— E eu só quero que você se divirta. Prometo que, se um dia formos num cinema, jantar em um restaurante, viajar para o Brasil ou qualquer coisa, eu deixo você dividir os custos comigo. Mas, merda, não vamos brigar por causa disso. Não agora.

— Viajar para o Brasil?

Ele mordeu o lábio inferior, escondendo o sorriso.

— Sim, é. Para curtir, sabe? Umas férias.

Ele não percebeu o que acabara de dizer? Zane estava claramente narrando um futuro para nós, dizendo que isso que tínhamos ia além daqui. Não pude controlar a felicidade que nasceu dentro de mim.

— Tudo bem — respondi, tentando esconder o turbilhão de dúvidas. — Vamos conhecer Paris, Zane.

Um passo foi o suficiente para ele chegar bem perto. Sua mão foi parar na lateral do meu rosto e, um segundo depois, sua boca encostou na minha. Senti um frenesi imenso me tomar quando nossas línguas se tocaram em um beijo lento, molhado e macio. Estar perto de Zane era como viajar para a cidade mais bonita do mundo, mas isso nada tinha a ver com Paris, e sim a maneira que ele fazia eu me sentir.

Mordi sua boca antes de ele se afastar e vi todo o fogo se tornar a base dos lindos olhos castanhos.

— Precisamos ir antes que eu não consiga parar — sussurrou, plantando um beijo casto no canto dos meus lábios.

— Então me guie, Zane.

Entrelaçamos nossas mãos, saindo pela parte dos fundos da casa de shows. O tempo estava agradável, nem muito quente, nem muito frio, o suficiente para a brisa suave tocar os meus cabelos e me arrepiar. Zane andou entre os seguranças e disse algo para Mark, ordenando qualquer coisa. O ímpeto quase me tomou quando percebi a razão de Zane ter feito o que fez: ele pediu que ninguém nos

Aline Sant'Ana

236

seguisse.

— Zane, não é seguro — orientei-o enquanto o assistia pegar a chave de um dos carros executivos.

— Estar ao seu lado pelas ruas da cidade, vestindo roupas que denunciem quem eu sou, com certeza é perigoso. Mas, hoje, eu vou conseguir esconder com perfeição e nós vamos poder curtir cada segundo.

Pegou das mãos de Mark um terno escuro e jogou sobre a camiseta. Trocou as botas por um sapato social e, na cabeça, colocou um discreto chapéu, que parecia muito com os que o personagem Neal Caffrey, da série White Collar, usava.

Inacreditavelmente, ele ficou lindo e nem parecia a mesma pessoa.

— Senhor, tem certeza que não quer que eu os siga? — indagou Mark, direcionando para mim um olhar extremamente preocupado.

— Eu tenho certeza — garantiu Zane. — Vou levar essa garota para conhecer Paris. — Ele abriu a porta do carro e eu sorri para ele. — Primeiro as damas, Marrentinha.

— Você não esquece esse apelido bobo?

Zane riu.

— Porra, eu nunca vou me esquecer de nada relacionado a você.

Acomodei-me no banco confortável e Zane entrou do meu lado, se inclinando para me roubar um beijo antes de dar partida. Estávamos agindo como um casal, eu sabia que estávamos. Isso era tão diferente perto dos encontros escondidos que tinha com Christopher. Zane não tinha medo de me exibir, mesmo sendo quem era.

— Está pronta? — Acelerou, tomando a primeira à direita em uma das ruas agitadas.

Meu coração estava palpitando, o suor escorrendo pelas costas. O meu sonho finalmente estava se concretizando. E confesso: com um guia turístico muito melhor do que planejei.

— Vou aonde você quiser me levar.

Ele tomou a mão que estava sobre a minha perna e a tirou dali. Zane puxou-a até seus lábios e beijou meus dedos. Ele perdeu um tempo dando vários beijinhos, olhando para frente e para o GPS que havia no painel, hora ou outra. Ainda assim, esse ato fez todas as minhas partes acelerarem como uma corrida Fórmula 1 entre as veias.

Por fim, Zane acomodou a mão sobre sua coxa, em um pedido silencioso de

11 noites com você

que me queria tocando qualquer parte dele.

Era como se não tivéssemos o suficiente.

Eu também me sentia assim.

Sorri e recebi um rápido sorriso de volta, percebendo que, Deus, a felicidade pode mesmo nascer de um único gesto.

ZANE

Meus planos começariam com a Torre Eiffel. Eu queria que Kizzie visse a cidade mais bonita em pleno verão em seu pôr do sol. Parei a algumas ruas de distância e abri a porta para ela, dei a mão para Kizzie e puxei o chapéu para a frente dos meus olhos.

— Você vai mesmo me levar para lá? — Kizzie indagou, com a boca aberta, observando a Torre Eiffel de perto.

Estávamos perto dos Jardins du Trocadéro e era realmente lindo. A distinção da esplanada de mármore com jardins tão belos deixava qualquer atração para trás. Havia muita gente passeando, outras já caminhando em direção à fila dos ingressos e outras paradas tirando fotografias em um dos lugares mais icônicos do mundo.

— Essa noite vou ser seu guia turístico e você vai aproveitar as maravilhas francesas.

Reconheci em seus olhos toda a paixão pela cidade e sorri ao perceber que estava realizando seu sonho.

— Isso é muito mais do que eu esperava. Obrigada, Zane.

— Você não precisa me agradecer. Espera, temos que fazer uma coisa antes de ir.

— O quê?

Retirei o celular do bolso e acessei a câmera. Eu não a usava muito, mas sabia que essa era uma circunstância ímpar. Antes de abraçar Kizzie, chamei um casal de senhores e pedi que tirassem uma foto nossa. Com um sorriso no rosto, expliquei como funcionava, e o homem rapidamente entendeu.

Abracei Kizzie e a trouxe para mim. Colei um beijo na lateral da sua têmpora e a apertei em meus braços. Kizzie sorriu, e senti sua risada doce vibrar entre nós. Antes que pudesse me conter, quando a sessão de fotos acabou, virei-a de lado e deixei um lento beijo na sua boca.

Quando me afastei, seus olhos chisparam, ela soltou o ar dos pulmões e tudo

Aline Sant'Ana

à nossa volta pareceu estar em câmera lenta. A única coisa que eu fui capaz de ver foram os lábios cor de cereja brilhando depois do beijo.

Caralho, Kizzie era mesmo a mulher mais linda que já tive.

Senti algo forte surgir dentro de mim, um instinto, uma vontade louca de acelerar o tempo e descobrir o futuro da nossa história. Eu sabia que algo importante estava acontecendo, porque, naquele segundo, eu já não era capaz de imaginar um dia sem essa garota, sem beijá-la, sem tocá-la, sem provocá-la.

Não seria capaz de deixá-la ir.

Confesso que não consegui reconhecer em um primeiro momento, porque o medo de sentir era muito maior do que a capacidade hedionda de ter um pouco de sentimento bom dentro de mim. O receio de me entregar, agora, era inferior à habilidade de assumir. Tudo em mim se transformou em nada, todas as ressalvas, os medos, o pavor de deixar o antigo Zane morrer, ficou tão irrisório quanto uma estrela no infinito.

Encarando aqueles olhos, admirando o sorriso, percebendo Kizzie estremecer em minhas mãos, eu soube.

— Kizzie, eu...

— Senhor, as fotos ficaram ótimas! — o homem me interrompeu com um sorriso gentil. Eu senti meu estômago revirar. Kizzie vacilou no sorriso, para depois abri-lo com mais afinco. — Bom passeio para vocês.

Automaticamente, peguei o celular, agradeci ao casal e segurei a mão de Kizzie. Reconheci, enquanto a levava para a base da Torre Eiffel, que o momento passou, e graças a Deus por isso. Talvez eu não pudesse dizer, não agora, enquanto ainda houvesse segredos entre nós.

Mas, porra, como eu sentia que aquilo estava crescendo dentro do meu peito.

— Você está bem? — ela perguntou docemente.

— Sim, Keziah — respondi, entregando nossos ingressos. — Perfeitamente bem.

11 noites com você

CAPÍTULO 22

I was in a rush
I was out of luck
Now I'm so glad that I waited
Well you were almost there
Almost mine, yeah
They say love ain't fair
But I'm doing fine?

— OneRepublic, "Won't Stop".

Kizzie

Zane se tornou um poço de inquietude de uma hora para outra. Notei que, antes de subirmos de elevador para o último andar da Torre Eiffel, havia algo que ele queria me dizer, mas, por ter sido interrompido, não conseguiu concluir.

— Tem certeza de que não há nada de errado? — cochichei, pois o elevador estava cheio. — Prometemos que seríamos sinceros um com o outro.

Eu não estava sendo honesta nesse relacionamento, então, senti tanta hipocrisia escorrer naquela frase que recuei. Zane tinha direito de saber sobre o meu passado e isso me matava. Ele foi franco comigo, abrindo parte da sua história, contando a relação estreita que tinha com o irmão. Foi inevitável me sentir culpada.

Enquanto meu celular vibrava dentro da bolsa, eu ainda podia experimentar a perseguição exalando um ar frio na nuca.

— Estou sim, Keziah — garantiu, e o elevador parou. As portas se abriram, as pessoas saíram e Zane entrelaçou nossos dedos. Por mais que estivéssemos no verão, a parte alta da Torre estava fria, como se a temperatura tivesse diminuído significativamente. Por sorte, Zane não foi reconhecido.

Caminhamos em silêncio até um estreito corredor e meus olhos tentaram capturar tudo com atenção. O pôr do sol estava quase terminando e Zane me puxou quando começou a correr para chegarmos ao melhor ângulo de visão. Quando chegamos às grades, ele abraçou a minha cintura por trás, colocando-me à sua frente, para que eu pudesse ter acesso ao cenário.

O céu estava pintado de azul, laranja e cor-de-rosa, as nuvens eram raras, como se estivessem ausentes de propósito, somente para eu ver a paisagem mais bonita que um dia tive a oportunidade de ver.

Aline Sant'Ana

240

Fechei os olhos ao inspirar o ar frio e os abri de novo, observando agora a forma geométrica de Paris, as luzes, já acesas, tornando aquilo mágico, como o Natal. Era tão especial que palavras me faltaram e, antes que pudesse perceber, estava chorando.

— Kizzie, você já esteve em um relacionamento, certo? — Zane sussurrou, colocando sobre meus ombros o seu casaco, e eu pisquei rapidamente para afastar a tristeza dos olhos. Sua pergunta foi súbita, no entanto, não me surpreendeu. Sabia que, uma hora ou outra, ele seria capaz de ligar todos os pontos.

— Sim, mas não foi nada parecido com o que estamos construindo agora.

— Um relacionamento complicado? — indagou, acariciando meus braços. A sorte era que agora Zane não era capaz de ver meu rosto.

— Estive com ele por dois longos anos — despejei, ouvindo meu coração bater nos tímpanos. Falar de Christopher nunca foi fácil, era como tocar uma ferida inflamada. — Eu o conheci através de Lyon, mas os dois não eram amigos de verdade, apenas se encontravam casualmente nos negócios. Então, ninguém sabia sobre o misterioso Christopher. Foi um primeiro encontro perfeito, o segundo incrível, o terceiro maravilhoso e assim por diante. Conheci-o de maneira superficial, sabia que trabalhava em várias cidades e só me via quando tinha tempo, também sabia que estava passando por um difícil divórcio. Aceitei todas as migalhas que ele me dava, porque era o que eu podia fazer. Afinal, era sua profissão e seu passado.

Zane me virou de frente para ele e logo notou as lágrimas que derrubei. Engoli em seco.

— Christopher se tornou parte de um processo de espera. Eu chegava a esperar por semanas até que pudesse vê-lo e isso, de alguma maneira, acabou nutrindo certa dependência e obsessão. Deixei que o sentimento bom se tornasse ruim e, antes que pudesse ver, já estava completamente ausente da realidade. Só um item do acaso me fez acordar e descobrir tudo... todas as coisas obscuras que Christopher guardava de mim, a verdadeira personalidade que escondia por trás do rosto bonito e profissional de homem bem-sucedido.

— O que ele escondeu de você, Kizzie?

Zane segurou as laterais do meu rosto e esperou. Eu sabia que aquele era o momento em que ele poderia ter preconceito. As pessoas dizem que isso não existe, que ninguém torce o nariz ao descobrir, mas infelizmente o mundo é machista e a culpa sempre cai sobre a mulher, o que é tão odioso e repugnante que nem precisava começar a narrar.

Esperava que Zane não me decepcionasse, que ele não fosse como todo o

11 noites com você

resto, esperava que ele fosse entender que eu não tinha como saber a respeito de Christopher. Se eu soubesse, evidentemente, não seria a responsável por fazer parte da sua sujeira.

— Ele não estava se divorciando. Mentiu para mim quando afirmou que estava solteiro e mentiu também sobre seu trabalho. Ele não precisava viajar tanto quanto dizia precisar. Enfim, Christopher ainda tinha uma esposa para voltar para casa e um filho. Pior ainda, estava iludindo outra garota, que também era, assim como eu, uma tola por acreditar em suas mentiras.

Vi quando os olhos de Zane se tornaram desafiadores. Ele estava com raiva e eu entendia o sentimento, porque o tive por muito tempo dentro do meu coração.

Respirei só quando Zane me envolveu em um abraço impulsivo, apertado e carinhoso. Lágrimas escorreram livremente dos meus olhos, por alívio ou dor, e eu não consegui controlá-las. Antes que pudesse segurar, soluços se tornaram tudo o que eu podia emitir.

— Eu sinto muito — sussurrou, trazendo-me ainda mais para perto, não parando de me acariciar até eu parar de chorar.

Zane

Enquanto eu nunca experimentei o amor, Kizzie provou o sabor mais trágico dele. Percebi que assumir que tinha se envolvido com o pior dos canalhas foi difícil. Será que ela ainda tinha sentimentos por ele? Fechei os olhos, inspirando para não perder o controle. A vontade que nasceu dentro do meu peito era de vingança e, fodam-se as consequências, durante um segundo, mal pude me reconhecer.

Durante um instante, eu quis mesmo matá-lo.

Porra, como conseguiu fazer esse tipo de coisa tendo uma mulher e um filho dentro de casa? Como ele pôde brincar com o sentimento de tantas pessoas assim?

Por mais que eu não quisesse fazer a pergunta, boa parte de mim havia se corroído com a notícia. Saber que Kizzie sofreu tanto era motivo o bastante para eu pirar, afinal, me importava com ela. No entanto, a angústia de saber se ela ainda nutria qualquer coisa boa pelo cara fez todas as minhas reservas ruírem.

Com o indicador, no fim de suas lágrimas, trouxe seu queixo para cima, porque precisava ver seus olhos. Meu coração estava acelerado, justamente por eu ter descoberto há tão pouco tempo o que Kizzie significava para mim, mas eu não podia dar para trás. Não agora.

— Você ama o Christopher?

Aline Sant'Ana

Odiava vê-la chorar. Odiava ainda mais a dor que seus olhos transmitiam. Esperei pela resposta e os segundos pareceram durar milênios. Não saberia qual seria a minha reação se a resposta fosse positiva.

— Não, Zane. Ele me feriu demais para ainda existir amor.

Respirei aliviado, tentando juntar as pontas soltas.

— É ele o homem que te liga no celular? Por isso toca tanto? — continuei. Caralho, eu estava com ciúmes, com tanta dor no peito que seria bizarro confessar em voz alta.

— Ele ainda me liga, mas tem seus motivos. Nós ainda não resolvemos tudo.

Umedeci a boca, sentindo uma facada no coração, e me afastei dela.

— Quais motivos?

— Eu não posso contar agora. — Ela cruzou os braços na altura dos seios e baixou o olhar. — Não estou preparada.

Kizzie parecia emocionalmente abalada e eu precisava lhe dar esse espaço, precisava livrar-me do egoísmo de tentar compreender em que nível Christopher ainda a afetava.

— Eu não quero te pressionar — assegurei, me inclinando para ajeitar seus cabelos. — Os planos para hoje não eram esses.

Ela abriu um sorriso lento e aliviado.

— Eu tinha tanto medo de te contar sobre isso. Medo que fosse pensar o pior de mim.

Franzi as sobrancelhas.

— Kizzie, ele foi um canalha. A culpa não é sua.

Ela negou com a cabeça.

— Eu sabia que tinha algo errado, sabia o tempo todo, eu só não esperava que fosse algo... que ele tivesse... um filho.

— Você não é responsável pelo relacionamento que ele tem com a mãe dessa criança ou com qualquer outra mulher. Você foi enganada, ele é um filho da puta sem escrúpulos. Porra, ele é o pior tipo de homem, Kizzie. Isso não é culpa sua.

— É o que o meu pai diz, repetidas vezes. Mas vamos mudar de assunto? Eu não quero estragar o nosso passeio com essas lamúrias.

— Conhecer uma parte sua nunca será ruim. — Ela sorriu e meu coração se deslocou em razão do gesto. — Preciso te levar para um passeio. Tem algo que quero te mostrar.

11 noites com você

— Mais segredos?

Foi a minha vez de sorrir.

— Mais surpresas.

Paris já estava com o céu completamente escuro e as ruas iluminadas quando descemos. A cidade parecia ter um efeito próprio de felicidade, pois, com o tempo, o humor de Kizzie foi sendo curado. Ela sorriu quando nos deparamos com um casal idoso se beijando às margens do Sena, e eu lhe mostrei a paisagem enquanto esperava o horário certo para a próxima surpresa.

— Paris é tão bonita. Acho que nunca vou me cansar dessa cidade.

— Vim aqui algumas vezes com minha família. Mamãe é apaixonada, principalmente pelas lojas.

Kizzie entrelaçou meus dedos nos seus.

— Me fale um pouco sobre eles, Zane.

— Quem?

— Sua família, seus pais e Shane.

— Minha mãe dedicou a vida toda a nós. Meu pai veio para os Estados Unidos para trabalhar, depois de uma proposta irrecusável, e conseguiu construir uma vida em Miami. Shane era muito pequeno, não tem mais o sotaque londrino atualmente.

— Você tem. — Kizzie riu.

— Sim, você gosta?

Os olhos dela brilharam.

— É, consigo aturá-lo.

Sabendo que ela estava me provocando, ri.

— Meus pais sempre fizeram tudo por nós, do possível ao impossível — continuei. — Minha mãe é naturalmente preocupada. Acho que, principalmente depois dos problemas com Shane, ela se tornou mais frágil. Qualquer coisa a abala e eu tento estar perto deles. Nem sempre consigo.

— Seu pai ainda trabalha?

— Se aposentou. Hoje vive ao lado da mamãe, torcendo para que ela tenha forças para lidar com Shane. Meu irmão não quis ir para a faculdade e ano que vem vai encontrar uma casa para morar. Está amadurecendo. Bem, não do jeito certo.

— Entendo — Kizzie pensou alto. — Shane precisa de certo cuidado, Zane.

Aline Sant'Ana

244

A banda seria uma ótima saída.

Comecei a pensar que ela tinha mesmo razão. Cada vez que Kizzie me mostrava o lado positivo de ter Shane perto de mim, eu conseguia me sentir um pouco melhor.

— E a sua família?

Kizzie deu de ombros.

— Perdi minha mãe muito nova, fui criada pelo meu pai, que também é empresário. Desde cedo, estive perto dessa realidade: celebridades e seus problemas. Acho que nasci para consertar vocês.

Quis dizer em voz alta que talvez ela tenha nascido para me consertar, mas me mantive calado.

— Seu pai deve ser superprotetor contigo.

— Ele é. — Sorriu. — Mas é um pouco ausente. Não reclamo, já estou com quase trinta, o problema é que ele viaja com outras bandas que administra, e eu também. Eu queria passar uma semana com ele, ouvindo seus conselhos, sua paixão por esportes radicais, a maneira livre que ele tem de ver a vida. Às vezes, tudo o que preciso é de um abraço e uma garantia de que tudo vai ficar bem. Acho que isso vai ser um pouco impossível, já que nunca estamos em um mesmo lugar.

— Não sou ele, mas posso te abraçar e garantir que tudo vai ficar bem, Kizzie.

A surpresa brincou em seus olhos e eu mordi o lábio para não sorrir. Puxei-a pela mão solta ao lado do corpo, me inclinei e deixei que ela envolvesse meu pescoço. Soltei o ar perto da sua orelha quando nos encaixamos e, ali, às margens do Sena, sem canção que nos embalasse a não ser o vai e vem do rio, comecei a dançar com Kizzie.

— *Don't worry. About a thing* — cantei baixinho e ouvi sua risada ao saber logo que música era. Claro que eu não conseguia cantar uma versão reggae, mas teria que servir. Pelo menos, a fiz sorrir. —*'Cause every little thing is gonna be alright.*

Dancei com Kizzie e cantarolei em seu ouvido. Ela adorou e cantou comigo, me fazendo sorrir. Eu era péssimo em dançar, não sabia absolutamente nada, mas o para lá e para cá eu conseguia fazer. Kizzie, tão pequena em meus braços, riu da espontaneidade daquele ato. Sabia que estávamos chamando atenção, mas eu não podia parar.

Cara, quando meu coração ficou cansado de bater tão forte por ela, trouxe seu nariz para o meu e fiz um círculo no contato, deixando, como resquício, um beijo breve na sua boca macia.

11 noites com você

— Preciso te levar para um passeio inesquecível. Vem comigo?

Ela não titubeou.

— Sempre.

Kizzie

Zane caminhou comigo até a parte dos barcos que faziam um passeio pelo Sena. Percebi que ele já tinha tudo planejado quando chamou o rapaz e mostrou dois tickets. A entrada era para uma área isolada em um barco que parecia mais como um minicruzeiro: todo iluminado, decorado e repleto de pessoas no meio, ansiosas para darem início a algo que eu não fazia ideia do que era.

— Zane, e toda essa gente?

— Eles não vão nos notar — prometeu, caminhando pela borda comigo, segurando no corrimão.

Graças ao acesso de Zane, passamos mesmo sem sermos notados, caminhamos até a ponta do barco com uma vista espetacular para a Torre e todo o rio.

— Meu Deus, Zane!

Soltei sua mão e levei ambas até a boca, para cobrir o suspiro de choque.

A mesa era literalmente na ponta do barco. Única, redonda e com cadeiras para duas pessoas. Possuía um pequeno conjunto de velas no centro, envoltas com pequenas casas de vidro, para impedir de o vento as apagar. Rosas vermelhas também estavam presentes, toalha na cor creme e guardanapos sobre pratos de louça fina com detalhes dourados chamavam a atenção.

Olhei para o lado, percebendo Zane inquieto e ansioso. Ele estava mordendo a boca para não sorrir e eu achava tão idiota essa mania dele, porque seu sorriso era uma das coisas mais bonitas do mundo. Quer dizer, ele era lindo como um todo, mas seu sorriso fazia meu coração querer criar asas e voar.

— Você gostou? — perguntou, apontando com o queixo para a mesa. — Eu nunca levei uma garota para jantar. Então, merda, me desculpa se estiver ruim o lugar ou a ideia.

— Você está maluco, né?

Ele mordeu novamente o lábio.

— Porra, fiz merda, não fiz? Sabia que era uma péssima ideia. Eu disse para o Mark que essa coisa de um jantar cheio de frufrus era terrível.

Aline Sant'Ana

246

— Zane, cala a boca. — Sorri, puxando-o para mim. — Tem ideia do quanto isso é romântico?

— Romântico é bom, né?

Soltei uma risada.

— Depende das suas intenções.

Ele elevou uma sobrancelha e estreitou os olhos.

— Romântico é a palavra mais negativa do vocabulário para mim, Kizzie. Fujo dessa merda há quase trinta anos.

— Mas agora você está tendo certas atitudes românticas e isso é bom.

— Espero mesmo que seja. Eu não sei o que estou fazendo.

Fiquei na ponta dos pés e beijei sua bochecha.

— Está fazendo certo, querido.

— Estou nervoso — sussurrou e suas mãos suadas provaram o ponto quando seguraram as laterais do meu rosto.

— Você está comigo, Zane. Relaxe e aproveite. É só um jantar, não é?

— Não sei, Kizzie. — Seus olhos castanhos brilharam à meia-luz das velas. — Acho que é muito mais do que isso.

Descobri, naquele segundo, que morrer não acontece apenas uma vez. O coração pode parar por alguns segundos e isso pode te fazer perder os sentidos e, enfim, morrer, só para nascer de novo.

Enquanto seu rosto descia para o meu, com intenção de me beijar, revivi cada um dos nossos momentos. Quando sua boca tocou a minha e sua língua acariciou a parte interna da minha boca, por fim, provocando um beijo cheio de sentimentos, reconheci que aquilo parecia destinado a acontecer. Dentro do meu coração, a paixão havia se enraizado e se tornado cada parte, cada batida, cada respiração, cada ansiedade que corria nas veias.

Zane estava no meu coração. Mesmo machucado, ferido e aparentemente impossibilitado de amar de novo, o guitarrista me consertou. Ele o fez sem intenção. Eu sabia que isso era tão assustador para ele quanto para mim. Porém, agora não havia mais volta. Zane me conquistou com cada parte da sua honestidade, do seu mau jeito com as mulheres e do seu esforço em fazer o melhor por mim, ainda sem sequer saber como fazê-lo.

Era encantadora a sua inocência para o amor.

Nos afastamos do beijo quando se tornou quase inevitável a perda do controle. Zane tinha um sorriso bobo no rosto quando abri os olhos. Dessa vez,

11 noites com você

ele me deixou vê-lo por completo: os lábios cheios e rosados, os dentes bonitos e o gesto que me fazia não ter dúvidas de que aquilo já era amor mesmo antes de ser.

Segurando minha mão, ele puxou a cadeira para que eu me sentasse à sua frente. O garçom nos perguntou sobre as bebidas e vi Zane folhear o cardápio até pedir em francês o *Cristal Roederer Brut Millésimé*, um champanhe de quatrocentos e dez euros que nem pude reclamar, porque ainda estava entorpecida demais com todas as sensações e o gesto carinhoso do jantar.

Prometi para mim mesma que não atrapalharia seus planos.

— Eu não entendo muito desses pratos chiques, Kizzie. — Zane riu quando o garçom se afastou. — Yan e Carter certamente saberiam.

— Você quer ajuda?

O canto da sua boca se ergueu.

— Toda que você puder me dar. Só entendo de bebidas mesmo.

— Então, vamos lá.

ZANE

Senti-me um babaca por não saber guiar o jantar; Carter e Yan eram experts nisso. Porra, eles já estiveram em relacionamentos, então tinham experiência nesse tipo de coisa. O nervosismo me pegou de maneira súbita, mas, é claro, Kizzie me acalmou só com seu sorriso.

Ela pediu noz de vieira, abóbora *potimarron* e castanhas para a entrada. No jantar, comemos pato tenro, figo *rôtie*, molho *bigarade* e polenta cremosa. Pensei que não poderia ficar melhor, entre as risadas e o clima descontraído que adotamos, além da boa comida, mas Kizzie selecionou como sobremesa um *bostock* de amêndoas com pera, caramelo de manteiga e sorvete de leite.

O ponto alto da noite foi vê-la se deliciando com o doce.

Apesar de vir pouca comida no prato e, porra, mal sustentar um homem grande como eu, sorri satisfeito quando Kizzie colocou a última colherada de sorvete nos lábios, fechando os olhos e apreciando a comida francesa.

Terminamos o champanhe e fomos para a segunda garrafa.

Sabia que tinha sido uma ótima escolha. Pelo menos nisso eu não decepcionava.

— Você tem mais planos para mim? — Kizzie indagou e a paisagem parecia tão linda se somada a ela. O céu escuro e o rio brilhante refletiam a luz da lua.

Aline Sant'Ana

248

Estávamos dando a volta e, novamente, passando perto da Torre Eiffel.

— Quando desembarcamos, vamos dar outra volta. Tem um lugar especial que quero te levar.

Kizzie parecia solta, sorridente e linda.

— Estou adorando isso, Zane. Acho que nunca fui tão mimada em toda a minha vida.

Uma parte minha sorriu por dentro. Quer dizer que o inexperiente aqui até que sabia alguma coisa?

— Porra, você não faz ideia de como isso me alivia.

O barco parou na margem e eu saí com Kizzie antes de todos. Nós íamos caminhar até o carro, mas decidi que poderíamos fazer um passeio a pé, para ela aproveitar mais a cidade.

Kizzie estava de salto, me lembrei. Ela se incomodava com essa merda?

— Ei, seus pés estão doendo? — perguntei, tomando sua mão na minha. Isso não era um costume que eu tinha antigamente, com ninguém, mas agora parecia tão natural com ela.

Eu estava me tornando um dos caras românticos da banda, não estava?

— Um pouco — assumiu, sorrindo ao tropeçar.

— Vou te levar de carro até onde pretendia te mostrar. É uns trinta minutos a pé, mas não vou te fazer sofrer.

— Deixa de bobagem. — Kizzie se apoiou no meu braço e retirou um sapato, depois o outro. Deus, ela ficava minúscula sem os saltos. — Pronto, estou livre!

Sorri e tomei sua mão na minha.

Chegamos à *Pont des Arts* em quarenta minutos com uma caminhada lenta. Kizzie abriu os lábios, observando a iluminação e a movimentação das pessoas sobre uma das áreas mais populares de Paris. Coloquei o chapéu ainda mais sobre o rosto para que ninguém me reconhecesse e levei Kizzie para a beirada. Nos apoiamos e suspiramos juntos ao admirar a paisagem.

— Há não muito tempo, as pessoas colocavam cadeados aqui. Sabe que lugar é esse?

— Sim — Kizzie concordou, pensativa. — Era uma tradição, mas, como a ponte estava cedendo, decidiram retirar os cadeados.

— Sim, uma pena.

Caralho, meu coração ia sair do peito. Agora eu compreendia como

11 noites com você

Carter e Yan se sentiam; eu nunca mais zombaria das coisas que aqueles caras enfrentaram. Sabia que não poderia adiar muito mais, agora era o momento, e eu precisei fechar os olhos para tomar coragem.

— Sabe, Kizzie. Eu não sei muito sobre relacionamentos. Sei que alguns podem ser corrosivos e outros perfeitos. Tenho o exemplo dos dois bem na minha frente. Yan e Lua, Carter e Erin, mas eu nunca, de fato, vivi isso. Nunca estive com alguém.

Ela apoiou os cotovelos sobre a grade, que antes carregava cadeados e agora tinha exposição de arte das ruas. Kizzie virou o rosto para mim e abriu um sorriso.

— Eu sei, Zane.

— Depois que fiquei com você e percebi o efeito que causava em mim, porra, relutei como um louco, porque parecia tão surreal eu me sentir assim, parecia tão surreal eu querer alguém. Justo eu, Kizzie. Eu que sou um merda, que não tenho sentimentos, que não sei lidar com eles.

— Foi assim para mim também. — Eu respirei um pouco aliviado quando ela disse isso.

— Não sei como fazer isso direito, Kizzie — proferi baixo, numa confissão sussurrada.

— O que está dizendo?

Sua postura mudou e eu senti que ela alterou o peso de um pé para o outro. Virei-a para mim, tomando sua mão, e a outra enfiei dentro do bolso da calça. Não sabia se Kizzie aceitaria, não fazia ideia se ela me queria como eu a queria, mas eu não podia ficar sem tentar.

Retirei do meu bolso um cadeado e entreguei para ela.

— Esse cadeado é o que coloco no case da minha guitarra. Foi o único que encontrei para te dar. Sei que não é mais tradição aqui, mas queria encontrar uma maneira de fazê-lo, Kizzie.

— Zane...

— Posso não ser o cara ideal para você, mas eu te quero. — Coloquei o cadeado sobre a beira da grade, apenas apoiado ali, e tomei suas mãos. — Não tem nada no mundo que eu queria mais do que você e, porra, se isso não é motivo o bastante para darmos início a um relacionamento, eu não sei o que seria.

— Eu não sei se estou pronta.

— Eu também não estou. Honestamente, nunca vou estar se não tentar. Quero poder não pensar que o que temos pode terminar a qualquer instante ou que você pode encontrar um cara melhor do que eu, sei lá. Pode ser que eu esteja

Aline Sant'Ana

te pedindo muito, em razão do que você passou com o Christopher, porém, eu nunca vou quebrar seu coração, Kizzie. Acreditar em palavras é difícil para você, eu sei. Mas deixa eu te mostrar, deixa eu te provar que vai ser diferente.

Vi que um par de lágrimas escaparam dos seus olhos. Peguei o cadeado e o coloquei novamente na palma da sua mão.

— Namora comigo, Kizzie.

Ela baixou a cabeça e ficou um tempo olhando o cadeado. Ele era esquisito e nada romântico. Porra, era preto, cheio de espinhos falsos, parecia algo punk e eu usava para espantar o Yan para que não mexesse na Fender sem a minha autorização, mas foi o que consegui.

— Não podemos prendê-lo nem jurar que o que temos vai durar, mas acho que não precisamos dessa merda, né?

Ela riu e segurou com mais força o cadeado. Kizzie olhou para o rio e, subitamente, jogou o cadeado lá. Ela se aproximou de mim e o meu coração começou a bater na garganta.

— Nós não precisamos de um cadeado preso na Pont des Arts para que isso se concretize. Sabe, alguns fazem isso com um beijo, Zane.

— Isso é um sim? Marrentinha, não fale em enigmas comigo. Não agora, porra.

Sua gargalhada me fez sorrir.

— Sim, Zane. Vamos namorar. Vamos ver no que isso vai dar.

— Vou tentar ser o melhor para você. — Me inclinei, ouvindo nos tímpanos o coração. A felicidade tinha uma razão para bater na minha porta e, por mais que eu estivesse completamente cego em uma área desconhecida, deixei que Kizzie segurasse minha mão e me guiasse.

— Você já é. Eu garanto.

Kizzie

Caminhamos até o carro, num silêncio confortável, pensando sobre a noite mágica que tivemos. Quando enfim chegamos, Zane delicadamente segurou minha cintura, colocando-me entre seu corpo e o carro. Seu olhar estava quente como sua mão, sua pele e seus lábios. Tínhamos passeado bastante, mas algo me dizia que o fogo que se acendeu nele nada tinha a ver com o exercício. Passei a ponta da língua na boca subitamente seca.

— Preciso beijar você, posso?

— Geralmente você não avisa antes, Zane.

Um sorriso provocante se formou no rosto esculpido.

— É que esse pedido envolve eu beijando cada centímetro do seu corpo, Kizzie. Sua boca? É só o começo.

Exalei forte, já sentindo os arrepios na nuca vagarem por todo o corpo.

— Eu queria chegar ao hotel para conseguir responder o sim com muito mais do que as palavras e você vem com essa?

Ele piscou, surpreso.

— Merda, Kizzie — sussurrou. Seus lábios desceram para os meus e as mãos grandes apertaram a minha cintura, me moendo contra o seu corpo forte. A parte de cima do seu terno, que estava em meus ombros, caiu aos nossos pés. — Não faz isso comigo.

A intensidade dos nossos sentimentos estava naquele beijo, na maneira que sua língua girou na minha, sem permissão, me deixando tonta e com os joelhos fracos. Na área mal iluminada da cidade, em uma quadra distante da movimentação de pessoas, Zane mordeu meu lábio inferior, reivindicando-o para si. Tudo o que pude ouvir foram nossas respirações ofegantes, batalhando por espaço no meio do beijo, enquanto a minha vontade era de arrancar aquelas roupas e tê-lo dentro de mim.

Zane leu meus pensamentos e me guiou para a porta traseira do carro executivo. Ele se deitou primeiro e eu caí em cima dele, ávida por sua boca, já trabalhando em suas roupas. Sua altura não era muito favorável, mas conseguimos fechar a porta. Tive que rir quando Zane, ao tentar se adaptar, bateu a cabeça no teto.

— Não tem espaço para eu te dar carinho aqui, Kizzie. — Gemeu quando desci até ele, mordendo seu queixo e movimentando o quadril sobre a ereção que já estava dura entre nós.

— Só quero você, Zane. — Encarei seus olhos, puxando o vestido para cima dos quadris e abaixando a alça, livrando meus seios do aperto. Lancei um olhar para tudo em torno de nós, percebendo que os vidros ficaram rapidamente embaçados com o calor dos nossos corpos. Zane devorou-me nua da cintura para cima, molhando a boca como se pudesse se alimentar do meu corpo. — Você pode me dar isso?

Seu intenso olhar durou cinco segundos até ele ter o controle novamente. Sua mão veio parar na minha nuca e sua boca me beijou com tanta intensidade que correntes elétricas desceram do estômago até a calcinha, se tornando prazer líquido.

Aline Sant'Ana

Zane soltou um grunhido e sua boca desceu da minha para o queixo, o pescoço e, por fim, abocanhou um dos meus seios. Vi estrelas pelo prazer, segurei seus cabelos grossos e compridos e guiei Zane pelo meu corpo, mostrando onde ele deveria beijar.

Entre nós havia tudo, menos limites.

As mãos desceram pelas minhas costas, puxando o vestido enquanto ele me provocava, sugando, mordendo e beijando meus mamilos, fazendo o formigamento que nascia ali descer em espiral pela minha barriga. Sabia que estava pronta para ele, tão acesa no clitóris quanto a Torre Eiffel à noite.

Zane colocou os dedos atrevidos nas laterais da calcinha, indo em direção ao centro. Quando percebeu o quanto eu estava molhada, ele riu contra a minha orelha.

— Quando chegarmos ao hotel, eu vou te provar, Kizzie.

Gemi com a expectativa. Aquele homem era tão bom nos acordes da guitarra quanto com a língua em mim. Zane desceu-a pelo meu corpo, lambendo, me provando, enquanto apertava a calcinha nas duas mãos, rasgando-a. Soltei um suspiro quando ele se livrou da peça e me ergui um pouco para abaixarmos o zíper da sua calça e a cueca.

Para minha surpresa, ele não vestia nenhuma.

Zane deixou o pênis livre, duro, rosado e em riste alcançando o meu umbigo, e eu tive que fechar os olhos, porque o prazer por aquele homem era absoluto. Puxei sua camisa até ter acesso a algumas tatuagens e aos piercings no mamilo. Com o membro latejando entre nós, me inclinei para ele, tomando aqueles pontos brilhantes na boca. Seus quadris vieram automaticamente para cima, me fazendo sorrir contra o piercing.

— Você sabe o quanto eu sou sensível aí?

Ele levou a mão para o teto do carro e jogou a cabeça para trás, batendo no vidro que, de tão esfumaçado, corria pequenas gotículas.

Brinquei com a ponta da língua, sentindo Zane quente, passando até o tecido do vestido que ainda estava na minha barriga. Seu pênis era abrasador.

— Eu adoro a sua sensibilidade. O seu sabor...

— Preciso estar dentro de você. — Seus olhos castanhos ficaram suplicantes e o beijo que se seguiu foi tão intenso e quente quanto cada centímetro do carro. — Pega a camisinha no meu bolso, por favor.

Para provocá-lo, passei a mão por todo o seu membro antes de chegar à calça, sentindo as veias saltadas na palma da mão. Zane gemeu tão forte que

11 noites com você

vibrou nos meus tímpanos e eu ri de novo enquanto rasgava a camisinha.

Era tão maravilhoso ter esse controle sobre ele.

— Você quer me matar, porra!

— Não, não quero.

Ele abriu um meio-sorriso afetado.

— Quer sim.

Sorrindo, rasguei o pacote da camisinha e lentamente a desenrolei sobre ele. Zane me olhou, atento a cada detalhe; era como se ele quisesse se lembrar disso.

— Pronto?

Ele riu baixinho.

— Olhe para baixo. Estou pronto, Kizzie.

— Engraçadinho.

Soltei um suspiro antes de me apoiar nos bancos do carro, erguendo meu corpo e abaixando-me para poder fazer nós dois nos conectarmos.

No momento em que Zane colocou-se dentro de mim, olhei em seus olhos, percebendo que ali existia muito mais do que desejo, havia mesmo sentimento. Ele sorriu quando desci por completo, e eu me mordi para conter o gemido alto. Apoiei-me nas laterais, em qualquer lugar que poderia, para fazer a movimentação.

Acostumando-me a ele, fiz a primeira tentativa e cerrei as pálpebras de prazer.

Estar com Zane era inimaginável.

ZANE

O prazer de um homem era olhar uma mulher sobre seu corpo, guiando o sexo, ditando seu ritmo. No entanto, fazer isso admirando uma garota que gostava de verdade, por quem havia nutrido sentimentos, que agora era sua namorada, não tinha preço.

Não sei por que demorei tanto tempo para encontrar isso dentro de mim. Talvez, na verdade, não fosse para ser, talvez eu precisasse de Kizzie para ativar o gatilho.

Só ela e mais ninguém.

Kizzie, com os cabelos soltos, as bochechas rosadas e os olhos brilhantes, subiu e desceu, ditando o sexo entre nós. Ela era tão pequena e apertada, e eu

Aline Sant'Ana

254

não fazia ideia como conseguia abrigar-me tão bem, mas ela era capaz. Ô se era. Capaz de me fazer sentir tanto prazer que poderia me passar por um adolescente, gozando precocemente ao ter a garota mais bonita da turma tirando sua virgindade.

Segurei em sua cintura, livrando o esforço dela, observando Kizzie se perder em meu corpo como se estivesse bêbada por mim. Porra, eu também não estava diferente, sentindo o calor descer e escorrer em forma de suor, o prazer formigar as minhas bolas, tornando-as duras e preparadas para qualquer coisa. Meu pau era a única coisa recebendo quantidades exorbitantes de sangue, bombeando e se tornando tão duro dentro de Kizzie.

Acomodei-me melhor, praticamente me sentando nos bancos traseiros. Trouxe Kizzie para mim e agarrei sua bunda, ajudando-a a aumentar o ritmo. Ela beijou meus lábios, tonta enquanto chupava sua boca, virando a língua e vibrando seus gemidos dentro do beijo, enquanto eu alongava. Consegui erguer os quadris, indo rápido, fundo e intenso, experimentando o prazer tão perto da liberação que precisei chupar o pescoço de Kizzie para ocupar a boca ao invés de soltar grunhidos animalescos.

Suas mãos foram para os meus ombros, Kizzie puxou meus cabelos e começou a beijar cada parte do meu rosto. Nossos corpos, unidos e úmidos, se tornaram complementares.

Eu ia, Kizzie vinha, e as batidas da sua quebra doce se tornaram audíveis. Os gemidos, agora, perdidos um no outro.

Escutei o carro balançar forte, os amortecedores fazendo esforço para aguentar a força do nosso sexo. Sorri contra a boca de Kizzie, colocando o polegar em seu clitóris muito inchado enquanto fazia um círculo, ajudando-a a ter um orgasmo.

Kizzie parou de se mover, ela se apertou contra mim e eu acelerei, para levá-la ao ápice. Seu corpo estremeceu, levou longos segundos até se tornar mole em mim e eu a segurei com força. Ouvi seu ofegar e Kizzie começou a beijar meu pescoço, passando a língua na pele suada, e eu mordi forte o maxilar, porque aquilo foi o que me levou ao limite.

Agarrei seus quadris com força, estocando fundo e rápido uma dúzia de vezes até sentir o meu pau crescer e gozar com entusiasmo. Kizzie estremeceu de novo e eu soube que a minha atitude, com sua sensibilidade, trouxe-a a outro orgasmo.

Com a visão escura de tesão, pisquei várias vezes até captar a expressão de Kizzie. Ela sorriu, toda suada, com os cabelos bagunçados. Eu afastei as mechas do rosto e beijei seus lábios, ofegando ainda do nosso esforço para nos livrar do

11 noites com você

tesão em um espaço tão apertado.

— Não me esqueci da promessa de beijá-la por inteiro.

— Nem eu me esqueci de dizer sim de outra maneira.

Por mais que eu tivesse acabado de ter prazer, por mais que meu corpo estivesse saciado, meu coração não estava. Eu desejava Kizzie muito além da racionalidade e da vontade de ter prazer. Era como uma condenação perpétua, da qual reconhecia que jamais seria capaz de me livrar.

E não me importava nem um pouco.

— Vou cobrar, linda.

Ela sorriu e colou sua testa na minha.

Escutando as batidas do peito ecoarem pelos ouvidos e atingirem até as bochechas, consegui, no silêncio, escutar outra coisa. Algo que me fez lembrar que, por mais que Kizzie fosse perfeita para mim, ela ainda tinha coisas para resolver com outro alguém, ela ainda possuía um passado para colocar em ordem.

Kizzie ainda tinha um segredo e um relacionamento para abdicar.

Encaramo-nos, como se uma troca de reconhecimento passasse entre nós. Kizzie umedeceu os lábios e afastou o olhar, encarando a bolsa que vibrava, com um semblante triste e nostálgico.

A música do celular ao fundo me fez lembrar o diálogo de hoje. Eu sabia que seria difícil me contar toda sua história, só que aquilo não me amedrontava porque, de alguma maneira, por mais que ela tivesse uma situação para resolver, eu pensava que, para ter aceitado ser a minha namorada, era porque existia uma razão para lutar. Para ficarmos juntos.

— Estou aqui — sussurrei para ela, desconectando-nos no sexo. Cobri-a com o vestido e a abracei.

— Acredito em você — murmurou uma última vez antes de eu a sentir colocar uma pedra sobre o assunto.

Aline Sant'Ana

11 noites com você

CAPÍTULO 23

All the words unspoken
Promises broken
I cried for so long
Wasted too much time
Should've seen the signs
Now I know just what went wrong

— **Lady Antebellum, "Wanted You More".**

Meses atrás

Kizzie

Lidar com o sentimento de traição era demais para suportar. Fiquei com tanta raiva de Christopher que isso me fez fisicamente mal. A dor de amá-lo me consumiu até se tornar ódio, e o sentimento se agravou com as tentativas de reconciliação infundadas da parte dele.

No entanto, agora, nada disso importava.

O esforço que fiz para mantê-lo afastado seria em vão porque o fim do relacionamento era, na verdade, só o começo. Podia jurar por tudo que era mais sagrado que o medo que estava sentindo era tão intenso quanto o pior dos pavores.

Com as mãos trêmulas, mandei uma mensagem para Oliver, pedindo que ele viesse com um "SOS", pois isso era tudo o que eu podia digitar. Sabia que ele viria em um instante ou dois, todavia, nem a sua amizade seria capaz de me salvar. Nada seria.

A porta se abriu cerca de vinte minutos mais tarde e eu a havia deixado aberta, esperando Oliver chegar. Quando vi seu rosto, meu coração se aliviou. Caí em prantos quando Ollie me achou e, jogada no chão do banheiro, solucei em seus braços.

O perfume de Oliver me cobriu de um sentimento bom. Uma época em que nada era complicado e o mundo era cor-de-rosa. Eu podia acreditar em unicórnios, no amor perfeito e no "felizes para sempre". Naquela época, a minha inocência era até bonita e poética.

— O que houve, Kizzie? — Oliver indagou, acariciando minhas costas. Eu estava coberta de vômito; confesso que parecia um pedaço nojento de ser humano, mas a aparência fazia jus à angústia que tomava meu coração.

Aline Sant'Ana

258

— Estou quebrada, Ollie. Eu não tenho forças para te contar. — Arfei, apontando para cima. — Está tudo lá, tudo o que você precisa saber.

Os olhos de Oliver se abriram, incrédulos, quando ele entendeu tudo.

— Oh, Kizzie... O que foi que você fez?

A suspeita se tornou uma dúvida verdadeira quando, durante duas semanas, o mal-estar tomou conta de mim. Faltei em várias reuniões de Archie, sobrecarregando Oliver, depois de quase desmaiar no banheiro pela intensidade dos enjoos. Minha visão turva, a fraqueza se tornando insustentável e os vômitos me impediram de me alimentar direito por dias.

Então, a menstruação atrasou um mês inteiro.

Confiei quando Christopher me garantiu que havia feito vasectomia. O homem era sincero, honesto comigo, não era? Eu não tomava pílulas por causa dos efeitos colaterais que me incomodavam. Então, de que maneira eu poderia estar atrasada?

Fui até a farmácia e comprei o melhor teste de gravidez que encontrei. Ouvi e não prestei atenção nas recomendações. A única coisa que fiz foi abaixar as calças, fazer xixi no palito e esperar alguns minutos. Os mais longos minutos da minha vida.

— Kizzie, você precisa de tempo para pensar a respeito — Oliver me orientou enquanto eu estremecia. — Vamos conversar. Vou te colocar na cama.

Estava fraca, com o estômago péssimo e o coração pesado. O primeiro teste deu positivo, o segundo e o terceiro também. No quarto, fiquei mais enjoada e acabei vomitando em minhas roupas. Chorei sozinha, não porque estava grávida, esse era um sonho muito antigo, mas porque estava esperando um bebê de um homem que não merecia nem a mim nem ao meu filho.

Tive horas para pensar a respeito antes de chamar Oliver.

Eu queria ter esse bebê, nem cogitei a respeito, também contaria para Christopher, mas nunca o deixaria ter acesso a essa criança. Por mais dinheiro que ele tivesse, jamais seria capaz de deixar a esposa descobrir as suas falcatruas. Ele não lutaria, a fim de não estragar a farsa de bom moço. A sorte podia estar a nosso favor.

— Eu não tenho o que pensar a respeito, Oliver. Aconteceu e eu descobri há poucas horas, mas já amo esse bebê, independente do pai.

— Uau, você pensou rápido.

Fuzilei o meu amigo com o olhar, por mais que ele não tivesse culpa. Somente a insinuação indireta já me deixou angustiada.

— Aborto não é uma opção, Ollie.

11 noites com você

— Eu sei, me desculpa. — Ele me abraçou novamente, pegando-me no colo dessa vez. Levou-me até a cama e soltou um suspiro quando me examinou. — Kizzie, você quer que eu converse com ele? Se não quiser vê-lo, não precisa contar pessoalmente.

Abri um sorriso fraco.

— Hoje em dia não precisamos de nada disso. Pegue o celular e todos os testes para mim. Estão no banheiro.

Oliver, relutante, fez o que pedi. Coloquei todos os testes sobre a perna, deitada na cama, um ao lado do outro. Segurei o celular e focalizei principalmente no resultado. Com um suspiro, tirei a foto.

"Quatro testes, todos positivos.
Precisamos conversar a respeito disso, Christopher."

Lágrimas caíram, sentimentos tão conflitantes dominaram-me. Odiava Christopher, porém, já era capaz de amar o meu bebê. Não queria que aquele homem dissimulado tocasse, beijasse, abraçasse, soubesse da existência dele ou dela, mas não era capaz de guardar uma mentira desse nível. Afinal, um óvulo não é fecundado sozinho.

Desliguei o celular quando percebi que ele me ligou. Não estava disposta a conversar, não agora. Confesso que a alegria de ser mãe, por maior que fosse o medo de criar o bebê sozinha, inundou meu peito quase imediatamente. Sempre sonhei com isso, sempre imaginei, só não encontrei o homem certo.

É, eu realmente não havia encontrado o homem certo, também não estava nos planos ser mãe agora, porém, eu jamais seria capaz de abdicar de um presente desses. Deus quis assim, seria assim.

Acariciei a barriga plana, perdida nos pensamentos. Vi Oliver me encarando, com receio nos olhos. Sabia que ele não concordava com a ideia de eu ter essa criança, contudo a decisão já havia sido tomada.

— Aconteça o que acontecer, Ollie. Eu vou ter esse bebê.

Aline Sant'Ana

11 noites com você

CAPÍTULO 24

Said, woman, take it slow
And it'll work itself out fine
All we need is just a little patience
Said, sugar, make it slow
And we'll come together fine
All we need is just a little patience

— Guns N' Roses, "Patience".

Dias atuais

ZANE

Kizzie programou um momento relaxante para todos nós. Ela agendou uma massagem no hotel para mim e os caras, exercícios na academia e um tempo na piscina. Nunca pensei que fosse precisar de uma pausa, mas reconheci que foi necessário.

Carter se aproximou de mim, amarrando o robe na cintura. Acomodamonos nas espreguiçadeiras da área interna e isolada enquanto esperávamos as meninas. Yan também se deitou ao nosso lado e pela manhã toda usou óculos escuros, para esconder as olheiras das noites mal dormidas.

Porra, eu fazia uma ideia de como isso estava sendo difícil para ele.

— Como foi o passeio com Kizzie? — Carter perguntou e eu aproveitei para pegar o cigarro e fumar um pouco.

Acendi e traguei, fechando os olhos.

— Eu e ela estamos tentando.

Ele se empertigou na espreguiçadeira, e Yan tirou os óculos, chocado.

É, eu sabia que ficariam incrédulos.

— Sério? Você está em um relacionamento? — Yan questionou.

— Sim, precisei oficializar. Eu a pedi em namoro.

— Uau! — os dois disseram juntos.

— Não dava mais para lidar com isso sem nomear — continuei e fiz uma pausa. Traguei mais uma vez, sorrindo ao me lembrar do sexo no carro, ainda que a situação após o motim tenha sido um pouco constrangedora. — Eu gosto

Aline Sant'Ana

da Kizzie de verdade.

— Merda, eu vou realmente ter que comprar uma coroa para a garota, certo? Prometi que, se isso acontecesse, nós teríamos uma rainha entre nós — Yan brincou pela primeira vez em dias. Sorri para ele, batendo em seu ombro.

— É, não sei. É uma tentativa. Kizzie tem algumas pendências para resolver e eu torço para que isso não atrapalhe a nós dois.

— Só vai atrapalhar se você tiver a cabeça fraca, Zane — Carter aconselhou. — O que quer que Kizzie te conte, você precisa ser maduro o bastante para lidar com isso.

Geralmente eu fazia o tipo de cara explosivo. Foram incontáveis as vezes que arrumei briga por pouco. Precisava controlar a impulsividade, porque algo me dizia que o segredo de Kizzie não era uma pequena moeda caída em uma avenida. Era algo grande e eu precisava ter paciência. Deus, que eu conseguisse lidar com toda essa bagunça.

— Ela esteve em um relacionamento com um cara e, de alguma forma, eles ainda não se resolveram — esclareci, sentindo aquele assunto me corroer por dentro. — Não sei o motivo, não sei a razão de ela não ter colocado uma pedra em cima, porque parece que Kizzie não gosta mais do cara. No entanto, ele liga para ela e a procura constantemente. Kizzie não responde, ela o deixa ali, ligando sem parar. Cara, se vocês soubessem a vontade que tenho de atender aquela merda e mandá-lo ir se foder...

— Você não sabe as razões de Kizzie para não atender. E se ele for do tipo violento? E se existir uma ordem judicial? E se for mais sério do que você pensa, Zane? — Carter arriscou, me fazendo fuzilá-lo com o olhar.

— Porra, se ele for do tipo de cara que bate em mulher, eu mato ele, Carter. Foda-se. Se ele tocou um dedo na Kizzie...

— São suposições — Yan salientou, sendo a voz da razão. — Você não sabe a história deles, Zane. Não pode se meter e muito menos se precipitar.

Tive que rir.

— Falou o cara que meteu os pés pelas mãos ao trair a Lua. Yan, você sabe que não há racionalidade em um relacionamento. Não há, merda.

— Sim, há sim — Carter pensou alto. — Zane, você precisa se controlar. Sei que isso deve estar te incomodando, mas, se Kizzie não contou, é porque ainda não se sente pronta. Cara, promete pra mim que não vai pressioná-la? Promete que não vai colocar tudo a perder sendo um babaca ciumento?

Traguei o cigarro, pensando na noite passada. Eu conseguia pensar com tranquilidade no assunto quando Kizzie ficava perto de mim. Sem ela, o instinto falava mais alto. Eu quase deixava de lado a importância que esse recomeço tinha para ela, eu quase ignorava tudo e me tornava egoísta, querendo-a só para mim.

— Eu não sei se posso prometer isso.

Carter apoiou os cotovelos nos joelhos, inclinando-se para frente. Os olhos verdes pareceram verdadeiramente preocupados.

— Prometa — exigiu mais uma vez.

Fechei os olhos, soltei a fumaça dos pulmões e encarei os meus dois melhores amigos. Ambos eram meu exemplo de que a paciência era uma virtude e que, se a deixasse ir, as consequências poderiam ser desastrosas.

— Eu gosto dela, de verdade — repeti pela segunda vez no dia. — Porra, sim, eu prometo.

— Certo. — Carter suspirou, e Yan voltou a colocar os óculos escuros.

— Tenha fé, Zane — Yan murmurou. — Tudo tem seu tempo certo.

Kizzie

— Hoje eu tive uma conversa séria com a Lua — Erin disse, fechando os olhos ao receber a massagem.

Eu estava deitada de bruços ao lado da Erin, nua da cintura para cima, sendo apertada pelas mãos mais maravilhosas que um dia já pude sentir. Pedras quentes estavam sobre a linha da minha coluna e o cheiro no ambiente era de incenso de rosas e velas queimando.

Por mais que eu tivesse relutado com o Zane, dito que esse programa era somente para a banda e Erin, ele fez questão que eu tirasse um tempo de folga para mim também.

Confesso que foi maravilhoso.

— E o que ela disse?

— Nós choramos. — Erin se virou para mim, lágrimas escapando dos seus olhos azuis. — Foi horrível, Kizzie.

Estiquei a mão para alcançá-la e Erin fez o mesmo. Ofereci um sorriso para ela porque isso era tudo o que eu podia fazer, além de dar conselhos.

— Eles vão se resolver, Erin. É só questão de tempo.

— Não acho. Ela está convicta de que ele foi o errado da história e não quer perdoá-lo. É o que mais me dói e o que me faz mal a reconhecer. Lua é sempre tão alegre e divertida. No telefone, ela só chora e diz coisas terríveis sobre o Yan. Sinto-me mal porque gosto dele e acabo defendendo os dois lados. Nós meio que brigamos depois de eu ter dito que ela precisava parar de pensar com a raiva e passar a ver as coisas através do coração.

— Ela vai cair em si quando o vir novamente. Falta tão pouco para essa viagem acabar.

Erin soltou a minha mão e secou as lágrimas. As mulheres que estavam massageando nossas costas perguntaram se queríamos que saíssem para termos essa conversa em particular. Nós não nos importávamos e pedimos que elas ficassem.

— Lua está com um papo esquisito. Quer pegar o carro e fazer uma viagem pelos Estados Unidos. Ela quer desaparecer antes de ver o Yan, antes de dar uma chance para ele se explicar. Segundo Lua, traição não tem desculpa.

— Ela tem razão, mas nada disso teria acontecido se aquela foto não existisse. Além do mais, se Lua sabia da insegurança de Yan, por que o provocava? Se ausentar, só pensar em si mesma, evitar a relação... Isso não parece uma atitude muito madura.

— Ela seguia a sua vida, entre amigos, trabalhando e sendo independente. Não acho isso errado, Kizzie, mas também não acho que ela poderia ser tão insensível com ele. Reconhecendo os pontos fracos, tudo o que ela precisava fazer era passar um pouco de segurança para Yan. Seria o bastante para ele não perder a cabeça.

— Eu sinto muito por eles, Erin. Eu queria que eles encontrassem um meio-termo.

Ela parou de chorar aos poucos e nós não tocamos mais no assunto. Eu sabia que para Yan estava sendo difícil e para Lua também, só não compreendia como eles poderiam chegar a um acordo.

— E você e Zane? — Erin trocou o tema, abrindo um sorriso cuidadoso. — Alguma novidade?

— Na noite passada nós fomos à Torre Eiffel.

Erin soltou um suspiro.

— Ah, que romântico!

— Ele me levou para jantar em um barco e nós fomos até a *Pont Des Arts*. Advinha o que ele fez?

— Eu realmente não faço ideia.

— Zane D'Auvray me pediu em namoro.

11 noites com você

A reação de Erin foi hilária. Ela se levantou e as pedras caíram no chão. Abriu a boca em surpresa e as massagistas se afastaram pelo susto.

— Eu não posso acreditar!

— Ele me deu um cadeado para simbolizar. Foi uma atitude muito bonita. Ah, Erin. Eu gosto tanto dele.

O sorriso dela, dessa vez, foi completo.

— Você sabe que ele nunca, em toda a sua vida, namorou, não é?

Assenti, sentindo-me subitamente envergonhada.

— Sim, eu sei.

— Isso é tão bonito! Você está apaixonada, não está? Dá para ver em seus olhos.

Lembranças da noite passada preencheram a minha cabeça. Voltamos para o hotel e, mesmo cansados, transamos na cama, na parede e no chão. Zane me reivindicou para si até três horas da manhã e, quando tivemos que lidar com uma cãibra em sua panturrilha, soubemos que era hora de parar. Dormi, mais uma vez, em seus braços. Encarando a Torre Eiffel iluminada da janela, soube que jamais esqueceria a noite em que ficamos oficialmente juntos.

— Estou sim, Erin. Eu não pensei que fosse possível, tão rápido e de repente, ainda mais depois do que eu passei... pensei que não seria capaz de me apaixonar de novo.

Erin cobriu o corpo com uma toalha e se sentou ao meu lado. Dispensou as massagistas e me encarou com cuidado.

— Quando estiver pronta para falar sobre isso, já disse, estarei aqui.

Desviei o contato dos olhos dela porque eu choraria se me lembrasse do verdadeiro motivo de ter tido tanto medo de me envolver com Zane.

Erin se afastou e me deixou sozinha na casa de massagem da hotelaria. Meu celular vibrou sobre a maca e eu reconheci no visor o nome de Oliver. Estava com saudade dele e prontamente atendi.

— Ollie!

Ele perguntou como estava sendo a viagem nos últimos dias, questionou a respeito dos meninos e do trabalho. Eu também perguntei para ele como estava o andamento das coisas com Archie, e Oliver disse que tudo estava se encaminhando como o previsto.

— Apareceram alguns boatos sobre você e o Zane. Justo ele, Kizzie! — Oliver gargalhou do outro lado, puxando assunto, e eu sorri pelo fato de ele ainda não

Aline Sant'Ana

266

saber de nada. — Você deve ter se divertido muito com isso.

Fiquei em silêncio, esperando que Ollie entendesse o recado. Levou alguns segundos para ele captar.

— Kizzie? — chamou-me em tom de alerta. — Era mentira, certo? Você não está se enroscando na cama do cara mais cafajeste da banda.

— Ah, ele não é assim...

— Kiz!

— Eu juro, Oliver. Ele é um bom homem. Nós estamos... hum... nos conhecendo melhor.

— Merda, já está apaixonada por ele?

Fechei os olhos, não gostando do tom de repreenda de Ollie. Ele tinha toda razão de me colocar um alerta gigante na testa, mas ele não sabia como Zane havia mudado por mim, as coisas que fez para me conquistar, para chegarmos onde estávamos agora.

— Estou. Ele é diferente. Zane é completamente discrepante de Christopher.

Oliver soltou um suspiro.

— Tudo bem. Eu sinto muito. Só fiquei preocupado. Ele já sabe? De tudo?

— Zane?

— Sim.

— Ele não sabe — afirmei. — Não de tudo.

— Kizzie, você sabe que precisa contar para ele uma hora, quando se sentir mais segura. Não tem pressa. Ao menos, explique a respeito do seu relacionamento com Christopher.

— Já disse sobre essa parte, mas ainda não pude contar o outro lado da moeda. Há tanta coisa, Ollie.

— Eu sei.

— Você está decepcionado comigo?

— Evidente que não — Oliver exasperou. — Só estou preocupado pelo fato de você ter passado por um trauma recente que te levou a tanta dor e sofrimento. Eu tenho medo de você se machucar de novo.

— Zane não vai me magoar — garanti, ainda que fosse idiota fazê-lo, pois só estávamos começando. — E sobre os traumas que passei, estou tentando digerir, Oliver. Eu não sei se um dia vou conseguir superá-los. No entanto, talvez, Zane seja capaz de compreendê-los. Talvez ele até me apoie quando eu contar.

11 noites com você

— Ele seria louco se não te apoiasse, Kizzie.

Engoli em seco.

— Talvez ele seja tudo o que falta para eu ser feliz mais uma vez.

— Ser feliz de verdade — ele corrigiu.

Coloquei a mão sobre a barriga e fechei os olhos um segundo depois de desligar o telefone. Minha garganta começou a coçar e eu soube que as lágrimas, tão parceiras e odiosas, estavam retornando.

Eu precisava afastar o pensamento daquilo.

Recebi uma mensagem no celular e verifiquei para saber se era sobre o trabalho. Christopher havia entrado em contato e, junto com as dez mensagens não lidas, enviou um anexo: era a foto do seu divórcio assinado por ele e sua esposa.

De: Christopher

Isso é sério e aconteceu há uma semana. Estou tentando te avisar que eu não vou deixar você, Kizzie.

De: Christopher

Eu espero que você não esteja com esse guitarrista da banda na qual está trabalhando.

De: Christopher

Eu vou matá-lo se for verdade.

As ameaças estavam cada vez mais frequentes, tanto a respeito de Zane quanto de mim, e eu não seria capaz de suportar. Christopher disse tantas coisas horríveis em seguida que tive que soltar o celular e fechar os olhos. As lembranças do pior dia da minha vida saíram do passado e entraram no presente, me fazendo tremer e perder a cabeça.

Naquele segundo, lembrando tudo o que passei, senti-me quebrar em mil pedaços, me desfazer em mil partículas até desaparecer.

Erin deve ter escutado meu choro, pois entrou em um rompante pelas portas de correr. Não neguei o seu abraço, chorei em seu ombro, e senti o carinho em minhas costas.

— Kizzie, eu nunca te vi tão desesperada assim. O que houve?

A dor física não foi nada se comparada à emocional. Tudo aconteceu em um espaço tão curto de tempo que não tive a capacidade de aceitar. Ainda era difícil,

Aline Sant'Ana

268

sempre seria difícil, e, por mais que Zane fosse um homem maravilhoso, ele ainda não sabia o que tinha acontecido comigo, ele não sabia a posição que se colocaria ao se apaixonar por mim. Se um dia ele me amasse, se um dia ele fosse capaz de ser muito mais do que um namorado, como seria contar para ele que o nosso futuro possuía limitações?

— Erin, eu não posso...

Ela me abraçou mais forte em seus braços magros, respeitando o tempo que eu levava entre respirar, soluçar e chorar.

— Seu telefone está tocando — Erin avisou. — Quer que eu atenda?

Uma onda de desespero me cobriu tão forte que senti o coração bater perto da boca e dos ouvidos, como se quisesse sair de mim. Peguei o celular, coloquei perto da orelha e atendi a ligação.

O suspiro do outro lado da linha foi o suficiente para eu entrar em pânico, mas eu não podia dar um passo atrás.

— Pare de me ligar, de me perseguir e me ameaçar! Eu não tenho medo de você. Eu. Não. Tenho. Medo! — urrei, as lágrimas atrapalhando, o desespero fazendo a minha voz sair tremida e aguda. Erin se assustou, chegou a recuar, mas ficou ali, por mim. Ainda que ela não soubesse qual era a minha história, lágrimas saíram dos seus olhos azuis. — Eu não quero ver o seu número, não quero saber do seu divórcio, não quero ouvir a inicial do seu primeiro nome!

Ele não esboçou nenhuma reação, apenas suspirou de novo antes de desligar.

— É o seu ex? — Erin perguntou, se aproximando com determinação. — Precisamos avisar a polícia assim de chegarmos a Miami. Está entendendo, Kizzie? Ele está te ameaçando, não está?

— N-não é só isso.

— Kizzie, você está me matando. Conte-me o que aconteceu, por favor. Vou poder te ajudar se você me falar.

— Isso não tem conserto, Erin. Não tem cura. Christopher acabou com a minha vida e a chance de eu ser feliz de novo.

— O que ele fez?

As palmas das minhas mãos sangraram. Eu não sabia que estava enfiando as unhas tão fortemente a ponto de me ferir. Soltei, apoiei as palmas machucadas sobre as coxas nuas e, pela primeira vez em meses de sofrimento, contei para outra pessoa, além de Oliver, o que aconteceu.

— Eu fiquei grávida, mas essa era a parte boa. Apaixonei-me pela criança em um segundo. Foi o amor mais súbito que já senti. — Lacrimejei, mordendo o lábio

11 noites com você

para não chorar. — Eu amei tanto esse bebê, Erin. Mesmo sendo fruto de um amor de mentira, de um pai ardiloso e horrível, de uma traição. Christopher era casado com outra mulher, tem um menino lindo...

Ela se aproximou, chorando também ao me abraçar de novo.

— Por que você está falando desse bebê no passado?

Erin se afastou para me encarar. A dor nos meus olhos foi o suficiente para ela saber a resposta.

— Eu... Ah, Kizzie. Eu sinto tanto.

— Eu sei.

— Eu sinto muito — repetiu e nós ficamos em silêncio, lado a lado, até meus pulmões pararem de queimar com o choro e os incensos de rosa se extinguirem.

Zane

As meninas demoraram muito para virem até nós, mas, antes que eu fosse verificar se havia algo errado acontecendo, duas garotas e dois garotos entraram na área da piscina, imediatamente nos reconhecendo.

— Ai, meu Deus! Zane, Yan e Carter! — a mais baixinha delas comentou, já correndo em nossa direção. Ela nos cumprimentou e eu sorri pelo seu nervosismo. — Zane, você é o meu preferido. Tira uma foto comigo?

Tentei parecer apresentável para ela enquanto saía nas fotos. Tirei com os garotos e a outra menina também, que era muito mais tímida do que a primeira. Não pudemos autografar por falta de material e eu não fazia ideia de como eles entraram em uma área reservada.

Em um rompante, Mark entrou, ofegando pelo esforço.

— Desculpe-me, senhores. Eu estava na recepção e não vi eles chegarem.

— Está tudo bem — Carter garantiu. — Obrigado pelo carinho.

— De nada! — As meninas nos abraçaram uma última vez antes de ir.

Começamos a comentar sobre as fãs quando, distraidamente, meus olhos pairaram sobre Erin e Kizzie se aproximando a passos lentos da área da piscina. Ambas estavam com as bochechas vermelhas e os olhos brilhantes e não tive dúvida de que tinham chorado. Fui até Kizzie, sem me importar com mais nada além do seu bem-estar. Próximo o suficiente, envolvi as laterais do seu rosto com as mãos e a fiz me olhar.

— Oi, linda.

Aline Sant'Ana

— Oi, Zane.

— O que houve?

Kizzie abriu um sorriso para mim.

— Nada. Papo de menina. Você já está pronto para almoçar?

Desci as mãos do seu rosto para capturar as suas. Kizzie recuou visivelmente quando as toquei. Baixei os olhos e vi que suas palmas estavam com marcas de unha, em carne viva e com sangue.

— O que é isso? — Trouxe-as para mais perto, sentindo o coração acelerar. — Quem te machucou, Keziah?

— Eu mesma. Fui me apoiar e acabei colocando força demais. É bobagem.

Ela estava mentindo para mim. No primeiro dia da nossa tentativa oficial de relacionamento, ela já estava me contando a primeira merda. Movi o maxilar para frente e para trás, pensando no que fazer em seguida.

— Pensei que havíamos concordado com a sinceridade.

Kizzie desviou o olhar.

— Isso faz parte daquilo que ainda não estou pronta para te dizer. Agora, nós podemos comer? Estou faminta.

— Não mude de assunto, Kizzie. Conte-me o que aconteceu.

— Zane. — Ela suspirou e ficou na ponta dos pés para me alcançar. Os olhos dourados cintilaram quando nossos narizes se encontraram e eu senti aquela coisa estranha borbulhar no meu estômago, como acontecia sempre que ela estava perto. — Se você tentar se impor sobre mim, isso não vai funcionar. Por favor, nós podemos deixar isso de lado e almoçar? Temos um passeio rápido para fazer e um avião para pegar.

Lancei um olhar para Carter e Erin. Ela estava tão arrasada quanto Kizzie, e eu não fazia ideia do que elas tinham conversado de tão grave. Carter prendeu o meu olhar, desviou para Kizzie e fez uma negativa, como se me lembrasse imediatamente do seu conselho.

Sem pressão, certo? Eu podia fazer isso.

Virei-me para Kizzie, roubei um beijo da sua boca, ainda com o resquício salgado das lágrimas, e me obriguei a sorrir.

— O que você acha de macarrão aos quatro queijos?

11 noites com você

CAPÍTULO 25

I'm falling even more in love with you
Letting go of all I've held onto
I'm standing here until you make me move
I'm Hanging by a moment here with you

— Lifehouse, "Hanging By A Moment".

Kizzie

Contar para Erin o que aconteceu fez eu me aproximar ainda mais dela. Senti que, no decorrer do dia, nossa amizade se fortaleceu e Erin me reservou um espaço para descrever o drama que sofreu até ter o seu "felizes para sempre" ao lado de Carter.

O clima amenizou.

Zane parou de fazer perguntas, nós almoçamos em um dos melhores bistrôs de Paris, os meninos conseguiram fazer tudo no tempo certo entre passeio e arrumação das malas e, antes que pudéssemos piscar os olhos, já estávamos com Jim, o piloto, prontos para deixar Paris e ir para o penúltimo destino: Berlim.

Fiz questão de deixar para trás Christopher e todo o trauma que me causou. Naquele instante, eu só queria aproveitar Zane.

— Sempre quis conhecer Paris, jamais pensei que receberia um pedido de namoro na Pont Des Arts — brinquei com Zane, acomodando-me em seu abraço. Estávamos de pé no centro do avião esperando Yan, Carter e Erin subirem.

— Há um ano, quando Carter ainda estava indeciso sobre como pedir Erin em namoro, eu disse que mulheres não precisam de nada elaborado. Claro, eu nunca tinha me envolvido sério com ninguém, mas garanti para ele que não era necessário levar a garota para a Torre Eiffel e fazer um pedido pomposo em Paris. Era só chegar e dizer o que sentia de verdade, entende?

Os olhos de Zane estavam escuros como a noite, os cabelos soltos ao redor do rosto, junto com uma barba por fazer. Ele vestia uma calça jeans desbotada, camiseta roxa com a logo branca da banda e um perfume maravilhoso.

— Sim, eu entendo.

— A ironia agora é que eu fiz exatamente o que zombei no ano passado. Ah, Kizzie, estou pagando com a língua todas as coisas que eu disse.

Aline Sant'Ana

272

— Ah, é? Você zombava dos relacionamentos? Eu até imagino — provoquei. — Devia dizer que sentimentos são superestimados, que Dia dos Namorados é a coisa mais brega que você já viu, que andar de mão dada é tão clichê e bobo que te causa enjoo.

Zane sorriu.

— Eu disse tudo isso. — Abaixou-se, percorrendo a ponta do nariz do meu queixo até a orelha. — Porque eu não sabia como era, não tinha noção do sentimento até começar a experimentá-lo com você. Eu morro de medo de a gente se magoar e fazer merda, mas, porra, pela primeira vez, sinto que o risco vale a pena, Kizzie.

Zane segurou minha nuca, entrelaçando os dedos grossos nos meus cabelos, obrigando-me a olhá-lo. Sua boca estava entreaberta, esperando o beijo, e o brilho nos seus olhos fez uma chuva de fogos em plena festa de Ano Novo ser irrisória.

— Ainda tem coisas que não entendo, que não desvendo sobre Keziah Hastings, mas, agora, na altura das circunstâncias, você poderia ser quem quisesse, guardar o segredo que fosse, que não me impediria de sentir o que sinto. — Eu inspirei forte. — Meu coração parece querer encontrar uma chave para sair do peito toda vez que você aparece. Transar contigo é o melhor dos prazeres. Beijar você é, porra, uma perdição. Sinto falta de ar, sinto vontade de parar o tempo, sinto falta de você. Tudo junto, Kizzie. É muita coisa para um cara só.

Precisei sorrir, admirando os traços do seu rosto, pensando que ele talvez fosse a maré de sorte depois de uma infinidade de azar.

— Eu tô apaixonado por você, Keziah. — Ele soltou a frase de uma vez, titubeando entre encarar meus olhos e a boca. Meu coração parou de bater e, mais uma vez, Zane me fez morrer. — Me desculpa por ter imposto que me dissesse hoje mais cedo o que houve. É só preocupação. Juro, gata. É só isso.

A euforia veio primeiro, querendo espaço para aumentar seu tamanho e fugir. Depois, surgiram as borboletas, tomando conta do meu estômago, partindo para as pernas, braços e cabeça. Eu prendi o ar quando a angústia veio e a soltei quando não vi necessidade de me sentir mal pelo que estava sentindo. Era o nosso momento. Zane D'Auvray estava apaixonado por mim.

— Eu mal te reconheço. — Acariciei seu rosto com carinho, experimentando a barba pinicar a palma da minha mão machucada. Não me importei nem um pouco. A sensação era maravilhosa, porque dentro de mim só existia amor.

— Também não me reconheço.

— Sabe, eu não teria dito sim ao pedido se não estivesse nisso também. Eu não deveria, tentei não me apaixonar, mas aconteceu, Zane. Aconteceu tão rápido

11 noites com você

que não tive como me defender.

Sua boca desceu lentamente para a minha, porém ele não me beijou. Ficou parado alguns instantes, trocando o ar comigo, fazendo toda a expectativa se tornar insuportavelmente deliciosa.

— Você não tinha que se defender, Kizzie. Tinha que se entregar para mim, por inteiro. Da mesma maneira que cada parte minha foi entregue a você. — Ele tomou a palma da minha mão e segurou com delicadeza. Guiou as pontas dos meus dedos para tocarem da sua testa até o nariz, os lábios cheios e o queixo arrogante. Descendo para o pescoço e sobre a camisa, Zane parou. Ao lado do coração, pude sentir os batimentos acelerados.

— Não duvide, Kizzie — ele pediu, descendo meus dedos para a sua barriga coberta e o jeans. Lentamente, levou a mão que estava guiando para suas costas e eu a coloquei sob a camisa, como sempre, reconhecendo a pele abrasadora.

— Não duvido.

Curvou-se e tocou lentamente sua boca na minha. Zane advertiu com uma mordida lenta no lábio inferior o que pretendia e eu, absorta demais, não seria capaz de negar. Segurei seu cabelo e ele segurou o meu, colei nossos corpos e senti sua língua encontrar a minha. Com os sentimentos públicos, a verdade sobre o que guardávamos tão real e distinta quanto o oxigênio no ar, tudo que precisamos fazer foi realizar com os lábios aquilo que vinha do coração.

Zane plantou diversos beijinhos na minha boca antes de se aprofundar mais uma vez. Completamos em nossas línguas o espaço que faltava para chegarmos à perfeição do sentimento. Nas inverdades, na minha história oculta, existia tanto de nós dois quanto só de mim e, se isso fosse tão intenso quanto estava parecendo ser, eu precisava me abrir para ele.

— Uau, vocês beijam assim todas as vezes? — Carter zombou, e Zane ofegou ao se afastar de mim.

— Merda, Carter — resmungou baixinho contra os meus lábios.

— Estou fazendo o seu papel. Lembra quando eu estava com Erin? É justo eu encher seu saco.

— Se não fosse por mim, vocês nem estariam juntos. — Com relutância, nossas bocas se afastaram.

Erin sorriu, olhando-me docemente antes de encarar seu amigo.

— Você é um cupido, Zane. Ficaria tão bonitinho de fralda de pano com asas nas costas, carregando um arco e uma flecha de coração — zombou.

Aline Sant'Ana

Zane franziu as sobrancelhas.

— Você pode me fantasiar de cupido, Erin. Isso não vai ferir a minha masculinidade.

A risada que se seguiu foi inevitável.

— O voo será breve, apenas uma hora — avisou o filho do piloto antes de Mark entrar conosco. Decidi que alguns seguranças iriam dentro do avião porque, em Berlim, a comoção era enorme. Lá eles tinham um dos maiores fã-clubes da banda. — Apertem os cintos.

Zane se sentou em uma poltrona do lado da minha e pegou uma garrafinha de uísque. Observando-o se deliciar com o álcool, pensei sobre nós dois. Estávamos expostos, como duas crianças nuas embaixo de uma tempestade. Sabíamos que estávamos apaixonados, porém, isso seria capaz de sustentar nossa história?

Havia tanta coisa em jogo além do meu passado. A carreira de Zane, a minha profissão, a reação da mídia. Teríamos que enfrentar preconceitos e falatórios, principalmente eu, porque poderiam criar tantas calúnias a respeito da minha carreira que eu nem seria capaz de listar mentalmente.

Ainda assim, apesar dos pesares, Zane me trouxe força. Eu não me expus sozinha, lidando com minhas próprias dores. Zane também o fez. Ele nunca deu a oportunidade para alguém se aproximar, nunca imaginou que isso valesse a pena, entretanto, aqui estávamos nós: eu, com feridas de bala no coração, e Zane, com um órgão tão puro e cor-de-rosa dentro do peito pela inocência de nunca ter se apaixonado.

Por mais que eu acreditasse que ainda éramos a receita para um desastre, decidi, naquele instante, que lutaria por nós dois.

ZANE

A comoção em Berlim me arrancou do devaneio. Chegamos em meio a flashes, perguntas íntimas, fãs escandalosas e, confesso, muito calor humano, ainda que o tempo não estivesse tão quente quanto em Paris. Nunca pensei que iríamos enfrentar tantas fãs e paparazzi na capital alemã. Da última vez que viemos, fomos recepcionados por muito menos.

— Tirando os Estados Unidos e o Brasil, a Alemanha tem a maior concentração de fã-clubes da The M's. Eles são os terceiros em escala. Por isso, eu já estava prevendo esse rebuliço todo — explicou Kizzie, me arrancando um sorriso.

A essa altura, percorrendo o desembarque ao lado dela, por mais que tivesse uma quantidade exorbitante de pessoas, eu só queria tornar as coisas reais entre nós.

Segurei sua mão, surpreendendo-a. Kizzie ficou dura ao meu lado e resistiu por um minuto inteiro até aceitar o gesto e finalmente ceder. Caminhamos dessa maneira. Eu estava com os ombros relaxados, os dedos entrelaçados nos dela, sentindo a apreensão de Kizzie diminuir a cada passo que dávamos. Ouvi suspiros de choque dos paparazzi ao reconhecer que aquilo, com certeza, valia uma boa quantia pela foto.

— Você está bem? — Aproximei-me do seu ouvido para questionar.

Kizzie deixou os olhos brilharam quando sorriu. Os flashes aumentaram e eu sorri em retorno porque, porra, vê-la assim, demonstrando seu carinho em público, era uma prova que eu sequer sabia que precisava.

— Sim, estou bem.

Mark caminhou entre nós com sua equipe e eu segui ao lado de Kizzie de mãos dadas até ter acesso à área externa. Os flashes só pararam quando as portas do carro se fecharam.

Saindo do aeroporto *Schönefeld* via *Hermannstraße*, chegamos ao Hilton em trinta minutos, com o sol fazendo pouco para aquecer a cidade de Berlim. Kizzie saiu do carro primeiro e precisamos fazer algumas paradas para os fãs que estavam do lado de fora. A minha garota, no entanto, nos deixou sozinhos porque, já com o celular na orelha, iniciou uma série de instruções para Georgia do outro lado da linha. O show aconteceria ainda essa noite, pensei, enquanto autografava e tirava algumas fotos. Eu sabia que Kizzie ficaria enlouquecida no segundo em que colocasse os pés na capital alemã.

— Primeiro os painéis, Georgia. Não posso fazer um show com os telões desligados. Já verificou o som? E os amplificadores? Os efeitos visuais. Os fogos! Ah, meu Deus. Os fogos! — Continuou dando ordens e eu sorri para ela quando me aproximei. Por mais que aquele trabalho a deixasse completamente louca, eu via que Kizzie o amava. Ela vestia uma capa profissional e adotava outra personalidade. Era quase como ver a transformação do Peter Parker em Homem-Aranha.

Carter, Erin e Yan se aproximaram de mim quando passamos pelas portas e chegamos à recepção do Hilton. Fomos bem recebidos, os caras pegaram nossas malas e nos guiaram para o andar exclusivo da equipe e da banda. O hotel era bem luxuoso, um clássico, com uma decoração dourada, contrastando com lustres gigantes, quadros caríssimos e toda a parafernália com a qual eu não me importava muito. De qualquer maneira, Kizzie também ignorou todo o resto, porque estava louca com os preparativos.

Aline Sant'Ana

— Ela trabalha muito — Erin opinou, de frente para o seu quarto com Carter. Já estávamos no corredor, assistindo Kizzie andar de um lado para o outro, falando ao telefone sem parar. — Me preocupo com a saúde dela, Zane.

— Eu nunca vi Stuart se dedicar tanto — concordou Carter, abrindo a porta com o cartão magnético.

— Precisamos conversar com o Yan para ver o que ele acha de dividirmos um pouco as responsabilidades de Kizzie — Erin continuou.

— Yan não está com cabeça para isso — lembrei. — De qualquer maneira, a Kizzie ama esse trabalho. Ela realmente gosta.

— Não é bom para ela se estressar tanto — Erin ressaltou.

Senti que ela quis dizer mais do que estava dizendo. Erin se inquietou, cruzando os braços na altura dos seios, olhando-me com uma expressão de arrependimento.

— O que houve, Erin?

— Não é nada, Zane. Eu só estou preocupada com ela.

— Por quê?

Carter entrou no quarto e deixou a porta aberta, mas nos deu privacidade suficiente para conversarmos.

— Ela confiou em mim. Sabe que não posso dizer.

— E você não confia em mim?

— Eu não posso dizer — voltou a negar. — Zane, eu não devo.

O início da minha história com Kizzie era agora. Eu sabia que era importante dar todo o espaço que ela precisava, porém, tinha total certeza de que não conseguiríamos passar do primeiro mês se ela continuasse mantendo-me longe dos problemas.

Já sabia que ela carregava um passado ao lado de um homem mau caráter. Agora, o que me restava saber?

Aproximei-me de Erin e segurei cada lado dos seus ombros, de modo que pudesse olhá-la nos olhos. Erin titubeou, eu reconhecia que ela me considerava muito. Porra, eu tinha feito bastante por ela e Carter e continuei fazendo ao longo dos dias enquanto estiveram juntos. Nossa amizade já tinha passado da fase de desconforto, eu a amava como uma irmã.

— É a primeira vez que me permito gostar de alguém, Erin. É a primeira vez que eu imagino algo além do dia seguinte, que penso num futuro. É a primeira vez que eu fico mexido, que me apaixono, que sinto que poderia, sei lá, ser um cara

11 noites com você

melhor. Eu sou um cara melhor perto dela. Caramba, você sabe disso.

Erin fechou os lábios em uma linha fina. Seus olhos marejaram e ela desviou o olhar.

— Eu quero a Kizzie, independente do que venha de adicional. Um passado sombrio? Uma merda de um problema? Foda-se. Eu realmente não me importo. No entanto, não sou criança, tenho plena noção de que não vamos conseguir seguir adiante sem que sejamos sinceros.

— É muito pessoal, Zane. É algo que vocês precisam conversar. Talvez não agora, mas no futuro. Eu não tenho o direito de dizer.

— Merda, Erin.

— Ela passou por algo grande. Kizzie não está bem emocionalmente, isso é tudo que eu posso falar — continuou.

— Por quê?

— Não é direito meu contar, não vou interferir, por mais que eu ame vocês dois juntos e acredite na sua mudança. Você não vai saber por mim.

Soltei os ombros de Erin e exalei.

— Por que tanto mistério?

— As pessoas levam tempo para se curar, Zane. Você apareceu no processo de cura da Kizzie. Ela não está cem por cento ainda e, além disso, tem que lidar com o sentimento que está nutrindo por você. É muita coisa. Ela só precisa de alguns dias ou semanas. A hora certa vai chegar.

Então, por que eu tinha dentro de mim um sentimento de que, quando a hora certa chegasse, seria tarde demais?

Kizzie

Berlim era uma cidade que misturava a modernidade dentro da sua história. A Alemanha me pareceu mais fria do que eu esperava para o verão e, mesmo tão perto de Paris, conseguia trazer ares completamente novos. As pessoas, todas as que consegui colocar os olhos, eram extremamente bonitas e os carros, pelo que pude notar, eram sempre extravagantes.

A Europa, diferente da América e, principalmente, dos Estados Unidos e a sua cidade de Miami, conquistava outra economia. Era possível ver a diferença entre classes e a qualidade de vida oposta ao que via diariamente.

Levei os meninos logo que chegamos à cidade para a arena localizada em *Friedrichshain*. Descobri que a empresa *02 Alemanha* permitia diversos

Aline Sant'Ana

278

espetáculos por aqui. Apesar de o foco ser nos jogos de hóquei e basquete, os concertos também estavam em alta. O local tinha capacidade para quinze mil pessoas e, novamente, os ingressos estavam esgotados. Contei para eles logo depois de passar as coordenadas para Georgia. Eu não tinha dúvidas de que, se eles fizessem dois shows seguidos em cada capital, lotariam as arenas da mesma maneira.

— Precisamos mesmo fazer o ensaio e o show direto? — Yan perguntou, brincando com as baquetas antes de subir no palco.

Zane estava sentando na borda do palco, colocando a correia da Fender em torno do corpo, carregando-a como uma extensão dos seus braços. Eu achava bonita a relação que ele tinha com sua guitarra, a maioria dos rockstars gostava de exibir uma quantidade exorbitante de instrumentos, mas não ele. Zane tinha um carinho especial pela Fender. Ele a adorava.

— Vocês precisam treinar sim, Yan. Nunca tocaram aqui e precisamos testar o som dos instrumentos. Sem folga.

Yan abriu um sorriso cauteloso, olhando-me de canto de olho.

— O que foi?

— Se assumiu com o Zane, não é? — ele provocou, me fazendo sorrir. — Os tabloides falarão várias coisas sobre isso amanhã.

— Lyon terá que cuidar das repercussões em Miami. Não pretendo olhar as páginas de fofoca até ter estômago para isso.

Yan era o maior dos meninos. Sua mão cobriu todo o meu ombro e pesou sobre ele. Senti que o baterista estava me oferecendo sua amizade se eu precisasse, e vi, naquele momento, que estar no meio desses garotos e da Erin era muito mais do que apenas estar, era pertencer a uma família.

— Estou feliz por vocês, Kiz. Ele precisava encontrar um rumo. Zane precisava encontrar você.

— Obrigada, Yan — respondi verdadeiramente.

— Bem, eu realmente tenho que tocar a bateria, certo?

Ri.

— Sim, você precisa subir lá.

Yan deu um beijo no topo da minha cabeça antes de subir no palco.

Sorrindo, admirei Zane, que tinha em seus olhos uma vivacidade que reconheci desde a primeira vez que o vi. Eu não seria capaz de esquecê-lo nem se eu quisesse, nem se o destino aprontasse, nem se eu fosse obrigada a deixar de

11 noites com você

amá-lo.

Era isso: amor. De que outra forma eu poderia nomear a inesquecível, constante e crescente presença dele em meu coração?

— Hey, Kizzie! — ele gritou, chamando minha atenção. Zane encaixou o fio da guitarra nos amplificadores e se levantou, colando a boca no microfone. Seus cabelos cobriram o rosto e pude ver o sorriso por trás dos fios escuros. — Você é linda.

Calor nas pupilas, magia nos lábios, intensidade em cada músculo do corpo: Zane fez meu coração balançar.

— Você sabia que aquela garota é minha, Carter? — brincando, apontou para mim, fazendo todo o pessoal que estava arrumando os painéis, o som, os efeitos especiais e os instrumentos pararem o que estavam fazendo. A banda secundária, que estava acima deles em um ponto discreto, também começou a prestar atenção.

— É claro que eu sei — Carter, provocativamente, disse no microfone, elevando uma sobrancelha. — Ela é realmente linda.

— Yan, o que você acha? — Zane continuou e Yan, da bateria, também grudou os lábios no microfone.

— Acho que você tem sorte, cara.

— É, porra, eu sei. — Ele riu e eu senti fogo puro subir nas minhas bochechas. Em meio à arena vazia, os sons dos microfones ecoavam, e eu sabia que, além da Mercedes-Platz, as pessoas nas ruas eram capazes de escutar. — Kizzie...

Com seu chamado, minhas mãos ficaram mais trêmulas, então, dobrei os braços na altura dos seios e assenti em resposta, buscando controle de algo, já que meu coração estava prestes a sair pela boca.

— Obrigado por estar comigo — ele falou em alto e bom tom. Sua voz grave foi capaz de me tocar à distância. — Independente de qualquer coisa, eu quero que nossa equipe saiba: você é a minha garota, Keziah Hastings.

Todos ficaram em silêncio, esperando eu dizer alguma coisa. Meus pés ficaram parados, mas meus braços, frouxos, ainda eram capazes de fazer alguma coisa. Peguei do chão o megafone que utilizava para dar ordens quando o walkie-talkie não era o bastante e o aproximei dos lábios. Apertei o botão e, após o som agudo, disse:

— Você não precisa me agradecer por estar contigo, Zane. Gosto de você, acho que sabe disso. — Fiz uma pausa. — Agora, vocês podem, por favor, começar a ensaiar?

Aline Sant'Ana

Ele abriu um sorriso largo, seus olhos brilharam e as pessoas começaram lentamente a bater palmas. Não soube o que foi aquilo, mas uma comoção surgiu. Carter riu no microfone e senti Erin lentamente se aproximar do meu lado.

— Vocês ouviram a minha Kizzie, vamos fazer rock and roll, porra! — Zane gritou, já puxando na guitarra a primeira música da lista. Carter cantou, Yan tocou na bateria com força e, pouco a pouco, meu coração voltou à normalidade.

— Ele está apaixonado. — Erin riu, negando com a cabeça. — É tão inacreditável e bonito de ver, Kizzie. Você não conheceu Zane em sua pior fase.

Dei de ombros.

— Consigo ter uma ideia.

— Como você está? Com tudo que tem acontecido?

Soltei o megafone e respondi ao chamado de Georgia no walkie-talkie. Depois que o fiz, coloquei o aparelho no suporte e virei-me para Erin.

— Estou tentando lidar com a parte boa e a ruim ao mesmo tempo. Encontrarei uma solução.

— Tenho certeza que sim. Christopher parou de te incomodar?

Não. Ele não parou. Para tranquilizar Erin, decidi ocultar um pouco sobre as ligações incessantes e as mensagens assustadoras.

— Sim, ele está parando devagar.

— Ele vai deixá-la em paz, Kizzie. Eventualmente, ele parará.

Não, ele não pararia. Não até eu contar para Christopher a verdade que eu não conseguia dizer em voz alta.

— Você está certa — ecoei, tentando não pensar sobre isso enquanto Zane tocava sua guitarra com um sorriso lindo e inocente no rosto esculpido de rockstar.

Zane

Perdido nos acordes, do ensaio ao show, meus dedos foram frenéticos. O suor cobriu meu corpo inteiro e Berlim nos recebeu com uma paixão tão grande que me renovou por dentro. Até Yan, que estava tão relutante em continuar com a turnê, se perdeu na bateria, sorrindo e cantando conosco a cada música nova.

Quando o show terminou, corri para os bastidores, me sequei com a toalha, troquei de roupa e deixei para tomar banho quando chegasse ao hotel. Yan e Carter estavam cansados e, por causa disso, optamos por não sair essa noite. Eu também queria um tempo com Kizzie.

— Keziah — chamei, observando-a conversar animadamente com Mark sobre algum assunto profissional. — Já passamos da meia-noite, gata. Chega de trabalhar, certo?

— Estou só deixando as coordenadas ajustadas porque metade dos seguranças e da equipe já vai viajar para Roma, a última cidade, e eu...

Devagar, me aproximei, traçando com os nós dos dedos seu rosto perfeito. Ela era tão linda, será que tinha noção do que fazia comigo?

— Você vai para o hotel descansar comigo, comer alguma coisa e dormir. Amanhã, vamos conhecer a cidade, vou te levar para um restaurante que o Carter me indicou e teremos um dia bem agradável. Agora, Kizzie, você precisa de uma pausa.

Ela rolou os olhos impacientemente.

— Zane...

— Não tem negociação. Mark, concorda comigo?

Ele piscou surpreso. Estava acostumado que eu o chamasse de Pitbull, mas, ultimamente, parei com o apelido porque a Marrentinha não gostava.

— A senhorita Hastings realmente precisa de um descanso, senhor D'Auvray.

— Viu? Todos perceberam que você está enlouquecendo. Vamos para o hotel.

Kizzie fez um bico com o lábio inferior.

— Tá certo, eu só preciso ligar para Georgia quando chegar ao hotel.

— Uma ligação?

— Sim, prometo.

Mark chamou um dos motoristas e entrou conosco no carro. Carter, Yan e Erin ficaram para trás, mas eu percebi que Kizzie estava se forçando muito, ela precisava dormir, por mais que não quisesse admitir.

Chegamos ao hotel pelos fundos, porque na frente algumas fãs estavam na expectativa de nos ver. Conhecia meus amigos, sabia que iam parar, então, por ora, tive que ser egoísta e pensar um pouco em Kizzie. Eu a faria se alimentar, tomar um banho e dormir nos meus braços.

— Boa noite, Mark — Kizzie disse. — Não se esqueça de pedir para o garoto... como é mesmo o nome dele?

— Rick — Mark respondeu.

Aline Sant'Ana

282

— Sim, não se esqueça de pedir para ele verificar se está tudo em ordem antes de vocês irem. Georgia viaja com metade da equipe amanhã bem cedo.

— Certo.

Puxei Kizzie para mim ao notar que ela continuaria a falar de trabalho. Passamos pela recepção e aproveitei para pedir serviço de quarto. Muito atenciosos, anotaram tudo e garantiram a entrega, mesmo sendo tão tarde da noite. Entrei no elevador, já desacompanhado de Mark, porém com Kizzie ao lado. No segundo em que as portas metálicas se fecharam, toquei em suas costas com a ponta dos dedos, subindo para seus ombros, reconhecendo que estavam tensos pelo estresse. Kizzie suspirou quando iniciei uma massagem.

— Estou começando a achar que Erin tem razão.

— O quê? — Soltou um gemido de dor quando encontrei um nó muscular.

— Você coloca toda a responsabilidade nas costas, Kizzie.

— Preciso aumentar a equipe, percebi recentemente. Vou fazer isso quando chegarmos em Miami.

— Tem algo que eu possa fazer para não te sobrecarregar tanto?

— É o meu trabalho, querido. É assim que as coisas são.

O elevador anunciou que havíamos chegado ao andar. Dei um beijo rápido em seu pescoço e a guiei até nosso quarto. Com a chave magnética, abri a porta e, sem aviso, comecei a puxar o zíper lateral da blusa dela.

— O que está fazendo? — Ela se aqueceu com a ideia, entretanto, essa não era a minha intenção, não hoje.

— Tirando sua roupa. Você vai tomar banho, relaxar e eu vou em seguida. Vamos comer e dormir.

— Está mandando em mim?

— Sua saúde é mais importante do que qualquer coisa, Kizzie.

A peça se abriu e eu puxei-a para cima, tentando ignorar as reações automáticas do meu corpo cada vez que via Kizzie de lingerie. O sutiã era rendado, vermelho e provocativo.

Ela nunca pararia de me surpreender.

Com cuidado, virei-a de frente para mim e desabotoei sua calça jeans, ignorando os olhos fogosos em tom dourado. Admirá-los agora não seria uma opção. Abaixei suas calças, tragando o ar devagar ao me deparar com a calcinha fio-dental.

— Banho — consegui dizer, a voz rouca sobrepondo meus sentidos.

11 noites com você

Kizzie riu e colocou as mãos sobre meus ombros. Ela ficou na ponta dos pés e lentamente tocou seus lábios nos meus. Estremeci só com o ato, eu conseguia ficar aceso por Kizzie com o menor dos gestos.

— Tem certeza de que não temos uns quinze minutos para matarmos essa vontade?

Caralho!

Coloquei as mãos em sua cintura, percebendo sua pele arrepiada na palma. Os meus dedos machucados estavam ásperos e doloridos pela guitarra, contrapondo à pele sedosa e macia de Kizzie.

— Não podemos. Não hoje. Já está tarde e eu quero que descanse.

Kizzie trilhou beijos no meu maxilar e me fez cerrar os olhos assim que alcançou o pescoço.

— Só um pouquinho de sexo, Zane.

— Você sabe que, se começarmos agora, só vamos terminar amanhã. Não existe "um pouquinho" de sexo para nós, Marrentinha.

Sua risada doce ecoou pela suíte.

— Eu sei, mas valerá a pena.

De olhos fechados, coração acelerado, pulmões fracos e ereção pesada por trás do jeans, com toda a força e relutância do mundo, afastei Kizzie de mim, mantendo as mãos na sua cintura. Colei nossas testas e beijei, ofegante, a ponta do nariz pequeno.

— Vai para o banho, linda. Juro que amanhã te compenso.

Ela fechou os olhos e deu uma mordida no meu lábio inferior.

— Promete?

Suspirei aliviado.

— Prometo.

Ela se afastou e a vi entrar no banheiro, tendo uma linda visão das suas costas, da sua bunda arrebitada, dos cabelos compridos e escuros em cascata, cobrindo o fecho do sutiã.

Sexy, linda e minha.

O serviço de quarto chegou e eu deixei tudo preparado para Kizzie quando saísse do banho. Cerca de vinte minutos mais tarde, enrolada em uma toalha, com os cabelos pingando, ela saiu da ducha.

Comemos, conversamos e eu sorri satisfeito ao ver que ela devorou quase

Aline Sant'Ana

tudo que estava na bandeja. Com o tempo corrido, mal tinha se alimentado. Merda, eu odiava saber que ela não se cuidava. Quem se preocupava com ela quando eu não estava por perto? Oliver, seu melhor amigo?

— Kizzie, como é a sua relação com Oliver? — questionei.

— Ele é um irmão para mim.

Sorri, sem me sentir muito ciumento a respeito. Ainda bem que esse sentimento não me tomou, eu o odiava.

— Ele cuida de você?

— Ah, sim.

— Como eu estou cuidando agora?

— Bem, você cuida melhor.

Com o guardanapo, limpei o excesso de chá dos lábios e me levantei. Acariciei a nuca de Kizzie e me inclinei para beijá-la brevemente. Meu corpo ainda carregava o suor e eu precisava de um banho.

— Vou fazer uma ligação para Georgia.

— Não fique muito tempo. Já é quase uma hora da manhã.

Ela sorriu.

Quase em um timing perfeito, seu celular tocou, mas Kizzie não atendeu. Ela deixou tocar e tocar até cair na caixa de mensagens. Seu sorriso se perdeu em uma carranca de tristeza e eu soube imediatamente que era, mais uma vez, seu ex ligando.

Entrei no banho a fim de evitar uma conversa antecipada. O assunto me incomodava porque não era esclarecido e a perseguição desse cara já beirava a incredulidade. Que horas eram nos Estados Unidos? Com certeza ele estava ligando tarde da noite e, merda, com que frequência isso ia continuar acontecendo?

O chuveiro tirou meu suor e eu passei o sabonete lentamente, tentando encontrar uma solução para isso. Kizzie não queria que eu me metesse, mas até quando esse cara continuaria perturbando-a por causa do passado?

Livrei a mente conturbada e virei o registro até a água parar de cair nas costas. Com a toalha em torno da cintura, abri a porta, buscando Kizzie com os olhos.

Ela estava deitada na cama, com os lábios entreabertos para respirar profundamente. Ao lado do rosto delicado, o celular estava virado para cima e eu pude ouvir Georgia chamando Kizzie umas três vezes, bem alto, antes de correr para atendê-la.

11 noites com você

— Oi, Georgia, é o Zane. Kizzie dormiu falando com você.

— Ah, nossa, fiquei assustada. Ela está bem?

— Sim, só pegou no sono mesmo.

Uma mecha de cabelo estava cobrindo sua testa e os olhos. Delicadamente, tirei-a dali, prendendo a respiração ao ver Kizzie se mexer confortavelmente entre os lençóis.

Ela estava nua.

— Bem, cuida dela, Zane. Boa noite.

— Obrigado, Georgia — sussurrei, engolindo o ar ao observar as curvas de Kizzie no lençol branco.

O formato arredondado e perfeito da bunda foi a primeira coisa que pegou meus olhos quando ela se virou. Logo após, os seios volumosos, mal cobertos pelo tecido de algodão, levemente intumescidos pelo frio atípico de Berlim.

Desliguei o telefone, tirando a toalha e jogando-a no chão. Nu, caminhei até o outro lado da cama, peguei o cobertor do armário e ajeitei-o sobre Kizzie. Desliguei o abajur, me acomodei embaixo dos lençóis e, automaticamente, mesmo que estivesse sonolenta, Kizzie procurou meu corpo.

Cara, mesmo dormindo, ela me queria por perto.

Trouxe-a até o meu peito, sentindo cada parte de mim tocá-la. Por mais que estivesse meio excitado — reconhecia que isso aconteceria sempre que Kizzie estivesse nua na minha frente —, via que tudo o que Kizzie precisava era de uma ótima noite de sono, nos meus braços, nossos corpos trocando calor.

Fechei os olhos, sorrindo quando Kizzie colocou o nariz bem perto do meu pescoço. Ela inspirou forte, como se quisesse sentir o meu perfume, e eu acariciei lentamente suas costas, seus cabelos e beijei sua testa uma última vez antes de o sono decidir me levar.

Dormir, de fato, nunca foi tão bom.

Aline Sant'Ana

11 noites com você

CAPÍTULO 26

I was lost, on my knees
On the eve of defeat
As I choked back the tears
There's a silent scream no one could hear

— Bon Jovi, "Bells Of Freedom".

Meses atrás

Kizzie

Christopher apareceu na minha casa duas semanas depois de eu ter contado através da mensagem que estava esperando um bebê. Abri a porta, mesmo com o coração sangrando, porque nós precisávamos conversar a respeito. Um filho era assunto sério o bastante para eu colocar de lado as nossas desavenças e encontrar uma solução. Eu não tinha feito esse bebê sozinha, afinal de contas.

Seu rosto estava cheio de uma expressão desdenhosa e irônica. Naquele segundo, temi o que renderia essa ideia, o que ele diria durante a conversa.

— Você não sentiu minha falta? — Seu questionamento me fez torcer o nariz. Seus olhos carregavam deboche em meio a uma situação tão delicada quanto a que estávamos passando.

— Precisamos conversar sobre a gravidez.

Christopher riu, afrouxando a gravata e jogando-a longe. Naquele segundo, vendo sua maneira de agir, pensei no filho que teve com sua esposa e na criança que carregava em meu ventre, imaginando que tipo de pai eu e sua esposa havíamos escolhido para nossos bebês.

Pisquei freneticamente para evitar que as lágrimas caíssem.

Christopher nada mais era do que um truque de ilusão feito por um ótimo mágico. Ele tinha se revelado outra pessoa completamente oposta à que um dia acreditei amar.

— Você quer conversar sobre a criança?

— Sim, por qual outra razão eu te chamaria?

O brilho da malícia em seus olhos me fez recuar vários passos até estar longe

Aline Sant'Ana

288

dele.

— Nós dois na cama, baby.

— Você não vai dormir aqui, Christopher. — Repudiei a ideia antes de ela acontecer.

— Então, já que quer conversar, que tal começarmos falando sobre o teste de DNA?

Prendi o ar nos pulmões.

— O que disse?

— Não sei, mas é difícil acreditar que isso daí... enfim, que a criança é minha.

Quando uma pessoa decepciona você fortemente, a primeira coisa que pensamos é: não vou deixar isso acontecer de novo. Quer dizer, você já chegou ao fundo do poço, não existe outro fator externo que possa tornar a dor ainda maior.

Esse conceito? Nunca esteve tão errado.

Christopher disse aquilo encarando meus olhos, sem arrependimento, com maldade por trás das íris azuis. De certo, poderia chamar seu ato de tiro de misericórdia.

Abracei a minha barriga, que não tinha uma saliência diferente do habitual, porém essa foi a única maneira, um instinto, na verdade, de manter o meu bebê a salvo daquilo tudo, daquele homem.

Com rosto de anjo, ele não poderia ser menos diabólico.

— Você não pode estar falando sério.

— Qual é, K? Eu mal vinha te visitar, você sabe disso.

— E todas as vezes que nós transamos sem camisinha foi porque você me garantiu que não poderia ser pai! — Meus nervos começaram a se rebelar contra mim, fazendo-me estremecer.

— Todas as mulheres encontram uma maneira de se precaver. Não pensei que você fosse tão burra assim. Na maior parte do tempo, usamos preservativo.

— Você está sendo idiota! Uma vez já é o bastante. Você sabe disso, Christopher.

Cruzei os braços no peito, para evitar me machucar ou machucá-lo. Na altura do campeonato, tudo o que eu queria era socá-lo, fazê-lo pagar com a língua todas as coisas que me disse, a dúvida sobre esse filho ser ou não ser dele... Como poderia pensar que eu era infiel como foi comigo? Talvez o fato de ser um cafajeste o impedia de acreditar nas pessoas de boa índole.

— Eu pensei que você tivesse sido honesto comigo — continuei. — Tenho

11 noites com você

alergia a algumas marcas e não tomo pílulas por essa razão. Te contei várias vezes.

— Não prestei atenção.

— É. — Ri ironicamente, segurando as lágrimas. — Pelo visto, não prestou mesmo.

— De qualquer maneira, eu quero o teste. Amo você, Kizzie, mas preciso ter certeza.

Como ele ousava dizer que me amava? Com a expressão cínica e fria, com a tormenta dançando por trás da personalidade obscura. Agora eu via do que um homem dissimulado como ele era capaz.

— Isso o que você sente, pelo amor de Deus, é tudo, menos amor. Quando se ama alguém, se acredita nessa pessoa. Quando se ama alguém, não há traição ou infidelidade. Não sonhe em falar sobre o amor quando você é claramente um homem que não consegue se afeiçoar a ninguém.

— Kizzie, sei que vim te atacando, mas...

— Mas? Você veio dizendo que o meu bebê não é seu!

— Kizzie, calma... — Ele se aproximou e eu recuei.

— Tudo bem, eu tentei mesmo fazê-lo participar disso, mas estou cansada da sua cara, das suas desculpas, dos seus joguinhos doentios. Estou cansada de você, Christopher. Principalmente do seu conceito de que eu tinha que me precaver, de que eu tinha que me cuidar, de que eu deveria ter feito isso, como se a responsabilidade fosse só minha! — Senti uma onda de fraqueza me tomar à medida que dava cada passo. Sabia que aquilo não ia dar certo, lutar contra ele. Eu precisava me afastar.

— Olha, nós tivemos algumas transas legais, eu disse coisas bonitas para mantermos o que tínhamos conquistado e isso foi tudo o que aconteceu. Você, agora, sabe que sou casado, eu não posso ser pai dessa criança.

— De qualquer maneira, Christopher, eu não queria que você participasse da vida do bebê.

As dores no corpo começaram a se intensificar. Christopher disse algumas coisas ainda mais idiotas e eu consegui, em meio a gritos e berros, colocá-lo para fora. Bati em seus braços, me rendendo à raiva e à mágoa que sentia dentro de mim, porque ser humilhada era pouco quando pensava que Christopher estava ferindo também o meu bebê. Ele estava entristecendo a nós dois e eu precisava pensar no meu bem-estar.

— Nós podemos conversar?

Bati a porta em sua cara e tranquei-a. No segundo em que ouvi os passos de

Aline Sant'Ana

290

Christopher indo para longe, demonstrando a sua desistência e covardia, o suor gelado começou a brotar das minhas costas, testa e braços. Senti-me amolecer e meus joelhos fraquejaram, e uma pontada aguda, profunda e imensurável envolveu minha barriga. Caminhei, trincando os dentes, até a cozinha e peguei o celular para ligar para Oliver.

No segundo toque, ele atendeu.

— Preciso que você venha agora.

— O que houve?

— Por favor. — Ouvi minha própria voz falhar, olhei para baixo e vi um caminho vermelho líquido se formar e escorrer entre minhas coxas.

A dor se tornou lancinante, rasgando-me por dentro.

Meu coração apertou, meus olhos lacrimejaram e minhas forças ruíram.

Chorei, solucei e, por ódio, gritei.

— Estou sangrando, Oliver!

O aparelho caiu das minhas mãos trêmulas. A chamada foi interrompida e, com ela, também a minha consciência. Não tive tempo de piscar antes de os meus olhos se apagarem e a escuridão devorar-me impiedosamente.

CAPÍTULO 27

And I'd give up forever to touch you
'Cause I know that you feel me somehow
You're the closest to heaven that I'll ever be
And I don't want to go home right now

— Goo Goo Dolls, "Iris".

Dias atuais

ZANE

Com carinho, beijei seus lábios imóveis, desci para o queixo, tirei o lençol dos seus seios e os descobri, para acariciá-los com a língua. Kizzie se remexeu, sonolenta, com alguns feixes de luz destacando partes do seu corpo maravilhoso. Desci para sua barriga, mordendo de leve a pele, direcionando os lábios para baixo, chegando ao osso sobressaltado do quadril. No segundo em que fiz isso, os olhos vagarosamente se abriram e eu subi meus beijos até pairar os lábios sobre sua boca.

— Bom dia — sussurrei.

O café já a esperava e os planos para o dia também. Reconhecia que seria corrido porque não passaríamos mais vinte e quatro horas em Berlim. Viajaríamos ainda essa noite e, de madrugada, já estaríamos em Roma. Então, acordei um pouco mais cedo, falei com Carter e Yan, decidindo se iríamos ou não visitar algum ponto turístico.

— Você está me acordando com beijos? — Sua voz falhou pelo sono e eu acariciei seus cabelos entre os dedos.

— Existe melhor maneira de acordar, Kizzie?

Com um sorriso e brilho nos olhos, ela passou os braços em torno dos meus ombros.

— Na verdade, não.

Tomamos café e nos aprontamos para sair. Com os caras e Erin, fizemos um passeio rápido pela cidade. Visitamos o Portão de Brandemburgo, percorremos a praça Gendarmenmarkt, pela avenida Unter den Linden e o prédio histórico Opernpalais, onde geralmente acontecia uma parada na época do Natal. Kizzie

Aline Sant'Ana

queria visitar o Muro de Berlim e também o memorial do Holocausto. Entretanto, com o tempo corrido, só conseguimos fazer uma pausa para comer em um dos restaurantes indicados pelo próprio hotel e, depressa, já começarmos a arrumar nossas malas.

Kizzie trabalhou através do telefone, coordenando com Georgia os preparativos para Roma. Não me passou despercebido que, dentre as milhares de ligações que Kizzie recebeu, muitas ela fez questão de não atender. Mesmo que não me dissesse abertamente, Kizzie não fazia contato visual quando o celular vibrava, e eu sabia a razão. Era como se ela não fosse capaz de lidar com o ex ao mesmo tempo em que digeria nós dois e a relação que estávamos construindo.

Essa situação, para mim, já estava se tornando insustentável.

Carregava ainda um centímetro de paciência, em respeito à Kizzie, porém nunca fui conhecido por ser um cara que seguia as regras. O ciúme, a angústia e a preocupação em tentar entender o que ela estava passando eram demais para eu suportar.

Então, antes de entrarmos no avião e nos despedirmos de Berlim, tomei uma decisão sem contar a ninguém. Aproveitei um momento em que Kizzie estava com Erin e peguei o seu celular dentro da bolsa, disposto a olhar as ligações e mensagens que ela recebera. Aquilo era errado, insegurança pura, eu não era inocente a ponto de pensar que invasão de privacidade não era uma das piores coisas a se fazer nesse caso, mas, porra! Estava exausto de sentir meu coração pesado, incerto sobre mim e Kizzie. Afinal, por mais que ela estivesse apaixonada por mim, quanto o seu passado poderia interromper nosso futuro?

Passei a mão pelos cabelos soltos, sentindo a ansiedade começar a correr nas veias enquanto puxava os fios no meio do caminho. Cara, eu sabia que ler as coisas que Christopher escrevera para ela me machucaria, mas não fazia ideia se estava sequer preparado para sentir o golpe.

— Merda — reclamei sozinho.

Antes de abrir as mensagens, pensei de novo e tomei ar, encarando a pista de pouso dos aviões. Kizzie estava longe de mim, porém podia vê-la dali, com os cabelos escuros balançando enquanto conversava com Erin. Yan e Carter estavam afastados das duas, também dialogando.

Era isso, eu precisava descobrir o que existia por trás daquela insistência do ex-namorado psicótico.

Abri o ícone de mensagens. Mais de cem delas não foram lidas, todas de Christopher. Franzi os olhos um pouco mais forte antes de abrir a primeira.

De: Christopher

"Espero que você esteja levando tudo o que estou dizendo a sério, K."

A ameaça implícita me fez parar o dedo no meio do caminho. Um calafrio subiu pela minha nuca, indicando que algo parecia errado. Comprometido a ler mais, continuei.

De: Christopher

"Estou pegando o avião em breve.
Vou achar uma maneira de te encontrar. Isso não vai ficar assim."

Continuei lendo o resto, tomando consciência de que isso era mais sério do eu pensava. As mensagens falavam sobre ele precisar conversar com Kizzie e ela resolver um assunto com ele. Christopher não especificava, porém, pelo desespero, parecia algo de vida ou morte. Ele também se mostrava arrependido pela última conversa que tiveram, dizia sobre o direito que carregava sobre esse assunto, e que ela não poderia fugir dele, nem se quisesse.

Porra, esse filho da puta estava ameaçando a Kizzie, ele estava pressionando ela, provavelmente deixando-a louca! Quem ele pensava que era? Christopher realmente achava que poderia falar com uma mulher assim? Com a *minha* mulher assim?

Vi vermelho lá pela vigésima mensagem que li, quando Christopher também ironizou o presumível relacionamento que ela estava tendo comigo. Os tabloides com certeza estavam falando sobre nós dois. Nos textos, questionava se Kizzie estava feliz e se eu sabia o que ela guardava, se eu sabia sobre o que tiveram no passado.

O impulso e a raiva tomaram a minha cabeça quando continuei a ler. As mensagens mais recentes cobravam saber o hotel que Kizzie estava e o horário que ela poderia atendê-lo. Conforme Christopher especificara, ele estaria em breve pegando um voo para encontrá-la e, com um tom mordaz, que eu era capaz de ver além da merda da tela do celular, cogitou se poderia ficar no mesmo hotel que ela estava, em Roma.

De: Christopher

"Você querendo me encontrar ou não, responder ou não, estou indo ao
seu encontro. Eu precisava fazer uma viagem para a Europa a negócios e
vou aproveitar para passar na última cidade em que a da banda na qual
trabalha vai fazer um show. Roma, certo? Te vejo lá, K."

Meus dedos abriram uma mensagem nova quase imediatamente e eu digitei rápido tudo aquilo que estava entalado em mim.

Aline Sant'Ana

Nova Mensagem

"Enfie no cu todas as ameaças que está fazendo para Kizzie e a deixe em paz. Agora ela não está mais sozinha, ela me tem.
Por completo, se quer saber. Foda-se você e seus textinhos idiotas. Não é homem o bastante para falar comigo, mas parece ser muito macho para dizer um monte de merda para a minha mulher..."

Pairei o polegar sobre o pequeno teclado, disposto a continuar, mas algo me fez titubear. Christopher não pararia de incomodá-la a não ser que isso fosse resolvido pessoalmente. Talvez, a ideia de vê-lo em Roma não fosse tão ruim, exceto que eu não permitiria um encontro entre ele e Kizzie; ela sequer precisava saber o que estava prestes a acontecer.

Apaguei tudo que tinha escrito e reescrevi, dizendo o nome do hotel que iríamos nos hospedar e enviando um horário no qual tomaria cuidado para que Kizzie não estivesse por perto.

Merda, era arriscado, contudo, eu precisava dar um jeito nesse desgraçado.

Sua resposta positiva veio quase imediatamente, confirmando que iria para resolver as coisas com Kizzie. Na cabeça de Christopher, ela estaria lá para conversar, perdoar, seja lá que diabos ele estivesse esperando da Marrentinha.

Só que isso não ia acontecer porque, antes que ele pudesse piscar, meu punho estaria bem na frente do seu nariz, em busca de explicações.

Apaguei as duas últimas mensagens antes de colocar o celular no bolso e torci para que Kizzie não visse que alguém tinha lido as ameaças de Christopher.

Devagar, após tomar ar e me recuperar do baque, caminhei em direção a ela.

Quando me viu, respirou aliviada e esboçou um sorriso que me fez parar de respirar. Devagar, andei até Kizzie, discretamente colocando o celular em um dos bolsos abertos da bolsa.

Por aquela mulher, eu faria as maiores loucuras, quebraria todo o bom senso e lutaria. Por aquela mulher, eu era capaz de ir aos extremos: de anjo a demônio. Por ela, foda-se, eu conseguia trazer à superfície a melhor e a pior parte de mim.

Por Kizzie, eu faria tudo. Mesmo que isso me deixasse sem nada.

Kizzie

Zane me surpreendia na maior parte do tempo. A intensidade do seu olhar, ilimitada em fazer meus sentimentos se tornarem ainda mais fortes, me pegou desprevenida. Ao seu lado, eu não conseguia mais escutar o que Erin estava falando, porque ele parecia bruto, selvagem e enraivecido. Lindo, dentro da sua própria essência, porém perigoso.

Em três meses que o conhecia, nunca tinha visto, em nenhuma ocasião, um semblante tão duro e sexy.

— O que houve? — Resolvi perguntar a lidar com seus olhos em chamas.

— Preciso conversar contigo por um minuto. Erin, nos dá licença?

Ele não a esperou responder. Zane me guiou pelas escadas do avião, parando somente quando chegamos à segunda área. Com as pálpebras estreitas e concentradas, ele parecia prestes a me devorar com os olhos.

— Zane?

— Quando disse sobre os meus sentimentos, por um segundo, você chegou a duvidar de mim?

Não precisei pensar ou piscar para responder.

— Não.

— Então — sua voz saiu mais suave, como mel cobrindo o amargo —, jura que, quando também abriu seu coração, você quis dizer aquilo de verdade?

Meu peito se apertou. Onde ele queria chegar com aquilo?

— Sim, eu não mentiria para você sobre algo tão sério.

Uma pessoa capaz de ver o outro lado da história seria incapaz de machucar.

Zane se aproximou, de modo que precisei levantar o queixo para encará-lo. No semblante rígido, agora existia um carinho que eu só o via ter comigo.

— Preciso confessar que não gosto da ideia de sentir o que sinto, Kizzie. É confuso, uma merda. Sinto raiva de coisas que desconheço, sinto ciúmes do passado e sinto medo. Na maior parte do tempo, é bom, na outra, não é. Sinto como se existissem dois homens dentro de mim, ambos loucos por você, mas completamente distintos. Nem sempre consigo fazer o bonzinho vencer, ainda que eu queira.

Com a parte de trás dos dedos, acariciou minha orelha, passando pelo maxilar, parando no queixo. O arrepio veio depressa; meu corpo respondia a Zane na velocidade da luz.

— Estou exausto de me doar, a cada dia, para o seu corpo. Me perder nas suas curvas, experimentando o sabor do seu suor na ponta da língua, sem ter certeza de que, se qualquer coisa acontecer, no final do dia, você ainda vai ser minha.

Traguei o ar com dificuldade. Ele cheirava a cigarro de menta, bala doce e uma mistura profunda e apimentada originada do seu perfume.

Aline Sant'Ana

— Eu aceitei nosso compromisso.

— Não, isso não é o bastante. Eu quero mais do que uma palavra, do que um sim: eu quero você, Kizzie. Quero certeza, não posso viver na corda bamba e na sensação de que, se uma peça se encaixar mal, nosso castelo vai desmoronar. Não quero dominós na nossa estrutura — sussurrou, dessa vez, a respiração batendo perto do meu rosto, fazendo os pelos dos braços se erguerem brevemente. — Eu quero o diamante, Kizzie. Quero o praticamente inquebrável. Você pode me prometer isso?

— Eu não posso prometer, Zane. Aí é que está. Relacionamentos funcionam na base da confiança. Não existe um contrato, uma garantia, uma promessa do eterno. Você se esforça, se doa, cuida, faz o possível e o impossível. No final do dia, torce para que o sentimento seja suficiente para durar antes que um lado canse, que se desgaste ou que suma. Você torce, porque tudo o que se pode fazer é acreditar. Eu acredito em nós dois. Por isso, mesmo machucada, estou aqui, de pé, aceitando o fato de estar apaixonada por você. Dói? Claro. Sinto medo? Morro, a cada segundo. No entanto, torço. Porque, se você continuar assim, me provando que nossas inseguranças são parecidas, não há o que temer. Certo?

— Eu não consigo tocar em você sem saber que você vai ser minha depois de tudo.

— Depois do quê, Zane? — questionei. Ele estava sendo tão intenso, impreciso e poético. Eu não conhecia essa camada da sua personalidade.

— Eu não posso te responder — murmurou, colocando a mão quente calejada em torno da minha nuca. Fiquei na ponta dos pés, apoiando as mãos no seu peito. Senti, contra a palma, a batida do seu coração acelerar. — Só sei que temo o futuro.

— Construiremos pouco a pouco. Que tal?

— *Caralho* — sussurrou o palavrão. — Não sei se consigo lidar com isso. Como as pessoas não ficam loucas quando estão apaixonadas?

— Você consegue — tranquilizei-o, beijando seu queixo de leve, ouvindo meu coração nos tímpanos por ele ter sido tão honesto e puro. — Nós vamos conseguir.

— Keziah...

— Não tenha medo, por favor. Eu já tenho o suficiente por nós dois.

Zane se afastou para me olhar com carinho. Pareceu fazer um teste de memória em cada centímetro do meu rosto, indo e voltando. Com cuidado, se inclinou, tocando a boca delicada na minha. A maciez me deixou eufórica por dentro e calma por fora, transmitindo tudo aquilo que a gente não podia controlar:

11 noites com você

os sentimentos.

Lentamente, viajou os lábios para o meu pescoço, permitindo que a respiração quente me excitasse antes de deixar um casto beijo molhado na pele. Crispei em seus braços, o início do prazer soando como a primeira taça de vinho depois de um dia cheio.

Zane, com certeza, sabia como me tocar, afinal, ele parecia ter um manual de instruções do meu corpo.

O prazer nunca foi assim.

Seu dedo enganchou na alça da minha blusa e ele baixou primeiro um lado, depois o outro, fazendo a peça leve cair dos meus seios e parar na cintura. A íris castanha se tornou vermelho-vinho quando se deu conta de que eu estava sem sutiã. Meus bicos, como se respondessem ao seu chamado, ficaram intumescidos, e todos os meus pelos se ergueram em arrepios.

Zane me lançou um último olhar antes de se curvar para abocanhar os meus seios.

Apertou-os com as duas mãos, unindo-os bem firmes contra seu rosto, colocando-os no seu campo de visão. Gemi quando percebi o que ele ia fazer: dar a mesma atenção para ambos, de modo que me deixasse completamente louca.

Oh, e ele fez.

Colocou a boca em um dos bicos, depois vagou a língua para o outro, dando suaves mordidinhas em torno da pele antes de fazer meu corpo fraquejar de prazer. Entrelacei os dedos no seu cabelo comprido, guiando-o nos pontos onde mais gostava, e soltei Zane quando percebi que eu poderia fazer muito menos o guiando, já que ele era tão intenso e preciso em estragar as minhas calcinhas.

Grudou nossos corpos quando se afastou dos meus bicos, agora, completamente molhados. Zane me pegou pela cintura, jogando-me no sofá-cama do avião e dali já pude ver sua respiração falhar.

Gostando da falta de controle que causávamos um no outro, deixando o tesão ditar minhas atitudes, comecei a puxar as peças de roupa que precisavam ir embora. Zane, compenetrado, não tirou os olhos de mim. Colocou os braços cruzados na altura do peito, deixando os desenhos da tatuagem se esticarem na pele.

— Um show, Kizzie? — A voz grave vibrou por mim, chegando ao ponto onde eu mais desejava que ele me tocasse.

Passei a calça pelo quadril e a joguei para longe. O contato do tecido me fez ficar ainda mais arrepiada. Por último, enganchei os polegares na calcinha e a baixei de modo que me livrasse da peça.

Aline Sant'Ana

298

Zane ficou me admirando, passando a língua na boca como se quisesse me provar.

— Você sempre faz o show, Zane. É bom alternar de vez em quando.

— Merda, você nasceu pra me provocar — sussurrou baixo, grave, com o peito subindo e descendo.

Ele deu um passo em direção à porta da segunda parte do avião e a trancou. Zane caminhou mais um pouco, procurando alguma coisa quando chegou perto do frigobar. Havia uma série de guloseimas ali e perguntei-me no que ele estava pensando. Pegou um par de coisas que, pelo formato, pareciam ser caldas de sorvete e, com um olhar perigoso, sorriu para mim.

— O que você prefere, Keziah? Caramelo ou morango?

Sexo com Zane era maravilhoso, mas, se formos realmente brincar com sabores, eu tinha a plena noção de que seria perfeito.

— Prefiro caramelo.

Ele sorriu ainda mais largo.

— Estou pensando em fazer umas misturas interessantes, Kizzie. Estou mesmo querendo te levar ao limite.

Meu corpo era um gerador de calor. Eu estava fervendo em cada parte minha e isso porque esse homem nem estava me tocando ainda.

— O que isso quer dizer?

— O máximo, Kizzie. O máximo de prazer que já sentiu comigo. Quero te levar ao auge.

Calda de caramelo e Zane D'Auvray? Quem seria louca de recusar?

Vi seu sorriso maldoso se abrir quando sussurrei um "sim". Zane me deu a calda de caramelo enquanto segurava a sua de morango. Com uma mão, tirou rapidamente sua calça, e a ereção grossa e grande, muito preparada para a nossa brincadeira, me fez lembrar da sensação maravilhosa que era ter aquele homem dentro de mim.

— Quero ver essa calda derreter na tua pele, Kizzie — murmurou, colocando um pouco da de morango no dedo.

Veio até a borda do sofá-cama e passou a gota no meu seio. Virou o pequeno recipiente e começou a despejar o líquido gelado e viscoso por mim, como se eu fosse seu sorvete. Precisei raspar uma perna na outra pelo prazer que aquela sensação me causava. A respiração já estava falhando e meu coração, pulando para fora.

11 noites com você

Zane se inclinou sobre mim e começou a lamber, morder, provar e sugar cada centímetro que a calda tinha tocado. Coloquei as mãos para trás da cabeça e alcancei uma almofada, apertando-a fortemente pela maneira que a língua grossa e molhada de Zane zanzava por mim.

Ele mordiscou o mamilo e colocou mais calda, desceu com a respiração quente e soprou no meu umbigo, para esfriá-lo, colocando um pouco de calda em torno. Lambeu-me e degustou-me como se eu fosse sua sobremesa favorita, e, quando chegou ao meio das minhas pernas, precisei tomar uma atitude, pois gozaria no segundo em que ele colocasse a língua no clitóris.

— Minha vez.

Com uma risada contida, Zane se sentou na ponta do sofá-cama e abriu os braços, se oferecendo para que eu o provocasse. Estreitei os olhos pelo desafio implícito e, já de pé, fiquei entre suas pernas entreabertas.

— Você é inacreditável, sabia? — falei, deixando minha voz ainda mais arrastada, para torná-la sexy para Zane.

Seu pomo de adão subiu e desceu quando comecei a colocar o caramelo nos seus ombros, apertando o suficiente para vários caminhos da calda descerem por suas costas, peito e barriga. Gotas caíram sobre a ereção avermelhada e pulsante e eu mordi a boca, porque adoraria prová-lo.

Desci primeiro para os seus ombros, fui vagando os beijos para baixo até experimentar sua pele com o sabor doce, pairando nos mamilos e oferecendo um tratamento especial aos piercings. Prazer umedeceu ainda mais minhas coxas quando Zane agarrou com uma mão a minha nuca e com a outra um dos meus seios, instigando com o polegar o bico, no mesmo instante em que eu lambia cada centímetro dos músculos e das tatuagens, sempre descendo.

Ajoelhei no chão quando sua barriga sarada apareceu para mim.

— Kizzie...

Seu tom de alerta foi ignorado. Percorri a língua por suas coxas, indo em direção ao vão dos seus quadris, deixando uma longa lambida onde o caramelo tinha parado e na sua tatuagem. Sem avisá-lo, fui um pouco para o lado e, com um roçar de lábios, engoli-o por completo.

O caramelo se misturou ao seu próprio sabor e ao rugido que Zane soltou em seguida. Ele apertou meu cabelo com força, e eu gostei, soltando um gemido no fundo da garganta quando o fiz encostar a cabeça do pênis ali. Estava sendo ousada, ah, eu sabia, mas, depois de toda a intensidade que vivemos nos últimos dias, tudo o que eu queria era aproveitá-lo. E muito.

Aline Sant'Ana

Ele me deixou fazê-lo. Chupei Zane no seu lugar mais íntimo, subindo e descendo a língua, os lábios, sugando da base ao topo, brincando com seu corpo, conhecendo novas sensações e as reações que causava. O homem ficava lindo com tesão. Era muito mais do que vê-lo em seu semblante espetacular e sexy, era reconhecer o que Zane sentia a cada gemido, a cada mordida no lábio inferior, a cada gota de suor.

— Eu vou gozar se você continuar — garantiu, se segurando forte no assento.

— Eu quero você gozando na minha boca — sussurrei contra a glande.

Ele soltou tantos palavrões que acabei rindo. O homem, com certeza, perdeu o controle. Zane se afastou, me puxou com tudo para a cama e se enrolou no meio do contato, de modo que ficasse sobre mim. Minhas pernas automaticamente o envolveram e ele pegou a calda de morango, pronto para colocar na minha boca, porém parou um segundo antes do ato.

— Camisinha — resmungou.

— Eu já disse uma vez que não precisa, Zane.

Seu semblante se perdeu um pouco, como se eu tivesse dito algo absurdo.

— Sempre usei, Kizzie. Sempre.

— Não tenho doença alguma — garanti a ele, beijando seus lábios lentamente. Os nossos corpos estavam grudados pela calda, além de quentes, febris e suados pelo prazer.

— Kizzie, merda, eu não sei...

— Não confia em mim?

Depois de tudo que passei... eu não precisava mais delas.

— Não é isso, mas eu não abro mão, porra. — Ele urrou quando guiei meu quadril para cima. Um pouco havia entrado e aquilo já foi o suficiente para uma centelha de vibrações passarem por nós dois.

— Primeira vez sem nada entre nós. Só eu e você. Por favor?

Os cabelos caíram na frente do rosto e ele mordeu a minha boca para depois beijá-la. Sua língua estava rápida, ávida, molhada e com sabor doce, encaixando os melhores espaços dentro da boca para depois sugar a minha entre os lábios. Gemi quando Zane deu uma leve mordida na ponta da língua e soltei o ar dos pulmões quando, lentamente, seu pênis, sem qualquer empecilho, em um lento movimento, afundou em mim.

Fechei os olhos, experimentando o maravilhoso reconhecimento dos quadris indo e vindo, apertando seus ombros e gemendo contra seus lábios.

11 noites com você

Zane estava devagar e contido enquanto em meu corpo não existia nada além de uma vontade ilimitada de triplicar o prazer.

ZANE

Caralho!

Eu podia experimentar o corpo quente de Kizzie me acomodando, as paredes da sua linda boceta me apertando, me puxando. O contato direto, líquido, sem qualquer atrito desconfortável. Cara, foi demais para eu lidar. Rosnei no seu ouvido, tensionando o músculo da bunda para entrar e sair de Kizzie, bem devagar. Ela estava completamente mole embaixo de mim e, na minha cabeça, a única coisa que permitia eu não enlouquecer e gozar em alguns instantes era saber que ela estava muito longe de gozar.

Saí de dentro de Kizzie um pouco e me afundei mais uma vez antes de me despedir dessa posição. Desconectei nossos corpos, imediatamente sentindo falta do seu calor conforme Kizzie se afastava. Sentei no sofá-cama e coloquei as mãos na parte de trás da cabeça, imaginando como Kizzie ficaria linda montada em mim.

Não era a nossa primeira vez, mas eu amava recriar o sexo com Kizzie.

— Sobe, amor — com a voz irreconhecível, consegui pedir.

Kizzie me olhou provocativamente antes de obedecer. No entanto, ao invés de montar no meu colo de frente para mim, Kizzie virou de costas. Ela passou cada perna do lado externo das minhas e eu tive uma visão e tanto da sua bunda arrebitada e gostosa.

Engoli em seco quando vi a lubrificação da boceta, depois de eu ter fodido bem de leve o corpo macio dela. Merda!

— Kizzie...

— Assim você vai conseguir ver a penetração — ela explicou, colocando-se, lentamente, na cabeça do meu pau. O lugar apertado e molhado me fez gemer o nome dela e, quando comecei a ouvir passos na primeira parte do avião, ignorei-os, porque, mesmo que essa porra decolasse, eu não sairia de dentro de Kizzie.

— Porra... Keziah, não faz isso comigo.

Ela jogou o cabelo sobre o ombro e olhou para trás. Eu era capaz de ver a linha da sua coluna, a bunda arrebitada para mim, a nuca. Era capaz de vê-la de costas, perfeita, montada, pronta para começar a se mover.

Kizzie desceu até eu estar todo dentro. Pela primeira vez, senti-a por completo. Nunca a invadia cem por cento com medo de machucá-la, porém, ela

302

conseguiu essa proeza, gemendo alto quando meu pau tocou o lugar mais macio dentro dela. Kizzie se inclinou um pouco, oposta a mim, e segurou nos meus pés, bem inclinada, para começar a se mexer.

— Não sei se vou fazer certo. — Ela ofegou e eu agarrei cada lado de sua bunda para poder ajudá-la.

Que visão, merda!

Desci seu corpo em direção ao meu, duas vezes, mostrando a ela como se fazia. Kizzie soltou o ar audivelmente pela boca e eu tive que me concentrar em alguma coisa para poder não gozar antes da hora. Meu pau estava mais duro e inchado do que jamais esteve e isso era, com certeza, fruto dessa mulher me deixando maluco.

Os movimentos começaram com o meu quadril subindo e ela descendo, e, de repente, minha mente nublou. Tudo o que eu conseguia ver era a bunda de Kizzie, sua entrada molhada, descendo e subindo, deixando-me tão sensível e quente quanto o sol do verão. Absorvi as curvas do corpo de Kizzie, apertando a pele, vendo-a se movimentar.

Sexy pra caralho.

Devo ter feito alguma coisa boa na vida pra merecer uma mulher assim.

Observei Kizzie aumentar o ritmo, guiando nós dois em um passeio direto para o inferno. Eu estava tão profundamente entrando nela que meu pau sumia a cada estocada.

Kizzie, gemendo de prazer, jogou a cabeça para trás e seus cabelos caíram em suas costas. Inevitavelmente, peguei um montante na mão e, testando seus limites, puxei em minha direção.

Ela gostou.

Segurei mais firme, mantendo Kizzie parada para poder fazer bem rápido e profundo. Elevei meus quadris e, ondulando-me, acelerei tão forte que o som da sua linda bunda batendo no meu corpo me fez estremecer.

— Ah, Kizzie...

— Mais forte — ela pediu, surpreendendo-me.

Franzi as sobrancelhas e umedeci a boca. Nossos corpos cheiravam a sexo, caldas doces e suor limpo. Eu estava tão inebriado, sentindo-a em torno de mim sem camisinha, apertada e gostosa, que sabia que jamais me esqueceria dessa cena.

Puxei seus cabelos até Kizzie encarar o teto, fui mais rápido que uma batida de música techno e abri a boca para administrar o ar que não estava vindo para os

11 noites com você

pulmões. Minhas bolas estavam doloridas, Kizzie latejava em torno do meu pau e, porra, eu só queria que isso durasse uma eternidade.

— Zane! — ela gritou forte, estremecendo toda em torno de mim. Continuei a estocar, me esforçando para Kizzie ter um longo e profundo orgasmo. Fiz um círculo com os quadris, dominando tudo por dentro, e Kizzie, lentamente, foi perdendo a força do corpo, quase deitando sobre mim.

Deixei que o fizesse.

Kizzie foi se deitando, exausta pelo ápice. Meu peito encostou-se a suas costas e, logo, seu rosto estava pareado com o meu.

Senti-a em cima de mim, todas as nossas partes conectadas, seu corpo macio me cobrindo como uma manta. Ainda interligado a ela, continuei a penetrá-la, mas, agora, de leve, sabendo que estava sensível e que, ainda assim, queria que eu gozasse.

Beijei sua bochecha direita, levei minhas mãos para os seus seios, apertando-os, brincando com seus bicos inchados, e fechei os olhos, inspirando seu perfume.

Ondas entre nós, calmas como o mar: era assim que eu estava me movimentando.

— Zane... — ela suspirou.

Pouco a pouco, deixei que o meu corpo voltasse a ter controle das ações. O prazer se tornou indispensável e a minha cabeça parou de pensar. Mordi de leve a orelha de Kizzie, experimentando os leves impulsos molhados começarem da base e terminarem na glande.

Inspirei fundo, experimentando como era gozar sem qualquer barreira, pensando que não só o sexo entre nós agora era ilimitado, como também a confiança, o sentimento e todas as coisas boas que restavam.

Ainda que estivesse preocupado com a minha decisão de me encontrar com o desgraçado do Christopher, não voltaria atrás.

Kizzie precisava compreender que eu estava ali por ela, que ela podia confiar em mim como fez agora, que podia se entregar, sem muralhas inalcançáveis, sem sonhos impossíveis, sem distâncias imensuráveis.

Ela podia se entregar por inteiro.

Regulamos nossas respirações e também as batidas dos nossos corações. Sorri quando reconheci que éramos completos, até no que dizia respeito às funções dos nossos corpos.

— Kizzie, eu...

Aline Sant'Ana

— Da próxima vez que vocês foram transar como loucos, não se esqueçam de que as divisórias do avião são finas. Aliás, ótima performance, Zane! — gritou Carter do outro lado, me interrompendo.

— Vocês têm quinze minutos para colocarem uma roupa e apertarem os cintos. Estamos indo para Roma em vinte minutos — completou Yan.

Fechei as pálpebras, soltando um suspiro e ouvindo, ao fundo, a risada doce de Kizzie, provavelmente envergonhada por ter sido pega. Logo em seguida, ela se desconectou de mim e se virou, deitando sobre o meu corpo. Seus olhos dourados fizeram meu coração descompassar.

— O que você ia dizer, Zane? — Deu um suave beijo no meu queixo.

Sorri para ela, morrendo por ter perdido a coragem de dizer.

— Não era nada — garanti.

— Então vamos — murmurou. — Precisamos pegar umas roupas porque temos um último show a fazer.

Kizzie se levantou e eu tomei alguns segundos para admirá-la nua, torcendo para que, de alguma maneira, eu pudesse ter o privilégio de admirá-la por incontáveis décadas.

— O que foi? — perguntou, pegando uma peça de roupa no chão.

— Você é linda, Keziah Hastings.

O sorriso que ela me deu seria capaz de vencer o mais insensível dos homens.

Claro que eu me apaixonaria, pensei comigo mesmo. Quem seria capaz de resistir a alguém tão doce como essa mulher?

CAPÍTULO 28

See, you brought out the best of me
A part of me I'd never seen
You took my soul and wiped it clean
Our love was made for movie screens

— Kodaline, "All I Want".

Kizzie

Chegamos em Roma no meio da tarde e, dentro da rotina, liguei para Georgia, contente por ela ter resolvido todos os problemas maiores. Roma seria o destino mais corrido, justamente pelo fato de os meninos não terem pausa. Fariam uma entrevista de fechamento da turnê em uma das rádios locais, na próxima manhã, e, logo após chegarmos, se encaminhariam para o show. O tempo estava contra nós.

— Preciso de vocês prontos — pedi dentro do elevador do hotel, esperando o sinal do celular voltar para questionar Georgia sobre os ingressos e o andamento da casa de show. — Em, no máximo, trinta minutos.

Yan franziu o nariz. Eu sabia que ele era um homem vaidoso e aquilo era como dizer que o mundo terminaria na próxima meia hora.

— Não se atrasem — exigi, mas sorri quando Carter piscou para mim.

— Eu me arrumo em cinco minutos, chefe — brincou, enlaçando Erin pela cintura assim que as portas metálicas se abriram. — Vem, amor. Vou precisar de ajuda para hum... amarrar os coturnos.

Erin rolou os olhos, com as bochechas vermelhas, e acabou não tendo tempo de responder, pois Carter, pegando o cartão magnético do bolso e zanzando pelo corredor exclusivo da banda, encontrou seu quarto e empurrou a namorada para dentro.

Soltei um suspiro e observei Zane.

Ele tinha um vinco entre as sobrancelhas e estava roendo a ponta da unha do polegar, ansioso por algum motivo. Reconhecia que, muitas vezes, Zane ficava angustiado antes de um show, porém, nunca o tinha visto dessa maneira, tão compenetrado e, ao mesmo tempo, receoso.

Yan parou no corredor e pareceu sentir a mesma coisa que eu, pois deu meia-volta e se aproximou de nós. Cruzou os braços no peito e uniu os lábios em

Aline Sant'Ana

uma linha fina antes de soltá-los para falar.

— O que tá pegando, Zane?

Como se tivesse saído do transe, Zane tirou os olhos do carpete vermelho que cobria toda a extensão do corredor e, um pouco perdido, sorriu para Yan.

— Não é nada, cara. Tranquilo. Vai lá se arrumar. A Kizzie vai ficar brava contigo se nos atrasarmos por sua causa.

Isso não o impediu de se manter no lugar, preocupação parecendo correr atrás dos seus olhos, e, quando vi que isso poderia ser realmente sério, decidi que, talvez, tudo o que Zane precisasse fosse uma conversa entre amigos, sem eu o incomodando.

— Meninos, preciso entrar no quarto e me trocar em dez minutos. — Me lembrei que transei com Zane no avião e minhas bochechas ficaram vermelhas. — E preciso de um banho. Vocês se importam se eu for e deixá-los aqui?

Zane piscou duas vezes antes de, subitamente, me tomar em seus braços e colar seus lábios nos meus. Foi tão repentino que minha respiração falhou e meus joelhos fraquejaram. Senti sua boca úmida acariciar a minha. Ele foi suave com cada toque, como se estivesse com medo de me machucar.

Abri os olhos, percebendo que Zane tinha agarrado as laterais do meu rosto. Encarei suas íris, vendo angústia pura por trás delas. Dessa vez, eu realmente me preocupei.

— Zane?

— Pode ir. — Beijou-me mais uma vez e me soltou. Seus cabelos caíram como uma cortina na lateral do rosto e os olhos faiscaram em um castanho-escuro. — Nos vemos no show, certo?

Roubei um olhar para Yan, que estava tão compenetrado em encarar Zane que a intensidade do homem parecia infinita. Um arrepio subiu na minha coluna, meus olhos formigaram. Algo estava muito errado.

Trazendo-me à realidade, meu celular apitou na bolsa: mais uma mensagem de Georgia. Obriguei meus pés a caminharem pelo corredor, no entanto, antes de fechar a porta atrás de mim, o olhar de Zane me fez parar.

Ele soltou um riso suave, como se quisesse me tranquilizar. E eu soube: aquela foi a primeira mentira que Zane me contou. Sua felicidade era inexistente. Aquele era o típico gesto de não-se-preocupe-tudo-vai-ficar-bem, quando, na verdade, a última coisa que de fato acontece é estar bem.

Fechei a porta e encostei-me nela até deixar meu corpo cair e sentar no chão. Resolvi minhas pendências com Georgia ali porque ainda não tinha forças

11 noites com você

para me levantar.

— O que será que está acontecendo com ele? — questionei sozinha, antes de me levantar e tirar a roupa.

Zane

O filho da mãe do Christopher ia chegar no dia seguinte e isso estava me corroendo por dentro. Alguma coisa me dizia que algo errado ia acontecer, eu só estava esperando a bomba chegar. Tinha que dar um jeito nesse cara, pedir explicações sobre a insistência para se encontrar com a minha mulher, tentar entender que espécie de relacionamento Kizzie se meteu a ponto de me esconder parte do seu passado, parte de quem ela era.

Passei os dedos pelo cabelo e soltei o ar dos pulmões quando Yan me encarou. Acendi um cigarro, mesmo contra a política do hotel de não fumar nos corredores, e traguei até a fumaça queimar meus pulmões.

— O que foi?

— *O que foi?* — Yan repetiu minha pergunta, balançando a cabeça em incredulidade. — Eu que tenho que te perguntar isso, Zane. Você está agindo como se estivesse pronto para lutar ou sei lá o quê. Que merda está acontecendo?

— Eu não posso te contar. — Não o enfiaria em um problema grande como esse.

— Me diz que está brincando comigo. — Bufou, impaciente. — Essa viagem já me rendeu um término de relacionamento e uma traição que fica atormentando a porra da minha cabeça. Zane, sério. Te ver mal não vai me ajudar.

Fechei os olhos.

— Kizzie se envolveu com um cara no passado e ele fica enviando mensagens e ameaçando. Ele fala como se ela tivesse culpa de algo, que ela carregasse algo que pertence a ele. Kizzie não se abre comigo, sei que se sente culpada por alguma razão. Yan, eu preciso saber a verdade por trás dessa porcaria. Não vou conseguir seguir em frente com Kizzie se continuarmos assim.

— Já conversou com ela sobre isso?

— Claro que já, porra. Ela não se abre.

— Conversou a ponto de dizer que esse mistério todo está te incomodando?

— Não. — Balancei a cabeça, tragando novamente o cigarro. Mark apareceu no corredor, me intimando a parar de fumar com seu olhar fuzilador. Foda-se, ele teria que vir arrancar de mim. — Eu não posso explicar para ela esse tipo de coisa, Yan. Vou acabar perdendo a Kizzie.

— Aí é que você se engana, merda. Precisa ser honesto, desde o começo da relação. Se estão namorando, omitir sentimentos não te fará mantê-la. Acredite em mim, eu escondi da Lua todas as coisas, pensando que isso faria bem para nós. Olha no que deu. — Os olhos de Yan ficaram úmidos. Eu sabia que ele estava sofrendo, às vezes me esquecia do quanto essa viagem estava sendo dura para o cara. — Te aconselho a ser sincero. Mentir não vai fazê-la ficar.

— Acontece que ela não está preparada para se abrir, Yan. Não consegue me dizer o que aconteceu de tão grave, só me contou do cara.

— Então, o que você vai fazer para descobrir? Se Kizzie não quer contar, vai simplesmente fuçar nas merdas dela?

Yan franziu as sobrancelhas. Ele não sabia que eu já tinha feito, que tinha invadido a privacidade da Kizzie e marcado um encontro com Christopher.

— Eu fiz muito mais do que isso, Yan.

Ele imediatamente ficou tenso.

— O quê?

— Peguei o celular da Kizzie e conversei com o ex dela. O cara é rico, sei lá. Está vindo para Roma, na tentativa de falar com ela. Eu fingi que era Kizzie e dialoguei com ele, pedindo que me encontrasse nesse hotel amanhã. — Yan perdeu a postura. Começou a andar de um lado para o outro, batendo os sapatos italianos no carpete. Eu soltei um suspiro, sabendo que estava errado, mas, pela atitude do Yan, eu fui longe demais. — Preciso saber o que está acontecendo, Yan.

— Você marcou um encontro com o cara? Está maluco? No segundo em que Kizzie descobrir...

— Ela não vai descobrir. Eu quero colocar esse merda na parede e questionar o que infernos está acontecendo. Por que ele a persegue, por que cobra coisas que não entendo por mensagem no celular e, principalmente, por que Kizzie esconde de mim! — defendi-me, dando um passo na direção de Yan. Coloquei a mão sobre seu ombro e suspirei. — Eu não consigo seguir em frente sem saber. Se apareceu a oportunidade de esse cara vir pra cá, atrás da Kizzie, é porque ainda existe algo que eles têm que resolver.

— Isso não te dá o direito de se meter, Zane.

— Ela é minha namorada!

— Antes de ser sua namorada, ela é uma mulher que possui problemas particulares. Você está cruzando uma linha.

— Eu sei que é errado, Yan. Porra, acha que não sei? Eu só me preocupo com

11 noites com você

a Kizzie. Não é certo.

Ele exalou, fechando os olhos e cruzando novamente os braços. Soltei seu ombro, me afastei e esperei que Yan fosse contar para Kizzie.

— Vamos fazer um acordo.

Abri as pálpebras.

— O quê?

— Você não pode se encontrar com um cara que não conhece, assim, sem mais nem menos. Não sabemos se ele é perigoso ou o que vai fazer no momento em que perceber que, ao invés da Kizzie, o namorado dela está ali, para conversar.

Ergui a sobrancelha.

— Acha que sou medroso, porra? Acha que não sei me defender?

— Claro que você sabe se defender, Zane. Só não o bastante se, sei lá, o cara for muito perigoso, carregar uma faca, uma arma... Merda, nós não sabemos como ele é.

O medo subiu como uísque na minha cabeça. Não por mim, mas por Kizzie. E se ela estava se envolvendo com um cara assim? Os perigos e riscos que ela deve ter passado...

Minha cabeça foi longe, antes de Yan me interromper com mais conversa.

— Quando for encontrá-lo, eu vou contigo.

— Não, Yan. Isso é particular, merda. Preciso resolver sozinho.

— Não vou me meter a não ser que seja necessário. O cara nem vai saber que estou lá, só preciso estar por perto.

— Por quê?

— Eu não vou deixar você sozinho, Zane. Não em uma situação como essa, na qual ambos podem perder a cabeça.

Sarcasticamente, ri.

— É óbvio que vamos perder a cabeça. Ele ainda está apaixonado pela Kizzie e eu não aceito esse assunto mal resolvido entre eles.

— Eu vou contigo. Não tem outra opção — Yan ressaltou, encarando-me com atenção.

Me lembrei das brigas que arrumávamos na adolescência, principalmente por eu beijar meninas comprometidas em festas. Yan e Carter sempre salvavam a minha bunda, na época em que eu não me importava em malhar e adquirir força nos braços. Uma época em que, mesmo com o nariz sangrando, saía rindo, porque

Aline Sant'Ana

era divertido demais levar um soco por ter conquistado uma menina que não era minha.

Agora a situação era diferente.

— Merda, Yan.

— Vamos resolver isso. Tudo vai dar certo no final — me garantiu, ainda que não tivesse certeza. Eu podia ver em seus olhos.

— Obrigado por me ajudar quando sei que você tem coisas mais importantes para pensar.

Yan se aproximou e me puxou para um abraço breve e deu dois tapas nas minhas costas antes de se afastar. Eu pude ver em seu semblante como estava cansado, porém nunca o bastante para não se preocupar com as pessoas ao seu redor.

— Relaxa, Zane. Sempre juntos, certo?

Sorri.

— É, foda-se.

Yan riu e se afastou, entrou no seu quarto e eu soltei um suspiro. Faltavam vinte e quatro horas para Christopher chegar. Não aguentava ficar segurando esses segredos de Kizzie, porém era necessário.

Eu sabia que era.

Terminei o cigarro e joguei-o, apagado, na lixeira, pensando que esse era o último show, a última cidade, a última entrevista.

Esperava que não fosse também a última vez para nós dois.

Kizzie

Zane carregou a guitarra sob uma intensidade nova.

No palco, com mais de quinze mil pessoas cantando *Sensitive*, uma das músicas mais profundas do novo CD, Zane colou a boca no microfone e foi a segunda voz para Carter. Fechou os olhos, deixando os cabelos molhados de suor cobrirem as laterais do rosto, agarrando a Fender como se fosse sua extensão.

Segurei o walkie-talkie contra o peito, observando-o de baixo, próxima o suficiente do palco.

— Eles estão tocando muito! — Erin gritou ao meu lado e eu sorri para ela.

— Sim, são lindos no palco.

Erin concordou, cantando com os meninos. A música estava tão alta e estávamos tão perto dos amplificadores que eu não era capaz de ouvi-la. Foquei meus olhos novamente em Zane, assistindo-o tirar a correia da guitarra quando a música terminou. Ele foi rapidamente para a lateral quando as luzes se apagaram e só retornou quando todas se acenderam, exibindo o tórax nu, sem a camisa.

As meninas gritaram e o assisti lançar um olhar e um sorriso para mim antes de agarrar o microfone.

— Roma, você está linda essa noite!

A voz sensual do Zane ecoou por todos os cantos. Carter chegou, com uma camiseta nova, e Yan não saiu, permaneceu na bateria.

Os gritos dos fãs soaram ensurdecedores.

— Roma é a última cidade da turnê e eu gostaria de agradecer por tudo o que vocês têm feito por nós. Obrigado!

Aplausos e assobios soaram.

— Mas agora, com a licença do Carter, eu vou ser o vocalista da The M's. Será que vocês se importam?

Os gritos, se possível, ficaram mais ensurdecedores ainda. Zane sem camisa já era um atrativo e tanto, mas ele cantando? Essa era uma novidade que fez meu coração acelerar.

— Você sabe o que ele está aprontando? — questionei Erin.

— Não faço ideia.

Ela sorriu, acenando para Carter, que se sentou na beira do palco, tomando uma garrafa d'água. Ele imediatamente captou o olhar da namorada e mandou um beijo para ela.

Voltei a admirar Zane. Suas tatuagens, o suor no corpo bronzeado, a calça jeans rasgada e apertada, os músculos da barriga e o vão saliente do seu quadril nunca seriam demais para mim. Sempre o admiraria, inquieta para experimentar cada centímetro dos lábios, curtir cada parte sua, das mais indecentes às mais desejosas.

Ele passou os dedos pelo cabelo comprido, jogando-o para trás. Percorreu a correia da guitarra pelo corpo nu e grudou a boca no microfone, sorrindo de lado.

— As meninas que são apaixonadas pelo Carter e pelo Yan que me perdoem, mas eu sou o mais talentoso da banda. Posso não ser o mais bonito, mas, vamos lá... o que faz vocês pirarem? A voz do Carter, o retumbar da bateria do Yan ou os meus solos de guitarra? — provocou, olhando-me atentamente. As fãs entraram no jogo, chamando-o de lindo, gostoso e entre outros mil adjetivos. Ele pareceu adorar a atenção.

Aline Sant'Ana

312

— Não. — Estalou a língua perto do microfone e começou a brincar com a guitarra. — Vocês estão mentindo para mim. Não acham nada disso. Sei que preferem os braços do Yan e o rostinho de rockstar do Carter.

As meninas negaram, mas Zane continuou a tentá-las.

— Sei que não sou o preferido de vocês, porém, posso contar uma coisa?

As meninas surtaram e ele soltou uma risada rouca no microfone. Sua guitarra, baixinha e sensual, adotou um ritmo suave. Eu fechei os olhos, sentindo meu coração acelerar. Sempre que Zane tocava, era como se ele o fizesse com a alma. Seu talento ia muito além de dedilhar as cordas certas, fazia parte de quem ele era.

Abri os olhos e vi que Zane só estava esperando eu abrir as pálpebras para dizer algo.

— Acho que sou o preferido de uma garota.

Encarando-me, Zane adotou na guitarra um ritmo muito conhecido e nostálgico. As pessoas imediatamente reconheceram e eu sorri para Zane, porque isso era o mínimo que eu podia fazer, sabendo que ele estava prestes a cantar uma música, em frente a quinze mil pessoas, para mim.

— *I've got sunshine on a cloudy day. When it's cold outside. I've got the month of May...*

Sua voz tinha uma melodia encantadora. Tão bonita quanto a do Carter, porém mais suave e sensual. Senti os pelos do meu braço subirem, o sorriso se formar e os olhos umedecerem.

— *I don't need no money fortune or fame. I've got all the riches baby. One man can claim* — cantou, olhando-me docemente. Todo o público acompanhou Zane durante a canção, enquanto ele dedilhava na guitarra uma versão rock de *My Girl*.

Senti-me aérea, vivendo uma realidade que não era minha de direito.

Meses atrás, eu estava chorando, desesperada por ter perdido parte de mim, vivendo em uma depressão constante, apegada ao trabalho para não precisar lidar com a dura verdade. Enquanto isso, acreditei que não seria capaz de voltar a sorrir, de voltar a amar, de confiar que existe uma segunda chance, até para as pessoas perdidas que, além de se desfazerem da fé na vida, se desfazem da fé em si mesmas.

Acreditei na versão mais rude e grotesca, porque foi ela que me foi apresentada. Em consequência, foi posta sobre os meus olhos uma venda que me tornou incapaz de ver qualquer coisa senão a escuridão.

E aí encontrei Zane. O homem que tinha todas as características erradas, todos

11 noites com você

os avisos de que me faria sofrer, todas as irrefutáveis provas de que nada daria certo se somássemos um coração partido a um guitarrista descompromissado. A lógica, a física e as leis do universo apontavam para um trágico acidente. Mas, então, olhei fundo, além do que Zane era capaz de me mostrar, além da sua personalidade libertina e desimpedida.

Eu arranquei a venda dos meus olhos.

A alma livre de um rockstar em ascensão acabou me provando que, dentre todos os motivos errados, havia o certo, o que poderia me fazer ficar.

E eu fiquei.

Fiquei porque a obscuridade não está no amor, e sim no que é feito dele quando não é verdadeiro: a dor, o sofrimento constante, a perda irreparável da credulidade. Isso não é amor, é apenas a consequência de um relacionamento superficial e doentio.

Amor é a parte bonita.

Boa.

Incansável.

Exatamente o que eu sentia, principalmente quando Zane me olhava como se nada mais importasse.

— *I've got sunshine on a cloudy day. With my girl.* — A música chegou ao fim. Zane soltou a guitarra e colocou-a no chão do palco. Nossos olhares se cruzaram e ele puxou o microfone do suporte, caminhando em minha direção.

Engoli em seco, pensando no que ele faria em seguida. Zane segurou o microfone pelo cabo, na boca. Com as mãos livres, tirou o cabelo dos olhos e o amarrou despretensiosamente com o elástico que estava em seu pulso. Quando capturou novamente o aparelho, o silêncio na arena denunciava que todos estavam ansiosos para seu próximo passo.

— Assisti ao filme *Meu Primeiro Amor* com meu pai e minha mãe. Shane, meu irmão mais novo, ainda não era nascido. Então, sabe... eu meio que tinha uma atenção especial naquela época.

As pessoas riram e eu mordi o lábio inferior, tentando imaginar Zane em sua versão criança.

— Meu pai e minha mãe adoram essa música. *My Girl* acho que foi a primeira canção que aprendi a tocar no violão. Lembro-me de cantá-la no Natal e em uma ou mais datas comemorativas. Em uma dessas vezes, meu pai puxou a cadeira, tirou o violão de mim e começou a dedilhar *My Girl*. Eu fiquei observando-o, sem entender o que ele estava fazendo com meu violão. "Essa música é especial, Zane",

Aline Sant'Ana

disse. "Músicas especiais devem ser tocadas para pessoas especiais. Existirão músicas que te farão dançar, outras chorar e algumas refletir. Mas existem as músicas especiais. Elas pertencem a uma pessoa, de alma e coração. *My Girl* é uma delas, sempre será a minha música para a sua mãe." Naquela época, eu achava normal eles se amarem, afinal, eram meus pais. Mas acabei vendo, com o tempo, que nem todas as famílias eram iguais. A maioria se separava e, na realidade, minha família era a verdadeira exceção. Isso passou, o tempo passou e *My Girl* nunca mais foi tocada por mim. Exceto que eu via, de alguma maneira, sempre meus pais escutando essa canção. Talvez fosse uma forma de manter o amor aceso, a música que marcou o romance dos dois, uma maneira de eternizarem o que, eu soube, nunca teria fim. Então, peguei essa música emprestada porque, assim como eles, quero o eterno, o que eu tenho certeza que não vai acabar.

Lágrimas escorreram pelos meus olhos. Jamais pensei que Zane fosse abrir, para o público, uma parte da sua vida e dos seus sentimentos. Na altura do nosso relacionamento, já não me importava de ele o expor. O medo do incerto já não existia mais. A mesma certeza que Zane carregava andava ao meu lado.

— Kizzie — me chamou no microfone, atraindo a atenção de todos. Houve um silêncio, exceto pelo meu coração, que retumbava forte como o louco que era. — Essa canção é a minha tentativa de viver com você algo puro como meus pais vivem até hoje. Então, minha garota, nada mais justo do que cantá-la para você. É especial, como a gente. Eterna, também como espero que a gente seja.

Mordi o lábio inferior quando Zane começou a descer as escadas. Ele entregou o microfone para um dos seguranças e caminhou na minha direção, com o holofote o acompanhando.

Durante a noite quente de Roma, eu mal podia aguentar-me em pé, tremendo ao admirar Zane, sem camisa, me apreciando por completo. Meu coração estava batendo tão forte que imaginei não ser possível continuar viva com tantas reações insanas acontecendo dentro de mim.

Ele pegou minha mão e, de repente, todas as pessoas ao nosso redor não existiam mais. Algumas fãs estavam tentando pular a grade e os seguranças mal conseguiam contê-las. Só que isso não me impediu de deixar o pensamento profissional de lado e aproveitar esse momento com o coração.

Zane chegou ainda mais perto, molhado de suor, e eu não me importei nem um pouco. Seus olhos castanhos estavam em um tom mel pela força do refletor e meu estômago parecia revirar. Soltei uma risada de nervoso quando ele levou minha mão até os lábios e a beijou. O guitarrista me trouxe para perto, a ponto de me abraçar, e suas mãos acariciaram lentamente minhas costas. No momento em que meus olhos se fecharam, sua boca colou na minha orelha e ele suspirou alto.

315

— Keziah... — Estremeci. — Existem coisas que não me importo de dizer em público. Provar que gosto de você e te quero é uma delas. Mas isso é porque você já sabe, então, fico tranquilo.

Fechei os olhos ainda mais forte, ouvindo as fãs gritarem de felicidade ou de agonia. Ele estava me tocando na frente de todos e, por mais que ninguém pudesse nos ouvir agora, a imagem dele abraçado comigo aparecia em grande escala no telão da arena.

— Só que, sabe de uma coisa? — continuou sussurrando, alheio a tudo, exceto nós dois. — Ao contar pela primeira vez que eu te amo, acho que isso tem que ser feito ao pé do seu ouvido, só para você, de uma forma que nunca se esqueça, que lembre do som da minha voz, dos nossos corpos, do nosso jeito de fazer amor. Que recorde que quinze mil pessoas ouviram tudo, porém, tive que deixar a melhor parte para você.

Zane se afastou, secando minhas lágrimas com os polegares.

— Eu sempre vou deixar a melhor parte para você. — Se aproximou, pairando os lábios sobre os meus. Sua voz não era nada além de um sussurro, mas eu podia ouvi-la perfeitamente. — Eu te amo, Marrentinha.

— Ah, Zane — murmurei, acariciando seu rosto, olhando-o diretamente. — Eu não sabia o que era amor até encontrar você.

Ele abriu o sorriso mais bonito que já o vi dar e colou sua boca na minha. Carter estava dizendo algo no microfone, mas, de repente, eu já não era capaz de ouvir nada, de sentir nada, a não ser Zane D'Auvray tocando-me por cada maldita parte.

Sua boca, macia e salgada, conectou-se à minha com avidez. A língua logo surgiu, brincando e, em seguida, suas mordidas, suaves e intensas, fazendo eu me perder no seu sabor.

Zane se afastou quando a intensidade do nosso beijo ainda podia ser controlada e, ofegante, tirou uma mecha do meu cabelo do rosto.

— Vou subir no palco e fazer rock, Kizzie. Depois eu termino esse beijo.

Sorri e belisquei seu queixo.

— Vai lá, faça o que sabe fazer de melhor.

A magnitude do seu olhar capturou, de alguma forma, o oxigênio do ar.

— Porra, mas o melhor que eu sei fazer é te amar, principalmente, debaixo dos lençóis, Kizzie.

Gargalhei pela sua provocação e vi rapidamente um sorriso sacana em seu rosto antes de Zane correr em direção ao palco. Eu me derreti mais um

Aline Sant'Ana

316

pouco quando ele pegou o microfone e disse que precisava dar um beijo em sua namorada, confirmando o que tínhamos antes de continuar o show, dando início a uma das faixas bônus do CD.

Carter cantou lindamente, Yan brilhou na bateria, mas o meu coração se perdeu nas batidas da guitarra, nos olhos chocolate de Zane e na maneira de ele fazer não só aquelas cordas vibrarem, como também alguma parte da minha alma e do meu coração.

CAPÍTULO 29

You got what you wanted, didn't you?
Don't know where your heart is, but mine's bruised
You knew when you started, that I'd lose
The blood on the carpet, is not you

— Jojo, "Save My Soul".

Meses atrás

Kizzie

Com dificuldade, as pálpebras se abriram, mas imediatamente se fecharam por instinto, já que um cenário branco e reluzente apareceu na minha frente. A reação foi levantar o braço e cobrir o rosto, porém fiquei presa no ato, experimentando uma pontada aguda sobre a mão com o gesto.

Estremeci, soltando um gemido, e umedeci com a ponta da língua os lábios secos.

— Kizzie? Merda. Vou apagar a luz. — Escutei a voz de Oliver e respirei aliviada quando a intensidade luminosa se dissipou.

Fiz os olhos se abrirem, tomando notas mentais sobre o ambiente em que estava. Não levou nem cinco segundos para eu compreender que se tratava de um hospital: a camisola, a agulha pinicando a veia, o soro ao lado e uma poltrona desconfortável para o meu melhor amigo.

Inspirei, pensando no que aconteceu, na dor forte que me acometeu, e rapidamente lancei um olhar para baixo, o desespero me consumindo forte, com o pior pensamento possível. Lágrimas desceram pela bochecha e o formigamento fez minha garganta secar.

— Ollie... o bebê?

Oliver se aproximou da cama e tomou minha mão. Pela sua fisionomia, eu sabia que a notícia era ruim. A angústia, a mágoa e a dor no meu peito se tornaram ainda mais fortes, a ponto de me fazerem soluçar.

— Ollie, não me diga que...

Eu não podia acreditar que isso estava acontecendo. De todas as desgraças que acometeram a minha vida, essa era a mais obscura e dolorosa. Uma parte minha se partiu, se quebrou sem retorno. Uma que eu não tinha forças para aceitar.

Aline Sant'Ana

Chorei tanto que se tornou sofrido chorar, a minha cabeça latejou e eu sabia que estaria pior se, lentamente, pelo soro, não houvesse qualquer remédio para brecar as reações do desespero.

Coloquei a mão na barriga e observei meu amigo lacrimejar. Suas bochechas ficaram coradas, seus olhos, semicerrados e eu precisei fechar as pálpebras por alguns instantes para não vê-lo ter pena de mim.

— Senhorita Hastings?

Uma mulher com o semblante bondoso surgiu na porta. Ela passava dos quarenta anos e tinha poucas rugas de expressão ao lado dos olhos.

Não consegui responder, então Oliver confirmou quem eu era.

— Nós podemos conversar, Keziah? — a senhora gentilmente indagou. Vestia um jaleco branco e tinha seu sobrenome na plaqueta ao lado da denominação Dra.

— Sim — respondi sem jeito.

Ela se sentou na beira da cama, o que provavelmente não era o procedimento padrão, mas mesmo assim o fez. Oliver nos deu licença e a doutora suspirou fundo antes de começar a falar.

— Lembra-se de alguma coisa antes do desmaio?

— Sim. Eu tive uma discussão horrível e logo depois comecei a sentir dores fortes. Lembro do sangramento. — Minha voz falhou e as lágrimas nublaram minha visão. — Lembro de me desesperar e ligar para o meu amigo.

— Infelizmente, Keziah, eu não tenho boas notícias — pesarosamente, ela comunicou.

Meu coração começou a sangrar.

— Um aborto, não é? Por causa da briga? — Estremeci, sentindo tanta raiva de Christopher que o ódio seria capaz de me cegar. — Foi culpa dele!

— Keziah, você precisa se acalmar...

— Como vou me acalmar? A única coisa preciosa que aconteceu na minha vida foi levada embora!

— Eu sinto muito pela sua perda. Quer que eu retorne mais tarde?

Virei o rosto para o lado, observando, além da vasta janela do quarto, a cidade. Lá fora, os carros passavam tranquilamente, as pessoas riam, conversando na calçada umas com as outras e os animais passeavam com seus donos. A vida não parava e não simpatizava com a minha dor. O mundo ainda girava, alheio ao coração partido, à perda do meu primeiro filho, à culpa que carregava nas costas por ter medo de estar grávida de um homem que não me merecia.

11 noites com você

— *Não. Nós podemos conversar agora.*

— *Keziah* — chamou-me com calma e eu olhei para a médica. — *Quando você chegou, fizemos uma ecografia para confirmar a suspeita do aborto, na qual foi verificada a ausência de batimentos fetais e, além disso, percebi que pode ter uma alteração no formato do seu útero...*

— *Está dizendo que foi por minha causa?*

— *Sei que passou por um estresse pela briga que teve, como me disse. Mas dificilmente esse deve ser o motivo principal. Eu sugiro que façamos uma investigação para sabermos o que, de fato, aconteceu.*

Soltei um suspiro. Se a culpa por eu ter perdido o bebê fosse minha, não sei como reagiria. Seria fácil odiar Christopher por isso também.

— *E então?* — ela questionou.

Disse sim naquela hora, com medo da resposta. E com razão, pois, nos exames, tudo o que eu temia veio à tona. Eu possuía uma malformação uterina. Segundo a doutora, isso diminui a chance de uma gravidez evoluir até o final. Era muito provável que eu sofresse abortos de repetição.

Chorei até secar, sofri e senti que a dor jamais iria embora, pois, além de lidar com a perda do meu bebê, descobri que não poderia ser mãe novamente; não pelo método convencional. Descobri que a culpa era minha, a má formação do meu corpo, o meu útero que não possuía a capacidade de manter o feto. Realizei, da forma mais difícil, o que era a perda.

— *Eu perdi tudo* — lamentei para Oliver, horas mais tarde, chorando em seu ombro. Seu perfume me confortou, porém não o suficiente, não o bastante para fazer a dor ir embora.

— *Vai contar para o Christopher?*

Me afastei de Oliver, secando as infinitas lágrimas. Elas não parariam de cair, então deixei que caíssem.

— *Eu não quero contar.*

— *Kizzie...*

— *Ele não tem o direito de saber mais nada da merda da minha vida! Nem do bebê, nem do que aconteceu, nem das decisões que eu vou tomar! Christopher perdeu totalmente o direito de saber, Oliver.*

Raiva fez meu sangue borbulhar. Pensar em Christopher, na felicidade dele ao descobrir que o bebê era um peso a menos para se preocupar, me deixou com tanto ódio que eu seria capaz de matá-lo se o visse na minha frente agora. Sua alegria, a torcida para se livrar dessa criança, as preces do demônio sendo atendidas... Não!

Aline Sant'Ana

Eu não daria esse gostinho a ele.

— Kizzie, se você não contar...

— O que ele vai fazer? Atormentar-me até ter notícias do bebê? Do meu bebê? Oliver fechou os olhos.

— Kiz...

— Ele que sofra, pensando que essa criança existe. Ele que se ferre, Ollie!

— Não é bom nutrir tanto ódio assim, Kiz — meu amigo comentou.

— Não é bom fazer muitas coisas, Oliver. Inclusive desejar que uma criança não nasça, como ele fez.

Ele assentiu, não concordando com a minha decisão de esconder isso de Christopher. Eu não me importava mais com o que o crápula do Christopher achava, desde que imaginasse que essa criança ia nascer. Essa era a minha vingança pessoal: fazê-lo se corroer, imaginando que teria um filho. Que isso tirasse seu sono, seu sossego.

Acariciei a minha barriga, desejando tanto ver qualquer volume ali que a sensação surgiu como uma facada no coração. Inspirei, banhada em lágrimas, em dor e sofrimento.

Aquilo parecia jamais ter fim.

11 noites com você

CAPÍTULO 30

Well you got your reasons
And you got your lies
And you got your manipulations
They cut me down to size
Sayin' you love but you don't
You give your love but you won't

— Tonic, "If You Could Only See".

ZANE

As nuvens carregavam um tom cinza-escuro e o dia estava quente como o inferno. O clima abafado me fez suar mais do que o normal, ou isso poderia estar associado ao nervosismo de ter que mentir para a minha namorada a respeito do dia de hoje, no qual me encontraria com o seu ex às escondidas.

Observei as curvas de Keziah enquanto ela conversava com Erin no corredor do hotel. O vestido lilás estava agarrado nos seios fartos e caía em seus quadris, beirando os joelhos. Usava saltos, como sempre. Os cabelos soltos, como eu gostava, pareciam emoldurar o rosto bonito e, mesmo à distância, eu era capaz de sentir seu perfume doce.

Não devia ser natural eu sentir algo tão forte por essa mulher, um sentimento incontrolável e extenso, algo que me fazia ter a certeza de que poderia matar e morrer por ela. Não devia ser aceitável amá-la tanto, em tão pouco tempo, a ponto de tirar a minha razão, como também os pés do chão.

Justamente eu, hum? O homem que se dizia incapaz de se apaixonar.

A única coisa que eu podia fazer era aceitar. Aceitar que a amava, com a única parte boa de um cara que não tinha muito para dar, além de si mesmo.

— Você está esquisito pra caralho — pontuou Carter, me observando.

— Estou?

— Sim. Você se arrumou. Calça social, sério? Pra quê?

Rolei os olhos.

— Me deu vontade, porra.

— Não. A quem você quer impressionar? Já tem uma namorada, então não é mulher...

Aline Sant'Ana

— Carter, se você começar a dar uma de Yan, implicando com a minha roupa, eu juro por Deus que entorto a porra do seu nariz.

Ele riu e colocou a mão no meu ombro.

— Não, sério. Nós temos a entrevista na rádio daqui a três horas. Não é possível que tenha se arrumado tanto só para isso. Vai acontecer alguma coisa? — Ele parou, mordendo o lábio, desconfiado. — Vai fazer algo que não estou sabendo?

— Desde quando você é tão curioso, cara?

— Não sei, sinceramente. Mas vê-lo de calça social, camisa branca bem-passada e um sapato do Yan... Olha, é de surpreender.

Yan chegou, verificando algo no celular. Depois, se colocou entre nós, abrindo espaço com toda a sua altura e ombros exageradamente largos.

— O que vocês estão conversando?

— O Zane está esquisito. Vestindo calça social porque simplesmente quer? Porra, isso é o Apocalipse.

— Olha quem fala — zombou Yan, soando leve pela primeira vez depois do que aconteceu com Lua. — Você odeia vestir as roupas certas quando é necessário.

Carter concordou, contudo não deixou o assunto morrer.

— E então?

— Zane e eu vamos sair antes da entrevista. Nós precisamos resolver uma coisa.

Fechei os olhos diante da resposta de Yan, porque Carter não deixaria isso passar.

— Uma coisa? Em Roma? Vão fazer um passeio ou algo assim?

— Não, estaremos aqui no hotel — esclareci.

— Entendi, vocês não querem me contar.

— Carter, não é isso — Yan pontuou. — É mais seguro se você não souber.

Ele franziu as sobrancelhas, cruzou os braços e soltou um suspiro.

— Eu quero saber. Como esperam que eu lide bem com meus dois melhores amigos fazendo alguma merda sem eu saber? Impossível, vocês sabem disso.

Era muita gente sabendo do meu plano, da minha conversa com Christopher. Isso não estava me agradando. Eu queria manter o mais discreto possível, para que ninguém precisasse mentir por mim. Já bastava eu colocando os pés pelas mãos.

11 noites com você

— Carter...

— Você está vestindo calça social, está pálido feito um papel e parecendo pronto para a luta, embora sua roupa mostre tudo, menos que esteja preparado para socar alguém.

— É, realmente — Yan concordou.

— Zane, eu sinto muito — continuou Carter —, mas não vou deixar você esconder isso de mim.

Éramos muito mais do que parceiros de banda e amigos, éramos irmãos. Vivemos todas as merdas juntos, desde o final da infância, a adolescência completa e a fase adulta. Eu amava esses caras da mesma maneira que amava meus pais e Shane.

Liberei o ar dos pulmões e expliquei para Carter sobre a parte que sabia do passado de Kizzie, as mensagens estranhas de Christopher e o segredo que ela guardava de mim. Eu não estava me sentindo confortável com um homem a perseguindo, com Kizzie omitindo sua vida, com todo o porém que vivia ao lado dela.

Precisava de certeza.

Precisava da garantia.

Carter rebateu dizendo que amor não é garantia de nada, que me meter na vida de Kizzie era errado. Contei que fui além, que marquei um encontro com Christopher essa tarde, e ele ficou assustado com a ousadia.

Eu sabia que ficaria.

— Você foi muito longe! Kizzie não vai te perdoar — Carter comentou, preocupado.

— Kizzie *não* vai saber.

— É claro que ela vai saber! Christopher vai ter vantagem sobre você a partir do momento em que descobrir o que fez. A primeira coisa que o cara fará será contar isso para ela.

As veias começaram a correr o sangue quente. Kizzie me disse que terminou com esse cara, que ela não tinha vínculo algum com ele. O filho da puta era casado.

Ela não o perdoaria, não é?

Ela não seria capaz de me deixar por ele, seria?

— Carter... Kizzie não seria capaz de perdoá-lo. Ele mentiu.

— E não é o que você está fazendo agora? Mentindo para ela? Agindo em suas costas?

Aline Sant'Ana

— Eu não sou casado, caralho! — Me irritei com a comparação, perdendo a compostura. — Não magoei a Kizzie. Eu realmente a amo. Não seria capaz de feri-la. Perderia um braço antes de isso acontecer.

— Tome cuidado com suas atitudes, Zane. Muitas coisas podem não ter volta — alertou Yan, baixando a cabeça. — Agir impulsivamente não é legal, você sabe.

— Vocês me pedem para saber das coisas que estou fazendo e são os primeiros a apontarem o dedo para a minha cara. — Lancei um olhar para Kizzie, observando-a rir com Erin, alheia ao que estávamos conversando. Baixei o tom, por segurança. — Não preciso do apoio de vocês para o que vou fazer, muito menos de lição de moral.

— Zane, merda. Só estamos tentando ver o que é melhor para você, e isso é errado — Carter sussurrou, mas eu podia reconhecer o desespero em sua voz. O que era uma droga, porque eu já estava ficando possesso com essa atitude dele.

— Yan é um traidor e você, Carter, fez um inferno para namorar a melhor amiga da ex. Não venham me passar as leis do universo de como ser um cara certo, podem enfiar isso no cu.

— Zane, não seja assim — Yan intercedeu.

— Vão se foder!

Virei as costas, com raiva. Eles queriam me dizer o que era certo, sendo que eram errados em gênero, número e grau. Aqueles merdas. Eu estava protegendo Kizzie, pensei comigo mesmo. Estava garantindo que Christopher não se metesse mais em sua vida, que ele sumisse de vez. Não era isso que ela queria? Apertei os punhos ao lado do corpo, caminhando com pressa em direção ao elevador. Sim, era exatamente isso que ela queria e eu poderia estar agindo de forma errada, poderia estar me metendo, poderia estar sendo ciumento, carregando mil defeitos nas costas, mil razões para voltar atrás, porém eu não ia.

Precisava dar um jeito nesse cara.

E seria agora.

Kizzie

Zane saiu como um furacão e os meninos foram atrás. Eu não tinha visto que estavam conversando, menos ainda que brigaram. Erin me olhou um pouco assustada, perguntou se eu queria ir atrás deles, e preferi dar de ombros e dizer que ficariam bem. Há coisas que nem eu nem ela poderíamos fazer, ainda mais pelos meninos, que se conheciam há tantos anos.

— Temos três horas antes de eles saírem para a entrevista na rádio. Quer

325

dar uma volta? — Erin perguntou, mas em seus olhos reconheci a inquietação que carregava por Carter, a mesma que dançava dentro do meu peito por Zane.

— Acho que precisamos dar um tempo desse hotel. Voltamos em duas horas para conseguirmos nos arrumar. — Concordei com o passeio.

Erin era famosa, não tanto quanto os meninos, porém, para garantir, chamei mais um segurança, além do Mark, para nos acompanhar. Do lado de fora do hotel, paparazzi queriam uma foto exclusiva e nós saímos, posamos e ignoramos as perguntas incômodas, principalmente as que diziam respeito a Zane e a mim.

Se alguém precisava dar uma declaração sobre esse assunto, era ele.

— Uau! — Erin exclamou quando entramos no carro. Mark deu um sorriso discreto e arrumou a gravata, questionando se estávamos bem no banco de trás. — Não pensei que em Roma teria tanta gente na frente do hotel. Estamos bem sim, Mark. Obrigada.

— Para onde vocês querem ir? — indagou o outro segurança, que estava como nosso motorista.

— Vamos dar uma volta pelas ruas e nos perder — brincou Erin, sorrindo. — Bem, como não vamos ter tempo, seria interessante passar perto do Coliseu ou o mais acessível ponto turístico histórico. O que acha, Kizzie?

— Acho que vai ser ótimo fazer esse tour rápido.

— Temos GPS — tranquilizou Mark. — Não ficaremos perdidos.

Para minha surpresa, Erin começou a narrar o que sabia sobre Roma. Vi que ela era tão apaixonada pela Europa quanto eu. Contou-me que, com mais de dois mil e setecentos anos de história, Roma exibia seus tesouros arqueológicos e arquitetônicos. Boa parte deles do período em que o Império Romano dominou o mundo. Acrescentamos à conversa as charmosas *piazzas*, fontes e igrejas. Junto a isso, o cenário ao nosso redor foi se formando à frente dos nossos olhos. A Itália, um dos lugares que sempre sonhei estar, bem na minha frente.

— Meus pais estão morando em Veneza — Erin contou, um pouco distraída ao olhar pela janela. — Faz alguns anos que não os vejo.

— Por quê?

— Meu pai nunca apoiou minha decisão de ser modelo. Isso nos afastou. Depois de um tempo, ele recebeu uma proposta para se mudar para a Itália, e agora está em Veneza com a mamãe. É errado dizer que não sinto saudade?

Pisquei, imaginando um cenário no qual eu não sentiria falta do meu pai. Isso era estranho, porém não podia julgar a atitude de Erin. Se para ela foi difícil, seu passado, como eu poderia saber?

Aline Sant'Ana

— Temos reações às coisas que nos atingem positiva ou negativamente, Erin. Com o tempo, o que chegou a te atingir se molda a você, tornando-se uma descartável situação ou a verdadeira lição, um aprendizado. Se acabou por se tornar indiferente, significa que não teve importância, que não te agregou em nada, independente da experiência. Quando você diz que não sente saudade do seu pai por ele não ter sido bom pra você, isso não te faz uma pessoa ruim, só faz ver que o passou. O que antes te incomodava agora foi embora.

— Ele é o meu pai, Kizzie.

— Laços sanguíneos, infelizmente, não são garantia de nada, querida. Quantas pessoas ruins derivam de nossas próprias famílias e quantas pessoas boas, que nunca tiveram absolutamente nada a ver conosco, se tornam imprescindíveis?

— Muitas delas. — Ela suspirou fundo, um pouco mais aliviada por eu ter dado a minha opinião sobre o assunto. Erin não precisava sentir-se mal por algo que nem mesmo era capaz de controlar. — Eu não queria trazer isso à tona, me desculpa. Sei que precisamos espairecer, e não correr atrás de assuntos pesados.

Dei de ombros e abri um sorriso para ela.

— É natural conversamos sobre coisas boas e ruins. É a tendência da amizade, assim como da vida.

— Você está certa. Nem sempre podemos viver só de momentos bons e precisamos compartilhar os ruins também.

— Você está bem? — questionei após um tempo, observando as sobrancelhas ruivas franzirem em preocupação.

— Acho que sim. Obrigada, Kizzie.

Olhei além da janela, sentindo a admiração de Mark, o segurança, através do espelho retrovisor. Ele abriu um sorriso tímido e assentiu, como se aprovasse o que eu acabara de dizer para a namorada de Carter McDevitt.

Percebi que participar da vida da The M's era muito mais do que viver em função da agenda dos meninos. Éramos uma família — tínhamos nos tornado uma —, e todos cuidavam uns dos outros. O pensamento foi imediatamente para Zane discutindo com Carter e Yan, aquela chuva de testosterona e a explosão de Zane mandando-os para um lugar nada bonito. Qualquer que fosse o motivo dos dois brigarem com o homem que eu amava, só podia significar que estavam tentando protegê-lo. Eu só não sabia do quê.

Zane

Se existia algo potente a ponto de nos deixar totalmente sem visão, sem consciência dos atos, era a raiva. Não a sentia pela discussão que tive com os caras — ok, talvez um pouco —, mas pelo possível encontro com Christopher, pelas coisas mal resolvidas, por tudo isso explodindo dentro de mim.

No elevador, tentei pensar no que diria a ele, nas coisas que questionaria. A intenção era fazê-lo se afastar, parar com as mensagens e descobrir o que havia de errado. Apertei os punhos ao lado do corpo; a vontade de socá-lo era enorme.

Cheguei ao andar certo, sendo surpreendido por Carter e Yan, que desceram pelas escadas.

— Eu vou resolver isso sozinho — esclareci para eles.

— Nem fodendo — falou Yan. — Quando conversamos, eu disse que te acompanharia.

— Não sou criança e esse assunto é particular.

— Não ficaremos perto de você e dessa conversa bizarra, só queremos estar no corredor, beleza? — Carter se pronunciou, aflito.

Enfiei as mãos no bolso da calça social e assenti, aborrecido. Já estava na hora de encontrá-lo. Meu estômago estava estranho, e eu queria ter beijado a Kizzie uma última vez antes de ter vindo para cá.

Virei as costas para Carter e Yan e caminhei em direção à recepção. Perguntei se algum Christopher tinha se hospedado recentemente e a moça sorriu ao me dizer que sim. Pediu meu autógrafo e, educadamente, uma foto. Fiz tudo, ainda que minha mente estivesse longe, e também consegui o número do quarto do cara.

— Vai encontrá-lo onde? — quis saber Carter quando me aproximei.

— Em seu andar.

— Então vamos — incentivou Yan.

Verifiquei as horas, ainda faltava muito tempo para irmos à rádio. Chegamos ao andar rapidamente e pedi que os caras se mantivessem no lugar. Eles respeitaram e me deixaram sozinho, porém sempre me apoiando. Tive que pedir desculpas pela explosão que dei há pouco, meus nervos não estavam normais, e ambos pareceram entender.

Agora não podia mais adiar.

Bati na porta e escutei uma voz masculina pedindo para eu esperar. Um instante ou dois depois, ela se abriu e o que revelou não foi surpresa, diferente do que era para ele, com certeza, já que aguardava Kizzie.

Christopher vestia um terno, parecia um homem de negócios, bem o oposto

Aline Sant'Ana

328

a mim, que era um guitarrista de uma banda de rock. Ciúmes — ou talvez, inferioridade — envolveu-me como uma doença contagiosa e rapidamente se espalhou pelas minhas veias.

Vi seus olhos se arregalarem pelo susto e depois franzirem. Ele cruzou os braços protetoramente no peito e eu coloquei as mãos por dentro dos bolsos da calça social, com medo de socá-lo por gostar tanto de uma mulher que era minha.

— Onde ela está? — indagou, engrossando a voz.

Tirei a mão direita do bolso e empurrei a porta, colocando-me para dentro. Abri um sorriso sarcástico e, com o pé, fechei-a nas costas. O baque não fez nenhum de nós recuar. Christopher parecia possesso por ter eu não ter trazido sua amada.

Otário.

— Não ia me convidar para entrar? Tomar um café? — provoquei.

— Onde ela está? — repetiu.

— Acho que você não tem o direito de perguntar isso, não tem o direito de persegui-la da maneira que faz.

— Ah, é?

— Kizzie não te diz mais respeito. Então — aproximei-me dele, torcendo o nariz em razão do perfume enjoativo que usava. Como Kizzie foi capaz de amá-lo? Ele exalava mentira —, eu te aconselho a desistir, parceiro.

Christopher soltou uma risada debochada e virou de costas. Caminhou até o frigobar e pegou algo. Bebeu e depois voltou os olhos azuis para mim.

— Vi sobre a especulação do relacionamento de vocês. Então, isso me leva a crer que você dormiu com ela. Foi o que aconteceu? Transou com a Kizzie e se acha no direito de vir dizer alguma coisa?

Veja bem, eu sou um cara explosivo. Eu sou um cara impaciente. Eu sou um cara ciumento e, em poucos minutos de conversa, ele já estava me puxando para o limite. Ainda assim, sorri.

— O que eu e ela temos não é só sexo esporádico, felizmente. Estamos juntos, juntos pra caralho. Resumindo, o que você faz com Kizzie, principalmente as mensagens, me dá o direito de vir tirar satisfações.

Christopher riu outra vez.

— Sério que você a aceitou nas condições em que ela está?

Parei no lugar e perdi o sorriso do rosto.

— Condições? Quais condições?

11 noites com você

Ele elevou uma sobrancelha.

— Não se faça de idiota.

Dei mais um passo e dessa vez o calafrio zanzou por toda a minha coluna; cheguei tão perto de Christopher que não pude me conter. Ele queria conversar e me provocar? Talvez ele gostasse do par de punhos que estavam, agora, agarrando a sua camisa engomada.

Coloquei-o contra a parede e mal consegui controlar o rosnado que se formou na minha garganta. Ele era mais alto, porém eu era mais forte. Se Christopher pensava que isso seria uma conversa civilizada com troca de farpas, estava muito enganado.

— Vamos de novo, Christopher. — Ele riu. — Será que não estou sendo claro o suficiente? — Empurrei-o um pouco mais e vi o medo dançar em seus olhos. — Não vou conversar contigo em códigos. Ou você me fala que porra está acontecendo ou eu vou socá-lo até começar a abrir o bico.

Ele virou a cara para o lado e eu, relutantemente, o soltei. Pelo menos, o filho da mãe tinha perdido o sorriso do rosto. Enquanto isso, adrenalina corria em minhas veias, a ansiedade de resolver de uma vez por todas tomando conta do meu cérebro.

Quais eram as condições de Kizzie? Resolvi começar a falar.

— Você teve um relacionamento e mentiu para ela. Pelo visto, ainda não se tocou que Kizzie não quer falar com você, por mais que não responda suas mensagens ou não se comunique.

Christopher umedeceu a boca e voltou a beber.

— Eu a amo e estou tentando recuperá-la.

Foi a minha vez de rir.

— Foda-se. Isso não vai acontecer.

— Eu estive com ela por um bom tempo.

— Kizzie não está em uma competição para saber quem ficou por mais tempo e quem a quer mais. O fato é que você a traiu e fodeu com a confiança dela, caralho! — me exaltei, dando um passo em direção a ele. Deus, eu queria socá-lo. — Você é casado, cara. É um filho da puta aproveitador e...

— Ela está grávida! O filho é meu e não há nada que você possa fazer para mudar isso. Aceitou-a assim, então, tem que ter coragem para...

Sua boca continuou se movendo, todavia não fui capaz de ouvir sua voz.

— Grávida? — rechacei, rindo pelo nervoso.

Aline Sant'Ana

Meu coração começou a bater rápido e a visão nublou. Minha primeira reação foi de rebatê-lo, porque aquilo não era real. Kizzie começou a trabalhar há três meses para a banda The M's e eu não vi qualquer alteração em seu corpo.

Suor escorreu por minhas costas e fechei os punhos ao lado dos quadris.

— Fala logo, porra!

— Você não reparou no corpo dela? Achou que Kizzie só estivesse um pouco cheinha? Bem, talvez você não a tenha fodido direito, afinal de contas.

Mordi o lábio inferior e fui com tudo para cima dele. Soquei seu maxilar de uma vez e o vi cair no chão. Ele se levantou e torceu o rosto em desgosto para vir em cima de mim. Não consegui desviar e fui atingido. A dor no meu queixo não era nada se comparada à que estava dentro do meu peito. A adrenalina fez-me acelerar, pulsar e os reflexos ficaram mais rápidos, porém não o bastante a ponto de não levar outro soco — dessa vez, no supercílio.

Revidei, ainda que o sangue estivesse incomodando o meu olho direito, e soquei seu estômago com toda a raiva que possuía. Raiva porque alguma parte de mim estava ligando os pontos, as conversas com Kizzie, as mensagens que Christopher mandou... o passado secreto dos dois.

Até quando ela continuaria me escondendo a gravidez? Até o próximo mês? Depois, acidentalmente, me diria que estava grávida do filho da mãe do ex-namorado, caralho?

— Ela não te contou? — Ele se levantou depois de um segundo de trégua e puxou algo do bolso. Vi que era seu celular. Christopher começou a digitar nele e aquilo me tirou no sério.

— Estamos tendo uma conversa aqui!

Com um movimento, me estendeu o aparelho e pediu que eu o pegasse. Ele limpou o sangue que estava no lábio inferior e abriu um sorriso sarcástico.

— Leia.

Na tela, uma conversa de Kizzie e Christopher apareceu. Primeiro, Kizzie enviou uma foto com vários testes de gravidez. Estreitei os olhos para enxergar melhor aquilo que eu não queria ver. Ela digitou algo embaixo, uma coisa que eu não queria ter lido, que me atingiu de forma irreversível.

Era verdade.

"Quatro testes, todos positivos. Precisamos conversar a respeito disso, Christopher."

Perdi a conta de quantas vezes li, de quantas vezes cliquei na foto, aumentando-a e diminuindo-a para ter certeza e não ter sido pego por uma peça.

11 noites com você

Desci a conversa para conferir se fora dito alguma coisa, mas só havia mensagens isoladas de Christopher, desesperado por notícias dela... *e do bebê*.

Ele começou a falar um monte de merda, me julgando por eu não ter percebido o corpo de Kizzie, por eu não ter prestado atenção que ela pertencia a alguém, que aquele bebê tinha um pai. Christopher não tinha intenção alguma de sair de sua vida.

E foi então que percebi.

Eles teriam para sempre uma ligação, ainda que Kizzie não quisesse ficar com o cara. Porra, ele a engravidou, ela estava esperando um bebê, fruto do que eles tiveram. Era o passado, mas, acima de tudo, o presente.

Como Kizzie pôde esconder isso de mim?

Senti uma emoção me tomar, nunca senti algo tão forte assim. A garganta coçou e meus olhos pinicaram. Precisei piscar antes de devolver o celular de Christopher. Meus passos pareciam automáticos e meu peito estava queimando, da mesma forma que sinto quando preciso socar alguém ou gritar desesperadamente.

Virei as contas, deixei Christopher falando suas merdas e abri a porta. Ele gritou, me xingou, perguntou onde Kizzie estava, porém não fui capaz de respondê-lo.

Um bebê.

Kizzie omitiu porque esperava que eu não fosse ficar com ela? Ela escondeu porque imaginou que o que tivemos só duraria o tempo da viagem? Ela silenciou a respeito de algo tão importante, o nosso futuro, apenas porque isso, entre nós, era uma brincadeira?

Caralho, como ela pôde?

Meu rosto ficou molhado e os olhos embaçaram. Nervosamente, puxei meus cabelos e gemi entre um palavrão e outro no momento em que encontrei Yan e Carter. Aéreo, não prestei atenção no que eles me disseram. Suas mãos vieram até meus ombros, suas palavras, suas perguntas... eram tudo aquilo que eu não estava disposto a falar.

— Eu quero conversar com a minha mulher! — Ouvi Christopher gritar e depois foi silenciado. Assisti, pela visão periférica, Yan socá-lo. Christopher caiu no chão, desmaiado, e os caras continuaram me empurrando.

Foda-se. Eu não podia lidar com isso.

— Zane, você está chorando? — Carter questionou o óbvio, e eu virei o rosto. Andei com eles me escorando e odiei a presença dos meus amigos. Queria ficar

Aline Sant'Ana

sozinho, queria sumir dessa porra de lugar.

— Zane, o que houve?

Foram interrogando-me até o momento em que parei na frente do elevador. Lancei um olhar para o corredor, assistindo Christopher desmaiado no tapete caro do hotel The St. Regis Rome. Ele estava apagado, com sangue no rosto, denotando que, claro, o soco de Yan era capaz de levar um cara a nocaute.

Fechei as pálpebras duramente e entrei no elevador, deixando Carter e Yan para trás.

Antes de a porta se fechar, Carter colocou a mão no sensor, impedindo que ela se fechasse.

— Para onde está indo? — questionou, as íris verdes brilhando.

Com lágrimas descendo pelo rosto, com o coração sangrando, com o sentimento mais desesperador dentro de mim, respondi:

— Para casa.

CAPÍTULO 31

If I look back to the start, now I know
I see everything true
There's still a fire in my heart, my darling
But I'm not burning for you
We've started it wrong and I think you know
We waited too long, now I have to go

— Birdy feat Rhodes, "Let It All Go".

Meses atrás

Kizzie

Os últimos demonstrativos gráficos a respeito do marketing da The M's estavam me deixando maluca e com muita dor de cabeça. A enxaqueca forte era um dos sintomas frequentes do estresse. Segundo a última médica que consultei, o fato de ter sofrido um trauma com toda certeza seria suficiente para fazer esses estragos na mente — que já eram comuns, mesmo antes disso tudo acontecer.

Liguei para Oliver, desmarcando o nosso jantar. Já era tarde e ele ainda estava preso no trabalho, em uma reunião. Mas, como sempre, muito prestativo, conseguiria escapar, só que, antes que pudesse pensar em me levantar, meu corpo entrou em colapso.

As dores eram fortes, o suficiente para me cegar. Fiquei deitada no sofá, com o notebook no colo, pensando que morreria de tanto enjoo e dor nos olhos.

Algum tempo mais tarde, inebriada pela enxaqueca fortíssima, fui erguida do sofá por Ollie, que me levou para o hospital, ainda que eu pedisse que não o fizesse. Lá, fui medicada e me deram o conselho de permanecer por dois dias dentro de casa, sem estresse — principalmente a respeito do trabalho.

— Ela sofreu um aborto há um mês e geralmente isso não acarreta em nada, porém, pelo estresse e nervoso que enfrentou durante esse meio-tempo, aconselho descansar um pouco, pensar em si mesma. Agora não é o momento para focar em trabalho, não quando sua mente já está sobrecarregada com outras coisas.

— Eu consegui esse emprego faz quinze dias, não posso simplesmente deixá-lo.

— Dois dias descansando — anunciou em um tom de que eu não deveria contrariá-lo.

O médico me passou um papel que eu usaria para explicar a minha ausência.

Aline Sant'Ana

334

Entreguei para Ollie e pedi que ele levasse para Lyon no dia seguinte. Depois de o medicamento fazer efeito e eu ter passado por um período de observação, pude ir finalmente para casa.

Voltar ao hospital era uma lembrança viva do dia que recebi a pior notícia da minha vida. A perda do meu bebê era recente, a dor muito maior do que eu desejava sentir; era muito difícil assumir o que eu tinha perdido.

— Você está bem? — perguntou Ollie, horas mais tarde, quando eu já estava em casa.

Assenti e ele se deitou ao meu lado na cama. Nós apagamos os abajures e, a uma distância relativa um do outro, pude ouvir a respiração de Oliver se tornar cadenciada e tranquila, à medida que ele pegava no sono.

Consegui fechar os olhos por um instante. Naquele segundo, ainda que o inferno que vivesse fosse invencível, soube que não estava sozinha.

11 noites com você

CAPÍTULO 32

I can't remember anything
Can't tell if this is true or dream
Deep down inside I feel to scream
This terrible silence stops me

— **Metallica, "One".**

Kizzie

Roma, uma cidade tão clássica e tradicional, não poderia deixar de nos oferecer o melhor passeio que pudemos ter. Mesmo só conseguindo ver tudo de longe, foi surpreendente. Eu e Erin ficamos tão empolgadas que, quando chegamos ao hotel — um dos mais elegantes que estivemos durante a turnê pela Europa —, tínhamos um sorriso enorme no rosto.

Peguei o celular no segundo em que passei pelas portas largas e pelo sorriso educado da recepcionista. Ele estava tocando como um louco e ficou assim durante todo o passeio. Sabia que não era Georgia, pois a equipe já estava indo embora antecipadamente, visto que os shows tinham terminado.

Tirando o encontro na rádio, os meninos não possuíam mais compromissos.

— Alô?

— Onde você está? — questionou uma voz masculina grave.

— Quem é?

— Kizzie, é o Carter! Onde você está?

Parei de caminhar, preocupada com o seu tom de voz. Trazia uma urgência que eu não estava acostumada a ver no vocalista da The M's, que sempre foi muito tranquilo.

— Estou entrando no hotel.

— Se encontra comigo no décimo quinto andar. Erin está com você?

— Sim, ela está.

— Te vejo daqui a pouco. — Desligou.

A sensação que percorre nosso corpo antes de algo muito importante acontecer tomou-me dos dedos dos pés até o último fio de cabelo. Olhei para Erin, expliquei o que Carter disse e, assim como eu, ela ficou assustada.

Aline Sant'Ana

336

Fomos com pressa até o andar indicado e, durante o caminho do elevador, pensei na discussão que os meninos tiveram com Zane. Seria possível que tivessem brigado a ponto de alguma coisa acontecer com a banda? Ou com eles? Reconhecia que Yan e Zane eram um pouco esquentados, Carter também, apesar de ser sempre doce comigo...

— O que está pensando? — Erin questionou um pouco antes de as portas se abrirem.

— Estou angustiada — resumi meus pensamentos e também os sentimentos.

Fomos liberadas pelo elevador quando o apito soou. Carter nos recepcionou logo de cara e parecia um pouco transtornado. Seu rosto estava expressivo demais e havia muito suor na sua testa. Franzi os olhos e imediatamente senti meu coração acelerar.

— Carter? — Erin questionou, ficando ao seu lado. No entanto, os olhos verdes do vocalista da The M's, pela primeira vez, não admiraram sua amada, mas ficaram totalmente fixos em mim, como se me pedissem desculpa, como se quisessem me contar uma trágica notícia.

— Onde está Zane? — Foi a primeira e única coisa que tomou minha mente.

Vi seus olhos serem fechados e isso foi o suficiente para eu tirar os pés do lugar e começar a andar. Pedi espaço para Carter, que, vendo minha ansiedade, saiu do caminho. Automaticamente, meus olhos se conectaram com os de Yan, que estava parado no corredor, com um semblante arrependido e sofrido.

— Onde ele está? — Aproximei-me de Yan, sentindo minha garganta coçar. Ele segurou-me pelos ombros ao perceber que eu não pararia de andar pelo corredor até encontrá-lo.

— Kizzie, eu preciso que se acalme — pediu, com a voz controlada. Soltei um suspiro. — Preciso que prometa que vai me escutar até o final.

— Yan...

— Zane ama muito você, Kizzie, e talvez, por amá-la tanto, acabou tomando uma atitude precipitada. Veja bem, não sei de toda a história, porém preciso te contar o que estou ciente até agora. — Inspirou com força, mantendo as mãos em meus ombros. — Ele estava insatisfeito com a forma que você omitiu seu passado, então, pegou o seu celular e começou a ler suas mensagens. Ele descobriu que Christopher, seu ex, estava de ameaçando. Continuou conversando com o cara, como se fosse você, e acabou marcando um encontro com ele...

Sangue parou de fluir pelo meu corpo, pois fiquei imediatamente gelada. Indignação flutuou dentro do meu peito e afastei Yan com um empurrão, ainda

11 noites com você

que ele sequer se movesse um centímetro.

— Ele fez o *quê*?

— Kizzie, ele fez isso porque estava preocupado, quer dizer, ficou preocupado com as mensagens que você recebeu...

Lágrimas inundaram a minha visão e meu cérebro começou a acelerar todos os acontecimentos, pontuando minha memória sem vírgulas e pausas, apenas uma enxurrada de novas informações que fizeram meus olhos doerem.

Zane tinha passado de todos os limites, isso era evidente. Mas marcar um encontro com Christopher? Conversar com ele, se passando por mim? Zane sequer fazia ideia do que era respeitar o espaço de uma pessoa? Por mais que ele estivesse curioso a respeito da minha vida, tinha que esperar eu dizer... ele tinha que esperar eu contar...

— Kizzie, seu ex está desmaiado no quarto ao lado — Yan continuou dizendo, mas captei somente essa frase e meu coração parou de funcionar. — Posso te levar até lá? Você precisa resolver isso agora, Kizzie.

A ironia de durante três meses eu ter cuidado desses meninos e agora um dos integrantes estar verificando se eu estava bem era gigante.

Claro que eu não estava *nada* bem.

Christopher em Roma? Fazendo o quê? Zane tinha conversado com ele? E onde diabos ele estava?

— Zane... — sussurrei.

Yan umedeceu os lábios como se estivesse se preparando para explicar uma terrível situação. Mordi a boca. Se esses dois tiverem se encontrado, um grande mal-entendido aconteceu.

— Ele foi embora, Kiz.

Zane

Eu repudio o choro.

Essa merda de líquido estúpido que fica descendo pela sua cara só te faz perceber quão fraco você é por não conseguir segurar uma reação assim. Aliás, é a segunda pior coisa que pode acontecer a um homem, já que ter um coração sangrando dentro do peito deveria significar a morte e, com isso, o fim.

Eu deveria estar morrendo, não deveria?

A dor era como se realmente alguém tivesse enfiado uma adaga no lado

Aline Sant'Ana

esquerdo do meu peito e retorcido até me fazer cair de joelhos no chão e fechar os olhos.

Não sei como andei até uma droga de ponto de táxi e consegui uma carona até o aeroporto. Era exatamente isso que eu tinha que fazer: pegar a Fender, colocá-la nas costas, enfiar um boné na cabeça e óculos escuros, despistar todos os discípulos do Mark e ir embora daqui.

Eu precisava de um tempo para pensar sobre tudo que aconteceu.

Kizzie estava grávida, pensei comigo mesmo. Ela só pode ter tido coragem de esconder isso tudo de mim se não acreditava em nós dois, se não me amava da maneira que eu a amava. Tive que rir sozinho, debochando, por ter acreditado que em algum momento o Rei do Carma não ia aparecer.

Evidente que um homem que passou a vida toda enganando as mulheres ia se apaixonar pela mais insensível delas, a que era capaz de esconder uma gravidez para viver uma aventura de verão na Europa. Kizzie pôde mesmo ser tão dissimulada? Apesar de estremecer cada vez que eu a tocava, de se fechar em torno de mim a cada orgasmo, de me admirar como se eu fosse tudo o que ela precisava, agora, cada nuance, cada atitude, cada parte do que vivemos fazia sentido.

Sexo sem camisinha, silêncio a respeito do seu passado, formas estranhas de agir e se entregar para um cara que queria tudo dela.

Kizzie sabia que eu estava me apaixonando. Eu não pude lutar contra; sequer pensei em inventar uma guerra na qual a batalha já estava perdida. Meu coração foi sendo conquistado durante essa viagem e o desafio de tê-la foi apenas uma armadilha que criei e caí como a porra de um patinho.

Pelo visto, amar não é garantia de que há confiança, de que não existirá mentira, de que o relacionamento durará para sempre.

— Passagem para Miami — pedi em inglês, satisfeito por ninguém ter me reconhecido no aeroporto. Entre tanta confusão, se encontrasse com um fã agora, era capaz de não conseguir ser nem ao menos gentil.

— Para quando, senhor?

— Agora.

Ela mordiscou o lábio inferior e voltou a digitar no computador. Seus olhos titubearam.

— Sinto muito, mas tenho somente para amanhã, na parte da manhã.

— Porra! — Soltei o palavrão alto demais e precisei, em seguida, me desculpar. — Certo, que seja. Tem algum hotel por perto?

11 noites com você

339

— Hilton. — Me admirou por um momento e baixou os olhos. — O senhor está bem?

— Não. — Sorri. — Veja uma para mim, primeira classe.

— Sim, senhor.

Ao entregar meus documentos, a moça se assustou com os nós machucados dos meus dedos. Por ter socado Christopher, havia sangue ali; algo que nem sequer pensei em limpar.

— Zane D'Auvray? — Reconheceu quem eu era e até abriu um sorriso, mas foi discreta quando anuí e não fez um escândalo ou qualquer coisa que pudesse comprometer o disfarce.

Eu era o tipo de cara que não conseguia ser outra pessoa além de mim mesmo. Não sei quanto tempo essa merda ia durar, ainda mais que estava somente com a roupa do corpo e a Fender nas minhas costas.

— Se não quiser ser reconhecido, saia pela esquerda. Lá o fluxo de pessoas é menor.

Exalei com dificuldade e virei o rosto, lançando um olhar sobre o ombro para ver se o local estava mesmo com pouca gente.

Ela estava certa.

Agradeci e peguei a passagem. Fui a pé até o hotel e consegui fazer uma rápida reserva. Novamente, reconheceram-me, e, dessa vez, a garota não conseguiu esconder a surpresa e a empolgação. Pediu uma foto, que com certeza mostraria que alguma parte do meu rosto estava fodida, por mais que o Ray-Ban e o boné cobrissem alguns centímetros.

Sem malas, eu estava feliz por ter dado um tempo e passado no quarto para pegar a Fender. Ela seria a minha companhia em um dia de merda no qual tudo que eu queria era voltar para Miami.

Peguei o celular e liguei para Shane, ouvindo algumas novidades sobre a minha família. Mamãe estava com saudades, meu pai, preocupado por eu não ter dado notícias antes. Tive que engolir em seco, pois a emoção de falar com eles estava se misturando com o buraco que existia no meu coração depois de Kizzie parti-lo ao meio.

— Filho, tem certeza de que você está bem? — mamãe perguntou, sua voz não escondendo que ela percebeu a mudança.

Fechei os olhos, menti para ela e novamente as lágrimas desceram. Quando enfim desliguei o celular, ignorando as mensagens e ligações de Carter e Yan, lancei um olhar para a Fender e umedeci a boca, sentindo nos lábios o gosto

Aline Sant'Ana

salgado do choro incansável.

Nunca me senti tão sozinho.

Kizzie

Erin me abraçou e me puxou para conversar, mas eu não conseguia prestar muita atenção em suas palavras, que pareciam embaralhadas e confusas. Meu peito estava ardendo e minha dor de cabeça retornando fora do normal. Minha emoção estava gritando, porque reconhecia que eu tinha perdido Zane, mas meu lado profissional estava apitando, dizendo que, em uma hora, a banda se comprometeu a dar uma entrevista na rádio.

E Zane não estava aqui.

— Eu preciso resolver a respeito da rádio — expliquei para os três, que estavam me encarando da mesma forma que uma pessoa assustada faria ao ver uma bomba nuclear prestes a explodir. — É importante.

— Agora você não pode...

— Eu preciso — interrompi Erin. — Fui contratada para administrar essa banda e não para dormir com Zane D'Auvray.

— Você está sendo dura consigo mesma — Carter se intrometeu, aproximando-se alguns passos. — Nós nunca nos importamos com os sentimentos que você nutriu por ele. Nós adoramos, de fato. Torcemos a cada segundo. Não diga como se fosse errado amá-lo, Kizzie.

Amá-lo não foi errado. O equívoco foi omitir para ele o meu passado.

— Alô?

— Posso falar com Simon Fritz? — questionei, precisando pigarrear para acertar a voz. As lágrimas desceram. Eram impiedosas.

— Sim, um momento.

— Você não precisa pensar em trabalho agora, Kizzie — Erin chamou a minha atenção enquanto a linha estava muda.

— Sou profissional e, querendo ou não, com o mundo caindo ou não, os meninos precisam ir para a rádio. Se Zane sumiu, se ele quer ser irresponsável, que seja. Mas não vou abdicar de uma oportunidade boa como essa e de um compromisso que está selado há mais de um mês só porque o guitarrista resolveu partir.

— Aconteceu muito mais do que isso, Kizzie — Yan completou.

341

— Simon Fritz falando — uma voz animada surgiu e eu imediatamente vesti a camisa profissional, precisando controlar os meus lábios que tremiam junto com o meu fraco coração.

— Olá, Simon. Aqui é Keziah Hastings, empresária da banda The M's. Como você está?

— Estou ótimo! E vocês? Já estão chegando?

— Sim, estamos sim. No entanto, infelizmente, Zane D'Auvray teve um problema particular e não poderá participar da entrevista. Tudo bem fazer sem ele? Carter e Yan estarão presentes.

Ele ficou em silêncio por um momento.

— Ah, bem, eu sou fã do cara.

Um sorriso fraco surgiu no meu rosto.

— Eu também. E então, há algum problema?

— Não — apressou-se. — Claro que não. Aguardo vocês.

Desliguei o telefone e cheguei perto de Yan, apressada para resolver todas as coisas.

— Tenho uma hora para falar com Christopher. Onde ele está?

— Kizzie...

— O tempo está correndo, Yan.

Ele deu espaço para caminharmos e nós paramos em frente ao quarto de número cento e cinquenta e cinco. Dei um suspiro e peguei o cartão que estava na mão do baterista. Ele parecia tão protetor que imaginei como devia ser com a Lua.

— Eu vou entrar com você — avisou, olhando-me de lado. — Não há hipótese alguma de você abrir essa porta sem estar na companhia minha ou do Carter.

— Por quê?

— Ele brigou com Zane a ponto de se pegarem a socos. Foi feio, Kizzie.

— Ele bateu no Zane? — A ira me tomou por completo.

— Sim, mas o seu garoto bate melhor e, de qualquer maneira, eu estava por aqui e resolvi no final. Christopher está desmaiado desde que o soquei. — Yan sorriu com satisfação, enquanto eu estava apavorada com a perspectiva do que aconteceu nessa conversa.

— Eu sei que quer me proteger, Yan. Você, Carter e Erin, mas eu preciso resolver isso sozinha.

Aline Sant'Ana

Yan rolou os olhos.

— Sério? Vai agir como o Zane e me impedir de entrar? Desculpe, mas eu não posso te deixar sozinha. Isso não está em discussão.

— Yan...

Ele apenas ergueu a sobrancelha e moveu a cabeça de um lado para o outro, negativamente. No rosto bonito, uma emoção inusitada de cuidado e atenção surgiu. Os olhos cor de nuvens carregadas com chuva estavam me admirando em uma proporção diferente. Eu sabia que ele tinha um carinho por mim, porém pude ver isso de perto, pude me sentir querida por um homem que, nos últimos dias, não demonstrou nada além de sofrimento pelo término de um namoro aparentemente conturbado.

— Estou com medo — confessei, antes de colocar os dedos na porta.

Sua mão apoiou a base das minhas costas e fez uma lenta carícia, como se soubesse que aquilo me encorajaria.

— Não vou a lugar algum.

Do meu lado direito, a uma distância significativa, Carter e Erin estavam parados, observando nossa interação. Eu tinha sido dura com eles, reconhecia isso, porém, em seus olhos, vi que não estavam magoados. Erin era a única que sabia de toda a história e, em sua expressão aflita, vi que para ela também estava sendo difícil. A modelo amava Zane como um irmão, se preocupava com ele. E, agora, comigo também.

— Eu volto em vinte minutos — esclareci para eles.

Abri a porta do quarto e cerrei as pálpebras por um segundo, porque era difícil lidar com a perspectiva de ter essa conversa com Christopher, ainda mais depois de todas as coisas que passamos juntos. O sentimento que nutri por ele ao longo do tempo, evidente que se fora, porém, a pendência a respeito do nosso passado estava tão presente quanto o Yan, com toda a sua altura e força, ao meu lado.

As luzes estavam acesas e Christopher dormia na cama larga e elegante do hotel. Percebi pela primeira vez como a decoração era requintada e exagerada, digna da família da Rainha da Inglaterra, digna de uma situação que em nada se assemelhava ao que eu estava vivendo agora.

Yan foi até Christopher e o cutucou até que ele acordasse. Os cabelos claros estavam bagunçados e os olhos azuis, opacos. Ele demorou a compreender que Yan o estava acordando e levou ainda mais um tempo para me enquadrar em seu campo de visão.

11 noites com você

— Kizzie?

Sua voz era como uma tormenta, depois de tudo, como reviver o momento em que me apaixonei por ele, o relacionamento à distância que nutrimos, o sexo descompromissado que fizemos, a paixão avassaladora, até os momentos de dúvida. A falta de carinho, a ausência. Sua voz era um lembrete da felicidade que Christopher um dia me trouxe e, na mesma proporção, a tristeza, a decepção, a perda irreparável de um dia ter realizado um sonho — o meu bebê — e isso ter se desfeito como pó.

A culpa não era de Christopher, ainda que tivesse mentido sobre a questão da fertilidade e me engravidado. A culpa, na verdade, era do meu corpo, malformado e incapaz de manter um feto em gestação. Era triste e doloroso confessar isso para mim mesma, por mais que tivesse me afastado o suficiente dessa questão ao longo do tempo em que passei com Zane. Na minha cabeça, a ilusão voou longe, para um cenário onde teria um garotinho ou garotinha com seus olhos escuros, seu nariz arrogante e seus lábios bonitos. Claro que não me importaria em adotar, esse é um dos atos mais bonitos que uma pessoa pode — e deve — fazer, mas eu queria ver uma mistura nossa, algum dia, em nosso futuro.

Eu me esqueci, por um momento longo, da minha condição.

Levei a mão automaticamente à barriga, pensando nos meses e que deveria estar perto da vigésima sexta semana de gestação. A barriga já teria aparecido e eu estaria com um sorriso tão grande e completo no rosto que nada poderia mudá-lo.

Pelo visto, Christopher também percebeu que faltava algo na minha cintura.

Ele se levantou e seus olhos desceram até o vestido justo que se agarrava na barriga. Piscou freneticamente e esticou as mãos, como se quisesse me tocar. Yan intercedeu, já querendo se colocar no meio, e eu assenti para ele, garantindo que não precisava fazer nada.

Christopher queria a certeza de que não existia nada ali.

Me tocou com as mãos trêmulas e se afastou alguns segundos depois. A raiva em seus olhos foi grande e irônica, vinda de um homem que até pediu, indiretamente, que eu abortasse.

— Você mentiu para mim?

Nossa, essa definitivamente não era a reação que eu esperava.

— Mentir?

— Sim, aqueles testes, todos eles! — esbravejou, andando de um lado para o outro do quarto. Yan estava rígido como uma estátua, apenas observando. — Você

Aline Sant'Ana

fez aquilo para me infernizar, Kizzie?

— Não, eu realmen...

— Você fodeu a minha vida quando brincou comigo! Eu... eu contei tudo para Loretta, contei absolutamente tudo sobre nós dois! — Christopher pegou algo do bolso da calça e estendeu para mim. — Olha, o divórcio. Estava livre para viver isso com você, para podermos construir uma família, e você mentiu para mim?

— Christopher, não se faça de vítima quando sabe que não tem razão. — Exalei profundamente, tentando controlar o tom de voz, que já saiu alto. — Você me enganou, dizendo que éramos somente nós dois, quando descobri que era casado. Você me enganou por meses, mentiu para mim enquanto me levava para a cama, principalmente a respeito da sua fertilidade.

Christopher não queria me escutar.

— Você disse que estava grávida, Kizzie!

— E eu estava! — gritei, a voz falhando miseravelmente no final, mas consegui dizer. Yan se aproximou, o choque estampado em todo o rosto. — Eu estava grávida, eu fiz os testes! Fui ao hospital logo após discutirmos, pois tive um sangramento e em seguida um desmaio. Eu...

Dizer a palavra em voz alta era algo que não fui capaz de fazer. Eu pensava nela, todos os dias, porém, espalhá-la ao vento era como se fosse a real confirmação do que aconteceu.

Por isso escondi de Zane; eu não tinha fôlego ou coragem para assumir uma coisa dessas, para falar sobre a perda de metade de mim, sobre a quebra do meu sonho, sobre a morte do meu bebê.

Era terrível.

— Você o quê, Kizzie?

Estremeci, irada. Lágrimas desceram quentes e marcantes pelas minhas bochechas.

— Eu sofri um aborto, tá legal? Eu tenho um útero com formato diferente, que não é capaz de segurar a gestação até se completar. É um defeito, eu nunca... nunca vou poder ser mãe!

O silêncio após eu ter gritado se tornou muito mais doloroso do que se alguém tivesse dito qualquer coisa. A culpa me consumia diariamente, mas o olhar de Christopher de deboche foi o que me fez sangrar.

— Você fez todo um *auê* a respeito dessa criança e me manteve na geladeira só porque sofreu um aborto? Vamos lá, Kizzie. Você deve ter ficado feliz com o que aconteceu e...

Yan se tornou um gigante no instante em que se colocou na minha frente. Como um touro atrás do vermelho, pegou Christopher pelo pescoço e, com apenas um braço, colocou-o contra a parede. Christopher se assustou e eu fiquei estática, incapaz de controlar a surpresa no meio da discussão.

— Como você ousa falar assim com ela, caralho? Kizzie sofreu pela perda, não vê pela dificuldade que foi para ela te contar sobre isso? Ela é humana, filho da puta. Diferente de você, que só pode ter saído do inferno.

Yan o jogou no chão e simplesmente montou em cima dele. O baterista lhe deu um soco no estômago e disse algo sobre ter feito isso com Zane. Depois, deu um soco no queixo de Christopher e ele fechou seus olhos azuis. Yan disse várias coisas para ele, com tanta raiva que fiquei com medo que o matasse.

Mas não fiz nada para impedir.

Naquele instante, eu queria que Yan fizesse todas aquelas coisas, porque o ódio era gritante, muito maior do que eu poderia mensurar e guardar dentro de mim.

Pegou-o do chão e o colocou novamente contra a parede. Sangue espirrou quando Yan o manteve com uma mão no pescoço e outra socando sem parar o supercílio.

Fechei os olhos para não ver, apenas escutei os gritos de Yan e o pedido de misericórdia de Christopher, chamando-o de louco e assassino.

Com os pés fracos, fui mantida por alguém na vertical. Olhei para o lado e lá estava Erin. Carter apareceu em um rompante, tirando Christopher do seu amigo que estava possuído pela ira. Eu olhei tudo aquilo, atordoada, e chorei como se não houvesse amanhã.

Com Christopher já desmaiado na cama, Carter deu um empurrão em Yan, e eu assisti na frente dos olhos cinzentos sangue que não era dele manchando seu rosto.

— O que você estava fazendo? — Nunca tinha visto Carter gritar daquela maneira. Ele ficou fora de si. — Queria matá-lo, porra?

Erin me puxou, tentando me tirar dali, mas eu não fui capaz de acompanhá-la.

— A morte seria pouco para ele, Carter. Caralho, você não faz ideia...

— Queria estragar a sua vida? O que é isso, cara?

— Estou fazendo o que Zane não foi capaz de fazer, cacete! Quer me passar lição de moral também? Fiz o certo por Keziah, dane-se se não concorda com isso!

Aline Sant'Ana

346

— Não concordo com uma violência desse tipo. Você sabe que as coisas não se resolvem assim.

— Ah, é? Se estivesse aqui, talvez perdesse a cabeça tanto quanto eu perdi. O cara é um monstro. — Yan olhou para mim e um pedido de desculpas surgiu em seu olhar. Arrependimento, eu sabia. — Ele é um monstro, Kizzie.

Saí do abraço de Erin e fui até Yan. Abracei-o fortemente, ignorando o cheiro metálico do sangue em suas roupas. Ele levou algum tempo para me abraçar de volta e permitir que eu me aconchegasse no seu peito.

— Obrigada — murmurei, soluçando e perdendo completamente o último fio de sanidade quando Yan começou a acariciar minhas costas.

Ele pigarreou e me apertou uma última vez bem forte antes de me deixar ir.

— Keziah — Carter me chamou e eu olhei para ele: seus cabelos claros bagunçados, os olhos verdes compenetrados, o rosto sem expressão alguma além de cuidado. — O que foi que Christopher disse ao Zane para ele ficar transtornado e ir embora? Se importa de me dizer?

Soltei o ar dos pulmões.

— Sim, eu conto no caminho. Mas vocês precisam se limpar, pois vão chegar atrasados na rádio. Tudo bem?

Carter me olhou um pouco assustado, mas assentiu. Todos saíram do quarto de Christopher, inclusive Yan. Depois de algum tempo, com todos devidamente vestidos e arrumados — inclusive o meu coração, que lentamente voltava a bater sem doer —, deixei que o mal-entendido fosse revelado.

Todos me escutaram com atenção e, dessa vez, não foi apenas Yan que me envolveu em seus braços.

CAPÍTULO 33

I should have known better
Than to let you go alone
It's times like these
I can't make it on my own
Wasted days and sleepless nights
And I can't wait to see you again

— Whitesnake, "Is this love?"

ZANE

Acordei de ressaca porque passei a noite inteira bebendo as merdas que estavam no frigobar. Quando me olhei no espelho, percebi que o sofrimento é capaz de transformar uma pessoa. Meu rosto estava fundo com as olheiras, meu cabelo parecia um ninho de pássaros e eu fedia a bebida.

Por sorte, isso me tornava um pouco irreconhecível.

Vesti a única camisa que tinha e a calça jeans. Tive o bom senso de me trocar depois da chuva de sangue entre mim e Christopher — ainda bem. Fechei os olhos por alguns instantes com a lembrança, sentindo a raiva dançar na pele à medida que recordava as coisas que ele me falou.

Kizzie estava grávida.

Isso não era ruim, sabe? Porra, eu faria de tudo por ela e pelo bebê, se estivesse ao meu alcance e se Kizzie me quisesse. A merda estava no fato de ela ter me escondido tudo, de ter dado pouca importância ao nosso relacionamento. Foda-se, ela não podia ter omitido uma parte importante de si mesma, uma ligação que teria pelo resto da vida com Christopher, o que eu nunca seria capaz de lutar contra.

Peguei a última garrafinha de uísque e bebi, joguei a Fender nas costas e agarrei a passagem para Miami na mão.

Por mais que a vida estivesse uma porcaria, eu precisava ir para casa. Lá eu seria capaz de me encontrar, de dar um tempo na minha cabeça. Não estava disposto a ficar aqui, escutar alguma desculpa esfarrapada de Kizzie e contornar a situação.

Se ela realmente tivesse me amado, não teria mentido.

Essa era a porra da lógica!

Aline Sant'Ana

Peguei o celular e xinguei quando vi uma série de ligações e mensagens. Meu coração começou a acelerar quando cliquei na mais recente delas. Yan foi o último a tentar me contatar e, conforme meus olhos foram descendo pelo texto, meu coração ficou mais apertado.

De: Yan

Quando Kizzie mais precisa de você, sua atitude é cair fora. Parabéns!

Olha, não convém dizer o que aconteceu hoje à tarde, pois essa história é da Kizzie, mas, sinto muito, você está errado, Zane.

As coisas não são como você pensa, merda.

Trate de trazer sua bunda para cá antes que seja tarde demais.

Aliás, agora são dez da noite e tudo o que eu consigo escutar é Kizzie chorando no quarto ao lado.

Você fodeu com o coração dela.

Yan não tinha o direito de se meter nessa droga de assunto, ele também tinha ferrado com o coração da Lua, traindo-a por pura impulsividade.

O que ele queria? Que eu voltasse e esclarecesse as coisas? Sendo que estava magoado e com a cabeça quente?

Nem ferrando!

Eu precisava ir embora daqui.

Precisava especialmente tirar Keziah Hastings do meu coração e passar a pensar com a cabeça.

Amar parece ir sempre longe demais.

Kizzie

— Você está bem?

Observei Mark com minha expressão cansada, colocando os óculos escuros sobre os olhos vermelhos. Esse era o último dia em Roma, e Erin, Carter e Yan não queriam que eu ficasse trancada no quarto, aproveitando mal a última oportunidade de passear pela cidade.

Eu não estava animada para fazer qualquer coisa, já que ontem foi o dia em que todas as minhas energias foram sugadas.

Depois da entrevista na rádio, voltamos para o hotel e eu tive que lidar com Christopher uma última vez antes de não vê-lo nunca mais. Ao lado de Carter — parecendo um exímio guarda-costas também —, precisei explicar tudo aquilo que estava adiando. Contei melhor para ele a respeito do aborto, ainda que não merecesse saber nada da minha vida e do bebê. Pedi, por fim, para que esquecesse toda a mentira que vivemos. Christopher não era o homem que um dia pensei que fosse, então, claro, ele reclamou muito, alegando, de modo egoísta, que estraguei a sua vida ao invés de ser o contrário.

A respeito do divórcio, em parte, eu estava feliz por sua ex-esposa, que não era culpada por também ter acreditado no falso conto de fadas que Christopher fingia ser.

Era difícil admitir que contar tudo isso em voz alta tinha me aliviado.

Por fim, Carter, Erin e Yan assistiram o livro da minha vida ser aberto, folheando cada página, cada parágrafo de sofrimento, e os motivos que me fizeram ser quem eu era hoje.

Contudo, isso não era o que me incomodava.

O meu coração estava fraco, porque Zane conheceu a meia-verdade e ela nem foi dita pela minha boca, como estava planejando. Eu queria que isso fosse no futuro, em um momento em que tivesse certeza de que nosso relacionamento estava estabilizado, para poder dizer a respeito da minha condição e da limitação em ser mãe no modo tradicional.

Abrir o passado assim, sem mais nem menos, deve tê-lo assustado, e se Christopher achava que eu ainda estava grávida... Zane também acreditou. Com isso, deve ter chegado à conclusão de que escondi dele uma grande parte de mim.

Zane era um homem maduro, um pouco impulsivo demais, porém, tinha um bom coração. Reconhecia que se apaixonar foi um grande passo, assumir o sentimento maior ainda, mas a culpa a respeito de eu ter sido responsável por magoá-lo pela primeira vez me destruía por dentro. Eu precisava encontrar uma maneira de pedir desculpas e explicar que tudo não passou de um mal-entendido.

— Não estou bem. — Devo ter levado séculos para responder a pergunta de Mark. — Zane não quer atender o telefone.

Ele não atendia. Já tinha passado das três horas da tarde. A essa altura, talvez, já tivesse partido.

— Eu queria encontrá-lo — completei.

— Algumas pessoas precisam de espaço, senhorita Hastings. Deixe-o pensar sobre o que aconteceu. Quando chegar em Miami, vocês poderão conversar em paz.

Aline Sant'Ana

350

Elevei a sobrancelha e guardei o celular na bolsa, desistindo do centésimo telefonema.

— Mark, você acha que o amor pode ser suficiente? Mesmo que o relacionamento não se molde aos padrões?

Ele arrumou a gravata no pescoço e sorriu.

— Relacionamentos não vêm com uma fórmula, senhorita Hastings. O amor não tem regras. O sentimento vem, independente do tempo e de quem vai senti-lo.

— Acredita mesmo nisso?

— E por que não acreditaria? Assisti com os meus próprios olhos o senhor D'Auvray se apaixonar pela senhorita.

Pisquei, surpresa.

— Não precisa se chocar. Eu estava errado. Ele é um homem capaz de cuidar bem da senhorita. Torço pelo que é honesto e não há nada mais sincero do que o sentimento de um homem impulsivo que nunca foi capaz de amar.

— Você é mesmo um ex-militar?

Foi a vez dele de ficar surpreso. Um sorriso doce surgiu no rosto usualmente fechado.

— Entre outras coisas.

Erin apareceu com o telefone colado na orelha, zanzando pelo corredor com uma aparência cansada. Pela maneira de conversar, soube que estava falando com Lua. A namorada do vocalista da The M's trazia uma expressão incômoda no rosto. Conforme Lua falava, Erin se tornava cada vez mais muda.

— Tem certeza? — Erin questionou no telefone. — Olha, Lua, acho que está sendo precipitada. Vocês precisam conversar e... Tudo bem, eu sei, mas ele está arrasado. Não foi por mal. Eu... tudo bem. Eu te entendo, mas...

Carter, junto a um rapaz do hotel, tirava as malas do quarto enquanto Erin estava ao telefone. Pensei que a situação de Lua e Yan poderia ser irremediável e meu coração apertou, contemplando a possibilidade de eu e Zane também não conseguirmos resolver as coisas. Seria possível, em razão do meu receio, eu tê-lo perdido? Ainda que houvesse coisas a esclarecer? Ainda que Zane precisasse entender que o que fiz foi para proteger a mim mesma?

Erin continuou conversando com sua amiga e Carter a puxar as malas, no entanto, o olhar de Yan, encarando a namorada do amigo conversar com sua amada, me fez ver que eu não era a única a sentir dores, a sofrer por suas próprias atitudes e lidar com as consequências.

11 noites com você

Eu não estava sofrendo sozinha.

E Zane? Amou-me o bastante para sentir minha falta? Amou-me o suficiente para não desistir de nós dois?

— Kizzie, você está pronta? — Erin questionou assim que colocou o celular na bolsa. Seus olhos azuis estavam brilhantes. Por mais que não quisesse admitir, ela sentia a dor de Lua como se fosse sua.

Há uns dias, a possibilidade de conhecer a *Fontana di Trevi* seria razão suficiente para eu sorrir, independente da circunstância, porém, agora, com o meu coração longe do corpo, não consegui sequer fingir para Erin. Ela estava tentando ao máximo não fazer o grupo ruir.

— Sim, estou.

Carter olhou-me como se compartilhasse o sentimento e Yan estava tão aéreo que não percebeu as lágrimas descendo pelo rosto duro.

Esse passeio não seria nada bom.

ZANE

A ausência me matava.

Do calor do seu corpo, da sua voz, dos olhos em um tom quase dourado, da maneira que chamava meu nome, da força que colocava nas pálpebras no instante em que tocávamos nossas bocas.

Sentia falta dela toda.

Com a pele quente nos lençóis frios, arranhando-me, me deixando cada dia mais apaixonado por sua personalidade, seu jeito, seu toque, sua vontade de quebrar todos os limites até ter-me por completo.

E eu era todo dela.

Mas agora, a ausência do seu perfume em minha pele, sendo substituído pelo álcool, era a prova de que eu estava sozinho. Pela primeira vez em toda a minha existência, odiei o gosto amargo da solidão.

A aeromoça me ofereceu qualquer drink e toda uma série de coisas que não me atraíam. A primeira classe era confortável, tive privacidade suficiente e não fui incomodado. Entretanto, nem o melhor serviço, nem a poltrona mais confortável, nem a perspectiva de voltar para a animada Miami, fez a paz interior voltar.

Eu estava em guerra comigo mesmo.

Precisei fechar os olhos e tomar todo o tempo possível, pensando que essas seriam as onze horas mais longas da minha vida.

Aline Sant'Ana

352

— O senhor deseja mais alguma coisa? — a aeromoça ofereceu.

— Não, obrigado.

Antes de o avião decolar, peguei o celular e comecei a navegar na internet. A primeira coisa que apareceu foi a respeito do meu sumiço na entrevista da rádio em Roma. Praguejei um pouco, eu tinha furado com a banda. De qualquer maneira, não havia chance alguma de eu responder uma série de perguntas idiotas.

Cliquei em um Twitter de fã-clube da banda, que já tinha traduzido as principais perguntas e suas respostas. Fui redirecionado a um link que me encaminhou até o Facebook.

Simon, o locutor, questionou a respeito dos planos da banda, do relacionamento de Carter e Erin, do escândalo de Lua e Yan. Claro, coisas que os caras já sabiam que seriam questionadas. Yan, por sinal, saiu-se bem dizendo que não ia comentar sua vida pessoal até tê-la de volta nos trilhos. Carter foi o que mais respondeu e tudo estava bem. Até Simon interrogar a respeito do meu relacionamento com Keziah.

Simon: Zane não está aqui para responder, pois teve um problema pessoal.
No entanto, Carter, eu sei que são bons amigos.
Pode me dizer algo a respeito da declaração que ele fez no show aqui em Roma?

Carter: Declaração?

Simon: Oh, sim. Quando ele disse todas aquelas coisas bonitas
para a empresária de vocês.

Carter: Eu não posso comentar, cara. Zane cortaria alguma parte do meu corpo.
Então, vamos deixar assim, beleza?

Todos sabiam que eu estava apaixonado. Não que me importasse com a opinião popular, mas é que era novidade isso tudo. Trinta minutos de acesso nas redes sociais foi o suficiente para ver a comoção. Evidente existiam as fãs que odiavam essa novidade — porque sabiam que o fácil acesso que eu dava a elas do camarim para a minha cama acabaria, porém isso era um detalhe. O que importava aqui é que, para o mundo, eu estava com uma mulher que me amava.

Irônico.

Desliguei o celular e senti que estava sendo vigiado. Com um olhar de canto, vi que a aeromoça estava me encarado. Porra, ela não parava de me secar. Seus olhos castanhos desceram pelo meu corpo, que estava meio deitado na poltrona larga da classe A.

Se ela quisesse transar comigo, eu poderia puxá-la para o banheiro e fodê-la de maneiras diferentes. Poderia realizar o seu sonho de fazer sexo com um

11 noites com você

ícone do rock, porque, muito mais do que meu rosto legal e o sotaque britânico, as mulheres facilitavam o acesso por eu ser famoso. Era um sonho ou algo como um desafio. Todas queriam transar com o homem que valia milhões, que o mundo inteiro desejava. Eu poderia fornecer o inesquecível.

Mas Kizzie criou um bloqueio em mim, me tornou incapaz de desejar outras mulheres da mesma maneira que eu as desejava antes. Ela me estragou para a porra do mundo, trazendo à tona sentimentos, vontades próprias e amor.

Ah, cara! Eu nunca mais ia gostar de uma mulher como gostava dela, nunca mais conseguiria arrancar as roupas de uma mulher sem me lembrar da pele bronzeada da Kizzie e de tudo que ela me fez sentir.

— Desculpe incomodá-lo, mas eu trouxe algo para você. Cortesia da companhia aérea — a aeromoça disse, tirando-me do devaneio.

Era um copo de uísque e, junto com ele, um envelope pardo e bem grande para conter somente uma carta. Franzi as sobrancelhas para a moça e recebi em troca um sorriso malicioso. Tomei um gole do uísque e deixei-o no descanso para copos. Com os dedos, puxei algo de dentro do envelope, que, pela textura, continha um tecido... rendado.

A cor vermelha apareceu no meu campo de visão e eu tive que soltar uma risada. A peça íntima, pequena e sensual continha todo o atrevimento que aquela aeromoça trazia em seu olhar.

Esperei que ela me olhasse e a chamei com o indicador. Suas bochechas ficaram vermelhas; a atitude não refletia timidez, mas sim o prazer de ser correspondida.

Ledo engano.

Quando se aproximou de mim, fiz com que ela se inclinasse. Pairei meus lábios em sua orelha, percebendo que seu cheiro era enjoativo demais.

— O convite é fantástico, mas sou um cara comprometido. — Coloquei a calcinha discretamente no bolso do traje social que ela vestia. — Sinto muito, querida. Tente com o próximo.

Seu sorriso vacilou quando se afastou, porém, a garota não perdeu o brilho no olhar.

— Bem, pelo menos eu tentei.

— Você é atraente, baby. A negativa não foi em razão de você ser quem é, mas sim por quem você nunca poderá ser.

A aeromoça sorriu para mim e eu coloquei os fones de ouvido, esperando que Metallica tirasse o gosto da saudade. É, *Enter Sandman* servia para aplacar

Aline Sant'Ana

os nervos. Mexi os dedos, como se estivesse tocando-a em minha Fender, imaginando-me no palco, suado e louco.

Pelo menos, eu tinha que acreditar que isso seria o suficiente para me arrancar da realidade.

Kizzie

Os turistas estavam rindo, aproveitando o dia de férias na capital italiana em meio a fonte mais linda que um dia já tive o prazer de conhecer, a arquitetura clássica e a presença mágica de um lugar como aquele. As pessoas aparentavam tanta felicidade que parecia errado eu estar entre elas. Pela quantidade de turistas preocupados em curtir o local, os meninos não foram reconhecidos. Claro, estavam cobertos por bonés e óculos escuros. Como outro disfarce, Yan também ficou o tempo todo ao meu lado, como se estivéssemos em um encontro duplo. Entre nós dois, no entanto, não existia nada além de tristeza.

Carter tentou elevar nossos ânimos, ele até brincou comigo, me sujando de sorvete, tirando raras risadas. O vocalista era mesmo um fofo, Erin tinha sorte de ter encontrado alguém com um coração tão bom quanto o dela. O problema não era no passeio, nem na companhia, mas sim a dor da perda.

Jesus, eu já senti isso uma vez por Christopher. Porém, por Zane, era como viver aquilo cem vezes pior.

Trabalhei durante o passeio, conversando com Lyon a respeito de como as coisas estavam em Miami. Pedi que ele controlasse as perguntas pessoais, mas, segundo ele, já era um pouco tarde. Em toda a mídia, estava claro que Zane D'Auvray tinha se declarado romanticamente para a nova empresária da banda. Lyon me contou que a especulação ia além, pré-julgando o meu trabalho, como também a mudança de administração da equipe do astro pop para a banda de rock do momento. As notícias estavam, principalmente, ressaltando que eu devo ter iniciado um romance com Zane antes de conseguir o emprego e que só o conquistei depois de ter viajado para os lençóis do guitarrista.

Sabia que seria julgada, mas isso não me preocupava. Meu trabalho, assim como a eficiência dele, nunca dependeu de oportunismo ou mentira. Fui contratada porque era capaz e não pelas curvas do meu corpo ou pela maneira como eu e Zane transávamos.

Droga, eu não podia pensar nele agora.

— Você está chorando? — Foi Carter quem percebeu. Ele me puxou dentre as pessoas, tirando-me de perto da fonte. Erin e Yan estavam distraídos, porque ela pediu que ele tirasse uma foto dela perto da escultura incrível que fazia parte do ponto histórico.

— Não. Sim. Ah, Carter...

Para minha surpresa, ele puxou um lenço da calça jeans justa. Minhas sobrancelhas se encolheram e eu sorri, sem jeito. Peguei-o delicadamente e enxuguei as lágrimas.

— Por que você carrega um lenço, Carter?

— As mulheres sempre choram perto de mim, Kizzie. É meio que, sei lá. Eu preciso ter isso por perto. Yan tem um também, se quer saber.

— Vocês são mesmo roqueiros?

Carter abriu um sorriso de canto, me fazendo perceber imediatamente o que Erin tinha visto nele de tão interessante. A covinha pontuou na bochecha e os olhos verdes cor de uva Itália cintilaram no sol quente de Roma.

— Agora você está nos estereotipando. Não posso ser cavalheiro e carregar um lenço?

— Bem, vocês falam palavrões a cada segundo.

Ele riu.

— Eu sei. — Fez uma pausa. Carter enfiou as mãos no bolso da calça e deu de ombros. — Esse passeio tá uma merda, né?

— Não é isso. A culpa não é nem sua e muito menos da Erin. Sei que estão fazendo de tudo por mim e Yan. É que, sabe, sinto falta do Zane. Ele provavelmente estaria fazendo alguma bagunça por aqui e me abraçando, sendo impulsivo e, sei lá, até se jogando na droga da fonte.

Carter abriu outro sorriso.

— Entendo. Sei como se sente. Porém, acredite em mim. Vocês vão se resolver quando chegarmos em Miami. Zane vai entender. Ele precisa entender.

— Você, conhecendo-o da maneira que o conhece, acha que ele seria capaz de compreender as razões pelas quais omiti dele o... o... aborto? — Engoli em seco, precisando novamente do lenço de Carter.

— Kizzie, isso é um motivo particular seu. No momento, Zane está pensando que você ainda está grávida e que escondeu isso dele. Quando vir a verdade, vai te pedir desculpas por ser tão impulsivo. Pode acreditar, ele não seria tão babaca. O cara te ama. De verdade. — Ele soltou uma risada. — Desculpa, é que nunca pensei que esse dia chegaria.

— O quê?

— O dia em que Zane D'Auvray se apaixonaria. Bem, de qualquer maneira,

Aline Sant'Ana

ele está de quatro por você, Kizzie. É questão de tempo até vocês conversarem e resolverem tudo.

Carter tinha uma segurança que eu não conseguia ter. Meros mortais não carregavam a força de vontade que o vocalista da The M's possuía. Eu suspeitava que essa determinação toda foi o motivo principal de ele ter conseguido alcançar tamanho sucesso.

— Acredito em você. — Peguei-me dizendo antes mesmo de ser puxada para perto de Carter e receber um abraço. Ele me acolheu como se eu fosse sua irmã, e isso não tinha preço.

— Agora, você está pronta para curtir esse passeio no melhor estilo? — cochichou, se abaixando o suficiente para alcançar minha orelha.

Afastei-me de seus braços e soltei um suspiro.

— O que você está...

Não consegui terminar a frase. Carter McDevitt me pegou e jogou-me sobre o ombro, como os bombeiros fazem ao resgatar as pessoas de um prédio em chamas. Comecei a gargalhar, sem poder me controlar, a cada passo que ele dava em direção a Erin e Yan. Por um segundo, pensei que sua namorada ficaria com ciúmes, mas ela apenas sorriu e fez uma negativa, como se já tivesse passado por isso antes.

Ele me soltou algum tempo depois, pois tinha chamado atenção suficiente para algumas garotas o reconhecerem. Os meninos autografaram e nós, discretamente, saímos para encontrar Mark, que estava ansioso, nos esperando na esquina mais próxima.

— Você está melhor? — Yan questionou, caminhando ao meu lado. Mesmo administrando a banda e convivendo diariamente com ele todos esses dias, até tornando-me muito mais do que apenas a empresária, mas uma amiga, ainda não tinha me acostumado com toda a sua presença.

— Acho que sim. Carter e Erin estão se esforçando. Preciso sorrir um pouco.

— É — concordou, esboçando um meio-sorriso. — Algumas coisas que você fala ou faz me lembram um pouco a Lua. Ela é excêntrica, como um todo, bem diferente de qualquer mulher que já tenha cruzado o meu caminho, mas o seu lado profissional é quase tão forte quanto o dela. Às vezes, te olhando trabalhar, fica inevitável não pensar nela.

Soltei um suspiro, e Yan continuou:

— Nosso relacionamento passou a ser sempre depois dos afazeres e da responsabilidade com o seu pai. Era como se ela trabalhasse em duas coisas

11 noites com você

diferentes, fizesse sua própria agenda e vivesse em função disso. Nunca entendi como podia se dedicar tanto e, com isso, esquecer de mim. Lua era o centro do meu universo, Kizzie. De verdade. Eu largaria tudo por ela, se fosse preciso.

— Você está me dizendo que acredita que ela não te ama o suficiente?

— Estou dizendo que Lua era minha prioridade, enquanto eu me tornei apenas mais um item da lista dela. Perdi a conta de quantos jantares ela faltou, de quantas vezes não foi a um show. Como, por exemplo, essa viagem na Europa... eu, droga, tinha tantos planos.

— Yan... Ela não deve ter percebido que estava te magoando.

— Como não poderia perceber? Deixei várias vezes bem claro que o relacionamento ideal é como o que Carter e Erin vivem. Eles só são felizes porque abdicam de boa parte do resto para viver o tudo, um ao lado do outro. — Como se quisesse provar um ponto, Yan indicou o casal com o queixo. Carter e Erin estavam se beijando a caminho do carro. — É bonito, é sincero, é muito mais do que um dia eu vou ter com a Lua.

— Não existe uma fórmula certa de relacionamento, foi o que me disseram. Cada um acontece na velocidade que precisa acontecer e da forma que precisa acontecer. Vocês erraram, tanto Lua quanto você, porque, vai ver, ainda não estavam maduros para viverem esse amor.

— Amá-la não é o suficiente, Kizzie. Nunca foi. Lua não precisa de mim na vida dela e eu gosto de ser querido. Eu preciso estar...

— No controle? — completei.

Ele sorriu fracamente.

— Preciso estar na vida dela. Gosto de ter controle da situação. Lua sabe que sou inseguro, que me sinto mal pelas coisas que não pude oferecer a ela. Quer dizer, Lua é culta, fala três línguas diferentes, sabe sobre política como ninguém e, ainda assim, é uma excelente nutricionista, a mais renomada da cidade. Porra, eu não terminei meus estudos. A única coisa que sei é segurar aquelas baquetas e mexer no computador. Ao mesmo tempo em que adoro ternos caros e administração, sou apaixonado pelo rock e é isso que circula em minhas veias. Estudo? Eu não tenho.

— Isso não faz de você melhor ou pior, Yan. Desde quando se mede alguém pelo grau de escolaridade?

Yan umedeceu a boca e passou os dedos pelo cabelo com corte perfeito. Os olhos cinzentos ficaram molhados como os lábios e ele parou de andar para me encarar firmemente.

Aline Sant'Ana

358

— O que eu sou perto do universo da Lua, Kizzie?

— Como assim? — questionei, notando a dor em sua voz.

— Perto daqueles caras que sabem calcular a porra da economia do país? Perto do assistente do pai dela, que a faz rir com piadinhas escrotas do partido democrata? O que eu sou comparado a essa gente? O que você acha que eu sou para a Lua, Kizzie? De verdade? Mais uma aventura?

— Eu acho que ela te ama, Yan. Ela só não se deu conta do que fez ao não se dedicar tanto a vocês.

Toquei seu braço e ele estremeceu. Seus olhos estavam molhados e lágrimas desciam pelo seu rosto bonito. Ele parecia tão sensível que eu não sabia o que fazer. Carter e Erin continuaram se beijando e eu lancei um olhar para Mark, que estava indiferente à cena.

— Yan, olhe para mim.

Segurei seu rosto e limpei suas lágrimas grossas com os polegares. Ele estava ferido e eu não sabia bem como lidar com isso. Então, fiz o que qualquer pessoa de bem faria: o aconselhei.

— Quando chegar em Miami, você vai falar com ela e expor cada sentimento que está guardado dentro de você. Vai dizer que a ama, que estava machucado muito antes dessa viagem. Você vai dizer tudo que sente e vai explicar para ela que o que fez não foi por mal. Yan, você precisa ser sincero se a quiser de volta.

Ele fechou os olhos por um momento e meu coração ficou fraco por ele. Não queria que doesse assim, nem para ele nem para mim. Yan, um homem tão grande e controlado, parecia estar perdendo lentamente a cabeça.

— Por que Lua não pode ser como você e a Erin? — Yan abriu os olhos e tirou as lágrimas dos lábios com a ponta da língua. — Por que ela não pode cuidar de mim da maneira que vocês cuidam?

— Yan...

Por alguns segundos, achei que estava imaginando algo muito fora da realidade, mas bastou mais metade da batida no terceiro ponteiro do relógio para saber que foi real. Yan colocou as mãos na lateral do meu rosto e, no movimento mais súbito, colou sua boca na minha. Eu soltei o ar dos pulmões, sem saber o que pensar ou como reagir. Ele apenas tocou nossas bocas, não me invadiu com a língua ou fez uma tentativa de aprofundar o beijo.

Ainda assim, Yan me beijou!

Ele se afastou três segundos depois, com arrependimento dançando em seus olhos claros. Fiquei inexpressiva, pois meus lábios ficaram abertos em choque e

11 noites com você

359

Yan imediatamente fechou os dele.

— Kizzie, por favor... Merda, eu sou um fodido. Eu realmente não sei o que deu em mim. Desculpe-me.

— Yan, por que você fez isso?

— Eu só queria sentir como era ter alguém que gosta de verdade de mim. Porra, me perdoa! Eu não fiz por mal. Certo? Caramba, acho que preciso dar uma volta sozinho.

Parei seu movimento e olhei para o lado. Carter e Erin tinham assistido tudo, inclusive Mark. Não me importei com o julgamento. Agora, nesse exato instante, estava apavorada com Yan e com o nervosismo que o tomava.

— Olhe para mim, Yan! — exigi. Ele o fez. — Me beijar não vai trazer Lua de volta.

— Eu sei.

— E muito menos beijar outra mulher desejando que fosse ela. Se a ama, precisa lutar para isso acontecer. Entendo que agiu impulsivamente, não estou brava pelo beijo, mas pelas ideias que estão na sua cabeça.

— Kizzie...

— Você a ama? — interrompi o que poderia ser mais uma série de pedidos de desculpas.

— Sim.

— Então, nós vamos recuperá-la para você. Tudo bem? Nós vamos te ajudar, mas você precisa voltar a ser quem era, Yan. Tão concentrado e direto. Você é maravilhoso. Só precisa se focar e não perder a cabeça. Essas atitudes só afastarão Lua cada vez mais de você.

— Tudo bem.

— Promete que vai tentar?

Os olhos claros piscaram.

— Merda, Kizzie. Me desculpa.

— Responda a pergunta, querido — pedi, com a voz mais doce que conseguia fazer, ainda que meus joelhos estivessem tremendo pelo susto de ter sido beijada por ele.

— Sim, eu vou tentar.

Andei com Yan ao meu lado, e Carter e Erin não esconderam o profundo choque em seus rostos. Erin ficou boquiaberta e Carter parecia possesso. Ele

Aline Sant'Ana

lançou um olhar duro para Yan, mas só disse uma coisa:

— Yan, por favor, pense antes de fazer. Você pode acabar machucando outras pessoas.

— Eu sei. Pedi desculpas a ela — Yan respondeu, baixando a cabeça.

— Não seja tão duro com ele, Carter — pedi honestamente. Eu não queria que Yan sofresse mais do que já estava. Julgamento era a última coisa que ele precisava no momento.

— É, porra. Mas beijar você passou dos limites — Carter começou a falar, mas Erin puxou o namorado para dentro do carro.

Yan e eu ficamos do lado de fora, assistindo Mark entrar no lado do motorista junto com um outro segurança, que se manteve no veículo o tempo todo. Toquei o braço de Yan e sorri para ele, tranquilizando-o.

— Vai ficar tudo bem. Não se culpe pelo beijo. Acha que pode fazer isso?

Yan, relutantemente, assentiu.

— Diz que me perdoa, Kizzie. Eu não sei se vou conseguir lidar com essa merda se você disser para mim que não estamos bem. Eu gosto de você, te considero uma irmã. Eu tenho uma, apesar de ela me odiar um pouco. Mas, é sério, eu não te vejo... assim, como outra coisa. Não fica com medo ou se afasta, pensando que vou fazer algo, ok?

— Yan, você não precisa pedir perdão. Não me importo com o gesto. Só estou preocupada com você.

— É. — Ele suspirou. — Preciso colocar a minha vida nos eixos e parar de agir como se eu fosse o Zane.

— Até me beijar você fez, então...

Ele sorriu.

— É muito cedo para fazer piada disso, Kizzie.

— Pelo menos você sorriu.

Zane

Onze horas e trinta minutos dentro de um lugar confortável, mas claustrofóbico, me fizeram perceber que sofrer por alguém já é uma prisão, porém, fazer isso dentro de um local extremamente fechado é o fim dos tempos.

Eu mal podia acreditar que estava em solo americano. Quando desci, rumo ao desembarque, fiquei aliviado ao perceber que nenhum fotógrafo estava à minha espera. Joguei a Fender nas costas assim que a peguei e meu sorriso se tornou completo conforme caminhei entre as pessoas.

Mas ele se desfez no segundo seguinte em que alguém tocou o meu braço.

— Zane.

Lyon tinha uma expressão de cautela, como se pensasse que eu fosse socá-lo ao algo parecido.

— Como soube que eu estava aqui?

— Carter me ligou e pediu para ficar aqui até você aparecer. Pediu que eu não saísse do aeroporto até ter certeza de que você está bem.

Virei os olhos por trás das pálpebras e me esquivei do seu toque.

— Foda-se ele. Estou indo para o meu apartamento.

— Ligue para o Carter. Não precisa falar com a Kizz...

Ele não terminou de dizer o nome dela, pois certamente o meu olhar dizia que eu não queria ouvir nada agora.

— Só quero ir para casa.

— Então me deixa te dar uma carona. Quer sair? Comer uma pizza?

— Quero a minha cama, Lyon.

— Certo...

Caminhamos lado a lado em silêncio até o seu carro. Lyon abriu a porta para que eu sentasse no lado do passageiro e eu novamente rolei os olhos. Ele tentava ser agradável, não era culpa dele, mas um homem abrir a porta para mim era muita gentileza para eu suportar.

— Não quer passar em nenhum lugar antes? — insistiu.

— Olha, Lyon, sei que você está sendo gentil, mas estou sem paciência para isso agora.

— Tudo bem.

Dirigiu até a série de condomínios, parando em frente ao portão principal. Eu acenei para o porteiro da vez que, ao me reconhecer, deixou-me imediatamente entrar. Lyon buzinou e prometeu que passaria no dia seguinte para me ver, como se eu fosse uma criança precisando de cuidados. Ignorei tudo aquilo e pedi a chave reserva ao senhor, pois tinha perdido a minha durante a viagem.

— Boa noite, senhor D'Auvray.

Eu estava finalmente em casa. As plantações esquisitas em frente ao prédio, as pedras que impediam de pisar na grama, o cheiro de praia e o calor insuportável,

Aline Sant'Ana

362

mesmo que fosse quase de madrugada.

Apertei o botão do elevador e lancei um olhar para os números. Vi que estava no andar do Yan. Estranhei e decidi esperar descer para descobrir o que diabos era aquilo. As portas demoraram a se abrir, porém, no instante em que o fizeram, me encontrei com uma garota magra e com os cabelos loiros cortados na altura do queixo. Meus olhos demoraram a reconhecê-la, porque nem em um milhão de anos eu poderia imaginá-la tão diferente.

Ela carregava uma mochila nas costas e duas malas de rodinhas, uma em cada mão. Ela se assustou quando nossos olhares se encontraram. Ela realmente não me esperava ali, mas bastou meio segundo para abrir um sorriso como se nada de diferente tivesse acontecido durante esses dias.

— Olá, Zane. Voltou mais cedo?

— O que você fez com o seu cabelo, Lua?

Deu de ombros.

— A mudança começa de algum lugar. Então me responda: por que voltou antes da hora?

Pisquei freneticamente, observando os cabelos curtos, a pele pálida, os olhos castanho-esverdeados perdidos num semblante confuso.

Caralho, Lua estava muito esquisita, porra.

— Eu tive um problema por lá e tive que voltar... — lembrei de responder.

— Ah, Erin me contou — interrompeu-me. — Você e a Kizzie? Uma pena. Ela é linda e muito forte. O tipo de mulher que te colocaria nos eixos.

Elevei a sobrancelha.

— Cara, você está estranha...

— Eu estou bem. Por que não estaria, Zane? Pelo amor de Deus, relacionamentos terminam.

— Mas você e Yan eram especiais, Lua. Não se faça de desentendida.

— Ah, querido. Todos são especiais até deixarem de ser — falou como se não desse importância, mas a verdade estava em sua expressão, na alma dos seus olhos que não me enganaram a respeito da dor que omitiam. Ela estava fraca emocional e fisicamente. Algo que, por mais que quisesse, não podia consertar. — Bem, estou indo embora. Deixei um bilhete para Yan em cima da cama dele. A propósito, diga que eu levei todas as minhas coisas, não vou precisar voltar para cá a fim de buscar nada. O que sobrar é só jogar fora ou doar para a caridade. Ele decide.

11 noites com você

Ela já ia partir, porém, a segurei no ato. Lua soltou um suspiro impaciente e me encarou.

— Não há nada que você diga que vá me prender aqui.

Eu sabia que não poderia fazer o impossível, mas ao menos precisava descobrir quais eram seus planos.

— Eu sei que Yan errou, Lua. Eu mesmo queria tirá-lo daquela festa e socá-lo com as minhas próprias mãos. Porém, não poderia fazer isso no estado em que ele estava, pois com certeza receberia um soco no maxilar e isso doeria pra caralho. O que quero dizer é que nada que eu fizesse poderia tirá-lo da impressão de que você foi a errada da história. Na cabeça dele, as coisas estavam bagunçadas e não adiantava eu falar ou provar. Era o que era e fim.

Vi os olhos de Lua titubearem. Ela era forte, não queria demonstrar o quanto estava abalada com tudo, porém estava. Não existia a possibilidade de estar com ele por um ano completo sem se apegar. Estava conectada a ele, assim como eu a Kizzie, e essa merda que nós chamamos de amor.

— Só que eu ainda acredito em vocês, mesmo que não queira ouvir isso da minha boca agora, mesmo que me odeie por dizer. Yan está uma merda, perdendo a cabeça a cada dia, chorando nos cantos como uma criança. É bizarro ver. Então, pela minha amizade com ele, pelo amor que tenho por aquela cara e você, não saia desse apartamento fingindo que entre vocês não houve nada, que não foi importante ou qualquer porcaria que queira mentir para se sentir bem consigo mesma, porque eu não vou deixar.

— Zane, que droga...

— Para onde você vai?

Lua piscou rapidamente e desviou os olhos dos meus. Agarrou a mala com mais força, mordendo o lábio inferior em sinal de ansiedade. Observei cada uma de suas expressões, para poder pensar com calma no que elas me diziam.

— Farei uma viagem pelos Estados Unidos de carro e sozinha. Vou passar alguns meses fora, já avisei a minha família e no consultório. Não quero ser incomodada, então não levarei meu telefone. É só isso que você vai tirar de mim, Zane.

Incomunicável. Como ela queria reatar o relacionamento assim?

Talvez ela não quisesse, uma parte minha respondeu.

— Tem certeza de que quer sumir?

Lua não hesitou dessa vez. Seu olhar foi firme, sua expressão, dura. A dor se tornou finalmente transparente e pude ver o quanto aquilo a afetava. Estar sem

Aline Sant'Ana

Yan doía nela, da mesma maneira que estar sem Kizzie doía em mim.

— Certeza absoluta. — Soltou uma respiração pesada e se afastou do meu toque. — Adeus, Zane.

Não fiz nada que a impedisse de ir embora dessa vez. Lua caminhou com toda a determinação que conseguia e, durante seus passos, me senti mal, pois, a cada centímetro que ficava longe, o meu peito ficava mais duro e o coração, desacreditado a respeito de segundas chances e da reconstrução do amor.

Por mais que estivesse magoado com Kizzie, eu só precisava de um tempo, pensei comigo mesmo, lutando contra o outro sentimento que adentrava a consciência. Algo mais profundo e irremediável.

Esse também era o nosso fim?

11 noites com você

CAPÍTULO 34

Come up to meet you, tell you I'm sorry
You don't know how lovely you are
I had to find you, tell you I need you
Tell you I set you apart

— Coldplay, "The Scientist".

Kizzie

A brisa da manhã estava fresca e foi pelo descuido de ter deixado as janelas abertas que meus olhos se abriram. O vento tranquilo arrepiou minha pele, e o sol viajou diretamente para o meu rosto, aquecendo a única parte dentre tantas frias. Me remexi entre os lençóis, apalpando o lado, buscando alguém... até compreender que Zane não estava ali.

A consciência demorou em me fazer intuir que algumas coisas mudaram. Se estivéssemos bem, eu poderia tocá-lo e beijá-lo, programar a nossa viagem com tranquilidade e conversar sobre nós dois. Em parte, um lado meu estava aliviado por Zane ter ido embora, ainda que fosse difícil admitir o consolo. Não em razão de preferir estar longe dele — muito distante disso —, mas porque ele teria um tempo para descobrir a respeito dos seus sentimentos, para pensar melhor sobre nós, para ter certeza se era verdadeiro o ato de me querer.

Fugir, da forma que ele fez, não foi maduro também. Porém, eu compreendia que era assustador imaginar que a pessoa com a qual você se envolveu está esperando um bebê. O equívoco só aconteceu porque Zane quis descobrir sobre a minha vida antes de eu ter a capacidade de contar. Outra coisa que ele precisava aprender: não invadir a privacidade das pessoas. Isso é errado e dei-me conta de que precisávamos colocar algumas cartas na mesa antes de começarmos a jogar.

— Kizzie, você está pronta? — Erin questionou do outro lado da porta.

Os meninos tinham colocado as malas no avião ontem, então hoje tudo o que tínhamos que fazer era pegar os itens de mão e nos despedirmos de Roma. Por mais que pudesse me sentir mal com o fim da aventura pela Europa, estava ansiosa para colocar os pés em Miami e, principalmente, para conversar com Zane.

Saltei da cama para vestir a calça jeans, ouvindo o coração nos tímpanos pela rápida movimentação. Coloquei uma regata preta e não me preocupei muito com a aparência; apenas prendi o cabelo em um rabo de cavalo alto e torci para

Aline Sant'Ana

que meus olhos não estivessem inchados pela sequência infindável de lágrimas.

Pela primeira vez, ao olhar o meu celular, não existia qualquer ligação perdida ou mensagem de Christopher. Enquanto terminava de calçar os saltos, respirei fundo pela primeira vez em meses. O peso nas minhas costas por uma situação mal resolvida não estava me fazendo bem e eu só consegui perceber no momento em que me livrei do problema.

Deus, eu estava finalmente livre de Christopher.

Puxei a pequena mala quando já estava pronta, decidida a ignorar o passado e apenas me focar no presente. Olhei uma última vez para o quarto, analisando os lençóis macios, a decoração requintada, a vista da parte alta da cidade. Por mais que estivesse em um cenário inacreditável, a única coisa que vinha na minha cabeça estava a quilômetros de distância, especificamente em Miami, acreditando que o nosso relacionamento se baseou em uma omissão grave do meu passado.

Em parte, Zane estava certo. Já em outra, completamente errado.

Abri a porta e encontrei o sorriso de Erin, os intensos olhos de Carter e a timidez, envolta por uma indiferença, de Yan. Ele ainda estava pensando sobre o beijo, como se fosse o fim do mundo. A verdade é que eu garantir quantas vezes fosse preciso que tudo estava bem não faria a sua consciência pesar menos. Seu problema não era comigo, mas com o que Zane acharia disso quando soubesse.

— Pessoal, temos cerca de quarenta minutos para chegar ao aeroporto antes que nos atrapalhemos com os horários — avisei-os. — Será que nós damos conta?

— O trânsito está tranquilo hoje, segundo Mark — Yan respondeu e cruzou os braços no peito. — Acho que nós...

Meu celular tocou e eu me atrapalhei para atendê-lo. O coração ficou apertado, imaginando quem seria, mas logo em seguida um sorriso se esboçou nos meus lábios no instante em que li o nome de Oliver na tela.

— Podem ir, eu alcanço vocês — disse para os três, assistindo-os se afastarem antes de conseguir atender ao telefone. — Oliver!

— Trabalhou tanto que se esqueceu de mim? — Riu suave. Eu sentia muita falta dele.

— Sim e não. Tantas coisas aconteceram durante esses dias... Você não acreditaria se eu contasse.

— Eu acredito, Kiz. Você ficou mais nas manchetes de fofoca ao lado do Zane do que as Kardashian. — Eu ri. — Então... você e ele? — continuou Ollie.

Caminhei enquanto narrava a minha história de amor para o meu melhor amigo. Ele me ouviu expor as dúvidas, o sentimento, explicar como o

11 noites com você

relacionamento se desenvolveu até, no final, o grande desentendimento. Nessa hora, eu já estava dentro do carro, sozinha com Erin e o motorista, feliz por Carter e Yan terem ido no outro carro. Conversei com Oliver até chegar ao aeroporto. Um pouco antes, no momento em que ele perguntou se eu amava Zane, se estava realmente disposta a resolver tudo para ficar com ele, sequer titubei.

— Eu o amo, Oliver. Isso é diferente de tudo que eu já senti, até do que achei que sentia por Christopher. Quero Zane, se ele estiver disposto a me querer. Isso não foi somente uma aventura.

Erin olhou para mim. Suas grandes íris azuis cintilaram e vi o quanto ela estava emocionada com tudo isso. Ela virou uma amiga durante esses dias e eu também reconhecia o valor que Zane tinha em sua vida.

— Eu entendo isso, Kizzie. Estou feliz por você, de verdade. Fiquei com medo quando as notícias começaram a surgir, porque, bem, sou antenado nesse tipo de coisa e, como todos sabem, Zane não é um cara que pode ser levado a sério.

— Eu imagino como você ficou.

— Mas, agora, te ouvindo contar tudo e da forma que aconteceu, sinto que você realmente acredita nele, na forma que ele mudou por você.

— Esse espaço que demos, em razão do mal-entendido, será bom para Zane pensar se é isso mesmo que ele quer, Oliver. Preciso ter essa certeza da parte dele também. Estou muito apaixonada para querer arriscar mergulhar em uma piscina de águas rasas. O que eu sinto, eu sei, é verdadeiro e vai perdurar. Bem, só depende de Zane querer levar nós dois adiante ou não...

Conversamos mais um pouco até eu sair do carro. Escutei o som da Miska, minha gatinha, e meu peito apertou de saudade. Oliver cuidou dela por todo esse tempo; eu mal podia imaginar como estava sendo para ele, que não era muito chegado a animais de estimação.

Oliver aproveitou para contar que tinha passado no meu apartamento para dar uma olhada em como tudo estava e agora havia arrumado algumas coisas que deixei para consertar quando voltasse de viagem, como o box do meu banheiro.

— Você sabe que não precisa fazer isso — reclamei, porque ele não tinha que agir como se fosse meu irmão mais velho. — Eu posso chamar alguém que me ajude.

— Para, Kizzie! Te conheço há anos e não me importo. Aliás, já comprei o vidro, só estou esperando um amigo vir me ajudar. Quando retornar, tudo já estará consertado.

— Você não existe mesmo. — Sorri. — Muito obrigada por tudo, Ollie.

Aline Sant'Ana

— Só quero que seja bem recebida em Miami. Apenas isso.

— Você não está preparando uma festa surpresa ou algo parecido, não é?

— Claro que não — apressou-se em negar. — Eu jamais faria isso.

Sorri.

— Agora preciso ir, Oliver. Tenho que pegar o avião.

— Faça uma ótima viagem, Kiz. Logo te vejo em casa.

— Obrigada, querido. Mal posso esperar para voltar.

Zane

Na noite passada, embebecido pelo álcool e ainda indisposto com a situação, pensei que esse era o final de Kizzie e eu. Mas agora, sóbrio e quase um ser racional e pensante, vi que a angústia pelo passado dela não era maior do que essa porra de saudade. Com toda certeza, era o pior sentimento que se pode ter por alguém. É como se, depois do fim, o amor ficasse e machucasse; a lembrança daquilo que um dia foi bom e não pôde continuar. Ficou e me feriu, nem uma bebida com uma porcentagem excedente de teor alcoólico me fez esquecer.

Nada me faria esquecer.

Ficar dois dias sem Kizzie ia muito além daquilo que eu esperava suportar. Mesmo que ela tivesse mentido para mim, mesmo que tivesse uma ligação eterna com o filho da puta do Christopher, nada me faria recuar. Eu fui um tolo em pensar que poderia ficar bravo com ela por muito tempo, já estava até pensando a respeito do bebê e de como nós faríamos, se Kizzie me deixaria amá-lo e cuidá-lo como se fosse meu.

Eu queria construir uma família com ela e esse pensamento deveria me aterrorizar, mas não foi assim. Eu simplesmente queria tudo com Kizzie. A verdade bateu na minha consciência de forma tão súbita e certeira que já não tinha mais volta. Lembrando-me dos momentos que vivemos, das risadas, do carinho, da companhia... Eu só queria repetir aquilo, até o resto dos meus dias.

Lyon apareceu na minha porta às nove horas da manhã, com a desculpa de que precisava ver se eu estava bem. Evidente que o cheiro de bebida em meu corpo e a ressaca depois de encher a cara não o surpreenderam. Lyon até trouxe um remédio para me ajudar a superar a dor de cabeça e me aconselhou a vestir roupas limpas.

Ele foi embora às dez e deixou um segurança a meu dispor, caso eu fosse sair. Claro que eu ia. Já estava embaixo do chuveiro, pensando em Kizzie, ansioso para vê-la, disposto a resolver todas as pendências que ficaram. A angústia em imaginar que Christopher ainda estava em Roma, tentando convencê-la de que deveriam ficar juntos, quase me fazia rosnar como um animal. De todo jeito, o mais importante disso era demonstrar para Kizzie o quanto eu estava preparado para nós dois e o quanto fui impulsivo por ter saído de cena. De todas as merdas que fiz, vir embora foi tão idiota que eu queria me estapear.

Envolvi a toalha na cintura e assisti o meu reflexo no espelho, que estava um pouco melhor. O cabelo pingava em torno do rosto e as olheiras ainda estavam lá, mas o brilho nos olhos vinha da novidade e da expectativa em fazer o diferente, em surpreender Kizzie e ajeitar as coisas.

Vesti-me e peguei a chave da Mercedes. O segurança ia comigo, então não estava disposto a pegar a Harley para o cara ir atrás. Abri a porta e com ela elaborei um sorriso. O homem de mais de dois metros de altura não sabia como responder a mim; normalmente ninguém sabia lidar com o sarcasmo da minha usual expressão facial. Então, bati em seu ombro e fiz um sinal com a cabeça de que estava pronto para ir.

— Para onde vamos, senhor D'Auvray?

Soltei uma risada suave.

— Para a casa da Kizzie. Eu preciso ver se consigo montar uma surpresa pra ela.

Kizzie

No ar, observando as nuvens branquinhas e o céu azul, meu coração estava acelerado. Não tinha medo da altura, muito menos da vista incrível, mas sim medo do que seria depois que eu pousasse em Miami. A verdade é que tudo parecia um pouco irreal durante a viagem, o meu sentimento e toda a magia de me apaixonar por Zane. Já em Miami, as coisas se tornariam reais, nós dois nos tornaríamos reais e eu nem sabia se Zane seria capaz de me compreender como um todo.

— Você está em silêncio. O que está pensando?

Assustei-me com a voz de Carter. Ele tinha um gentil sorriso no rosto e um par de copos em uma mão. Não sabia como ele conseguia carregá-los entre os dedos, mas sua palma era tão grande que eles cabiam perfeitamente.

Aceitei a bebida e tomei um gole. Era doce e suave como vinho, porém com um sabor mais fraco. Assisti Carter sentar-se ao meu lado e inclinar a cadeira, meio deitado, como eu estava.

— Sobre o quanto tudo isso que vivi com Zane foi meio louco.

Aline Sant'Ana

Carter sorriu por completo. O cabelo castanho-claro caiu em seus olhos e ele fez um movimento para tirá-lo do rosto.

— Eu sei. Posso te contar uma história?

— Claro, eu adoraria.

— Há muitos anos, eu conheci uma garota — começou. — Ela era a melhor amiga de uma namorada e eu não dei muita importância para ela, até o dia em que precisou de mim e eu a ajudei a cuidar de uma bebedeira. Eu a vi com outros olhos, quis beijá-la, mas evidentemente não podia. Essa garota era a melhor amiga da minha namorada e parecia muito errado querê-la, mas, por um segundo, foi tão certo.

— Uau...

— Sim! Então, os anos passaram, eu terminei com a amiga dela e nós nos afastamos. Depois de sete anos, eu a reencontrei em um cruzeiro... digamos... diferente.

— Um cruzeiro diferente?

Carter me fitou com os olhos verdes e intensos. Ele titubeou antes de dizer, mas disse mesmo assim.

— Sim, um cruzeiro erótico.

Arregalei os olhos e depois os franzi. Em todos os sites de fofoca e notícias, eu nunca tinha visto a respeito da participação absurda dos meninos em algo do tipo. Ano passado, eles foram em um cruzeiro, mas isso era...

— Um cruzeiro erótico?

— Todo mundo fica espantado quando eu conto. Zane conseguiu os convites e foi um presente de aniversário dele e do Yan. Aceitei ir sem saber que esse lugar e esse passeio mudariam toda a minha vida.

— Nossa, Carter. — Empertiguei-me na cadeira. — Você está me dizendo que...

— Sim, a garota era a Erin. Eu namorei Lua por um tempo na adolescência, mas faltava algo sobre nós dois que eu não conseguia completar. Mal pude acreditar que, sete anos depois, em um cruzeiro erótico, encontraria Erin... sua melhor amiga.

— Lua aceitou tranquilamente?

— Erin omitiu, por medo de perder a amiga — Carter esclareceu e um vinco se formou em sua testa. — Foi um tempo difícil.

— Eu imagino.

11 noites com você

Uau, um cruzeiro erótico? Tinha que ser coisa do Zane e da Lua. Eu não podia acreditar que o romance tão doce do Carter e da Erin poderia ter surgido em um local exótico como esse. Por um segundo, senti ciúmes de Zane, imaginando-o em uma praia paradisíaca com uma mulher linda. Mas aí me recordei bem sobre o homem por quem me apaixonei e percebi que me sentir ameaçada pelo seu passado era a pior tolice que poderia fazer.

— Contei como aconteceu apenas para te falar sobre como me senti. Durante o cruzeiro, tudo a respeito de Erin era mágico, como se o que vivêssemos ali nunca pudesse invadir o fio de realidade, pois estragaria. Mas, pelos sete dias que fiquei com ela e por todos os que fiquei depois disso, vi que entre nós era real, Kizzie. Pode parecer meio louco, incerto e até te trazer medo, mas se realmente está apaixonada por Zane como eu sei que ele está por você, não recue apenas pelo receio de tentar.

Sorri pela sua naturalidade e assenti. Carter bebeu comigo em silêncio e, ao fundo, nós éramos capazes de escutar Erin conversando com Yan, talvez a respeito de Lua. Meu coração se aliviou um pouco com a experiência de Carter. De uma forma bem complexa, parecia que ele tinha vivido algo semelhante ao que vivi com Zane. Esse amor súbito, essa coisa intensa de se apegar e não ter certeza entre o real e o imaginário.

Bem, eu torcia para que Zane estivesse com os pensamentos iguais aos meus e, depois de uma conversa esclarecedora, nós pudéssemos viver a nossa história.

Zane

Liguei para Lyon e pedi o endereço dela. Ele deu-me, a contragosto, alegando que ia contra a política de Kizzie passá-lo para qualquer um, até eu deixar bem claro que eu era tudo, menos qualquer um.

— O que você pretende fazer com a casa dela, Zane? Arrombar? — questionou autoritário do outro lado da linha.

— Pular uma janela, talvez.

Pedi ao segurança que saísse para comprar algumas coisas. Eu não era muito criativo, mas, se estava disposto a algo, era surpreender Kizzie. Dei a ele o meu cartão ilimitado e a chave da Mercedes. Não queria que ele demorasse, porém, sabia que teria que procurar muito por Miami para encontrar todas as coisas.

— Tem certeza de que consegue entrar sozinho? — O segurança apontou com o queixo para a janela e eu dei de ombros.

— Deve ser tranquilo. Pode ir.

Aline Sant'Ana

Relutantemente, o homem me deixou sozinho. Vi que o bairro de Kizzie era pitoresco e de classe média. Kizzie possuía algumas flores em um pequeno jardim e a cor da casa era um tom de areia, com janelas brancas. Sorri, imaginando-a abaixada, lidando com o canteiro colorido, usando uma regata e sem qualquer proteção na cabeça, em razão da sua pele bronzeada.

Porra, pensar nela era difícil, meu peito meio que ardia de saudade.

Aproximei-me da janela, tomando cuidado para não pisar nas plantas, e a puxei para cima. Por sorte, estava aberta e eu sorri aliviado pela facilidade de passar as pernas para o outro lado. Retirei os coturnos e as meias assim que finquei os pés no chão e ajeitei o cabelo, lançando um olhar por todo o ambiente.

— Quem é você?

Um homem alto com os olhos puxados me mediu completamente. Ele levou alguns segundos para me reconhecer. O tom de voz que usou foi de puro susto, mas agora era como se ele entendesse algo que eu não compreendia como um todo.

— Quem é *você*? — ecoei a pergunta, dessa vez apontando para ele.

— O melhor amigo da Kizzie. — O rapaz sorriu de forma gentil, o que eu não consegui retribuir. Melhor amigo? Ah, ela deve ter me dito algo assim. O cara tinha a chave da porra da casa da minha mulher, era isso?

— O que você está fazendo aqui? — questionei, aproximando-me, sentindo o chão de madeira na sola dos pés descalços.

— Bem, estava arrumando o box do banheiro da Kizzie e pensando em preparar uma festa surpresa para ela. Agora é a sua vez de me dizer o que está fazendo aqui, pulando a janela dela e invadindo como se fosse um meliante.

Elevei a sobrancelha.

— Você tem a chave da casa dela?

Ele assentiu.

— Somos amigos há muito tempo — completou após a confirmação.

Senti algo passar por minhas pernas e era macio. Olhei para baixo, assistindo um gato em tom de areia ronronar enquanto se esfregava nas minha calça jeans. Seu rabo longo se enroscou e o animal abriu os grandes olhos cor de mel para mim, antes de exibir os dentes em um miado xoxo.

— Essa é Miska, a gata da Kizzie — esclareceu Oliver, e eu imediatamente me abaixei para afagá-la e pegá-la. Era tão bonita, apesar do rosto um pouco rabugento.

11 noites com você

A gata se aconchegou no meu colo e ficou em silêncio, olhando-me como se eu fosse a novidade do momento. Ela se espreguiçou e esticou as patas, de forma que tocasse o meu rosto, como se estivesse me sentindo ou me conhecendo.

Deixei que fizesse e, caramba, ela até fez o favor de não colocar as unhas para fora quando acariciou minha bochecha.

— Miska gostou de você. Ela só faz isso quando gosta de alguém. Mas, então, astro do rock... vai me dizer o que está fazendo na casa da Kiz?

Deixei a gata ir e ela saltou em cima do sofá. Tentei não passar os olhos pela decoração, porque era importante conversar com o tal amigo e esclarecer os meus objetivos, mas tudo era tão Kizzie nesse ambiente que até o seu perfume estava impregnado nas paredes.

— Eu tive um relacionamento com ela por alguns dias — expliquei. Era idiota citar os dias, desmerecia a intensidade do que vivemos. — Eu me apaixonei por Kizzie e fiz merda ao fugir quando ela mais precisava de mim.

Oliver ficou em silêncio e me observou com cautela. Seus olhos semicerraram e ele soltou um suspiro.

— Quando Kizzie me contou que você estava de quatro por ela, foi difícil acreditar. Sou empresário, assim como Kizzie, e sei que você não é um cara que fica em um relacionamento. Fiquei com medo, porque ela já passou por muita merda.

— Eu sei disso. — Baixei a cabeça e enfiei as mãos no bolso frontal do jeans. — Eu quero consertar as coisas. Quero que ela não sinta medo de arcar com a responsabilidade do que Christopher fez e foi um babaca demais em não apoiá-la. Sei que fiz errado em ter voltado para cá, mas me apavorei. Droga, eu não devia tê-la deixado.

— Acho que nós precisamos conversar, então. — Oliver assumiu uma postura protetora e me guiou até a parte de dentro da sala.

Sentei no sofá com ele, sem coragem para dizer em voz alta o quanto estava incomodado com a situação. Eu nunca tive que dar explicações dos meus sentimentos para ninguém, também nunca senti algo tão forte, e essa era a grande novidade. Mudanças vêm não só do coração quando se ama alguém. Pelo visto, algumas atitudes e novos costumes estariam entrando no cenário.

— Eu conheço Kizzie há tempo suficiente para tê-la visto passar por muitos obstáculos. Acho até que não cabe a mim abrir boa parte de sua vida, mas Kizzie tem problemas em dizer em voz alta certas coisas e, por isso, talvez, eu deva dizer. Não porque quero fofocar sobre sua vida, ao contrário, eu quero o bem dela. Se você está na mesma linha de pensamento que eu, se realmente a quer, precisa

Aline Sant'Ana

escutar e não vai ser bonito.

Curiosidade surgiu como uma pontada na nuca, um aviso prévio de que algo importante estava para acontecer. Segurei o elástico do pulso, que usava para prender o cabelo, e comecei a rodá-lo com o dedo, precisando gastar energia, mesmo que fosse uma quantidade mínima.

— Eu a amo — esclareci para Oliver, encarando-o nos olhos. — Tenho tanta certeza disso quanto sei o meu nome.

Ele desviou o olhar e se inclinou, apoiando os cotovelos nos joelhos para começar a falar.

— Bem, Kizzie se envolveu com Christopher. Eles tinham um relacionamento à distância, o que era relativamente complicado para ela, que sempre foi muito amorosa. Lembro-me que Kizzie viveu um sonho, ela estava muito feliz com ele, mas o tempo foi passando e ela passou a desconfiar da ausência de Christopher, que, a cada dia, se tornou mais e mais frequente.

— A traição — relatei, franzindo os olhos.

— Kizzie te contou essa parte? Ela foi traída por um homem que já era casado e tinha outra amante. Kizzie perdeu o chão e logo em seguida descobriu a gravidez. Foi duro para ela. Lembro-me da ligação que fez para mim, o desespero por não saber como agir em seguida.

— Ele não a apoiou?

— Não e em nenhum momento ela pensou em abortar essa criança, ela a queria com tudo si, mesmo nas circunstâncias em que se encontrava. Eu admirei tanto Kizzie naquele momento...

Por um segundo, fechei os olhos, pensando em Kizzie preocupada com uma gravidez logo após ter descoberto a traição. A vontade de tê-la amparado naquela época me engoliu como uma tempestade.

— Kizzie sofreu uma série de aborrecimentos, inclusive vindos da parte de Christopher, querendo que ela tirasse o bebê.

— Ele fez o *quê*? — interrompi.

— Ele pediu que ela abortasse, não diretamente, mas pediu. Kizzie ficou enlouquecida com Christopher, o expulsou e depois disso... — Oliver engoliu em seco.

Os pelos do meu corpo se ergueram e me levantei do sofá. Passei as mãos nervosamente pelo cabelo, desesperado por respostas.

— Porra, o que houve?

11 noites com você

— Christopher discutiu com ela muito feio e logo em seguida Kizzie passou mal. Ela me telefonou — Oliver narrou, a angústia em cada sílaba que saía de sua boca —, e, quando eu cheguei, Kizzie estava deitada no chão, com muito sangue em torno dela.

Pisquei rapidamente e meu peito se apertou. Ele bateu nela? Aquele maldito bateu na Kizzie?

— Caralho, não me diz que o Christopher bateu nela, porra!

— Não, não é o que você está pensando. Eu tive que levá-la ao hospital — continuou e baixou a cabeça. — Nós ficamos horas lá entre exames e uma porção de coisas que o médico quis fazer. Kizzie, bem, ela ficou muito mal, mas logo descobrimos a causa do sangramento.

— Causa do sangramento?

— Kizzie sofreu um aborto espontâneo, Zane... Ela tem um problema no útero. Nem foi por causa da discussão com Christopher, ia acontecer eventualmente e...

Meus joelhos fraquejaram e eu sentei-me no chão. Miska, como se sentisse que algo estava errado, se aproximou, mas eu não pude dar atenção a ela. Meu cérebro abstraiu as coisas que Oliver continuou a dizer, meu coração ficou fraco e o arrependimento se tornou insuportável, em um calafrio por toda a coluna.

Eu não podia acreditar que ela tinha sofrido um aborto.

Por que não me contou? Por que não se abriu quando claramente estava precisando se abrir? Por que sofreu sozinha, merda?

— Ela não quis contar para ninguém além de mim, nem o seu pai ficou sabendo nem da gravidez nem do aborto, apenas da traição do cara. Kizzie descobriu que não pode ser mãe, não pelo método natural, e foi difícil para ela aceitar isso, Zane... Ela sempre sonhou em ser mãe...

Oliver disse mais uma série de coisas que eu, aéreo, não consegui assimilar. Kizzie sonhava em ser mãe e não podia ser. E o babaca aqui, acreditando que ela estava grávida e tinha omitido isso, sumiu de Roma e voltou para casa, imaginando que estava fazendo o certo, sem saber o que Kizzie verdadeiramente passou.

Porra, como fui estúpido!

Minha garganta ficou seca e algumas lágrimas umedeceram meus olhos. Eu não as deixei cair, de raiva de mim mesmo. Agora podia sentir tudo, menos pena por ter sido o pior tipo de homem para Kizzie.

— Eu não sabia das coisas que ela enfrentou, Kizzie não me disse e eu presumi... — interrompi a linha de pensamento quando me dei conta do resto. — Ela não contou para Christopher que sofreu o aborto? Porque ele estava bem

Aline Sant'Ana

376

convicto quando me disse que Kizzie estava esperando um bebê.

— Tudo o que Kizzie experimentou durante os meses foi raiva por Christopher, Zane. Tentei dizer a ela que não era certo esconder algo tão grave, ainda mais do pai do bebê, independente de ele ser um canalha, mas não serviu de muita coisa. Kizzie escondeu por vingança e até por sentir-se mal para falar abertamente sobre esse assunto. Como eu te disse, foi difícil para ela.

Limpei a calça jeans e me levantei. Soltei um suspiro alto, com tanta raiva por ser um cara impulsivo que não cabia dentro de mim. Oliver me admirou com um olhar preocupado enquanto eu pensava que agora precisava realmente me esforçar para recuperá-la.

— Eu tinha feito um plano, mas acho que precisará ser melhor do que isso. Você está livre hoje? — questionei para ele, que levou alguns segundos para assentir.

— Estou, por quê?

Limpei a garganta, livrando-me da vontade de chorar. Eu não era um cara que aceitava bem meus erros ou que os admitia em voz alta. Mas, dessa vez, a minha vida inteira com Kizzie estava em jogo. Dessa vez, eu precisava confessar que tinha errado feio, tinha feito tanta merda que eu precisava dar tudo de mim para colocar o trem de volta nos trilhos.

Precisava provar para Kizzie o quanto eu realmente a amava.

— Nós temos muito trabalho a fazer.

11 noites com você

CAPÍTULO 35

I don't quite know how to say how I feel
Those three words are said too much
They're not enough

— Snow Patrol, "Chasing Cars"

Kizzie

Aproveitei a viagem para descansar e papear com os meninos e Erin. Yan, aos poucos, foi se tornando novamente meu amigo e isso me aliviou muito, porque eu odiaria que ficássemos em um clima ruim. Aproveitamos para assistir a uns filmes e conversar sobre a banda e os próximos passos, inclusive Carter e Yan concordavam com a contratação de Shane para ser o baixista da The M's. Assim que tivesse a aprovação de Zane e se seu irmão realmente passasse na fase de testes, uma das maiores bandas do momento que era composta somente por três integrantes passaria a ser um quarteto.

— Você está pensando em trabalho? — Erin indagou, abrindo um sorriso fraco. Além de tudo o que aconteceu comigo e Zane, eu sabia que ela estava preocupada com sua amiga Lua, que, aparentemente, não deu mais notícias.

— Sim, estou planejando um descanso para os meninos e também pensando sobre a contratação de Shane.

Erin assentiu e ficou um tempo em silêncio antes de dizer:

— Ele é um garoto muito bonito, mas proporcionalmente problemático. Zane não se abriu muito a respeito do irmão, mas sei que as coisas não são fáceis.

O piloto nos avisou que estávamos finalmente a meia hora de desembarcar. O que era estranho, a respeito do fuso, é que havia quatro horas de diferença. Já era para passar das oito da noite, mas estaríamos de volta às quatro da tarde quando pousássemos em Miami. Pelo menos eu tinha dormido o suficiente dentro do voo.

— Você o conheceu? — indaguei Erin, assistindo seus olhos tão costumeiramente claros escurecerem.

— Sim, o conheci no Natal. É um rapaz intenso, para dizer o mínimo. Ele possui uma característica física bem distinta, tornando-o um pouco enigmático, até para a sua idade.

— Característica?

Aline Sant'Ana

— Sim, ele tem um olho de cada cor. Nasceu com heterocromia, segundo Zane. O olho esquerdo é castanho em tom de mel e o direito, azul da cor do céu.

— Uau, que interessante.

— Sim, demais, não é? Eu achei tão diferente quando o vi. Nunca tinha conhecido alguém com uma característica assim.

— E o que ele traz de problemas para Zane, você não sabe? — investiguei.

— Ele me disse algumas coisas superficiais, mas acho que não sei nem da ponta do iceberg.

Zane exalava confiança e aparentemente vivia em uma família perfeita, exceto pelo seu irmão. Eu não sabia até que ponto ele era indisciplinado ou se esse era mesmo o seu defeito, mas estava confiante que, ao lado de Zane, Shane talvez se sentisse mais tranquilo e pudesse resolver quaisquer que fossem suas pendências.

A meia hora se passou e a conversa sobre Shane cessou. Eu estava afoita para descer do avião e nem o sorriso simpático da aeromoça foi capaz de me trazer tranquilidade. A essa altura, tudo o que eu queria era tirar o cinto, descer as escadas, e, por mais que fosse pateticamente romântico, eu desejava encontrar Zane.

— Apertem os cintos. Vamos descer.

O pouso, assim como toda a viagem com Jim, foi de extrema perfeição e controle. Ele aterrissou com profissionalismo e tranquilidade. Yan e Carter prontamente pegaram as malas com a ajuda da mocinha. Antes mesmo que pudéssemos esperar, estávamos descendo as escadas, com Mark nos escoltando.

Os seguranças, a mando de Lyon, nos esperavam do lado de fora, nos acompanhando até a área coberta. Miami estava quente e o sol parecia impossível de ser contido, queimando a minha pele sem piedade. Franzi os olhos, me amaldiçoando por não ter pensado nos óculos escuros, quando uma série de flashes começou.

Paparazzi e fotógrafos, já preocupados em ter a melhor imagem, se espremeram entre os seguranças, que os mantiveram afastados. Andei entre Carter e Yan, com as perguntas de onde estava o Zane e observando que os dois meninos eram muito assediados. Eles estavam lidando bem com tudo, como sempre, até alcançarmos uma área que já não era mais vista.

Chegamos ao estacionamento e tinha um par de carros, além de mais seguranças, nos aguardando. As malas foram entregues e eu verifiquei tudo com Mark antes de respirar aliviada.

11 noites com você

Eu estava finalmente em casa.

— Preciso que você veja algo antes de ir para a sua casa, Kizzie. Me acompanha? — inquiriu Mark, chamando-me de Kizzie pela primeira vez em meses de trabalho.

Pisquei um pouco e disse que tudo estava bem para Erin, Carter e Yan, que aguardavam que eu me despedisse deles. Em doze dias e onze noites, não desgrudei da banda; o que era somente mais um emprego, tinha se tornado uma profunda amizade. Antes de dar tchau a eles, quis questionar Yan sobre quais eram seus planos a respeito de Lua, mas algo em seu semblante me fez manter a pergunta só para mim.

— Para onde estamos indo? — perguntei a Mark, que, sempre alerta, me guiou para uma área reservada.

— É apenas uma coisa que você precisa ver.

Ajeitei o cabelo atrás da orelha, ouvindo a ansiedade em forma das batidas do meu coração. Meus olhos percorreram todo o estacionamento e pararam em uma porta de correr que dava novamente para a entrada do aeroporto. Franzi os olhos quando ela se abriu e observei a movimentação de pessoas, perdida a respeito do que Mark queria que eu visse.

Caminhamos mais um pouco até chegarmos a uma área central. Foquei em cada uma das pessoas, parando quando reconheci alguém em especial. Meus olhos ficaram um pouco emocionados quando o vi. É claro que ele faria uma surpresa para mim.

— Oliver!

Ele se aproximou e sorriu quando me abraçou. Seu toque foi o suficiente para acalmar boa parte do meu nervosismo. Queria encontrar Zane, esclarecer as coisas, mas talvez isso não pudesse ser feito hoje. Emocionalmente, estava exausta e a ansiedade de encontrá-lo estava me enlouquecendo. Agora, com Oliver aqui, meu coração batia fraco e calmo no peito.

— Vim te buscar. Como foi a viagem?

— Foi boa, tranquila. Estou um pouco cansada, mas acho que é mais emocional do que outra coisa.

— Bem, vamos para sua casa? Miska te espera ansiosamente.

Sorri, imaginando que aquela gata só sentia falta dos meus afagos e nada além disso.

— Vamos.

Aline Sant'Ana

ZANE

Oliver me ajudou do começo ao fim. O segurança que Lyon colocou para me ajudar encontrou todas as coisas que pedi e nós organizamos tudo antes que Kizzie chegasse. A produção não tinha ficado das melhores, porque eu não era do tipo de homem que sabia organizar uma espécie de festa, mas sua casa pareceu outra quando apaguei as luzes e deixei as imagens rolarem pelas paredes.

O nervosismo se espalhou como uma praga por mim. Enfiei as mãos no bolso da calça e observei Miska me encarando com certa curiosidade. Enquanto trocava olhares com ela, pensei na loucura que foram esses dias ao lado de Kizzie, nos meses em que faltei nas reuniões da banda para evitar me encontrar com ela e até o momento em que finalmente abracei o desejo que sentia. Se me contassem, há quatro meses, que hoje eu estaria no meio da sala de uma garota, com uma surpresa ao meu redor, sentindo o coração bater nas nuvens, eu riria muito alto mesmo.

Afinal, amar alguém era um mistério que eu nunca tinha desvendado. Era algo que eu até invejava nas pessoas, porque elas conseguiam sentir e eu não. Quem diria que era só questão de encontrar a mulher certa?

Porra, agora eu estava soando como o romântico do Carter.

— Precisa de mais alguma ajuda, senhor D'Auvray?

— Não. Está tudo certo. Muito obrigado, cara. Valeu mesmo.

— De nada. Deixei meu cartão, caso precise sair.

Segurei o cartão do segurança e guardei no bolso da calça. Tentei me concentrar em qualquer outra coisa que não fosse o nervosismo, mas, porra, tudo o que eu sentia era isso. Queria me desculpar com Kizzie. Não podia acreditar que tinha sido tão cego, que aceitei metade da história como a verdade absoluta e, consecutivamente, feito toda essa porcaria de viajar e deixá-la sozinha com Christopher. Esperava que os caras tivessem cuidado de Kizzie enquanto eu estive fora.

Meu celular vibrou na calça e o número do Yan apareceu. Encolhi as sobrancelhas, pensando qual seria a razão de ele me ligar, quando atendi.

— Oi, cara — disse ele do outro lado da linha. Sua voz parecia apreensiva. — Você está no apartamento?

— Estou na casa da Kizzie, esperando ela chegar com o amigo dela para fazer uma surpresa. Como foi a viagem?

— Olha, Zane, eu não te liguei pra gente papear sobre qualquer coisa. Eu preciso conversar contigo pessoalmente, mas acho melhor te contar por telefone primeiro.

— Caralho, você está me assustando. — Encolhi os ombros e prendi o ar. — O que foi?

— Quando você foi embora, descobri que Lua foi viajar sem se despedir. Erin me contou a porra toda. Ela pegou a mala e simplesmente foi...

— Eu sei — interrompi e pigarreei. — Ontem, encontrei com ela no elevador. Lua está puta da vida contigo, Yan. Ela está diferente... cortou o cabelo e se rebelou.

— Merda! — Ele fez uma pausa longa e sua voz estremeceu em seguida. — Kizzie ouviu minhas lamúrias e eu estava de cabeça quente. Lua ferrou comigo, Zane. Ela ferrou tudo, entende?

— O que Kizzie tem a ver com isso? — Procurei o cigarro no bolso da calça, para me acalmar, mas não encontrei. Esqueci no maldito carro. — Yan? — questionei assim que o outro lado da linha ficou mudo.

— Você vai me matar, caralho. Eu sei disso. Mas, em anos de amizade, você tem que entender que eu não fiz...

— Yan... — apressei-o.

— Kizzie estava dizendo uma série de coisas bonitas e sua amizade é uma das coisas que mais prezo. Ela me ofereceu apoio quando nem você nem o Carter puderam me apoiar. Eu não misturei qualquer tipo de sentimento por ela, Zane. Curto a Kizzie como se fosse a minha irmã, mas, por um segundo... por um segundo, eu esqueci isso tudo e, caralho...

Senti o sangue subir para o rosto conforme Yan deixava claro que tinha feito algo com Kizzie que ultrapassava a linha da amizade. Se ele tocou nela, eu ia matá-lo.

— O que você fez? — questionei acidamente.

— Eu meio que beijei ela. Não foi um beijo, Zane. Eu só toquei meus lábios nos dela. Eu não aprofundei e durou uma droga de um segundo. Assim que me dei conta...

— Você fez o *quê*?

— Zane...

— Eu não acredito que estou ouvindo isso, cacete. Eu realmente não acredito, porra!

— Zane, espera. Você precisa escutar com calma.

Enfureci-me de uma forma que nunca fiz antes. Isso não era apenas um cara

Aline Sant'Ana

dando um beijo na Kizzie, isso era o meu amigo, que conheço desde pequeno, dando um beijo na minha mulher!

— Eu não sinto absolutamente nada pela Kizzie. Foi um impulso, um segundo. Estou arrependido, Zane. Por favor, cara. Não faz eu me sentir mais miserável do que já me sinto. Minha vida tá uma merda, eu estou a um fio de quebrar. Só estou te contando porque não queria que descobrisse por Kizzie, que achasse que estou escondendo isso de você. Sinta-se à vontade para vir aqui, me socar, me matar, que seja. Mas, porra, não duvida nem por um segundo do que eu sinto por você e da consideração que tenho pela nossa amizade.

Mantive-me em silêncio, a raiva fluía e me cegava, mas ainda conseguia ouvir as palavras de Yan. Eu queria mesmo matá-lo. Eu estava me sentindo traído. Mais uma vez.

— Sei que agora você deve estar pensando nas piores coisas, imaginando um milhão de motivos para a minha atitude, mas nada vai justificar o que eu fiz. Estou quebrado, estou totalmente sem chão sem a Lua e a única coisa que sei é que não posso perder você também, Zane. Nós temos uma banda, nós temos uma vida inteira de sucesso pela frente e eu posso estar um pouco irracional agora, mas preciso que você seja a cabeça, cara. Eu não consigo ser porcaria nenhuma nesse momento. Então, se tiver algum fio de consciência em você, se agarre a ele e depois conversa comigo.

Yan desligou antes que eu pudesse rebatê-lo.

Era como se a vida tivesse a capacidade de me surpreender negativamente a cada segundo e eu não tinha mais forças para aguentar tantos atropelos. Coloquei o celular no bolso, sentindo-me tão possesso, mas eu não podia deixar os planos de lado. Eu ainda precisava fazer Kizzie me perdoar. Yan ficaria com a sua consciência fodida para depois, porque eu tinha a minha garota para reconquistar.

Meu Deus, o mundo podia me dar um instante de felicidade. Juro, porra, eu não ia reclamar.

Kizzie

Estávamos a caminho da minha casa e Oliver me fez perceber que seus doze dias foram tranquilíssimos perto dos meus. Ele teve que elaborar a agenda de shows do Archie e começar os preparativos para o garoto-estrela. Enquanto eu e meu romance com Zane, com toda a sua montanha-russa de emoções, parecia ter durado uma vida inteira ao invés de um pouco menos da metade de um mês.

— Eu preciso achar uma maneira de me encontrar com ele — pensei alto para Oliver. — Mas acho que hoje pode não ser um bom dia.

— Por que acha isso? — Ollie batucou os dedos no volante ao dirigir.

— Porque estou retornando agora e o meu coração está muito mole. Eu preciso fazer algumas ressalvas para Zane, a fim de que não passemos por isso novamente.

— Você saberá o que dizer na hora de dizer. Por que não tenta ligar para ele agora? Apenas para aliviar seu coração?

A perspectiva de ouvir sua voz me desestabilizou. Eu sentia falta de tudo a respeito dele, principalmente do seu abraço. Aquele gesto era como chegar a um mundo mágico em questão de segundos.

— Você acha?

— Tentar não custa nada, Kizzie — brincou Ollie.

Pensando em falar com ele, meus dedos tremeram ao procurar seu número nos meus contatos. Zane ainda me causaria um infarto, eu estava certa de que ele era o responsável pelo ritmo descompassado do meu coração.

— Fala — ele disse do outro lado da linha. Pelo seu tom de voz, ele não tinha olhado quem estava ligando.

Fechei os olhos, ignorando a paisagem linda de Miami apenas para desfrutar de um instante de saudade.

— Oi, Zane.

Ouvi seu suspiro alto e meu coração acelerou.

— Keziah... Meu Deus. Como é bom ouvir a sua voz.

— Eu precisava falar com você hoje, pelo menos te ouvir. Você está bem?

— Linda, eu tenho tanta coisa para conversar com você. Eu realmente sinto muito por todas as coisas que fiz. Será que dá para marcarmos um encontro? Posso passar na sua casa?

Fiquei atônita com a pressa dele e claramente aliviada. Por um segundo, imaginei que ele repensaria tudo a respeito de nós dois. Depois do que aconteceu com Christopher, depois de ele acreditar que eu estava grávida... Ainda assim, Zane me queria? Ele era um homem ainda melhor do que eu imaginei.

— Sim, claro. Estou chegando lá agora.

— Senti sua falta como louco esses dois dias — confessou em um fio de respiração.

Meu sorriso se tornou completo.

— Eu também.

Aline Sant'Ana

Combinamos que Zane passaria na minha casa à noite e desligamos. Eu poderia preparar um jantar e poderíamos conversar com calma, só nós dois, esclarecendo tudo que estava faltando.

— Como foi? — Ollie questionou, parando em frente à minha casa.

— Bem melhor do que eu esperava.

— Então, senhorita Kizzie, você está entregue. Vou deixá-la descansar e depois te vejo, tudo bem?

— Não quer tomar um café, pelo menos? Ainda não matei toda a saudade.

Ollie me deu um sorriso.

— Estou bem, mais tarde nós conversamos.

Dei um beijo estalado em sua bochecha e peguei a minha pequena mala de rodinhas assim que saí do carro. Andei pela calçada, observando minhas flores para saber se estavam bem cuidadas. Uma das minhas vizinhas sempre as regava quando eu não estava em casa e fiquei tranquila em saber que todas estavam bem.

Retirei a chave do bolso traseiro da calça e a coloquei na fechadura, empurrando a porta. Tateei o lado automaticamente, querendo acender as luzes, pelas cortinas estarem todas fechadas, mas, no momento em que empurrei o pequeno interruptor para baixo, minha sala ficou em um tom escuro de azul.

Em seguida, uma série de imagens começou a passar pelas paredes, rodando ao meu redor bem devagar enquanto eu as admirava. Com o coração acelerado pelo susto, me deparei com a primeira: uma foto da London Eye. Meu coração apertou ao vê-la enorme em meio ao cenário de Londres. Ali estava o retrato indireto do meu primeiro encontro com Zane e a maneira como ele me tratou com tanta delicadeza, me fazendo perceber que era muito diferente daquilo que eu tinha imaginado.

Fotos foram passando, inclusive de uma mesa de sinuca onde tivemos nosso primeiro beijo, de uma piscina onde fizemos amor pela primeira vez e não demorou nem mais uma imagem para eu saber que isso era obra de Zane, contando nas minhas paredes e em todos os cantos da minha casa a nossa história.

Tirei meus olhos das paredes porque algo perto me atraiu o suficiente para desviar a atenção. Seu sorriso foi a primeira coisa que vi e a rara iluminação das fotos, dançando em seu corpo em meio à iluminação fraca, fez tudo em mim acelerar: meu sangue, minha saudade, a vontade de estar perto dele e o fraco coração, que muito possivelmente não seria capaz de lidar com mais uma surpresa.

Zane estava vestido com uma calça jeans branca e camisa social azul-marinho. Seus cabelos estavam alinhados e os olhos castanhos tinham um toque de mel e malícia. Suas bochechas estavam livres da barba e o sorriso torto me desestabilizou. Perdi a conta da quantidade de segundos que mantive a respiração presa nos pulmões, encarando-o pela eternidade.

Ele parecia sereno, irresistível, e nunca o vi tão perfeito. Estremeci com aquele momento. Estava certa de que alguma energia estava passando por nós, como se estivéssemos envoltos por um momento mágico que reunia saudade, amor e perdão. Meus olhos arderam, meus lábios ficaram esquisitos e eu sabia que estava prestes a chorar.

— Oi, Kizzie. — Ele moveu os lábios sem fazer som. Isso foi o bastante para eu sorrir para ele.

— Oi — disse, e minha voz saiu fraca.

Ele andou lentamente até mim, em sua maneira de caminhar que era tão sexy quanto sua personalidade atrevida e atitude intensa. Seu perfume chegou antes dele e seu toque suave no meu rosto veio depois de encarar seus olhos e, logo depois, seus lábios.

— Estive pensando em mil maneiras de te dizer o que preciso dizer — Zane falou primeiro e eu engoli a vontade de me expressar antes —, mas recebi uma ligação um pouco desagradável há pouco e perdi todas as coisas que tinha na cabeça. De qualquer maneira, ainda vou dizer, mesmo que não saia bonito como eu sonhei, mesmo que eu fale algum palavrão no meio do caminho... eu vou tentar, tudo bem?

— Zane — sussurrei contra o seu polegar, que, vagarosamente, iniciou um trajeto pelo meu lábio inferior —, eu precisava te contar uma parte do meu passado antes, você precisa entender que eu não menti para você sobre qualquer tipo de gravidez ou...

Nunca seria fácil falar sobre esse assunto, então, eu travei. Fechei os olhos e os abri, para que as lágrimas não saíssem.

— Kizzie — murmurou em alerta —, eu tive uma conversa com Oliver depois que retornei de viagem. Queria te dizer que, mesmo antes de falar com ele, mesmo antes de saber absolutamente tudo, eu estava agoniado pela forma que saí fugido de Roma. Porra, eu não deveria ter saído daquela maneira, te deixando com aquele filho da puta nas condições que eu sabia que ele estava. Fui irracional, egoísta e estou muito arrependido.

Fechei os olhos quando Zane segurou as laterais do meu rosto. Uma vibração englobou-me por completo, a ponto de a minha boca tremer antes de ele unir nossos lábios. Meus sentimentos por ele iam muito além da explicação que eu

Aline Sant'Ana

buscava dar a mim mesma, gostar dele não tinha razão lógica porque, talvez, mesmo antes de conhecê-lo totalmente, eu já fui capaz de amá-lo.

Sua boca acariciou a minha com delicadeza e todas as minhas forças foram embora. Por mais que quisesse conversar com Zane e colocar algumas restrições, no segundo em que seus lábios me beijaram, eu já não fui capaz de usar a coerência. Coloquei minhas mãos em sua nuca e subi os dedos para sentir seus longos fios. Zane levou meio segundo para descer as mãos das bochechas para a minha cintura e tudo o que pude sentir, em seguida, foi a sua língua acariciando a abertura que eu tinha deixado.

Zane dançou em torno da minha boca para depois aprofundar o beijo molhado e quente em um patamar muito distante do que a delicadeza pedia. Meus bicos ficaram duros contra o sutiã e eu já podia sentir a umidade se formar na calcinha. Sua mordida suave no meu lábio superior e depois inferior, para descer com lentos beijos o meu queixo, desenhar o maxilar até a orelha, foi o bastante para eu querer tirar todas as roupas que nos atrapalhavam. A respiração ofegante de Zane no meu lóbulo e sua língua trêmula e fervente também me fizeram perceber que ele estava tão maluco por mim quanto eu por ele.

No entanto, com um beijo demorado na minha bochecha, ele afastou nossos rostos e voltou para a minha orelha. Dessa vez, apenas para sussurrar mais uma porção de palavras irresistíveis:

— Em minha conversa com Oliver, descobri todos os segredos que você guardou e vi o quanto fui tolo ao acreditar na versão incompleta da sua história. No entanto, muito antes de falar com ele, eu já havia tomado a minha decisão, Kizzie. Eu ia criar uma família com você e nunca ia te deixar, como Christopher fez. Eu cuidaria do seu bebê como se fosse meu e te amaria todos os dias, te provaria todos os dias o quanto posso ser um homem melhor por você e para você. Posso ter me assustado e saído correndo, dando a impressão errada, mas tudo o que eu era baseava-se em um cara apaixonado, que tinha sido magoado por acreditar que, para a mulher que amava, não era nada além de uma aventura.

Foi a minha vez de afastá-lo. As imagens ao nosso redor ainda continuavam passando, nos pintando de Madri, Paris e todo o itinerário que fizemos. A Torre Eiffel passou por nós quando acariciei seu rosto livre da barba.

— Você pensou que eu te omiti uma gravidez porque não queria você? Porque éramos somente um passatempo?

Zane cerrou as pálpebras.

— É a primeira vez que me apaixono por alguém, Kizzie. Eu realmente não sei como agir ou pensar. Como pude imaginar que as coisas que Christopher disse não eram a verdade? Na minha cabeça, você ainda tinha um elo com ele e não

11 noites com você

queria que eu soubesse disso porque não via futuro em nós. Eu sou impulsivo pra caralho, sou o guitarrista de uma banda, imagino que não é esse o tipo de cara que você gostaria de ter perto do seu bebê.

Sorri para Zane, vendo o quanto ele estava equivocado. Eu poderia ter me envolvido com um empresário que tinha tudo para ser o homem ideal para mim, sem sonhar que, na verdade, ele era toda a canalhice em uma só pessoa. Agora, Zane, o tipo de homem que nunca pensei em namorar, em me envolver, por representar aquilo que sempre repugnei em um homem, pôde me provar que, se eu tivesse que começar uma vida, adoraria que fosse com ele.

— Se eu estivesse mesmo grávida, se não tivesse sofrido o aborto, a primeira coisa que colocaria em uma conversa seria isso. Jamais me envolveria com um homem sem ele saber que tinha uma gravidez no caminho, fosse ele um passatempo ou a minha eternidade. Zane, eu não omitiria de você. Só escondi porque, bem, é difícil dizer em voz alta e eu ainda tinha essa série de pendências com Christopher, que acabaram por se tornar uma bola de neve.

— Ei, eu sinto muito por ter duvidado. Insegurança não é meu forte, mas parece que me torno todas as coisas que pensei que não fosse quando estou do teu lado. — Ele desceu a testa na minha e umedeceu a boca com a ponta da língua. — Coloquei essas fotos em torno de nós, Kizzie, todos os passeios que fizemos, porque eu quis que se lembrasse do quanto fomos felizes juntos. Se você tivesse dúvida, bastava recordar.

— Não tive dúvida, Zane. Eu sei o quanto sou feliz contigo.

Ele piscou um par de vezes e, para minha surpresa, lágrimas desceram dos seus olhos. Eu as sequei, pensando que precisava falar sobre alguns pontos importantes do nosso relacionamento, mas isso teria que esperar por um momento não tão emotivo.

Zane aprenderia, com o tempo, a estar dentro de uma união, ele se moldaria ao melhor para nós, assim como eu faria o mesmo. Não adiantava eu dizer em voz alta o quanto as coisas precisam de ajustes, porque relacionamentos perfeitos não existem, e o que acontecia entre nós era na medida certa para encontrarmos a nossa própria paz.

Ele se afastou um pouco e deixou um lento beijo na minha boca, que não envolveu línguas, apenas uma emoção clara de cuidado e carinho. Ajeitou os cabelos com as duas mãos e deu um passo para trás. Seus olhos brilharam por ele ficar bem em frente à iluminação de uma das fotos e seus ombros se soltaram enquanto ele mordia o lábio inferior.

Como se estivesse finalmente pronto para falar, ele sorriu.

Aline Sant'Ana

ZANE

Eu sempre imaginei que esse momento importante precisasse acontecer com um planejamento, porque é o que as pessoas fazem: elas planejam e vivem conforme uma lista estúpida de coisas que precisam completar em suas vidas. Só que eu não era como nenhuma dessas pessoas e o meu amor pela mulher que me olhava como se eu fosse a única coisa no mundo também não era.

Tudo entre nós era diferente: o beijo, o toque, a vontade de estar perto, as risadas e o desejo do futuro. Não precisávamos seguir um padrão, porque os momentos que passamos não o seguiram e nós não éramos normais. Caralho, a nossa vida era tudo, menos normal, e eu esperava francamente que Kizzie estivesse na mesma página que eu.

Ter a certeza de que eu a amaria daqui até o fim dos seus dias foi motivo suficiente para eu pegar com o polegar o elástico preto que usava no meu pulso. Eu o dobrei três vezes, de forma que ficasse em um redondo perfeito, e Kizzie me encarou com um semblante de curiosidade que me fez sorrir ainda mais largo. Meu coração foi até a boca e eu estava certo de que as batidas eram tão fortes que me ensurdeceriam, tão certo quanto se sua resposta fosse um não, eu morreria.

Dobrei a perna direita e fiquei com apenas um joelho elevado. No chão, subi o rosto, morrendo de medo, até encontrar os olhos de Kizzie. Ela tinha um círculo perfeito no lugar da boca e seus olhos não paravam de piscar, como sempre fazia quando estava passando por um momento surpreendente.

— Fiquei com você em vários cantos da Europa, Kizzie. Durante cada segundo que passava do seu lado, eu queria mais. Eu, como te disse, nunca amei alguém assim, nunca amei, em toda a minha vida. Agora, eu sei bem o que é o amor.

— Zane...

— É querer estar perto nos momentos bons e ruins, é querer partilhar uma vida, um presente e um futuro — continuei. — É desejar acordar e ver o rosto da pessoa todos os dias e também escolhê-la para contar a piada nova que você ouviu na rua. É ter alguém que é o número um da sua lista de chamadas, o número um da sua lista de encontros. É querer levá-la para viajar e conhecer os lugares mais bonitos, é também querer gritar para o mundo, para que, enfim, o amor possa ser espalhado. É desejar que nunca acabe, porque você sabe que uma parte sua se fundiu com a pessoa amada e, se ela for embora, metade de você vai junto.

"Eu fiquei sem você, eu sofri sem você por quarenta e oito horas terríveis. Não quero passar por isso de novo, não quero ter sua ausência dentro do peito porque essa merda dói pra caralho. Eu não posso ficar sem você. Então, estou aqui de joelhos, fazendo uma coisa que poderia apostar que nunca faria, porque eu realmente não seria capaz de amar qualquer pessoa que não fosse você. — Fiz uma pausa, observando-a atentamente. — Ainda bem que você apareceu, Keziah Hastings."

— Ah, Zane... — Ela começou a chorar e eu não consegui interpretar a sua atitude como desespero ou felicidade.

— Fica comigo? Pega o meu sobrenome, coloca do lado do seu. — Me levantei e fui devagar até ela. Segurei sua mão delicada e coloquei o elástico em torno do seu dedo pequeno. Ainda que tivesse dado três voltas, estava largo. Encarei seus olhos e sequei suas lágrimas com a mão livre. — Casa comigo, Kizzie?

— Nós nos conhecemos há tão pouco tempo — ela falou entre as lágrimas. — Isso é uma loucura.

— Alguma vez você duvidou que eu fosse louco, Marrentinha? — Segurei seu rosto e ela riu. Meu Deus, mulheres podem ser bipolares pra caramba. — Hein?

— Você é realmente louco.

— Só quero ser seu noivo agora, Kizzie. Não precisa casar comigo amanhã. Eu só quero uma garantia de que não vou te perder de novo. Eu preciso disso, linda. Casa comigo? — repeti.

— Você planejou me pedir em casamento?

Mordi o lábio inferior.

— Eu sei que não comprei uma aliança, merda. Eu deveria ter feito. Está na cara que foi algo improvisado.

— Está tudo bem. — Ela riu mais um pouco e ficou na ponta dos pés. — O que eu faço com você, Zane?

— Eu tenho várias ideias do que você pode fazer comigo. Por exemplo, pode me jogar na cama e beijar a minha boca...

Ela deu outra risada gostosa. Como era delicioso ouvi-la rir. O silêncio só apareceu depois que ela ficou pensativa. Meu Deus, o mistério ia me matar, eu estava certo disso.

— Nós precisamos conversar sobre uma coisa antes de eu dizer a resposta.

— Porra, Kizzie...

Ela colocou o dedo em riste nos meus lábios.

— Você não pode invadir a minha privacidade sem que eu permita.

Aline Sant'Ana

390

Relacionamentos se baseiam em confiança e eu não quero ter de brigar com você por causa disso.

— Tudo bem, eu fui errado em mexer nas coisas...

— Totalmente errado.

— Tudo bem, o que mais?

— Eu não quero que você fique bravo com o que vou te contar agora. Se agir impulsivamente e tomar qualquer decisão precipitada, sem me ouvir até o final, eu não vou te perdoar.

Franzi as sobrancelhas e assenti uma vez.

— Yan me deu um beijo rápido, porque estava com a cabeça quente e não soube separar as coisas. Foi apenas um beijo, um segundo, que não significou nada para nós. Ajudei Yan no processo de perda da Lua. Ele ainda não está digerindo bem e tem sintomas de depressão. Para ele, isso é sério e nós precisamos ajudá-lo, sem julgá-lo a respeito do que aconteceu. Poderia ser comigo, com a Erin, com qualquer outra mulher que estivesse conversando com ele.

— Merda, Kizzie...

— Zane, sei que você é ciumento e impulsivo, mas Yan é seu amigo há anos. Ele te conhece por anos-luz do que eu te conheço. Então, não aja como se eu fosse mais importante que a amizade de vocês, porque isso não é verdade. Vocês têm uma banda, uma vida inteira, então, antes de pensar que seu melhor amigo beijou sua garota, pense no Yan que você conhece e na índole que ele tem. Você acha que Yan faria isso se não estivesse quebrado?

Ele não faria, mas Kizzie não podia me pedir que eu esquecesse isso com facilidade. Eu precisava de um tempo para digerir, droga.

— O que você quer de mim, Marrentinha?

— Quero que você pense com calma e converse com ele quando estiver mais tranquilo, para resolver as coisas. Certo?

— Eu preciso de um tempo.

— Tudo bem.

Kizzie acariciou meu rosto e soltou um suspiro seguido por um beijo. Queria tanto sua resposta ao pedido que não fui capaz de beijá-la da mesma maneira e encerrei o contato no meio do caminho. Tomei seu rosto delicadamente entre as mãos e circulei seu nariz com o meu. Os cabelos que batiam no meu ombro caíram em torno de nossos rostos e Kizzie fechou as pálpebras.

— Casa comigo?

11 noites com você

Ela sorriu.

— Ainda assim acho que está cedo demais para aceitar o seu pedido.

— Quer que eu peça durante todos os dias até que você esteja preparada para dizer que aceita?

Levantei a mão da sua cintura e passei por suas costas até pegar cuidadosamente seus cabelos. Fiz um rabo de cavalo com a mão e inclinei seu pescoço para que ela me desse acesso. Kizzie estremeceu quando apontei a língua em sua pele e o meu corpo se acendeu em questão de segundos. A calça ficou pequena para a ereção e dois dias foi tempo demais longe de Kizzie.

— Zane...

Beijei seu pescoço como se estivesse beijando sua boca. Mordi a orelha e chupei-a, umedecendo-a no processo. Kizzie gemeu e eu sorri.

— Casa comigo...

Ela não respondeu e eu coloquei a mão ao lado, em direção à sua calça. Abri com os dedos o botão do jeans e desci o zíper. Mantive seus cabelos presos na minha mão, enquanto respirava ar quente e frio contra sua pele. Fiquei louco quando brinquei com a borda do jeans apertado e senti sua calcinha na ponta dos dedos. Vaguei para frente, invadindo as peças, sentindo sua pequena intimidade depilada. Meus dentes cerraram de prazer quando cheguei em seus lábios absolutamente molhados.

— Casa comigo.

Brinquei com seu clitóris e Kizzie estremeceu. Caminhei com ela em direção ao tapete da sala e a deitei no chão, comigo sobre seu corpo. Puxei a camisa de qualquer jeito e alguns botões pularam por todo o chão. Kizzie abriu os olhos amarelados, que estavam escuros pela fraca iluminação, e não se conteve. Ela percorreu todo o meu corpo com as mãos ávidas e ansiosas, parando no meu estômago, que se retesou pelas unhas afiadas e provocativas.

— Casa comigo.

Ela sorriu e não respondeu.

Desci para ela e, enquanto trabalhava em tirar sua regata, beijei sua boca até precisar nos afastar para tirar a peça. Sequer reparei no sutiã quando também o arranquei. Seus bicos apareceram e foi tudo o que eu vi antes de cair de boca em seu corpo.

Lambi-os até deixá-los brilhando, ouvindo Kizzie ronronar como uma gatinha a cada investida. Desci a boca para o seu umbigo somente quando fiquei satisfeito e puxei sua calça e calcinha, deixando-a completamente nua para mim.

Aline Sant'Ana

Seu corpo era a visão do fruto proibido e eu não me importava nem um pouco em dar uma mordida.

Fiquei de pé antes que fizesse qualquer coisa, embora. Puxei minhas calças e fiquei completamente nu. Pensei na camisinha, que não tinha trazido na carteira, até recordar-me da conversa que tive com Oliver, sobre Kizzie não conseguir ser mãe pelo método tradicional. Ah, Deus. Se isso era doloroso para mim, fazia uma ideia de como seria para ela.

Observei-a sorrindo. Os cabelos escuros no tapete claro, o corpo com ondas suficientes para eu mergulhar, a sua intimidade molhada e preparada para me ter. Pensei em quantas coisas nós passamos em poucos dias, em quantas coisas Kizzie enfrentou com seu passado turbulento e em como eu queria compensá-la por tudo o que nenhum homem pôde um dia dar a ela.

— Você está pensando se vai transar comigo ou não? — ela questionou, elevando uma sobrancelha provocativamente. Eu sorri, ainda que estivesse preocupado sobre as sequelas que seu passado deixou em seu coração.

Eu a queria demais.

— Casa comigo? — perguntei ao invés de afirmar e Kizzie mordeu o lábio para não responder. — É tudo o que eu vou te falar hoje, amor.

Desci em seu corpo, percebendo que ela estava mais tensa contra mim quando o fiz. Por um momento, questionei se era o meu peso sobre ela, mas seus olhos me disseram que isso nada tinha a ver com o que estávamos prestes a fazer, mas sim com o pedido.

— Você está falando sério sobre o pedido? — ela perguntou e eu me ajeitei calmamente em seu meio, tomando cuidado para não invadi-la ainda. A excitação me deixava maluco, mas consegui raciocinar com atenção em meio à pulsação frenética do meu sexo.

— Estou falando sério, Kiz — sussurrei, com a cabeça do meu pau lentamente entrando em sua umidade. — Eu quero muito ficar contigo... — Fiz uma pausa quando cheguei à metade. Suas bochechas estavam coradas, seus olhos, brilhantes, sua boca, inchada dos meus beijos. Era linda, tão perfeita. — Casa comigo, por favor. Se não daqui a um ano, daqui a dez. Mas seja minha noiva. Fica comigo.

Kizzie me trouxe para mais perto e me fez viajar em seu corpo até não haver mais lugar para fugir. Comecei a me movimentar dentro dela, perdido no meio de tanto prazer e saudade. Seu corpo era a melhor coisa que eu tinha provado, era o encaixe perfeito, era a única coisa que eu queria.

Meu pulmão foi perdendo o ar e os impulsos do tesão foram me tomando pouco a pouco. Agarrei seu corpo com vontade, indo e vindo, tomando cuidado para não ir rápido ou forte demais. Eu queria que ela sentisse o que os nossos corpos faziam um com o outro a cada milésimo de segundo. Apesar de estar maluco para fazer bem forte e gozar bem rápido, eu só queria que Kizzie sentisse a exclusividade do nosso sentimento.

— Zane... Ah, isso está tão bom. — Ela estremeceu quando fui mais fundo e dei pequenas estocadas rápidas perto do seu clitóris. Fiz mais e mais, até começar a reconhecer os olhos bêbados de paixão que somente eu conseguia causar em Kizzie.

— Casa... comigo?

Fiz de novo e Kizzie agarrou-me mais forte, procurando a minha boca com a sua para me beijar. Eu senti toda a sua energia passar para mim, conforme os segundos iam se tornando lentos no ponteiro do relógio. Kizzie mordeu meu ombro e foi com uma mordida leve em sua orelha que a senti vibrar em torno de mim, até dizer meu nome bem baixinho enquanto gozava.

Seu prazer foi como um reflexo que chicoteou e bateu em todo o meu corpo. Senti-me fora de controle e fui rápido em busca da minha liberação. Kizzie segurou as laterais do meu rosto e sorriu para mim enquanto minha visão nublava pelo prazer. Ela tocou sua boca na minha, e meus cabelos entraram no meio do nosso selar de lábios, mas nada daquilo importou porque, quando meu corpo inteiro vibrou de prazer, eu escutei de seus lábios a única coisa que queria escutar durante todo esse tempo:

— Eu não poderia dizer sim para qualquer outra pessoa senão você, Zane — sussurrou e eu apoiei meu peso em seu corpo, fechando os olhos por sua voz estar tão rouca e linda após o sexo. — Contigo eu me caso, mesmo que seja súbito, tão louco e tão fora de órbita. Mesmo que tenhamos que aprender muitas coisas, mesmo que a gente não faça sentido algum. É claro que eu me caso, não seria louca de dizer não para o homem que eu amo.

O coração de um cara pode explodir e continuar batendo. O amor pode mesmo fazer isso com as pessoas. Porque, dali, eu fui da morte para a vida, do tudo para o nada e, quando pensei que sabia alguma coisa sobre mim mesmo, redescobri-me em Kizzie.

Porque ela era a melhor parte de um homem que não reconhecia que havia o amor. A melhor parte de mim agora queria fazê-la feliz como nunca quis nada nessa maldita vida. Ela era tudo o que eu pensei que não poderia ter, por não ser capaz de amar e ser amado como as pessoas realmente devem ser.

Ainda bem que eu estava errado.

Aline Sant'Ana

Ainda bem que eu não sabia de merda nenhuma.

Porra, ainda bem que encontrei a melhor parte de mim.

Fim

AGRADECIMENTO

11 Noites Com Você foi um desafio.

Zane e Kizzie foram os personagens mais teimosos e apaixonantes que tive o prazer de escrever. Amei passar essa aventura ao lado deles e espero que você, leitor, tenha se divertido com esse casal.

Alerta de spoiler: Eles ainda vão voltar a enlouquecê-los em Uma Noite Sem Você.

Em primeiro lugar, preciso agradecer as meninas e meninos do grupo Romances – Aline Sant' Ana. Eles me acompanharam do começo ao fim, surtando em segredo e se apaixonando por essa história antes mesmo de lê-la.

É por vocês, leitores. Sempre por vocês.

Amo demais cada um e espero que sintam-se abraçados ao lerem isso.

Deixo aqui os nomes das pessoas que terão para sempre o meu amor: Rodolfo, Crel, Vanessa, Helena, Luciene, Adolfo, Bia e Valdeci. Vocês me dão forças diariamente para conseguir superar tantos obstáculos. Não sei o que seria de mim sem vocês, de verdade. Principalmente por me acompanharem, por verem como eu fico ao escrever, por saberem do esforço e por se preocuparem comigo. Eu amo cada um de vocês. Incondicionalmente. Infinitamente. Eternamente.

E, Rodolfo, você sempre será o meu Zane. ;)

As minhas amigas maravilhosas e parceiras em tudo: Fabi, Raíssa, Aline,

Aline Sant'Ana

Gabi e Livia. Eu sinto que poderia passar por tudo nessa vida, desde que eu tiver vocês ao meu lado. Obrigada por guardarem todos os meus segredos, por surtarem comigo, por serem minhas irmãs de coração, por serem metade de mim! Tudo bem, tenho vários pedacinhos meus por aí com vocês, mas não me importo nem um pouco. Juntas somos uma só.

A minha super-heroína que bate de mil a dez na Mulher Maravilha: Veronica. Esse livro foi uma luta nossa, uma batalha infinita, que vencemos. Só de me lembrar tudo, já fico emocionada. Eu não teria conseguido sem você, sem sua determinação, sem seu amor pelos meninos da The M's. Amo você! Obrigada por sonhar comigo esse sonho, por me apoiar e por me amar apesar de eu conversar sozinha e ouvir os personagens na minha cabeça.

Andrea, você é a voz da razão, mas nunca deixa de acreditar em mim e de colocar fé nessa parceria linda. Além de editora, uma amiga que tenho no peito, uma pessoa que sei que quero levar pelo resto da vida. Obrigada por ser tão doce sempre, por me ajudar nos momentos de dúvida, por estar sempre lá, apesar da distância. Muito por amor nossa amizade!

Tenho que deixar um agradecimento especial a Izabela, minha doce amiga que me salvou no inglês durante esse ano e que apoiou cada coisa que eu falava com ela. Bela, de verdade, você foi um anjo. Você é um anjo. Amo você!

Ingrid e Jamille, minhas amigas queridas que se apaixonaram pelo Zane antes mesmo de ele sair do papel. Obrigada por me ajudarem em cada loucura, por me ouvirem, por me aconselharem. Vocês são uns amores. Quero guardá-las num potinho lindo!

Agradeço também a todos os blogs que me ajudaram e continuam me ajudando com a divulgação dos meus livros. Sem vocês, eu não teria conseguido metade do que conquistei até agora. Amo vocês!

Vou mudar para o inglês um pouquinho, porque preciso deixar um recadinho para quatro pessoas.

11 noites com você

Now I need to thank the man who is the cover of this book.

Enrico Ravenna, you supported this project from the moment I first talked to you. You are an angel that fell right into my life and I thank you for making my readers' dreams a reality. Without you, this book wouldn't be so especial. Thank you for accepting being our Zane, thank you for being so kind with me and my readers. We have an immense admiration and a great affection for you.

Your wife was really kind with me and my readers as well. Jasmine Ravenna, thank you for being a part of this dream.

I also need to thank Amalia and Kiomara, who are people that, even far away, have become angels by embrancing this project.

Thanks for agreeing with this madness.

Kisses right in your hearts.

Voltando para o português... por fim, deixo um beijo enorme a você que leu até aqui e que se apaixonou por Zane e Kizzie.

Vamos sonhar mais um pouquinho com esses roqueiros?

Esse é só o começo.

Let's rock!

Aline Sant'Ana

Em seu aniversário de vinte e sete anos, Carter McDevitt, o vocalista da banda The M's, vai ganhar o presente mais inesperado possível.

Seus dois melhores amigos e parceiros da banda, Zane e Yan, o colocam em um cruzeiro com o objetivo de fazê-lo esquecer totalmente a ex-mulher que, além de arrasar seu coração, levou metade dos seus bens embora.

Bem, o que o vocalista não espera é que nesse local serão realizadas estranhas fantasias, além de encontrar um fantasma do seu passado.

Carter McDevitt e Erin Price vão se casar.

Quatro anos após desembarcarem do Heart on Fire, vivendo um relacionamento incrível do começo ao fim, o felizes para sempre está a um passo, mas existe um grande empecilho que poderá colocar tudo a perder.

Sentindo-se obrigada a seguir os conselhos dos agentes da banda The M's – os quais foram bem diretos ao exigir que fosse feito o casamento do século –, Erin vai contra o desejo pessoal de realizar uma cerimônia privada e tranquila, vinda direto dos seus sonhos, em prol da imagem pública de Carter.

Além do evento gigante para administrar, no qual ela sequer sente-se confortável, Erin percebe que Carter está cada dia mais ocupado, dando prioridade a tudo relacionado a The M's e, em consequência, tornando-se negligente ao relacionamento dos dois.

É evidente que o topo da fama cobra seu preço.

Erin só não estava preparada para temer a perda do próprio noivo durante o processo.

O romance de conclusão do primeiro casal da série Viajando com Rockstars traz um toque de sensibilidade, nostalgia e nos faz mergulhar diretamente na paixão avassaladora que viveram em alto-mar. Através do destino, ambos conseguiram retomar sete anos perdidos em sete dias e agora deverão provar para si mesmos que a semana mais marcante de suas vidas, tão passional e perfeita, poderá durar para sempre.

Aline Sant'Ana

Entre em nosso site e viaje no nosso mundo literário.
Lá você vai encontrar todos os nossos
títulos, autores, lançamentos e novidades.
Acesse www.editoracharme.com.br

Além do site, você pode nos encontrar em nossas redes sociais.

https://www.facebook.com/editoracharme

https://twitter.com/editoracharme

http://www.pinterest.com/editoracharme

http://instagram.com/editoracharme